AZTÈQUES

Tome 4

REGARD DE JADE

Eric Costa

D'après un scenario d'Eric Costa & Raquel Ureña

© Eric Costa – septembre 2021
Tous droits de reproduction, d'adaptation et de traduction,
intégrale ou partielle, réservés pour tous pays.

Le Code de la propriété intellectuelle n'autorisant, aux termes des paragraphes 2 et 3 de l'article L. 122-5, d'une part, que les « copies ou reproductions strictement réservées à l'usage privé du copiste et non destinées à une utilisation collective » et d'autre part, sous réserve du nom de l'auteur et de la source, que « les analyses et les courtes citations justifiées par le caractère critique, polémique, pédagogique, scientifique, ou d'information », toute représentation ou reproduction intégrale ou partielle, faite sans le consentement de l'auteur ou de ses ayants droit ou ayants cause, est illicite (article L. 122-4). Cette représentation ou reproduction, par quelque procédé que ce soit, constituerait donc une contrefaçon sanctionnée par les articles L. 335-2 et suivants du Code de la propriété intellectuelle.

Corrections : Isabelle Cerelis, Claire Marquez, Nathalie Millet,
Florence Jouniaux, Jean Deruelle

Design de couverture © Julien Lesne – 2021
https://lloyken.artstation.com

ISBN : 9798764722863

NOTE DE L'AUTEUR

Amie lectrice, ami lecteur,
Vous allez plonger au cœur du Mexique Précolombien.
Un tel voyage nécessite des repères que vous trouverez en fin d'ouvrage.

LEXIQUE
Par souci de clarté, les mots nahuatl sont définis dans le lexique.

GALERIE DE PERSONNAGES
Tous les personnages du codex y sont présentés, ainsi que leur fonction.

PANTHÉON AZTÈQUE
Récapitule les dieux auxquels il est fait référence.

PROVERBES AZTÈQUES

LES NEUF LOIS DU HAREM

RÉSUMÉ DES TOMES PRÉCÉDENTS

AZTÈQUES TOME 1 : HAREM

Huaxca, petit village situé sur la côte ouest du Mexique, 1515.

Ameyal, jeune fille de chef téméraire, fière et impulsive, est enlevée à son village par des trafiquants, et emmenée à Teotitlan, cité-État vassale du pays aztèque. Revendue dans le harem d'Ahuizotl, haut dignitaire et cousin de l'Orateur vénéré Moctezuma en personne, elle devra faire ses preuves en tant qu'esclave de l'extérieur pour pouvoir survivre. Toutes ses tentatives d'évasion échoueront, et elle fera l'objet d'un chantage de la part de Coatzin, la seconde épouse, qui l'obligera à prendre des risques mortels pour réaliser ses ambitions. C'est en s'alliant à Xalaquia, la favorite, qu'Ameyal parviendra de justesse à sauver sa vie.

*

AZTÈQUES TOME 2 : LA VOIE DU PAPILLON

Harem d'Ahuizotl, Teotitlan.
1516, trois ans avant l'arrivée des Conquistadors.

Malgré son état d'esclave et la perte de sa virginité, Ameyal parvient à intégrer l'école des concubines au mépris de la Loi du harem. Elle devra étudier sans relâche, tout en déjouant les pièges de ses rivales et ennemies, qui rivaliseront d'ingéniosité, de mensonges et autres manipulations pour la faire échouer. Grâce à la prêtresse Eau vénérable, elle parviendra néanmoins à franchir l'épreuve finale qui lui ouvrira les portes du monde des concubines.

*

AZTÈQUES TOME 3 : LA CROISÉE DES MONDES

Harem d'Ahuizotl, Teotitlan.
1517, deux ans avant l'arrivée des Conquistadors.

Enfin devenue concubine, Ameyal ne peut empêcher Macoa, sa mentore et son amante, de tuer Citlalin, fille de la défunte seconde épouse, ce qui les éloigne pour toujours et les lie à jamais. Eau vénérable, au nom de la déesse Fleur Quetzal, lui demande d'assister à une réception que va offrir Ahuizotl afin de récupérer des informations cruciales sur le tribut et de les livrer au prince héritier de Teotitlan devenu chef des hors-la-loi : Vent de la forêt. Ameyal accepte la mission dans l'espoir de regagner sa liberté, et parvient au camp des hors-la-loi après de multiples dangers. Sa mission remplie, elle se voit contrainte de retourner au harem pour que les hors-la-loi puissent récupérer le tribut et reconquérir la ville le jour du Grand Réveil.
Vent de la forêt promet néanmoins qu'ils se reverront bientôt…

SOMMAIRE

1. REGARD DE JADE

2. LE CŒUR DU MONDE UNIQUE

3. LA PARTIE DE TLACHTLI

4. L'AIGLE ET LE JAGUAR

5. LE LIEU OÙ LA PIERRE SAIGNE

CITATION

« Le chemin que nous devons suivre en ce monde est étroit et haut placé. Si nous nous en écartons, nous tombons dans un précipice sans fond. »
Proverbe aztèque

1. REGARD DE JADE

Teotitlan, jour de la fête du Grand Réveil
1518, un an avant l'arrivée des Conquistadors.

Le prêtre au masque grimaçant, aux longs crocs et aux yeux ronds entourés de serpents se dresse juste au-dessus d'Ameyal. Il brandit le couteau d'obsidienne, prêt à frapper. Le tambour-tonnerre retentit une nouvelle fois, si proche que les tympans de la jeune femme semblent se déchirer.

— Ô, Xilonen, de toi nous vient le soutien du corps, nécessaire à la conservation de toute vie humaine, car quiconque privé des subsistances chancelle et meurt. Tu es celle qui a créé toutes les variétés de maïs, de chia et de haricots, et toutes autres espèces de légumes propres à nourrir tes serviteurs. Nous t'offrons le flux vital de cette femme, Ô, Xilonen, pour que tu puisses enfanter à nouveau !

La jeune femme se sent partir.

Ça y est. C'est la fin.

2.

Quelques semaines plus tôt

— Vous m'avez élevée au rang de favorite, pourquoi me fermer les portes de votre palais ?

Ahuizotl contemple la jeune femme agenouillée devant lui dans son plus simple appareil. Les yeux verts d'Ameyal ressortent sur les murs tapissés de fleurs d'hibiscus d'un rouge profond. Des parfums de copal planent dans l'air alangui. Les pépiements d'oiseaux emplissent la chambre d'espoirs et de promesses.

— Il t'en faut toujours plus.

— Un être sans désir est un mort en sursis, répond Ameyal en posant sa main nue sur celle du Maître du harem. La vie ne demande qu'à croître et s'épanouir.…

Ahuizotl quitte le lit en souriant.

— Ne crains-tu pas que ton ambition ne te laisse à jamais malheureuse et frustrée ?

— Être sans ambition me rendrait malheureuse et frustrée. L'ambition est au vivant ce que l'appétit est au jaguar : elle est ce qui l'ancre dans le présent et le porte vers l'avenir. Elle est comme une rivière : elle parvient toujours à se frayer un passage, dût-elle creuser la roche ou dévier son cours pour conquérir de nouvelles terres.

— La rivière ne conquiert pas. Elle abreuve.

— Abreuver est une conquête. Boire à une source nous rend dépendants de cette même source.

— La rivière qui creuse son lit au fil du temps s'enchâsse dans la terre, polit les galets qui peu à peu lui livrent passage et dessinent sur sa surface les remous qui la distinguent des autres rivières, riposte le Maître. Les rivières trop sauvages doivent être endiguées ou canalisées.

— Des digues, des canaux… s'impatiente Ameyal. Quelle sorte de prison intérieure vous habite pour que les seuls mots capables de franchir vos lèvres aient trait à la contrainte et à l'asservissement ?

Ahuizotl sourit avec malice.

— Ne confonds pas asservissement et allégeance, ma chère. Toi qui as été esclave de l'extérieur devrais pourtant savoir la différence.

— Sans doute parce que je trouve dans l'allégeance une certaine forme d'asservissement.

— Tu as été achetée au marché aux esclaves. Je te rappelle que tu es mienne, au même titre que cette chaise, cette table, ce coffre d'osier, argumente-t-il en désignant le mobilier du doigt.

La jeune femme se lève à son tour. Elle lui fait face. Les pointes de ses cheveux ondulent sur son front brillant.

— Je vous rappelle que vous êtes dans mes appartements, et qu'à ce titre, vous êtes mon hôte.

— Je te remercie pour ton aimable hospitalité, répond Ahuizotl en mimant une révérence.

Lorsqu'il darde sur elle son orbite vide, un frisson parcourt Ameyal, qui se dégage de son emprise et fait quelques pas vers la fenêtre. Sur le châssis de pierre ont été disposés, depuis plusieurs mois déjà, les braseros de la favorite.

Ils ne l'ont jamais quitté depuis.

Ameyal sait que sa position est aussi enviable qu'éphémère. Elle n'est qu'une illusion passagère, comme l'ont été Xalaquia et d'autres avant elle. Mais certaines illusions perdurent suffisamment pour ébranler le monde. Maintenant qu'elle dispose des pouvoirs conférés à la favorite, elle peut influencer le Maître, obtenir de lui ce qu'elle désire, si elle s'y prend bien.

Enfin.

La jeune femme lève les yeux vers Tonatiuh, dont la lumière dorée ruissele sur son corps nu. Les traits enflammés du dieu soleil ricochent sur sa peau et la réchauffent. Dans le bleu et l'or sans ombre de midi, il lui semble qu'elle peut toucher les montagnes couvertes de forêts en tendant simplement les bras. Derrière les ramures des arbres, en contrebas, étincellent les fontaines aux gouttelettes d'argent des jardins. Un jeune chien, accroupi sur le ventre, fixe le harem comme s'il attendait sa maîtresse disparue. La cour aux metals résonne du travail régulier des esclaves de l'extérieur, et la jeune femme peut discerner, à travers les branchages, la tunique au col brodé de fils d'or de Necahual, leur chef, qui circule parmi elles. Elle se revoit pliée en deux, les muscles brûlants, lorsqu'elle était encore leur égale.

Lorsqu'elle était encore esclave.

Pourquoi Necahual reste-t-elle à l'extérieur, alors qu'elle pourrait jouir d'une place de choix au sein du palais, comme le lui a maintes fois proposé Ahuizotl ?

Le Maître boit à une jarre d'eau. Entièrement dévêtu lui aussi, il lui fait songer à Huitzilopochtli, le dieu tribal de la guerre, le Soleil triomphant qu'il vénère sans discontinuer. Sa peau bronzée et ses muscles saillants ressortent sur le blanc des édredons. Il ramasse son pagne, l'ajuste autour de ses hanches d'un geste sûr, puis lisse le manteau de coton blanc ourlé d'or qu'elle lui a arraché lorsqu'il l'a rejointe, après qu'elle l'ait fait mander. D'ordinaire, le Maître ne vient jamais au harem en journée.

Mais les choses ont changé depuis qu'il a fait d'elle sa préférée.

Ameyal sent sa peau se hérisser au contact de la fenêtre. À l'image de Tene, le harem reste froid, quels que soient les efforts déployés par Tonatiuh pour le réchauffer. Elle se souvient de la nuit où Ahuizotl l'a conduite pour la première fois dans ses appartements. Des bouquets de fleurs embaumaient l'air. Des bougies resplendissaient de toutes parts, et des musiciennes jouaient en contrebas. Les yeux emplis d'étoiles, elle avait fait le tour des lieux, du cabinet de toilette à la salle d'étude, de la salle à manger à la chambre à coucher, contemplant les meubles sculptés, les coffres en vannerie, les fresques et tentures murales, les lits aux draps immaculés, avant de s'arrêter devant un miroir en tezcatl1 poli où se reflétait la nouvelle favorite. Savourant le chemin parcouru, elle avait déroulé la main pour saisir une fleur d'agave. En sus des fruits, divers mets ornaient la table avec profusion : cailles rôties, poissons de rivière, plats de légumes, tamales…

Ahuizotl lui avait pris le fruit avant qu'elle ne le porte à ses lèvres.

— À ta place, je n'y toucherais pas, avait-il dit. L'as-tu apporté toi-même ? L'as-tu fait goûter ?

— Cinteotl goûte toute la nourriture qui m'est offerte.

— As-tu confiance en elle ?

— Elle ne serait pas mon esclave personnelle si ce n'était pas le cas. Et je m'occupe suffisamment bien d'elle pour que personne ne puisse la soudoyer. Les fruits sont cueillis et les jus pressés sous mes yeux. Comment pourrais-je être un jour empoisonnée ?

— Ton nouveau statut draine dans son sillage autant d'ombre que de lumière. Les moyens ne manquent pas pour se débarrasser de la favorite. Une araignée, un serpent pourraient être glissés sous tes draps…

— Cinteotl dort chaque nuit au pied de mon lit.

— Une tueuse pourrait pénétrer dans ta chambre durant ton sommeil.

---

1 Cristal rare et pur renvoyant une image nette et non déformée.

Ameyal s'esclaffe.

— Cinteotl est corpulente et musclée. Elle pourrait donner du fil à retordre à bien des hommes. En outre, elle a une ouïe très développée.

— As-tu pensé à l'eau de ton bain, à tes vêtements ?

À ces mots, la jeune femme avait senti une certaine forme d'agacement l'envahir. Que désirait Ahuizotl ? La protéger ? L'empêcher de jouir de son nouveau statut ?

— Je ne peux me prémunir de tout, avait-elle répondu. Si le Serpent précieux laisse une telle chose se produire, cela mettra au moins fin à la terrible situation à laquelle je suis soumise.

— Allons, avait répondu le Maître du harem en croquant dans le fruit. Es-tu vraiment si malheureuse ?

Elle avait gardé le silence. Comment Ahuizotl aurait-il pu se douter de l'impatience qui la rongeait ? De sa soif de vengeance ? De l'envie qui la tiraillait de faire payer à ses frères leurs actes innommables ?

— Déjeuneras-tu avec Tene et mes épouses aujourd'hui ? demande le Maître, arrachant Ameyal au passé.

Tene.

— Ces traditions sont désuètes. Il est temps d'en instaurer de nouvelles.

— Je suis au regret d'insister.

La jeune femme songe au moment où, interrogée dans la salle de torture de la prison du harem, elle avait subi le supplice aux piments. La mère du Maître avait approché son visage si près des braises qu'elle lui avait brûlé les paupières, menaçant de la défigurer à jamais.

— Déjeuneriez-vous avec celui qui vous a mutilé ?

Le Maître plisse son œil unique et répond dans un soupir.

— Cela m'est arrivé, et m'arrivera sans doute encore de nombreuses fois. Tes yeux, quant à eux, sont plus beaux et étincelants que jamais. Ta faculté de récupération est admirable…

Si vous saviez à quel prix, se dit Ameyal en repensant aux risques qu'elle a dû prendre pour dérober à Tene quelques fèves de cacao et faire venir la guérisseuse.

— Je vois avec un seul œil ce que beaucoup ne savent voir avec deux, ajoute le Maître, pensif.

— C'est tout à votre honneur. Mais l'exemplarité a plus de poids en étant suggérée, plutôt qu'imposée.

— Quand te décideras-tu à respecter la Loi ? grogne-t-il.

Au ton du Maître, la sixième Loi du harem cingle au visage d'Ameyal.

« La favorite porte la robe de plumes rouges et jaunes. Sa fenêtre est ornée de braseros et elle jouit d'un traitement de faveur. Elle déjeune et dîne à la droite de Tene. C'est elle qui décide de la nourriture du lendemain. »

— Pourquoi rester esclaves des lois ? Ne peut-on pas les contourner, les bousculer ?

— Quelle étrange idée.

— Auriez-vous peur d'elles ? Elles ne peuvent crier.

— Chez toi, peut-être… mais chez moi, elles ont la voix de Tene, répond le Maître sur un ton de reproche. Et malgré ce que tu sembles penser, même si je t'ai accordé ma préférence, tu es ici chez moi.

— Ne devriez-vous pas dire plutôt : « chez Tene » ? répond la jeune femme sur un ton de douce raillerie.

Ameyal sent son cœur se serrer, comme chaque fois qu'elle se permet une telle sortie envers celui par qui et pour qui tout arrive. Mais en voyant l'œil d'Ahuizotl se plisser, elle se répète qu'elle fait bien de suivre les conseils de Teicu, sa troisième préceptrice à l'école du harem. Au fil de leurs promenades dans les jardins, Teicu lui a appris comment ravir le Maître à lui-même à travers l'art de l'amour et de la conversation, et comment le garder auprès d'elle sans jamais le lasser.

Attiser le désir à travers la séduction, y répondre en laissant toujours une légère frustration.

Ainsi sont les hommes.

— Si tu n'étais pas aussi charmante… dit le Maître en saisissant Ameyal par la taille.

— Je n'occuperais pas ces appartements, répond la jeune femme, impertinente.

Elle contemple ses mains puissantes, lardées de cicatrices, en se disant qu'il pourrait la broyer rien qu'à la force de ses bras. Ignorant son œil unique, elle inspire son parfum de campêche, aux notes puissantes et volatiles. Malgré les nombreux mois passés dans sa couche, elle ne parvient toujours pas à saisir cet homme fait de conflits, de contradictions, d'ambitions et de renonciations.

Elle s'étonne lorsqu'il la presse contre lui.

— Feignez-vous d'avoir de l'affection pour moi, malgré ce que vous me faites subir ?

Seul un souffle s'échappe des narines d'Ahuizotl, qui paraît plus amusé qu'agacé. Quelque chose l'empêche de prendre congé. Ameyal sent le désir du Maître renaître à son contact.

Le moment est venu d'avancer ses pions.

— J'accepte de dîner en compagnie de Tene et des épouses une fois par semaine, déclare-t-elle.

— Très bien !

Le visage d'Ahuizotl s'est éclairé. Elle se réfugie dans ses bras, colle son oreille à son torse et, de sa voix la plus douce :

— Mais j'aimerais que vous fassiez quelque chose pour moi en retour, Maître.

— Quoi donc ?

— Nous approchons du quatrième mois du calendrier, uei tocoztli[2], « Celui qui donne en offrande des fleurs ». Comme chaque année, une fête doit être organisée en l'honneur de Xilonen, et une femme doit être désignée comme *ixiptla*[3]... Laissez-moi la choisir.

— Songerais-tu à Xalaquia ?

Ameyal fronce les sourcils d'un air étonné.

— Pas forcément, même s'il ne faut écarter aucune possibilité...

---

2 Correspond au mois d'avril.
3 Femme choisie pour être sacrifiée en tant qu'incarnation d'une déesse.

Satisfaite à l'idée que le Maître ait songé à cette éventualité sans qu'elle ait eu à salir l'image qu'il a d'elle, Ameyal fait quelques pas devant lui, pensive.

Xalaquia n'est pas sa seule ennemie.

— Je sais l'attachement du Maître pour Celle qui s'habille de sable. La personne à laquelle je pensais est plutôt une dissidente. Un esprit indépendant, imprévisible, qui n'a pas vraiment d'importance aux yeux de son Excellence.

— À qui pensais-tu donc ?

— À Macoa.

— Macoa ? N'êtes-vous pas d'anciennes amies ?

Ameyal sourit d'un air entendu.

— Je le pensais aussi, jusqu'à ce que je comprenne qu'elle joue avec le Maître.

— Comment cela ?

— A-t-elle déjà cherché à vous aguicher ? À vous provoquer ? Vous êtes-vous déjà senti troublé en sa présence ?

— Pas vraiment.

— Si cela ne vous gêne pas…

Ahuizotl hausse une épaule.

— J'ai déjà bien assez de concubines pour me contenter. Et Macoa est la sœur de Chimalli. Je n'ai pas intérêt à monter l'un des soldats de ma garde contre moi.

— Être désignée comme ixiptla est un honneur.

— Toutes les femmes ne le voient pas comme tel. Pour ne rien te cacher, je pensais plutôt à Rivière noire.

— Pourquoi elle ?

— Rivière noire est très croyante. Elle ne devrait pas s'opposer à cette décision. En recevant la Mort Fleurie en tant qu'incarnation de Xilonen, elle renaîtra dans le luxueux paradis du Tlalocan, et elle servira Tlaloc avec bonheur jusqu'à la fin des temps.

Ameyal esquisse une moue déçue. Même si elle déteste Rivière noire, elle aurait tout donné pour que Macoa soit choisie. Ou Xalaquia. Mais Rivière noire a perdu une partie de ses cheveux, et le Maître n'aime pas les femmes à la beauté fanée.

— N'écouterez-vous donc jamais mes conseils ?

— Quelle question ! En tant que favorite, tu es la femme que j'écoute le plus.

— Un jour, il vous faudra choisir entre le harem et moi.

Il la contemple un instant en silence.

— La fille de l'Aigle se croirait-elle en position d'imposer un ultimatum ?

Ameyal ne répond pas tout de suite. Elle l'attire vers le lit moelleux, entrouvre les rideaux pour le laisser passer et soulève la courtepointe faite de minuscules peaux d'écureuil blanchies, qui les accueille en son sein. Elle passe ensuite la main derrière le pagne du Maître, faisant glisser le tissu jusqu'à dévoiler le désir perçu quelques instants plus tôt. Le parfum de hêtre et de campêche, aux notes puissantes et volatiles, se répand autour d'elle.

Elle veut cet homme à la fois loin d'elle et en elle.

— Je ne vois d'autre issue ni pour vous ni pour moi.

3.

Allongée sur un duvet moelleux, Ameyal savoure les douces pressions qui s'exercent sur ses bras, ses cuisses, autour de ses seins, tandis que Subtile et Raffinée massent son corps alangui. Le temazcalli résonne du bruit d'écoulement d'une fontaine, et chanteuses et musiciennes jouent en sourdine pour l'aider à se détendre.

Le regard de la jeune favorite se perd dans les vapeurs qui dansent aux lumières des torches disposées le long des murs. De la pierre émerge le visage de Toci[4], mère de tous les dieux, protectrice des bains temazcal, de la propreté et de la maternité. Il s'agit d'une vieille femme habillée de blanc qui tient un balai dans les mains. Par moments, les vapeurs s'assombrissent, telles des silhouettes élancées et gracieuses qui remuent autour du visage souriant. La jeune favorite n'a jamais cessé d'être éblouie par la majesté de ces appartements, de ces pièces donnant sur les jardins, de ce cabinet de toilette doté d'un bain de vapeur particulier, de cette atmosphère vaporeuse et parfumée qui la fait voyager en pensée.

Une forme imposante surgit dans le temazcalli. Cinteotl, son esclave personnelle, s'approche et lui glisse à l'oreille :

— Le dîner sera servi dans vos appartements comme demandé.

— Bien.

— Cela a une nouvelle fois fait bondir Tene, qui a prétexté que vous aviez donné votre parole au Maître.

Un sourire erre sur les lèvres d'Ameyal.

— Il serait plus exact de dire qu'Ahuizotl a décliné l'offre que je lui ai faite contre ma présence au dîner.

---

[4] Nom nahuatl composé e To (nôtre) et Citli (grand-mère)

Pour se faire désirer, une femme doit savoir mélanger avec douceur caprice et sagesse. Seules ses dissonances révèlent l'harmonie de sa nature. Le mystère qui plane autour d'elle est ce qui lui donne sa force, car il enflamme l'imagination des hommes. « *Soyez explicite, vous ne serez rien de plus que vous même*, lui a confié Teicu. *Soyez mystérieuse, et votre pouvoir sur les hommes aura pour seule limite leur imagination.* »

Voilà le secret des secrets.

— Eau vénérable souhaiterait vous voir au temple dès que possible.

— Dis-lui que j'y descendrai en milieu d'après-midi, durant les heures chaudes. Autre chose ?

— La première épouse a également demandé à vous rencontrer. Elle dit que c'est important.

— Qu'elle attende.

Cinteotl recule son visage rond.

— Êtes-vous certaine, Maîtresse ?

— Ne discute pas mes ordres, Cinteotl.

— D'autres personnes souhaitent vous voir. Macoa, évidemment…

— Quand me laissera-t-elle donc en paix, celle-là ?

Ameyal sent souvent l'ombre de son ancienne amante planer sur elle, son regard la poursuivre avec envie dans les couloirs du succès. Elle espérait que le temps aiderait Macoa à l'oublier, mais il n'en est rien. Au contraire, le temps et la distance semblent attiser son désir.

— Va chercher Citlaltonac et fais-la attendre dans l'antichambre, dit-elle. Je la recevrai une fois mon massage terminé.

— Bien, Maîtresse.

La jeune favorite regarde Cinteotl s'éloigner en se félicitant de l'avoir choisie comme esclave personnelle. Cinteotl a été recueillie et formée par Eau vénérable : les meilleures références auxquelles on puisse rêver. Elle l'a aidée par le passé et lui a toujours été fidèle. Même si elles se sont connues esclaves, Cinteotl refuse de la tutoyer en signe de respect. En plus de sa force physique et de ses talents de cuisinière, elle est née au harem qu'elle connaît sur le bout des doigts, qu'il s'agisse de ses occupantes passées et présentes, des lieux accessibles à tous comme des plus secrets d'entre eux. Appréciée par toutes et tous, Cinteotl écoute plus qu'elle ne parle. Elle est instruite des moindres habitudes et secrets des concubines, qu'elle ne manque pas de rapporter à sa maîtresse lorsque le besoin s'en fait sentir.

Ameyal sourit à l'idée de faire attendre la première épouse, mère de l'héritier Konetl, pour une entrevue. De telles manœuvres sont parfois nécessaires pour asseoir une position hiérarchique. Si Pixcayan a su voir en Ameyal un moyen de saper l'influence de Coatzin et de Xalaquia, respectivement seconde et la troisième épouse d'Ahuizotl, il ne faut pas oublier que sa seule motivation pour l'aider à quitter son statut d'esclave était son propre intérêt. En outre, Pixcayan savait que le Maître aurait tôt ou tard remarqué les charmes inemployés d'Ameyal, et qu'un ordre d'accueillir cette dernière au harem aurait suivi sans tarder.

Pixcayan n'a fait que prendre les devants pour se donner toutes les chances de contrôler Ameyal.

Et elle a échoué.

Ameyal, toutefois, ne lui en veut pas, car elle aurait agi de la même manière si elle s'était trouvée dans la même position. Dans un premier temps, le projet de la première épouse a fonctionné, et Coatzin est tombée en disgrâce, avant de se trahir elle-même et d'être condamnée à mort. Mais Xalaquia, elle, restait pour Ahuizotl l'étoile la plus brillante du ciel nocturne, d'autant que la nuit où Ameyal a offert sa fleur au Maître ne s'est pas déroulée comme l'aurait souhaité Pixcayan.

Heureusement, si le Maître n'a pas gardé un bon souvenir de la première nuit passée avec Ameyal, il est devenu fou au point de bousculer l'ordre établi lorsqu'elle s'est offerte à lui une seconde fois, après avoir longuement étudié en secret l'art de l'amour en compagnie de Teicu. Dès lors, Ahuizotl a chassé les conseillers opposés à son engagement avec Ameyal, et a accueilli cette dernière au cœur de son gynécée, dans les appartements de la favorite, reléguant enfin Xalaquia au rang de simple concubine.

Ameyal laisse échapper un long soupir tandis qu'on lui masse les pieds. Elle aime sentir les baisers et les caresses qui vont de ses orteils à sa voûte plantaire. Les doigts courent, les langues passent, repassent…

Enfin, elle a obtenu ce qu'elle souhaitait. Toujours concubine, son grade s'est élevé au plus haut niveau permis par la Loi du harem. En accédant au rang de favorite, elle est désormais la troisième femme dans la hiérarchie officielle du gynécée, et la première pour l'influence exercée auprès d'Ahuizotl.

Elle a gagné le titre de favorite à l'âge de dix-huit ans.

Si Pixcayan a finalement eu ce qu'elle désirait, à savoir une alliée de poids, elle a sous-estimé les ambitions d'Ameyal. Depuis son arrivée au second étage du harem, la nouvelle favorite a œuvré dans l'ombre pour affaiblir le clan de Xalaquia comme celui de Pixcayan, ainsi que pour nouer ses propres alliances. Tandis que sa faveur auprès d'Ahuizotl grandissait, elle s'est tissé un réseau de fidèles et a su rallier les ennemis des deux épouses à sa cause, créant son propre clan, désormais sur le point de dépasser celui de sa rivale.

Le clan de Regard de jade.

— Pourriez-vous vous tourner sur le ventre, Regard de jade ?

Ameyal se tourne, pose son front sur le coussin prévu à cet effet et ferme les yeux, se laissant aller aux délicieuses sensations qui parcourent son dos, ses cuisses et ses fesses. Elle aime ces massages quotidiens. Le plaisir qui ondule le long de sa peau trouve un écho au plus profond d'elle même, la laissant dans un état méditatif qui lui permet d'anticiper ses coups à l'avance. La musique participe de cet état de rêverie qui fait glisser devant ses yeux fermés un firmament d'étoiles, ponctué des visages familiers des femmes du harem. On lui dit de se méfier, que le succès est éphémère, mais où se trouve la future concubine appelée à la remplacer ? Ahuizotl l'a-t-il déjà rencontrée ? Comment résister à l'assaut d'une beauté plus jeune et plus exotique qu'elle ? Comment renforcer un pouvoir qui ne demande qu'à couler entre ses doigts ?

Ameyal sait que le temps est son pire ennemi, car il l'éloigne peu à peu du pouvoir et de sa vengeance. Elle n'a cessé d'œuvrer contre lui.

Il lui a fallu avancer dans deux domaines indissociables et pourtant opposés : les récompenses, pour asseoir sa position et l'ancrer dans le temps, et les punitions, pour défendre une place chèrement acquise à travers des exemples. Elle a ainsi fait libérer Mireh de prison, et les a aidées, sa sœur et elle, à devenir concubines, avant de prendre la plus âgée d'entre elles pour lieutenant et femme de main. Eau vénérable, Quiahuitl, Xihuitl, sans oublier Necahual et Cinteotl, toutes ses fidèles ont été récompensées par une amélioration de leur statut, de leurs conditions de vie ou le don de pierres précieuses offertes par Ahuizotl, qu'elle conserve prudemment dans une boîte à bijoux.

Mais les femmes n'obéissent véritablement qu'à la peur.

Dès lors, le châtiment d'Ameyal s'est abattu sur la plupart des femmes qui ont collaboré par leurs actes ou leur inaction, par leurs paroles ou leur silence, avec la fureur d'une vengeance trop longtemps contenue. Certaines esclaves ont été renvoyées, d'autres vendues pour être sacrifiées, devenir auanimes[5] ou maatitl[6]. Les concubines les plus farouches et indépendantes ont été pourchassées, menacées, de sorte qu'elles se réduisent désormais à une armée en déroute de fantômes sans âme, isolés et apeurés.

Rivière noire, qui administre le clan de Celle qui s'habille de sable, a abandonné ses prérogatives sur l'école du harem, qui lui assurait la mainmise sur les nouvelles recrues qu'elle endoctrinait et faisaient entrer de force dans le clan de sa maîtresse, au profit de Xihuitl, qu'Ameyal a placé avec l'accord de Pixcayan. Terrée dans sa chambre depuis lors, Rivière noire s'est résolue à attendre le moment où le Maître la condamnera à l'exil et à l'oubli, car elle pense que ce funeste destin est le sien désormais, sans imaginer que le sacrifice est ce qui l'attend véritablement.

La rivière qui a durant tant d'années emporté l'innocence dans la noirceur de son lit sera bientôt tarie.

---

[5] Courtisane qui offrait son corps aux guerriers pour les récompenser
[6] Prostituée.

Tliacapan et Tlaco, les préceptrices qui ont causé bien des déboires à Ameyal, et qui ne sont plus nourries par cette rivière, s'assèchent peu à peu, et à présent, leur sœur cadette Teicu mène la danse, avec, derrière elle, l'ombre de la favorite qui plane et rode, tel un aigle de nuit capable de punir celles qui lui désobéiront. Avec Pixcayan et Teicu comme alliées, la jeune favorite est certaine qu'aucune élève de l'école du harem ne peut lui échapper. Ce que faisait Celle qui s'habille de sable dans l'ombre est désormais accompli par elle à la lumière du jour. Elle sait que la terreur qui autrefois sévissait parmi les nouvelles recrues s'est muée en enthousiasme, en mise à l'épreuve saine, où la plus travailleuse, la plus appliquée et la plus méritante verra ses efforts justement récompensés, tandis que la plus en peine sera aidée, plutôt qu'écrasée, si elle fait preuve de courage et de bonne volonté. Et les résultats sont là : les pertes, qui dépassaient auparavant les trois quarts des recrues, sont aujourd'hui réduites à un quart environ.

Ameyal, toutefois, n'est pas encore satisfaite.

Certaines femmes, les plus terribles, continuent d'échapper à son courroux.

Xalaquia, en secret, brigue toujours la place qu'elle a douloureusement perdue. Jamais elle n'a cessé d'intriguer, d'inventer des raisons de mécontentement, puis de rassembler autour d'elle les mécontentes, les indécises, de rivaliser d'astuces pour remonter dans l'estime du Maître. Ameyal sait qu'Ahuizotl lui rend visite certaines nuits. Elle pourrait s'y opposer : elle connaît la faille de Xalaquia depuis qu'elle l'a croisée par accident lors d'une mission nocturne dans le harem. Celle qui s'habille de sable se trouvait en compagnie de Chimalli, le frère de Macoa, garde personnel d'Ahuizotl, avec qui elle entretient une liaison illicite. Si elle levait le masque de cette relation, la troisième épouse serait mise à mort par lapidation. Mais dénoncer Xalaquia ferait tomber Chimalli du même coup, et Ameyal ne peut se résoudre à condamner quelqu'un qui l'a aidée par le passé.

D'autant que Macoa pourrait chercher à se venger.

Deux choses la rassurent, cependant. D'abord, Celle qui s'habille de sable ayant aperçu Ameyal lors de cette sinistre nuit, cette dernière est assurée qu'elle se tiendra tranquille. Ensuite, Xalaquia ne semble pas capable d'avoir d'enfants. Tout le temps où elle était favorite, elle faisait venir la guérisseuse chaque mois pour l'ausculter, et elle n'a toujours pas rompu cette habitude. Ameyal a pris connaissance, au fil des interrogatoires, qu'elle consommait de la viande de renard, de l'herbe cihuapatli, ainsi que d'autres substances supposées assurer la fécondité.

Celle qui s'habille de sable peut continuer de se mentir à elle-même.

Ameyal sait que son règne est révolu.

Reste à décider du sort d'Izelka, emprisonnée avec Celles que l'on a oubliées, toujours vivante, et qui peut donc encore nuire. Doit-elle la faire empoisonner, ou lui laisser subir au fil des nuits le calvaire qu'elle mérite ? Reste Kinetl, qui peut un jour découvrir qu'Ameyal est responsable de l'incarcération de son aimée. Reste Amocualli, dont elle n'a jamais pu oublier le voile de coton ni la corde de lianes avec laquelle il l'a attachée une nuit, dans la prison, avant de lui faire subir l'une des pires humiliations qu'il lui ait été infligée.

En tant que chef de la garde, l'homme aux plumes noires occupe une position qui le rend difficile à atteindre, et il n'hésite pas à en abuser. Elle ne lui connaît qu'une seule faille, et non des moindres : son vice. Il boit plus que ne le permet la bienséance aztèque, fréquente les auanimes, les maatitls, et éprouve un désir difficile à contenir pour Xalaquia. Cinteotl lui a confié avoir vu, lorsqu'elle travaillait encore aux cuisines, Amocualli s'adresser à Celle qui s'habille de sable depuis la cour du palais, lors d'une relève de la garde, et se faire éconduire.

Mais comment exploiter une telle information ?

Reste également Tene. Tene qui est aussi froide, dure et résistante que la pierre du harem. Que peut-elle contre cette vieille folle, si ce n'est s'opposer aux lois qu'elle incarne, les transgresser, tenter de les faire amender, et éloigner sa présence hostile qui rôde en tout temps et en tout lieu ? Tene sera toujours Tene. En tant que génitrice du Maître, elle occupera sa fonction à vie, tandis que celle de favorite est tout ce qu'il y a de plus éphémère, car elle est soumise à la volonté, aux caprices d'Ahuizotl. Tout comme la beauté, elle peut lui échapper à chaque instant, comme elle a quitté certaines des plus belles et des plus puissantes concubines. C'est d'ailleurs ce qui est arrivé à Rivière noire, à qui Mireh a fait boire de l'extrait d'algues rares du Xicallancas, altérant à jamais sa beauté, en prenant garde qu'aucun lien ne soit fait entre elle et la favorite, et en faisant peser la faute sur une nouvelle maladie incurable censée venir du fin fond du Chiapas.

Seule la mort peut la débarrasser de Tene, mais Tene est sur ses gardes.

Reste enfin Miquiztil, l'homme aux crânes, qui a tué son père et massacré son village, sur qui elle remettra la main, un jour.

Ameyal n'oublie rien.

La jeune femme sent les muscles de son cou et de sa nuque se détendre à mesure que d'habiles pressions entrecoupées de caresses et de baisers s'y appliquent. Elle sait que Subtile et Raffinée aiment les femmes, et qu'elle est la plus désirable d'entre toutes. Elle s'est déjà donnée à elles à plusieurs reprises. Une langue la chatouille au creux de son corps. Elle se cambre, soupire. Ses pensées s'évadent. L'espace d'un instant, il lui semble voguer, tel un aigle, entre ciel et terre, survoler le harem, le palais, la ville et ses habitants, le lac, les montagnes, monter et se fondre dans le firmament. Sur le rideau sombre de ses yeux resplendit désormais l'étoile Quetzalcoatl, le Serpent précieux, celle qui dicte le calendrier du monde.

— Si vous voulez bien nous suivre jusqu'à votre lit, Maîtresse.

La jeune femme n'a pas su résister à la tentation. La voilà qui déambule en chancelant, ivre de volupté, de plus en plus dépendante des plaisirs qu'on lui offre. Combien de temps va-t-elle devoir attendre le Maître, complément essentiel des femmes qui l'entourent ?

Le lit d'Ameyal, qui pourrait accueillir quatre dormeuses et dont les édredons ont la consistance des nuages, est dominé par un baldaquin à franges d'où tombent des rideaux très fins, presque invisibles, qu'elle tire autour d'elle, la nuit, pour se prémunir des insectes nocturnes. La jeune favorite s'allonge. Un frisson chaud monte de son cœur à sa tête, puis redescend à ses pieds, et elle se souvient qu'elle est également Ameyal, une fille de chef terrible et prête à tout, affamée de vengeance et dévorée d'ambitions. Le massage prend fin, la laissant dans un état de profonde quiétude.

Mais ce n'est pas l'heure de dormir. Il reste tant à faire…

— Laissez-moi, ordonne-t-elle, et faites venir Citlaltonac.

Ahuizotl ne pourra pas lui refuser éternellement ce à quoi elle aspire. Elle doit prier le Serpent précieux. Réfléchir. Anticiper. Avancer ses pions comme lors d'une dangereuse partie de patolli.

Il lui faut le placer dans les meilleures dispositions possibles, et attendre le juste moment pour frapper.

Un léger froissement lui parvient. Une concubine glisse jusqu'à elle, grande, élancée, le regard pétillant. Citlaltonac, aussi belle qu'une jeune biche, détaille son corps nu sans se donner la peine de se dissimuler.

— Vous m'avez demandé, petite sœur ?

Ameyal hoche la tête.

— Je voulais te féliciter pour ta réussite.

La nouvelle concubine incline le visage.

— Merci.

— Tu as beaucoup appris, Citlaltonac. Des rumeurs flatteuses circulent à ton sujet. Aussi, j'ai parlé de toi au Maître.

— Est-ce vrai, petite sœur ?

— Tu sais le prix à payer s'il te reçoit suite à mon entremise.

Ta patrie sera le harem et mes désirs ta volonté.

— Je le sais et l'accepte de tout cœur, petite sœur.

Xihuitl l'a prévenue qu'une certaine connivence semble s'être créée entre Citlaltonac et Ahuizotl lors de l'épreuve finale de l'école du harem. Il s'agit d'utiliser cette information avant que les choses ne lui échappent.

— As-tu eu des contacts avec des femmes du harem ?

— Essentiellement mes préceptrices et Pixcayan.

— C'est tout ?

— Rivière noire est venue vers moi ce matin, comme si elle voulait me parler. Mais Mireh est apparue et elle a changé de direction.

— Tant mieux. Rivière noire voulait sans doute te recruter dans le clan de Xalaquia. En as-tu envie ?

— En aucune façon. C'est dans le vôtre, que je veux être.

— Évidemment.

Ainsi sont les êtres humains. Comment résister à l'attrait de la victoire ?

— Il y a aussi eu une femme. Macoa, je crois…

— Ne lui permet pas de venir te parler, interrompt Ameyal. Ne la regarde même pas. Je te l'interdis.

— Bien, petite sœur.

Le clan se compose désormais de neuf femmes, à l'image des neuf Lois du harem. En plus de quatre esclaves, cinq concubines lui obéissent, ce qui lui donne la supériorité numérique sur le clan de Xalaquia.

— As-tu parlé à des gardes, des conseillers ou des serviteurs du palais ?

Citlaltonac réfléchit un instant.

— Non. Ou plutôt si. Un garde a tenté de me parler, alors que je me tenais à une fenêtre donnant sur la cour du palais.

— Qu'y faisais-tu ?

— Je regardais la relève de la garde. C'est si beau.

— Évite de le faire à présent. À quoi ressemblait-il ?

— Grand et élancé, aux traits réguliers.

Ameyal ne peut retenir une réaction de surprise.

Chimalli !

— Que t'a-t-il demandé ?

— Le Maître a demandé des nouvelles de Celle qui s'habille de sable, qui a semble-t-il perdu connaissance hier soir.

— Vraiment ?

Le visage d'Ameyal se crispe. Que signifie cette perte de connaissance ? Nécessite-t-elle que de tels risques soient pris en son nom ? Elle sait, bien entendu, qu'Ahuizotl n'aurait jamais demandé une telle chose à un soldat.

— Je ne comprends pas, déclare-t-elle. Tu connais les Lois du harem, pourtant.

La jeune concubine s'empresse de réciter :

— « *Une concubine doit se montrer discrète, ne pas regarder ni s'adresser à un autre homme que le Maître.* » Troisième Loi. « *Il est interdit de faire commerce avec un homme autre que le Maître, sous peine de mort ou d'emprisonnement.* » Septième Loi.

— Et donc ?

— Je me suis fait surprendre. Je suis affreusement désolée… Allez-vous me dénoncer ?

Ameyal prend un air amusé.

— Dénoncer l'une des miennes ? Jamais, à moins qu'elle ne commette une monstrueuse erreur. En outre, Chimalli est l'un des meilleurs soldats de la garde d'Ahuizotl. Je ne voudrais pas qu'il soit répudié.

Citlaltonac paraît rassurée. La favorite laisse passer quelques instants, et poursuit.

— Le harem est un endroit dangereux. Si tu veux que je te protège, il faut que tu suives les Lois. Sinon, je devrai me séparer de toi.

— Je ferai tout ce que vous me demanderez. Tout.

Ameyal fronce les sourcils, surprise, puis la contemple, un éclat de malice dans les yeux. Citlaltonac pourrait lui faire de l'ombre, mais elle vient d'obtenir la confirmation de ce que le lui avait confié Xihuitl à son arrivée à l'école du harem.

Citlaltonac aime les femmes, une raison de plus de l'éloigner de Macoa.

Maintenant qu'elle a la réponse à cette question, et que la jeune concubine a achevé sa formation, elle tient à être la première à la posséder, avant Ahuizotl lui-même, pour s'assurer d'être le lien entre elle et lui.

— Il nous reste une dernière chose à régler, Citlaltonac. Ma protection n'est pas gratuite.

— Je n'ai pas d'argent.

— Ai-je parlé d'argent ? sourit Ameyal. Il y a d'autres manières d'être utile au clan. Tu n'as pas encore offert ta fleur au Maître, d'après ce que l'on m'a dit.

— C'est la vérité.

— Très bien. J'aimerais que tu t'en abstiennes pour le moment.

La jeune femme paraît surprise.

— Ne t'inquiète pas, cela ne durera pas éternellement. Mireh viendra te voir un soir, pour te demander quelque chose...

— Je m'acquitterai de ma tâche avec empressement.

— Ne parle pas trop vite.

Citlaltonac baisse les yeux. Ameyal s'approche d'elle et caresse le bas de son visage du bout des ongles. La concubine ferme les yeux et frémit au contact de sa peau contre la sienne. Deux seins fermes et voluptueux palpitent sous son habit.

Le pouvoir agit sur les femmes comme sur les hommes.

— Le jour où Mireh viendra te trouver, poursuit Ameyal dans un murmure, tu choisiras ta fleur et monteras dans mes appartements au gong de minuit. Tu te posteras dans l'antichambre et me rejoindras lorsque je te demanderai.

— Je ferai selon vos désirs, petite sœur.

Une nouvelle arme est prête.

— À présent, rends-toi au temazcalli et demande à Subtile et Raffinée de te parfumer avec de la fleur de magnolia, l'un de mes parfums préférés. Tu feras cela chaque jour. Le magnolia symbolise la beauté et la pureté, je trouve qu'il te sied bien.

— Merci pour cette magnifique attention, petite sœur, répond Citlaltonac en hochant la tête. J'espère que vous ne me ferez pas attendre trop longtemps.

4.

Ameyal tressaille en apercevant Celle qui s'habille de sable remonter les marches du temple de la Fleur Quetzal. Toutes deux échangent un regard glacial. Elles ne s'adressent plus la parole depuis longtemps, et se savent ennemies.

Ennemies mortelles.

Les colonnes qui dominent le temple, tels des arbres majestueux, semblent se déployer à mesure que la jeune favorite s'avance. Des rideaux brodés de fleurs roses, rouges et orangées s'étirent sur toute la hauteur des murs. L'allée centrale, marquée de bougies ordonnées avec soin, de fleurs et de petites statues grimaçantes, conduit à un autel sacrificiel où elle s'est trop souvent piquée avec des épines de maguey.

Quels sacrifices ne doit-on consentir pour parvenir à ses fins ?

La prêtresse est assise au bord de l'allée centrale. Habillée de son long manteau bleu semé de fleurs et de croissants de lune, une pièce de tissu repliée sur les genoux, Eau vénérable l'accueille avec un sourire fugace.

— Tu es plus belle que jamais. Tous doivent te désirer.

— Le désir est un poison qu'il vaut mieux susciter que subir, répond la jeune favorite d'une voix rapide. À propos de poison, que faisait Xalaquia dans le temple ?

— Elle est venue faire une offrande à la Fleur, comme tous les jours.

— Est-elle tombée enceinte ? J'ai entendu dire qu'elle avait perdu connaissance hier soir…

Eau vénérable secoue la tête.

— Le traitement de la guérisseuse, selon ce qu'elle m'a confié. Un jeûne sévère accompagné de prières et de mortifications.

Ameyal reste sceptique.

— Pensez-vous que la Fleur répondra à ses prières ?

— Xalaquia n'a jamais été attirée par la religion. La déesse sait qu'elle ne s'y adonne que par peur et intérêt.

Ameyal a un sourire cynique.

— Comme beaucoup.

— C'est hélas vrai. Pourquoi, en ce cas, y répondrait-elle ?

Le regard d'Ameyal monte vers la statue qui surplombe l'autel : une jeune femme nue au corps élancé, coiffée d'un oiseau à longue queue. Elle n'a jamais pu s'habituer à la vue ni à l'odeur de ce corps si beau, si vivant, recouvert d'une croûte de sang séché.

Eau vénérable se lève. Ameyal la regarde verser du copal dans un encensoir en attendant qu'elle lui dévoile le sujet de cette entrevue. La prêtresse promène l'encensoir autour de la favorite et récupère deux épines de maguey sur un petit autel.

— Une pour chaque lobe d'oreille, dit-elle, en hommage à la Fleur.

Ameyal s'exécute d'un geste assuré. Elle a pris l'habitude de l'autosacrifice, qu'elle voit désormais comme une tâche routinière et obligatoire. Elle plante les aiguilles l'une après l'autre. La prêtresse récupère quelques gouttes de sang dans un récipient de terre cuite à l'effigie de la déesse, qu'elle dispose sur l'autel.

— La Fleur est venue à moi, jeune favorite, fait-elle au bout d'un moment.

— Qu'a-t-elle dit ?

La vieille femme répond dans un murmure.

— Es-tu toujours encline à aider le protégé de la déesse ?

— Uniquement si cela ne se met pas en travers de mon plan.

— Ton plan ? répète la prêtresse, un sourcil levé.

— Mon plan, répond Ameyal d'un ton ferme.

Comment Eau vénérable ose-t-elle lui reparler de Vent de la forêt, alors qu'elle n'a reçu aucune nouvelle de lui depuis qu'il a utilisé les informations en sa possession pour mettre la main sur le tribut de Teotitlan, avant de disparaître ?

— Le protégé de la Fleur semble m'avoir oubliée depuis longtemps, explique-t-elle.

— Tu sembles l'avoir également oublié. Comme tu sembles avoir oublié la Fleur quetzal.

Ameyal choisit de ne pas relever. Depuis combien de temps n'est-elle pas venue au temple pour prier ? Plusieurs semaines. Plusieurs mois peut-être. Où se trouvait la Fleur durant tous ces instants passés dans les bras du Maître ? Où était-elle, dans ces cauchemars où l'œil unique la pourchassait ? Où se cachait Vent de la forêt, durant ces nuits agitées ?

Pourquoi l'attendre pour agir, pour avancer ?

Elle songe à Vent de la forêt, à l'impression qu'il a faite sur elle, aux sentiments qu'il a fait naître en elle, en essayant de comprendre ce qui s'est passé entre eux.

Mais repenser à lui est trop douloureux.

Elle fait le vide autour d'elle, refusant de se poser plus de questions, et serre les dents, résolue à ne pas se laisser berner une nouvelle fois. Un homme peut éclairer ou assombrir son destin, mais aucun homme ne peut être son destin.

La prêtresse jette un œil en direction des escaliers avant de reprendre tout bas.

— Personne ne t'a oublié. Les choses doivent être faites au bon moment, voilà tout. L'oisillon ne peut quitter le nid avant de savoir voler.

Ameyal serre les dents.

— L'oisillon a failli tomber, mais il a grandi, et l'aigle a pris son envol, seul, réplique-t-elle, intrépide. Maintenant qu'il vole de ses propres ailes, pourquoi redescendre vers le sol ?

Eau vénérable la contemple un instant, surprise.

— Tu as gagné en confiance en toi. Tant mieux. Ce qui t'attend demande du sang-froid.

Elle marque une pause avant de reprendre.

— Tu n'es pas encore l'aigle qu'a été ton père, Regard de jade. L'envol peut être suivi par une chute mortelle, s'il n'est pas contrôlé.

— Tout est sous contrôle.

— J'imagine que tu comptes utiliser Ahuizotl pour parvenir à tes fins…

— Qui d'autre pourrait m'aider ?

— Jusqu'où penses-tu aller ?

— Jusqu'à Moctezuma.

La prêtresse s'esclaffe.

— Toujours cette envie, cet empressement ? Toujours ce besoin de vengeance bestiale ? Je m'en doutais. Mais il te faut te montrer prudente. Canaliser l'énergie de l'eau qui coule en toi si tu ne veux pas qu'elle te noie.

Un silence tombe sur les deux femmes.

— Rien ne dit qu'Ahuizotl te conduira à Moctezuma. Les liens du sang éloignent parfois plus qu'ils ne rapprochent. Ton ambition risque de te perdre.

— Pour l'instant, elle m'a aidée à survivre.

— Mais elle peut se retourner contre toi. N'oublie pas qui est le prince légitime de Teotitlan. N'oublie pas le mécontentement de la population. Le tribut est perdu, et Teotitlan est au plus bas. La sécheresse a été si longue que tout est sur le point de s'embraser. Nous célébrerons le Grand Réveil dans un mois. Ce jour-là, le protégé de la Fleur pourra…

— Je ne peux vivre éternellement dans l'attente, interrompt Ameyal.

— Tu pêches par excès d'impatience.

La jeune femme répond dans un soupir.

— Allez-vous me dire pourquoi vous m'avez fait mander ?

— As-tu entendu parler des mauvais présages reçus par les Aztèques ces derniers temps ?

Ameyal hoche la tête. Selon certains devins, des signes préfigurent la chute des Aztèques, l'anéantissement de toute civilisation, la mort des dieux et la fin du Monde Unique.

— Vers la fin de l'année Un Lapin[7], certains Mayas, d'ordinaire apathiques, ont dépêché dans tous les pays des messagers annonçant qu'une chose extraordinaire s'est produite dans la Terre de l'Abondance[8], celle qui s'avance dans l'océan du Nord.

— Quoi donc ?

— Deux apparitions effrayantes ont eu lieu sur l'Océan oriental. Des sortes de maisons gigantesques, glissant sur la mer avec de grandes ailes déployées.

Ameyal ne peut s'empêcher de sourire.

— Crois-tu que je divague ? grogne la prêtresse.

— Quel est le rapport avec moi ?

— Tu vas bientôt comprendre. Suite à ces apparitions, et aussi surprenant que cela puisse paraître venant des Mayas, des dessins ont été faits. Lorsque ces dessins sont tombés aux mains de Nezahualpilli, l'Orateur vénéré de Texcoco, qui est un homme très sage, des copies ont été faites.

Eau vénérable déplie la pièce de tissu qu'elle tient sur ses genoux et tend à Ameyal un morceau de papier d'écorce déchiré que cette dernière examine avec attention. La jeune femme plisse les yeux devant ce gribouillis s'apparentant à des maisons de bois coiffées de grandes ailes blanches, ponctuées de points entre les ailes et le toit faisant penser à des figures humaines.

— Qu'y vois-tu ? demande la prêtresse en la fixant avec intensité.

Ameyal lève les yeux et les pose sur la vieille femme. Elle s'aperçoit qu'Eau vénérable a l'air préoccupée, épuisée et vieillie, comme si elle la voyait pour la première fois après être entrée dans le temple.

— Des canoës… souffle-t-elle. D'immenses canoës mus par des ailes et emplis d'hommes. De qui peut-il s'agir ?

---

7 Année 1506 de notre calendrier.
8 Péninsule du Yucatan.

— Des étrangers. Des étrangers capables de construire des embarcations pouvant les transporter d'un monde à l'autre à travers l'océan. S'ils viennent de l'autre côté de la mer, comme on peut le supposer, ils pourront aborder le long des rivages de la Terre de l'Abondance, ou même plus près de nous. Nous ne connaissons rien de leurs intentions, mais il est possible qu'ils cherchent à nous attaquer.

— Nous attaquer ? répète Ameyal, de plus en plus intéressée. Mais combien de canoës leur faudrait-il pour faire le poids face aux Aztèques ?

Eau vénérable pousse un soupir douloureux.

— Seule la Fleur le sait. D'après ce qui se dit du sommet ayant eu lieu entre les trois Orateurs Vénérés de la Triple Alliance ayant suivi cette découverte, Moctezuma a d'abord clamé que personne ne mettrait jamais le pied sur l'une de ses possessions sans son autorisation. Mais il a changé d'avis depuis que des rumeurs courent que ces étrangers prépareraient le retour du Serpent précieux au Cœur du Monde Unique.

Ameyal boit désormais les paroles de la prêtresse.

Le retour du Serpent précieux serait donc pour bientôt ?

Elle songe à Quetzalcoatl qui, d'après la légende, était moins un dirigeant qu'un érudit, un professeur et un prêcheur. Un jour, il s'enivra et commit une faute charnelle si grave qu'il dut abdiquer. Honteux de ce qu'il avait fait, il abandonna sa position de chef des Toltèques, et s'exila sur l'Océan oriental où il construisit un radeau magique fait de plumes et de serpents vivants entrelacés. Avant de disparaître derrière l'horizon, il promit à son peuple de revenir un jour. Il a sûrement prévu, pour revenir avec lui, des guerriers toltèques qu'il aura extraits du royaume des morts, ce qui pourrait expliquer les maisons flottantes du dessin…

Si le Serpent unique revient, il m'aidera à me venger !

— Moctezuma est très superstitieux, poursuit Eau vénérable. Il lui est arrivé de se percer la langue et de passer par le trou un fil où étaient attachées plusieurs grosses épines de maguey pour se punir d'avoir eu des propos ayant pu déplaire aux dieux. On raconte qu'un jour, ayant eu une mauvaise pensée, il se fit un trou dans le tepuli pour s'appliquer la même punition…

La jeune femme grimace à cette image.

— Les étrangers, voilà la raison de ta présence ici. Nous pouvons à présent entrer dans le vif du sujet : un messager a été intercepté il y a peu par Vent de la forêt. Il nous a appris qu'Ahuizotl va devoir se rendre à Tenochtitlan pour la fête du Tocoztontli, ou « Petite veille », qui a lieu dans quelques semaines.

Ameyal fait appel à ses souvenirs de l'école du harem. Le premier jour du troisième mois de l'année est consacré au dieu Tlaloc, divinité de la pluie et des tempêtes. Les Aztèques y tuent beaucoup d'enfants sur les montagnes, les offrant en sacrifice à ce dieu et à ses sbires pour obtenir de l'eau. On y offre également les prémices des fleurs qui naissent dans un temple appelé Yopico. Personne n'ose aspirer le parfum de ces fleurs avant que cette offrande soit faite. De retour à Tenochtitlan, les employés aux fleurs célèbrent une fête en l'honneur de la déesse Coaltlicue[9], Celle qui porte une jupe de serpents…

— Comme tu dois le savoir, une jeune vierge incarne la déesse Coatlicue pour être sacrifiée. Les hommes revêtus des dépouilles d'esclaves ou de captifs qu'ils ont fait exécuter le mois précédent s'en dépouillent en allant les jeter dans un cuvier du temple Yopico. Lorsqu'ils s'en sont débarrassés, ils s'adonnent à de grandes ablutions, et un banquet est organisé, présidé par Moctezuma en personne, où ces derniers se présentent avec les os de ceux qui sont morts.

— Assez, intervient Ameyal, en proie à la nausée.

Elle n'a jamais pu s'habituer à de telles pratiques.

---

9 « Celle qui porte une jupe de serpents » : mère de Huitzilopochtli, le dieu de la guerre.

— D'ordinaire, lors de cette fête, Cipetl représente Ahuizotl, mais Moctezuma a fait mander expressément son cousin, sans doute à cause de ces étrangers.

— En quoi cela me concerne-t-il ?

La prêtresse esquisse un sourire rusé.

— Te voilà à nouveau enthousiaste. Vent de la forêt désire que tu accompagnes le Maître, que tu cherches à savoir ce que prévoient les dirigeants des pays traversés par rapport aux Aztèques, et ce que prévoient les Aztèques concernant ces étrangers. Il te faut obtenir le plus d'informations possible. Leur objectif, leur nombre, d'où ils viennent, quel dirigeant ils servent… Il faut que l'on sache si l'on peut en faire des alliés contre nos oppresseurs ou non. Enfin, et c'est peut-être le plus important, il te faut apprendre si Moctezuma compte poster des troupes sur l'Océan oriental pour les attendre, car le cas échéant, Ehecatl ne pourrait attaquer lors du Grand Réveil. Ce serait beaucoup trop risqué.

En effet. Teotitlan serait encerclée par les armées aztèques, qui viendraient reprendre l'enclave en quelques heures seulement. La rébellion serait balayée à jamais.

— Pourquoi ne pas missionner l'un des hommes d'Ehecatl pour cette mission ?

— Son lieutenant, Cihuacoatl, fera partie du voyage, mais seulement en tant qu'éclaireur. Bien qu'il puisse t'aider au besoin, il sera maintenu à l'écart des hautes sphères. En tant que favorite d'Ahuizotl, tu auras accès au saint des saints, ce qui ne sera le cas de personne d'autre. Tu seras présentée à Moctezuma en personne…

Ameyal, étourdie par un léger vertige, se voit déjà face à celui qu'elle s'est juré de faire disparaître. Elle plisse les yeux, étonnée de se voir ainsi proposer ce à quoi elle aspire le plus. Voilà donc, par la volonté du Dieu serpent, que les intérêts des hors-la-loi convergent avec les siens.

Voilà donc ce que lui demande Vent de la forêt : devenir son espionne et recueillir des informations confidentielles, sinon secrètes, pour mettre fin au joug aztèque. Mais en quoi accepter cette mission l'aiderait-il ?

— Si je suis démasquée, je serai mise à mort.

— Mais si tu réussis, tu seras libérée, et Ehecatl saura te récompenser. Il a d'ailleurs tenu à ce que tu aies les moyens de t'allier aux plus récalcitrants individus.

Eau vénérable avance ses doigts noueux, et dévoile trois émeraudes du plus bel éclat.

Ameyal reste sans voix devant ce qui relègue sa boîte à bijoux à l'état de jouet pour enfants.

— Ces émeraudes proviennent du trésor d'Ilhuitl, l'ancien tecuhtli de Teotitlan, le père de Vent de la forêt. Elles ont été rapportées par des marchands d'un pays situé au sud du Quautemalan[10], et sont destinées à remettre la lignée royale sur le trône. Si tu acceptes, elles sont à toi.

La jeune femme approche la main pour saisir les pierres et hésite. Si les émeraudes peuvent l'aider, il y aura un prix à payer : elle ne sera pas totalement libre. Cihuacoatl, la surveillant de près, pourrait la gêner dans ses mouvements. Le chef des hors-la-loi serait extrêmement déçu en apprenant qu'elle n'a pas rempli sa mission. Elle repense avec amertume à la promesse qu'il lui a faite. *Nous nous reverrons bientôt. Je te le promets.* Elle a cru qu'il viendrait. Elle a cru qu'il ressemblait à son père, Cuauhtli le sage, et qu'elle pourrait l'aimer, mais il l'a utilisée, et elle ne peut plus se reposer sur lui.

Une fois à Tenochtitlan, elle devra l'oublier.

— J'accepte, dit-elle en refermant la main sur les précieuses pierres.

Eau vénérable, d'abord rassurée par la réponse, plisse les yeux, comme si elle lisait, en elle, des calculs tortueux. Ameyal lui sourit pour la mettre en confiance.

---

10 Guatemala.

— Il va de soi que les pierres qui ne seraient pas utilisées dans le cadre de la mission reviendront à la cause, reprend la prêtresse.

— Évidemment.

— Je me félicite de cette réponse. Malheureusement, il y a encore une inconnue.

— Laquelle ?

— Comme tu le sais peut-être, soupire la vieille femme, la loi aztèque veut qu'Ahuizotl ne voyage qu'en compagnie d'une de ses épouses officielles.

Ameyal serre les dents. Bien qu'elle œuvre pour devenir une épouse officielle depuis longtemps déjà, Ahuizotl demeure inébranlable.

La Loi. Toujours la Loi. Y aura-t-il toujours ce mur dressé entre elle et son tonalli ? Elle se rassure en se disant qu'elle a déjà su se jouer d'elle. La contourner. La retourner à son avantage.

Il lui faudra trouver un moyen pour rester à Tenochtitlan, évidemment. Et si elle échoue à y rester, il lui faudra des alliés pour s'échapper du harem, ou être libérée si la ville est reconquise.

Les émeraudes lui seront utiles dans tous les cas.

— J'irai à Tenochtitlan, dit-elle, résolue. Je vais aller parler à Pixcayan. Je trouverai une solution. Quel jour le Maître a-t-il prévu de partir ?

— Après demain, à la première heure.

— Après demain ? répond Ameyal en s'étouffant. Mais c'est impossible !

Ameyal connaît bien la préparation et le déroulement d'un mariage, qui peut s'étendre sur plusieurs semaines. L'affaire ne peut être conclue qu'après de longues préparations. Le devin doit choisir le jour propice à la célébration de cet acte : un jour où règnent les signes d'acatl, d'oçomatli, de cipactli, de quauhtli ou de calli… sans oublier la cueillette des fleurs, des roseaux à fumer, la préparation des lieux et des plats, du chocolat, de l'octli, les invitations à envoyer, aux nobles d'abord, puis aux roturiers… sans parler de Tene, qui risque de bondir au plafond.

L'obstacle lui paraît insurmontable.

— Les mariages secrets existent, fait observer Eau vénérable comme si elle avait lu en elle. Le devin peut s'arranger avec l'interprétation des signes… Et si tu ne parviens pas à t'unir au Maître dans les temps, tu pourrais toujours t'arranger pour qu'il t'emmène en dépit de la loi…

La vieille femme plonge ses yeux dans ceux de Regard de jade.

— Satisfais le prince héritier, et tu obtiendras de lui tous les trésors du Monde Unique.

5.

Après avoir demandé à Necahual de maintenir concubine et esclaves de l'extérieur à distance, Ameyal a ordonné à Cinteotl de s'arranger avec Papalotl, l'esclave personnelle de la première épouse, pour que Pixcayan et elles parviennent toutes deux à la fontaine au dauphin au même moment, en signe d'égalité de statut. Derrière la première épouse scintille une mare où caquettent quelques canards, et dans une clairière proche broutent des cerfs apprivoisés. Des bosquets d'arbres projettent leur ombre biscornue sur le sol, et quelques troncs isolés, taillés en forme d'animal ou d'oiseau, servent de refuge aux Roselins pourprés, qui chantonnent avec gaîté à l'ombre de leurs branches.

La jeune favorite accueille Pixcayan avec son plus beau sourire et se concentre sur l'échange qui les attend. D'un côté, la jeunesse et la beauté. De l'autre, l'élégance et l'expérience. Elle se souvient des paroles prononcées par la première épouse lorsque leur alliance s'est conclue.

« Je ne te demande qu'une chose en échange de mon silence. Le jour venu, il faudra te souvenir de tes véritables alliées. »

Il faut être prudent. Cette alliance, qui repose sur un fragile équilibre d'intérêts communs, peut se rompre à tout instant.

— La beauté de Regard de jade ne cesse de s'épanouir, remarque Pixcayan en s'avançant vers la jeune favorite. La pierre commence à avoir l'éclat de la maturité.

— La bonté de la première sœur n'a d'égale que sa beauté, répond la favorite en inclinant légèrement la tête.

Les deux esclaves personnelles font signe à leurs maîtresses qu'elles peuvent se livrer sans crainte d'être entendues, mais Ameyal garde le silence, bien décidée à se dévoiler en dernier.

— Je te remercie d'avoir répondu à ma requête, entreprend Pixcayan. Il était impératif que nous nous rencontrions à l'abri des regards indiscrets.

— Cet endroit est parfait, répond Ameyal. Jamais je ne me lasserai de la splendeur de cette clairière ni du spectacle de cette fontaine. En tant que représentant de l'eau, le dauphin est un symbole de vie et de création.

— Un symbole qui te convient tout à fait. Il est d'ailleurs également le gardien des rêves.

La première épouse sourit, et sa peau se plisse autour de ses yeux.

— Les tiens ont d'ailleurs commencé à se réaliser : te voilà favorite.

— Il nous faut également œuvrer à la réalisation des vôtres. Est-ce la raison pour laquelle vous désiriez me voir ?

Pixcayan acquiesce d'un mouvement de tête. Après s'être placée dos au harem, elle murmure de manière à ce que ses lèvres remuent à peine et à ce que seules les oreilles d'Ameyal puissent l'entendre. Son parfum de rose se répand autour de la jeune femme.

— Je souhaitais te parler de notre amie commune. L'eau, aussi fougueuse soit-elle, n'a pas totalement éteint le feu.

— Certains volcans que l'on croit éteints restent en sommeil…

— Un volcan qui va bientôt vomir des éclairs.

— Que voulez-vous dire ? Qu'elle est enceinte ?

Ameyal, qui avait pourtant déjà songé à cette possibilité, reste foudroyée par la confirmation de la première épouse.

— Êtes-vous certaine de ce que vous avancez ?

Pixcayan balaie la clairière des yeux avant de répondre dans un murmure.

— Ce n'est pas une certitude, mais plutôt… une intuition. Je l'ai vue rendre son repas, après le déjeuner, alors qu'elle pensait être seule dans les jardins.

— Elle a également été victime d'un malaise suite au traitement imposé par la guérisseuse, hier soir.

— Je l'ignorais.

— En ce cas, croyez-vous…

— Il est possible que ce ne soient que de simples indigestions, comme il est possible que les prières qu'elle adresse chaque jour à la Fleur Quetzal, à Tlazolteotl[11], et que les visites de la guérisseuse aient enfin fait leurs effets.

— Tlazolteotl a connaissance des amours illicites de Xalaquia. Elle ne doit avoir de cesse de la punir.

— Peut-être, mais cela n'empêchera pas Xalaquia d'invoquer Tlazolteotl à nouveau ni de lui faire offrande. Se purifier par des autosacrifices ou des bains de vapeur peut finir par attirer la clémence des dieux. Si ce à quoi je songe est avéré… la cinquième Loi… Konetl…

« Les princes héritiers vivent dans le harem. L'aîné des héritiers mâles est celui qui hérite de la fortune et de la fonction de Maître. Au décès du Maître, il devra faire périr, par strangulation, ses demi-frères avec des cordelettes de cuir. »

La jeune favorite reste pensive.

L'eau n'a pas totalement éteint le feu.

Pixcayan n'a pas tort de se méfier. Elle ne peut rien laisser au hasard. Si Celle qui s'habille de sable est réellement enceinte, cela signifie non seulement qu'elle va récupérer sa place de favorite, avec toutes les conséquences que cela engendrera pour Ameyal et son clan, mais également qu'elle fera son possible auprès de Tene pour changer les Lois du harem et permettre à son enfant, s'il est de sexe masculin, de ravir la place d'héritier à Konetl.

Raison de cette entrevue avec Pixcayan.

— Que pense Tene de tout cela ?

---

11 Déesse associée à la terre, au sexe, aux accouchements et à la maternité. Autrement appelée « Mangeuse d'ordure », elle dévore les impuretés accumulées sur l'âme du mourant avant qu'il ne trépasse.

— Tene a pris ses distances vis-à-vis de moi depuis qu'elle a constaté que je suis de ton bord, répond Pixcayan d'une voix triste. Elle ne peut supporter la manière dont tu la nargues et échappes à ses règles. Je la crois tout à fait capable de modifier les Lois du harem rien que pour te nuire, et pour tenter de reprendre le contrôle des choses, même si cela risque de donner les pleins pouvoirs à Xalaquia.

— Que comptez-vous faire ? interroge Ameyal dans l'espoir que la première épouse ait une solution à cette éventualité.

— J'ai passé l'âge de fomenter des intrigues, et je ne peux me permettre de prendre le moindre risque de peur que Konetl en pâtisse, répond Pixcayan d'un air grave. Si j'ai demandé à te voir, c'est pour te prévenir de cette menace potentielle pour que tu puisses agir. Si je me trompe, tu pourras continuer de mener une vie fastueuse comme bon te semble. Mais si la raison se trouve de mon côté…

Les idées s'enchaînent dans l'esprit d'Ameyal. Si Xalaquia est enceinte, elle n'ira certainement pas à Tenochtitlan. Mais Ahuizotl peut y trouver un prétexte pour tenter d'échapper à ses obligations. Sa rivale ne lui laisse guère le choix.

— Il faut étouffer ce feu avant qu'il ne soit trop tard, lance-t-elle d'un air résolu.

— Tous les yeux sont tournés vers la favorite. Est-il vraiment nécessaire qu'elle se montre aussi radicale ?

— La favorite peut s'effacer devant la femme. Une femme bafouée, blessée, folle de rage.

— Mais que peux-tu faire de plus que tu n'as déjà fait ? répond Pixcayan avec une once de nostalgie dans la voix. Xalaquia ne peut tomber plus bas qu'elle ne se trouve actuellement.

Ameyal serre les dents.

— Je peux enterrer ce feu beaucoup plus profondément qu'il n'est déjà.

La première épouse plisse les yeux, comme si elle cherchait à lire en la jeune favorite ce qu'elle n'ose verbaliser.

— Il te faut trouver un plan de défense sans tarder, murmure-t-elle. Si Xalaquia n'enfante pas aujourd'hui, ce sera peut-être pour plus tard. Ou alors peut-être sera-t-il ton tour de l'être, un jour où l'autre.

Ameyal secoue la tête.

— Je fais le nécessaire pour que cela n'arrive pas.

Ameyal comprend la ruse de Pixcayan en voyant sa réaction surprise. La première épouse n'a pas amené cette hypothèse par hasard. Elle voulait obtenir des réponses à cette question, ce qui signifie qu'elle se doute qu'Ameyal fera changer la Loi si jamais elle est enceinte d'un fils. Mieux vaut donc la rassurer, si elle veut continuer à bénéficier de son aide.

— À mon tour de vous poser une question, première sœur. Comptez-vous accompagner le Maître à Tenochtitlan ?

— Je vois que tu es toujours aussi pleine d'ambitions !

Pixcayan marque un silence, puis reprend.

— Tu peux être rassurée de ce côté-là. Même si j'aurais aimé m'y rendre, je suis désormais trop âgée pour entreprendre un tel voyage. En outre, avec ce qui se prépare, je préfère ne pas laisser Konetl seul. Je pense que Xalaquia, quant à elle, fera son possible pour s'y rendre, qu'elle soit enceinte ou non, en dépit des risques… à quoi songes-tu ?

Les yeux d'Ameyal scintillent devant la fontaine au dauphin.

— À une solution qui pourrait permettre à nos rêves de se réaliser de concert.

— Tu sais comme moi qu'elle se tient sur ses gardes. Que même si ses pouvoirs se sont amoindris, beaucoup de femmes lui sont restées fidèles.

— Elles sont à peine plus de dix.

— Ce qui représente le tiers des concubines, sans oublier ses tueuses, qui peuvent encore sévir. Si tu parviens à te débarrasser d'elle, quel prix te faudra-t-il payer pour échapper à leur vengeance ?

Ameyal déglutit.

Avant d'attaquer Xalaquia, il lui faut s'assurer que le Maître l'emmènera avec lui.

6.

— La baisse des impôts suggérée par le Seigneur Calpixque a été refusée par Tenochtitlan, indique Cipetl, le front luisant de sueur.

Assis à son bureau, le Maître dévisage son principal conseiller avant que sa voix ne gronde à faire trembler les murs de son cabinet de travail.

— Avez-vous expliqué qu'il s'agit d'encourager le travail agraire des hommes et le tissage chez les femmes, et que la perte des taxes serait compensée par une plus grande production et un meilleur profit ?

Cipetl interroge les scribes du regard. Tous deux acquiescent.

— Nous l'avons stipulé comme demandé, Maître. Nous avons même fourni pour preuve tous les calculs adéquats…

Ahuizotl se lève, mécontent, et fait quelques pas vers la fenêtre donnant sur la grand-place.

Il fait chaud. Trop chaud en cette après-midi qui annonce la venue du printemps et qui se donne des airs d'été. Les cuves du jardin sont presque à sec et les montagnes environnantes se sont recouvertes d'or. Ameyal se surprend à rêver d'une averse drue, qui humidifierait l'atmosphère et rendrait l'air plus doux. Assise à l'abri d'un rideau de coton occultant, elle peut voir sans être vue. Assister aux réunions de travail d'Ahuizotl n'a pas été chose aisée, et elle y parvient aujourd'hui pour la première fois. Il lui aura fallu travailler des nuits entières, étudier des ouvrages d'histoire et de politique, réfléchir à diverses questions, compulser les ouvrages d'Eau vénérable, qui est une érudite, s'entretenir avec le Maître pour connaître les grands projets en cours, œuvrer dans la lumière et l'ombre.

Elle a obtenu ce droit en dépit des Lois du harem, et ne peut parler ni remuer au risque de dévoiler sa présence.

— Vous pourrez peut-être en parler à Moctezuma lorsque vous le verrez, observe Cipetl.

— Je doute que ce soit la bonne stratégie.

Ahuizotl tourne le visage vers Ameyal, qui se demande s'il a envisagé la possibilité de l'emmener avec lui à Tenochtitlan. Elle doute que ce soit le cas. Malgré ses habitudes, Ahuizotl n'est pas venu la voir la veille au soir. Comment interpréter ce signe ? Comment retourner la situation à son avantage ? Quelles autres solutions s'offrent à elle pour partir ?

Il lui faut se concentrer. Écouter. C'est à ce prix qu'elle pourra accroître l'estime que le Maître lui porte.

— Il vaut mieux laisser un peu de temps passer et renouveler cette demande plus tard, reprend Ahuizotl, lorsque je lui aurais envoyé un tribut qui dépassera de loin tout ce qui aura été payé jusqu'ici.

Ameyal hoche la tête. C'est exactement ce qu'elle avait suggéré à l'homme qui vient de parler en son nom.

— Je ne vois pas d'inconvénient à renouveler cette demande d'ici quelques mois, indique Chicomecoatl Sept serpents, le tecuhtli de Teotitlan, les bras croisés sur son ventre proéminent. Autre chose à ajouter ?

Ahuizotl hoche la tête.

— Il serait opportun de supprimer certaines corvées, comme les travaux nocturnes de voirie, qui grossissent les rangs des mécontents, déclare-t-il. En plus d'être harassés par les travaux de la journée, les hommes ont peur de croiser Chocaciuatl[12], la Femme qui pleure et qui erre sans cesse. Ils craignent également les torses sans nom, sans tête et sans bras, ou même les crânes volants…

— J'en ai discuté avec mes conseillers, indique Chicomecoatl. Même s'ils y sont opposés pour le moment, je saurai leur faire accepter l'idée, de même qu'ils ont accepté la mise en place d'une conscription locale malgré le désaccord de Tenochtitlan.

---

12 Première de toutes les femmes à être morte en couches, errant éternellement, pleurant sans cesse son bébé mort et sa vie gâchée.

Ameyal salue cette nouvelle avec soulagement. Même si elle ne souhaite rien moins que la chute des Aztèques, il s'agit de leur faire croire qu'elle leur est parfaitement soumise. Les rangs des mécontents grandissent plus à cause du tribut que des corvées. En outre, en créant une conscription, le Calpixque augmentera l'importance de l'armée, ce qui augmentera son pouvoir et donc celui d'Ameyal.

L'esprit de la jeune femme vagabonde tandis que les deux dirigeants parlent chiffres, négociant le nombre de conscrits, la durée et le contenu de la formation, l'équipement emporté. Depuis son arrivée au harem, il ne lui aura fallu que trois années pour se hisser au plus haut degré accessible à une femme. Cette étape ne marque cependant pas la fin de son ascension, malgré les limites que lui impose son statut d'étrangère : il lui faut participer au voyage d'Ahuizotl et se rapprocher de Moctezuma. Elle a déjà commencé à éloigner les conseillers d'Ahuizotl qui s'opposaient à elle et à ranger de son côté Cipetl, dont l'influence sur le Maître est notoire, en négociant des faveurs autant pour sa personne que pour sa famille.

Elle s'est aussi illustrée en modifiant certaines traditions en lesquelles elle a su déceler une opportunité de croissance. Au cours de la fête du Seigneur et de la Dame de la dualité, respectivement Ometeuhtli et Omecihuatl, qui ont donné naissance aux dieux et aux hommes, l'occasion lui a été donnée de signifier son ascension à tout le palais. Traditionnellement, le Maître effectue chaque année un rituel sacrificiel à ce couple primordial, au Ciel et à la Terre, destiné à attirer la bienveillance céleste sur les récoltes de la cité. Ameyal a utilisé son rang de favorite pour faire valoir que si le ciel était associé au masculin selon les croyances en vigueur, la terre était associée au féminin. Elle a émis l'idée que le sacrifice à la terre revenait à une femme. Toutes les femmes du harem, hormis Xalaquia et Tene, ont salué ce mouvement adroit de sa part : rien dans la tradition ne mentionnait la nécessité qu'un sexe ou l'autre procédât au rituel, qui était l'attribution exclusive du Calpixque, représentant l'Orateur Vénéré à Teotitlan, qui se trouvait ainsi être le seul lien possible entre le Ciel et la Terre. Aucun des conseillers ni des lettrés de son entourage, par conséquent, ne pouvait s'opposer frontalement à sa demande. Dans ces conditions, le Maître a tranché en faveur d'Ameyal, et abandonné le rituel de la terre à son profit, permettant ainsi à sa nouvelle favorite de montrer chaque année son importance et sa nécessité au bon fonctionnement du palais.

Une autre réclamation d'Ameyal a concerné le titre de « Maîtresse du harem ». Arguant que le Maître était appelé « *Fils de Tlaloc, dieu des tempêtes et de la pluie* », son alter ego féminin devait être appelé en toute logique : « *Fille de Xilonen, sœur de Tlaloc, déesse du jeune maïs* ». Encore une fois, Ameyal n'a rencontré aucune opposition, et s'est ainsi assurée de garder une place d'importance au sein du harem, même lorsqu'elle perdrait son rang au profit d'une femme plus jeune et plus belle qu'elle.

Car son temps est compté, encore plus que celui des êtres et des animaux du Monde Unique.

Nulle n'en a plus conscience qu'elle.

Une fois cela fait, Ameyal a trouvé un moyen de se démarquer des autres concubines et d'asseoir ses décisions dans le temps. Dans un document résumant « *Les neuf propositions de la Fille de Xilonen* », elle a listé plusieurs suggestions sociales et politiques assez variées, préconisant une augmentation du nombre d'esclaves de l'intérieur et de l'extérieur, ainsi qu'une diminution des efforts demandés aux plus jeunes comme aux plus âgées d'entre elles, auxquelles les travaux physiques les plus ardus sont désormais épargnés. Elle a obtenu une augmentation et une harmonisation de leurs rétributions, une amélioration des conditions d'hébergement et de nourriture, l'organisation de funérailles pour toutes les femmes du harem, concubines et esclaves, la prise en charge des malades et des mourantes, l'organisation de visites de la guérisseuse sur les deniers du palais, le choix donné aux femmes les plus âgées d'adapter leur rythme de travail, la protection des jeunes filles vis-à-vis des gardes d'Amocualli, et d'Amocualli lui-même. Elle a également créé des passerelles entre esclaves de l'extérieur et esclaves de l'intérieur.

La proposition la plus significative, ou du moins celle qui a secoué le plus le harem, a été la possibilité donnée aux esclaves de sortir une fois par semaine pour visiter leur famille, et de pouvoir porter le deuil de leur mère, à l'égal de celui de leur père, que celui-ci fut vivant ou non.

Il a d'ailleurs fallu user de pressions et de rétributions pécuniaires pour imposer ce décret.

Ameyal ne voulait pas commettre l'erreur de Celle qui s'habille de sable. Les esclaves, plus nombreuses que les concubines, sont les rouages du harem. Elles voient tout, savent tout, peuvent tout deviner. Gagner leur reconnaissance peut faire la différence. Voilà pourquoi elle a recruté Necahual, leur chef, qui garde un œil sur tout ce qui se passe à l'extérieur du harem, ainsi que plusieurs esclaves de l'intérieur, comme Subtile et Raffinée, engagées pour espionner leurs pairs.

Depuis, rien ne peut lui échapper.

Parallèlement à son ascension, Ameyal a encouragé l'évolution du statut des concubines et de leur mode de vie, au grand dam de Tene qui a vu la couche d'adobe avec laquelle elle avait recouvert le harem s'effriter peu à peu. Elle a ainsi œuvré pour le statut de toutes les femmes, améliorant leur bien-être, permettant l'éducation des volontaires le soir dans les salons, forçant Tene, par l'entremise de son fils, à accepter ces évolutions décidées avec l'aide de son clan, composé de Mireh, son lieutenant et femme de main, secondée par sa sœur Selna, Xihuitl, qu'elle a placée à la tête de l'école du harem, Quiahuitl, son espionne auprès de Xalaquia, sans oublier Teicu et Cinteotl.

Malgré les oppositions et les débats suscités, la nouvelle favorite a conquis un statut privilégié et dérogatoire dans de nombreux domaines.

Et elle ne s'est pas arrêtée là. Elle s'est également fait remarquer sous un jour différent : très impliquée dans la gestion du harem, elle est parvenue à déborder peu à peu de ce cadre et à conseiller Ahuizotl sur l'organisation du palais et même de la ville, qu'il administre à travers la personne du tecuhtli, qui n'est somme toute qu'une marionnette dans ses mains.

Elle a ainsi été à l'origine de nombreux projets et réformes menés par le Calpixque de Teotitlan.

— Autre chose ? demande Cipetl au Calpixque, la tirant de sa rêverie.

— Oui, répond Ahuizotl. J'aimerais favoriser une plus libre expression des critiques, dans le but de mieux repérer les contestataires. Il faudrait pour cela tirer au sort certains membres de la population et les faire réfléchir sur divers sujets dont j'ai établi la liste.

— Excellente idée, Seigneur Calpixque, dit Cipetl en adressant un signe aux scribes. Nous vous écoutons.

Un sourire s'épanouit sur le visage d'Ameyal tandis que les deux scribes dessinent la liste décrite par Ahuizotl. Obtenir d'assister à ces réunions était déjà une victoire. Mais faire dire au Maître ce qu'elle pense en lui donnant l'impression que l'idée vient de lui est la plus belle des victoires.

Cette idée a été la dernière qu'elle lui a suggérée.

Repérer les contestataires devrait lui permettre de savoir qui est du côté des Aztèques, et qui est de celui de Vent de la forêt, une connaissance qui pourrait s'avérer cruciale si, pour une raison ou une autre, elle échoue dans ses projets.

— Nous arrivons au dernier point, Seigneur Orateur, reprend Cipetl en s'éclaircissant la gorge, comme s'il était gêné de ce qui va suivre. Un messager est arrivé ce matin. L'Orateur Vénéré demande à ce que vous vous rendiez personnellement à Tenochtitlan pour la fête du troisième mois de l'année, Tocoztontli[13].

— Comment cela ? D'ordinaire…

— Je suppose que si votre présence est requise, c'est que la « Petite veille » est un prétexte pour aborder d'autres sujets plus importants.

Ahuizotl semble pris au dépourvu.

— Hors de question de retourner là-bas.

— Je comprends votre ressentiment, Seigneur. Mais comme je vous ai dit, Moctezuma lui-même a demandé à ce que vous soyez présent. Savez-vous avec quelle épouse vous souhaiteriez partir ?

Lorsque le Maître tourne le visage vers le rideau occultant derrière lequel est assise Ameyal, cette dernière sent son cœur s'accélérer. Il va vouloir partir avec elle.

Il va la choisir en dépit des Lois.

— Xalaquia, évidemment. Quel choix ai-je, de toute façon ?

---

13 Correspond au mois de mars.

7.

Assise dans un salon élégant et confortable, aux murs tendus de voiles vermeilles, un gobelet de jus de fruits à la main, Ameyal écoute une esclave chanter un poème de circonstance, l'un de ses préférés : l'Hymne à Mexico-Tenochtitlan. Elle fixe le coin de ciel encadré d'une fenêtre et se voit déjà déambuler autour de cette ville sublime, de ce lac aux mille reflets.

Entourée d'anneaux de jade,
De l'eau, des montagnes,
Resplendissante comme une plume de quetzal,
Ici se trouve Mexico.
En ce lieu, on est venu faire de l'ombre
Pour les seigneurs.
Une brume fleurie
Se répand sur tous.

Il lui reste moins d'une journée pour parvenir à ses fins.

Une esclave de l'intérieur lui apporte un plat composé de coquillages, de goyaves, de sapotes et de figues de Barbarie qu'elle dépose sur une table basse, avant de s'agenouiller :

— Nous avons reçu un nouveau message de Tene. Ne daignez-vous toujours pas déjeuner avec elle, Maîtresse ?

— Elle s'est vraiment promis de me faire perdre l'appétit… répond la favorite d'une voix boudeuse.

Des éclats de rire retentissent.

— La sixième Loi du harem veut que…

— La loi, la loi, n'avez-vous que ce mot à la bouche ? Qui rêverait de manger face à un arbre ou face à ses racines ?

Concubines et esclaves rient de plus belle. Ameyal adresse un signe à Cinteotl pour qu'elle vienne à elle.

— « *Arbre renversé par le vent avait plus de branches que de racines* », prévient Teicu, assise parmi la cour d'Ameyal.

— L'arbre qui se nourrit de ses propres racines est appelé à se rabougrir, Teicu.

La préceptrice esquisse un sourire entendu tandis Cinteotl s'agenouille devant sa maîtresse.

— Je goûte ta nourriture, Regard de Jade. Si le mal y réside, que le mal m'emporte à Mictlan.

L'esclave personnelle fait signe à Ameyal que tout va bien. La jeune femme goûte à son tour. Elle émet un gémissement de plaisir.

— Ces fruits de mer ont été récoltés sur l'océan oriental, Maîtresse, indique l'esclave de l'intérieur. Ils ont été apportés expressément pour vous par des coursiers, et sont accompagnés des meilleurs fruits.

— Le Maître ne recule devant rien pour gagner vos faveurs, observe Xihuitl.

Mais il ne me donne pas ce que je veux.

Ameyal examine un instant Xihuitl, et ce qu'elle lit dans son regard s'apparente à un mélange d'admiration et d'envie. Ne comprend-elle pas que le harem restera toujours une prison ?

Une silhouette franchit l'entrée du salon et s'approche d'Ameyal. Un bracelet nacré. Un poignet délicat. Un parfum de cannelle.

Macoa.

— Mixpantzinco, Ameyal.

La jeune femme, pour toute réponse, se contente de froncer les sourcils. Macoa est bien la dernière personne qu'elle a besoin de voir pour le moment.

— Tu veux certainement dire « Regard de jade », Macoa, fait observer Mireh.

— Je te demande pardon, Regard de jade. Puis-je te parler un instant seule à seule ?

— Parle, Macoa. Je t'écoute.

La jeune femme observe le groupe de concubines qui entoure Ameyal d'un air gêné.

— C'est que… c'est plutôt personnel.

— J'ai entièrement confiance en mon clan, Macoa. Tu peux parler comme si nous étions seules. Eh bien ?

Macoa force sur ses mâchoires, ce que remarque Ameyal en se disant qu'elle doit être la seule à percevoir l'agacement et la colère de son ancienne amante.

— N'es-tu toujours pas disposée à ce que nous passions un moment ensemble dans les jardins ?

Ameyal, d'un air dédaigneux, observe les doigts que Macoa fait danser devant ses yeux.

— Puisque je t'ai dit que je suis occupée.

Un murmure agacé parcourt l'assemblée de concubines. Macoa fixe Ameyal, le visage rougissant.

— N'as-tu donc aucune reconnaissance ? demande-t-elle soudain.

— Je te demande pardon, Macoa ?

Ameyal sent une tension naître et grandir en elle. Elle revoit souvent, en cauchemar, la sinistre nuit où Macoa a précipité Citlalin, la fille de la seconde épouse, par la fenêtre du harem. Elle s'est vue, à de nombreuses reprises, creuser la terre pour ressortir les os et les disperser aux autres coins des jardins, mais Mictantecuhtli ne tolère pas que l'on importune ses pensionnaires. Jamais il ne souffrirait un tel outrage.

Le dieu des morts ne pardonne pas.

Il enverrait le spectre de Citlalin hanter ses nuits jusqu'à ce que la mort les réunisse toutes deux dans l'Endroit Ténébreux des morts sans rémission. Face à cette menace, Ameyal a dû se contenter de s'affranchir de son ancienne mentore, qu'elle a laissée loin derrière elle sur l'échelle du harem.

Malgré tout, quelle que soit la distance qui les sépare, il lui faudra toujours se tenir à bonne distance de Macoa et se prémunir de son impulsivité meurtrière.

— Vas-tu enfin nous dire la raison de ta visite ?

La concubine recule d'un pas, comme si elle sentait la profonde aversion de son interlocutrice. Elle semble hésiter sur la suite à donner aux choses. Elle déglutit avant de se lancer.

— Dans moins d'un mois aura lieu la fête du Grand Réveil. Une délégation de concubines pourra y assister en compagnie d'Ahuizotl dans l'enceinte sacrée. Si tu acceptais que j'en fasse partie…

Ameyal dissimule ses véritables intentions sous un sourire affable.

Tu vas en faire partie. Tu seras même en première ligne, si je parviens à imposer ma volonté à Ahuizotl.

— Je regrette, mais je ne peux accéder à ta demande pour le moment. Ce n'est pas moi qui choisis les invitées, mais le Maître.

— En es-tu certaine ?

Le visage d'Ameyal se ferme d'un coup. Une telle impertinence ne doit pas rester sans effet. Elle chasse la concubine d'un mouvement de main.

— Ne reviens plus vers moi, Macoa. Nous avons partagé ce que nous devions partager, et le temps a passé. Sois heureuse que je ne cherche pas à revenir vers toi, car ce ne serait certainement pas aussi agréable qu'avant.

Un silence glacial succède à ces paroles.

— Je te demande pardon.

— Je n'ai que faire de tes excuses.

Macoa recule de quelques pas encore, manquant de perdre l'équilibre. Les concubines la fixent sans ciller. Elles savent toutes, évidemment, et elles pourraient parler. Mais Ameyal n'a pas lésiné sur les récompenses et autres menaces pour s'assurer de leur silence.

— Au revoir, Regard de jade, fait la concubine en inclinant la tête, avant de prendre congé sous les rires et sarcasmes du clan.

— De l'air, enfin.

Ameyal pousse un profond soupir, soulagée à l'idée que la rupture entre son ancienne protectrice et elle-même soit enfin consommée. Il fallait qu'elle brise le lien invisible qui les unissait toutes deux.

Macoa ne devrait plus venir l'importuner désormais.

Sur un signe d'elle, la poétesse reprend son hymne.

Oh ! C'est bien là ta demeure,
Toi, celui par qui l'on vit.
Oh ! C'est bien ici que tu commandes.
C'est lui notre véritable père,
Lui le seul dieu.
Dans l'Anahuac, ton chant est entendu,
Sur tous il se répand…

L'esclave s'interrompt soudain.
— Qu'y a-t-il encore ? interroge Ameyal.
— Vous n'avez pas entendu la sonnette ? Le Maître est entré au harem !

Les esclaves se lèvent d'un coup, surprises et décontenancées. Ameyal plisse les yeux. Elle était si absorbée par ce qui vient arriver avec Macoa qu'elle n'a pas entendu la sonnette annonçant la venue d'Ahuizotl en ces lieux.

— Le Maître, dans le harem, en pleine journée ! s'exclame Quiahuitl.

— C'est moi qui l'ai fait mander.

Les jeunes femmes échangent un regard effaré. Ameyal les contemple, amusée. D'ordinaire, le Maître ne pénètre dans le harem que de nuit, à travers un réseau de corridors secrets. Mais elle aime bousculer les habitudes, et elle a laissé au Maître un message dissimulé dans une fleur d'hibiscus rouge avant de quitter son cabinet de travail.

Il faut savoir surprendre pour régner sur les cœurs.

— Accueillons-le comme il se doit.

La jeune favorite recoiffe ses cheveux dénoués et s'allonge à l'ombre d'un éventail que balance une esclave avec vénération. Elle fredonne les paroles du poème qu'elle vient d'entendre et qu'une flûtiste s'empresse de remettre en musique. Entourée de sa cour, elle donne ses directives à une danseuse qui met en mouvement son interprétation.

Lorsque le Maître arrive, la danseuse tressaille. Ameyal la fustige du regard et jette un œil à la riche parure d'Ahuizotl, composée d'un pagne aux bordures cousues d'or, d'un fin manteau de coton où a été brodé, en poils de lapin, un jaguar noir à la gueule hurlante, au dos hérissé de serpents, doté d'une longue queue terminée par une main griffue.

Ahuizotl, le monstre aquatique.

— Ah… c'est vous, dit-elle d'un air nullement impressionné.

Il plisse son œil unique d'un air renfrogné.

— J'ai cru comprendre que tu désirais me voir ?

— Je vous ai fait mander pour savoir combien de temps vous comptez rester à Tenochtitlan et pouvoir prévoir ce que je dois apporter.

— Par le maquauitl d'Huitzilpochtli ! tonne-t-il avec colère.

— Souhaitez-vous décevoir les concubines qui m'entourent en faisant pour ce voyage un choix hasardeux ?

— As-tu l'intention de décider à ma place ?

— Non pas, Maître. Seulement de m'assurer que vous fassiez ce qui doit être fait…

Ameyal le fixe sans ciller. Tout le monde reste immobile et silencieux. Ce qu'elle s'est permis de faire ne s'est encore jamais vu en public, ce qui peut affirmer sa position comme la lui faire perdre. Elle scrute le blason qui se dessine en contre-jour derrière le manteau du Maître du harem.

— Je constate que vous vous êtes vêtu en conséquence de cette visite, poursuit-elle d'une voix chantante. Vous portez votre plus belle parure.

— Malheureusement, je ne la porte pas pour toi. Je rencontre Sept serpents au sujet du Grand Réveil cet après-midi.

— Vous n'aurez pas besoin de participer à cette fête. Nous serons sans doute encore à Tenochtitlan.

— Tu insistes, soupire-t-il, mais il te faut comprendre que le harem n'a rien à voir avec la vie extérieure. Il est un jardin destiné à mon repos et ma félicité, et je tiens à le dissocier des soucis de ma charge. Pourquoi impliquer dans ce voyage quelqu'un d'autre que mes conseillers ou mes épouses ?

Elle prend un air déçu et offusqué.

— Peut-être parce que vous pourrez tirer avantage de ma présence avec vous. Vos épouses sont-elles aussi douées pour la danse et le chant que moi ? Font-elles l'amour comme moi ? Vous surprennent-elles comme je le fais ?

Il laisse échapper un rire.

— Vous voyez ! s'exclame-t-elle en déposant sur sa main un baiser.

Elle chasse concubines et esclaves d'un claquement de doigts. Les voilà seuls avec la poétesse, la musicienne et la danseuse qui les accompagnent, et qui continue de mouvoir son corps à demi nu sur la musique.

> *Des sols blancs, des joncs blancs,*
> *Ce qui s'étend ici, c'est Mexico,*
> *Tu es le héron bleu,*
> *Tu viens prendre ton essor.*
> *Ô, toi, tu es Dieu ! Esprit saint…*

— Emmenez-moi…

— Je ne peux pas.

— Croyez-vous que je puisse me passer de votre présence plus d'une nuit ?

Il sourit à nouveau.

— Aurais-tu l'ambition de devenir une pochteca14 ?

— Oui, si cela peut me permettre d'être toujours avec vous. Je serai votre éclaireur, votre garde du corps s'il le faut. Montrez-moi l'étendue de vos champs de bataille. Montrez-moi les forêts, les montagnes, les cascades qui ne sont pour moi que des images dans un livre. Montrez-moi les neiges éternelles du Popocatepetl. Faites-moi toucher du doigt les beautés de Tenochtitlan, présentez-moi à votre cousin !

— Te présenter à Moctezuma ? répète Ahuizotl en haussant un sourcil. Rien que cela ?

— J'aimerais tant rencontrer l'être dont on me parle depuis des années.

— Il n'est pas à la portée du commun des simples mortels.

— Suis-je encore mortelle, en votre compagnie ?

— Pourquoi désires-tu le voir ? Pour me fausser cette compagnie que tu vantes tant ?

— Au contraire ! répond-elle avec un petit rire destiné à souligner l'absurdité de la question. Je sais que l'on vous a éloigné du cœur du Monde Unique. Or, les ficelles du pouvoir se trouvent là-bas. Il vous faut devenir l'un de ses proches conseillers !

— Le pouvoir… tu n'as que ce mot à la bouche !

Ahuizotl esquisse un geste brusque, emportant la corbeille de fruits avec lui. Coquillages, goyaves, sapotes et figues de Barbarie s'écrasent au sol.

*Mon tonalli*15 *n'est-il pas de régner ?*

— Pourquoi crois-tu que j'ai été nommé Calpixque de Teotitlan ?

Ameyal garde le silence. Il contemple un instant la danseuse aux mouvements lascifs, puis abandonne la main de la favorite et gagne une fenêtre. Un nuage projette son ombre sur les jardins. Son regard se perd quelque part dans les montagnes environnantes.

— Moctezuma ne veut pas de moi… souffle-t-il d'une voix faible.

---

14 Marchand itinérant.
15 Destin.

Ameyal s'approche du Maître, saisit son bras, qu'elle caresse avant de lever les yeux vers lui.

— Se rend-il compte du travail que vous accomplissez ici ?

— Il n'en a cure. Quant à ses conseillers... Je représente une menace pour eux. Je pourrais prétendre au trône, s'il lui arrivait malheur. Ils n'ont aucun intérêt à me voir dans la capitale.

— Vous êtes le fils cadet d'Ahuizotl, ancien Orateur vénéré des Aztèques. Vous n'avez pas besoin de leur permission pour vous rendre à Tenochtitlan et revendiquer votre dû.

La main d'Ameyal remonte le long du bras d'Ahuizotl, parcourt la trame complexe des fils d'or de son manteau, et vient se placer derrière la nuque de ce dernier. Debout sur la pointe des pieds, elle l'embrasse longuement, tendrement, avant de laisser échapper dans un souffle.

— Pourquoi ne pas me donner le titre d'épouse ? Je pourrais vous y accompagner...

— J'ai déjà trois épouses.

— Il n'en reste que deux.

Leur baiser se prolonge jusqu'à ce qu'Ahuizotl l'interrompe.

— Quand bien même je le voudrais, comment pourrais-je le faire avant mon départ ?

— Vous êtes le Maître. Je pensais que vous décidiez de toute chose.

Il reste silencieux.

— Si le Serpent précieux ne l'avait pas décidé, je ne serais pas ici, dans vos bras. Pourquoi limiter notre amour à ces seules étreintes ?

— Quel plan as-tu élaboré ?

— Nul besoin de plan pour suivre la volonté des dieux.

Ahuizotl fixe Ameyal avec gravité. Ses paroles semblent l'avoir interpellé. Lorsqu'il se penche vers elle, elle sent toute la force de son désir palpiter contre son corps.

Elle le fixe sans ciller.

— Ne comprenez-vous pas que je souhaite vous aider à grimper dans l'estime de votre cousin ? Ne pensez-vous pas que vous méritez plus que ce comptoir éloigné ?

— Teotitlan, un comptoir éloigné ?

— Emmenez-moi avec vous. Je me ferai discrète, et vous apporterai plus que vous ne désirez.

Il secoue la tête.

— Ta proposition est alléchante, concède-t-il. Il est vrai que ta présence serait un réconfort lors de ce périple…

Ameyal sent sa joie éclater.

— Alors, pourquoi vous en priver ?

— À l'image de la Fleur Quetzal, tu es au service de la beauté et de l'amour. Pourquoi vouloir mélanger la politique et la passion ? Où commence l'une, où se termine l'autre ?

— Elles ne commenceront pas ni ne finiront avec nous.

Ameyal pose ses mains sur les épaules du Maître, laisse passer une seconde de silence et reprend d'une voix plus douce encore.

— Ne pensez-vous pas que si l'intérêt est le but de la politique, l'intrigue en est le moyen ? Que ce que la raison ou la force ne peuvent accomplir, la passion le pourrait ?

— Les intrigues du harem ne sont que des farces à côté de celles qui se nouent au cœur du Monde Unique.

— Celles des palais peuvent faire perdre un œil, celles du harem font perdre la vie.

Ahuizotl la contemple un moment, le front plissé.

— Beaucoup ont perdu plus qu'un œil dans ce combat aveugle… Pourquoi t'intéresses-tu tant à ce qui se passe en dehors de ces murs, Regard de jade ?

— Ces murs ne sont ni aveugles ni sourds. Les bruits venus du cœur du Monde Unique les traversent comme une fine couche de papier. Et certains de ces bruits se sont élevés bien au-dessus des autres.

— Le bruit peut devenir assourdissant… songe aux éclairs de Tlaloc, qui ne verra pas d'un bon œil que la Loi ne soit pas respectée.

— Le bruit peut devenir silence. Un silence de mort. La mort prématurée d'un homme qui a renoncé à ce qu'il mérite.

— Le harem ne te suffit donc pas ?

— Le harem n'est que la première marche de la pyramide que je souhaite gravir.

Il sourit d'un air las.

— Pourquoi ne comprenez-vous pas ? insiste-t-elle. Moctezuma a compris, lui, qu'en régnant sur Tenochtitlan, il régnerait sur le monde.

— Mon cousin a toujours été dévoré par l'ambition. Et tu sembles l'être encore plus. À dix-huit ans, de tels rêves ont une consistance que peu à peu le temps se charge d'estomper.

— Le Maître ne rêve-t-il donc plus ?

— C'est dangereux, pour un homme de ma lignée.

— J'aurais plutôt cru cela nécessaire. Le rêve est ce qui dicte la pensée. Ne dit-on pas que la pensée dirige le monde ?

Ahuizotl interrompt la chanteuse d'un signe de main, avant de terminer à voix haute le poème :

Ô, c'est bien toi, qui,
Sur cet endroit déploie,
Sur cet endroit dispose,
Ta queue, ton aile,
Ton peuple, pour toujours.
C'est seulement toi qui commandes,
Ici, à Mexico.

Le silence revenu, il saisit la main de la danseuse et l'attire à lui.

— N'aie crainte, dit-il d'une voix douce. Comme toutes les poupées qui habitent ces lieux, je n'ai pas plus de raison de t'ébrécher que de te caresser.

Après avoir jeté à Ameyal un regard significatif, il dépose un baiser sur les lèvres de la danseuse et prend congé.

— Merci pour ce moment de poésie.

La favorite écume de colère.

8.

Le gong de minuit vient de retentir et la lune émerge peu à peu des montagnes. Le Maître va bientôt arriver. Ameyal s'est assuré de la présence de Citlaltonac, que Mireh a fait entrer dans l'antichambre. Encore quelques secondes d'attente, et elle pourra offrir à Ahuizotl l'un des plus beaux cadeaux que lui ait jamais offert une concubine.

Un cadeau destiné à emporter son adhésion pour le voyage.

La jeune favorite fixe le firmament et se souvient.

— Ahuizotl est le fils de l'ancien Orateur Vénéré Ahuizotl l'ancien, un homme puissant, belliqueux et querelleur qui a succédé à son frère Axayacatl, lui avait expliqué Eau vénérable, qu'elle était allée retrouver dans le temple de la Fleur. Ahuizotl l'ancien fut un conquérant qui étendit fortement son territoire et assura la sécurité des routes par l'établissement de nombreux postes militaires, favorisant ainsi les relations commerciales entre les pays de la Triple Alliance. Grand constructeur, il renforça l'approvisionnement en eau du Cœur du Monde Unique en faisant construire l'aqueduc de Coyoacan et en inaugurant le jour de son avènement les travaux d'agrandissement de la Grande Pyramide de Tenochtitlan commencée sous le règne de Tizoc, son prédécesseur. Selon les anciens, des dizaines de milliers de captifs furent sacrifiés le jour de cette inauguration, et la pratique des sacrifices humains s'est accentuée sous son règne.

« En tant que fils cadet d'Ahuizotl l'ancien, Ahuizotl a bénéficié d'une éducation de qualité : connaissance des mots, religion, histoire, géographie… Très jeune, il s'est fait remarquer grâce à son esprit vif et acéré. Il parle plus de quatre langues, dont le Nahuatl, le Zapotèque, le Chiapas, le Maya, avec la même facilité, ce qui lui permet de se sentir chez lui depuis les déserts du Nord jusqu'aux jungles du Sud. En parallèle de ses études s'est déroulée une formation militaire approfondie, suivie d'un grand nombre de campagnes dans lesquelles il a été amené à remplir des fonctions de plus en plus élevées, de sorte qu'il est aujourd'hui un combattant hors pair. Malheureusement, la facilité avec laquelle il a grimpé les échelons en capturant des prisonniers destinés aux sacrifices l'a desservi plus qu'elle ne l'a servi. Cela a soulevé la méfiance de la cour et la jalousie de son frère aîné Cuauhtemoc, destiné au trône. Dès lors, Ahuizotl est resté bloqué au grade de général. Il a été maintenu loin de la capitale en étant la plupart du temps envoyé en campagne, ce qui a eu deux résultats majeurs : d'une part, cela l'a conduit à vouloir toujours plus s'illustrer en faisant couler le sang, dans une vaine soif de conquête destinée à n'être jamais étanchée. Et d'autre part, ce que Cuauhtemoc n'avait pas su voir, c'est l'émergence, dans l'ombre de son père, d'un homme bien plus dangereux et fourbe que ne l'est son frère cadet.

— Moctezuma… avait poursuivi Ameyal, absorbée par les paroles de la prêtresse.

— Moctezuma Xocoyotzin est le neveu d'Ahuizotl l'ancien, le père du Maître, avait approuvé Eau vénérable. Il est également le fils de l'ancien Uey tlatoani Axayacatl, celui qui a précédé Ahuizotl l'ancien, et par conséquent le petit-fils du premier et du grand Moctezuma, même s'il n'a pas hérité de sa sagesse – loin de là. Il a été grand prêtre du dieu de la guerre Huitzilopochtli, et, abandonnant la prêtrise pour la carrière des armes, est parti en campagne pour la première fois en tant que supérieur d'Ahuizotl. Ce qui est relaté… dans ce cahier.

La vieille femme avait sorti de sa tunique un vieux livre éraflé qu'elle avait ouvert devant la jeune favorite. Sur les feuilles de papier d'agaves s'étalaient des pictogrammes colorés du plus bel effet.

— De quoi s'agit-il ?

— La copie du journal d'Ahuizotl, dans lequel il inscrit ses pensées, ses joies, ses peines, ses combats et ses frustrations.

Ameyal avait écarquillé les yeux.

— Comment ce document est-il tombé entre vos mains ?

— Les voies de la Fleur sont impénétrables, avait répondu la prêtresse avec un petit clin d'œil. Je disais donc que Moctezuma a été envoyé en campagne sur les rivages de l'océan oriental en tant que supérieur d'Ahuizotl, même s'il n'avait alors qu'une piètre expérience des armes. Bien entendu, Ahuizotl n'a jamais vu d'un bon œil ce choix d'Ahuizotl l'ancien, sans doute motivé par son frère Cuauhtemoc. Un mois environ après le départ des troupes, les forces conjuguées des Zapotèques et des Aztèques ont envahi une côte désolée, peuplée par une horde qui détenait un bien précieux qu'ils refusaient de partager pour des raisons religieuses : la teinture pourpre. Les Aztèques les pourfendirent et mirent la main sur la précieuse marchandise. Ce faisant, les troupes furent stationnées à Tehuantepec, tandis qu'Ahuizotl l'ancien et son homologue zapotèque se partageaient les nouveaux territoires conquis.

« Les soldats, habitués depuis toujours à piller les pays vaincus, furent déçus et indignés quand ils apprirent que leur chef avait cédé le seul butin visible – la précieuse teinture – au chef des Zapotèques. Ils eurent l'impression d'avoir été floués, et se rebellèrent contre la discipline militaire, brisant leurs rangs et se répandant dans Tehuantepec, violant, pillant et incendiant toute la ville.

Eau vénérable avait désigné la copie du journal du Maître.

— Ce journal stipule que lorsque la mutinerie a éclaté, le jeune Ahuizotl est allé trouver Moctezuma pour lui relater ce qui se passait et lui suggérer d'intervenir. Mais il comprit rapidement que Moctezuma considérait le traité d'alliance d'Ahuizotl l'ancien avec le chef zapotèque comme une marque de faiblesse, et qu'il avait lui-même fomenté cette émeute. Lorsqu'il voulut s'opposer à lui, Moctezuma dégaina un poignard d'obsidienne, et l'attaqua en arguant qu'il regretterait cet outrage. Une lutte éclata entre les deux hommes. Ahuizotl eut le dessus, mais Moctezuma, qui n'avait pas lâché son arme, creva l'œil d'Ahuizotl, moins par habileté au combat que par malchance.

Ameyal avait contemplé Eau vénérable avec horreur. Elle avait repensé à la carrure d'Ahuizotl, à la force de ses bras et de ses mains.

— Ahuizotl n'a pas répliqué ?

— Il a forcé Moctezuma à lâcher son arme, mais des soldats sont arrivés, les séparant tous deux. Moctezuma étant son supérieur, c'est lui qui rédigea le compte-rendu de la lutte et Ahuizotl n'eut jamais l'occasion de rétablir la vérité.

— C'est atroce ! s'était exclamé Ameyal. Pourquoi Moctezuma a-t-il agi ainsi ?

Eau vénérable l'avait fixée avec gravité.

— Je pense qu'il aurait voulu que les Zapotèques soient les vassaux, et non les égaux des Aztèques. Je le soupçonne fort d'avoir fomenté cette révolte dans l'espoir de dresser à nouveau ces deux nations l'une contre l'autre.

Ameyal avait serré le poing. Ce qu'elle venait d'apprendre ne pouvait que renforcer sa détermination à faire tomber l'Orateur Vénéré.

— Cette mutinerie aurait pu rompre les délicates négociations entreprises pour mettre sur pied une alliance entre notre pays et l'Huaxyacac, mais heureusement, avant que les Aztèques aient eu le temps de massacrer des personnalités et que les troupes zapotèques aient pu intervenir – ce qui aurait abouti sur-le-champ à une guerre – Ahuizotl l'ancien parvint à rappeler ses troupes à l'ordre. Il promit que dès leur retour à Tenochtitlán, il donnerait à tous, sur son trésor personnel, une somme bien plus considérable que ce qu'ils pouvaient espérer tirer du pillage. Les soldats savaient qu'Ahuizotl était un homme de parole, et cela fut suffisant pour les calmer. L'Orateur Vénéré versa à son homologue zapothèque une confortable indemnité pour les dégâts commis par son armée.

— A-t-il appris ce qu'avait fait son neveu à son fils ?

— Les espions des Orateurs vénérés sont partout, mais Moctezuma est un homme extrêmement habile. Il est capable de masquer et même de déformer la réalité. Peut-être Ahuizotl l'ancien a-t-il appris une version arrangée de ce qui s'est passé. Peut-être a-t-il appris la vérité. Dans tous les cas, il n'a rien fait. Son attention a toujours été accaparée par Cuauhtemoc, qui était voué à prendre sa succession. Son fils cadet, qui le portait en très haute estime, s'est senti abandonné et en a été profondément meurtri.

« Malheureusement, Ahuizotl l'ancien se trompait sur la suite des événements. Il perdit la raison lorsqu'une poutre le frappa au crâne le jour où son palais s'effondra, suite à la rupture de la digue du lac Texcoco. Dès que ce fut possible, le Conseil décida de choisir un régent pour gouverner à sa place. Or, comme Ahuizotl avait envoyé deux d'entre eux à la mort au moment de cette catastrophe, les vieillards refusèrent de prendre en considération la candidature la plus évidente, celle de Cuauhtemoc. Ils désignèrent comme régent son neveu Moctezuma le Jeune, qui avait selon eux fait la preuve de ses capacités en tant que prêtre, chef militaire et gouverneur de régions éloignées.

— Et que fait Cuauhtemoc, depuis lors ?

— Cuautehmoc a bien entendu été éloigné du Cœur du Monde Unique dès l'avènement de Moctezuma. Depuis, il erre de campagne en campagne, attendant son heure, en proie à la fureur et au désespoir. Je te laisse ceci pour que tu puisses l'étudier, avait précisé Eau vénérable en tendant le journal à Ameyal. Fais-en bon usage.

Ameyal revient à elle et lève les yeux vers la lune, désormais haute, qui vient de terminer son festin d'étoiles. Depuis cette conversation, elle ne voit plus de la même manière la cicatrice d'Ahuizotl, qui strie son visage comme son âme, qui divise sa personnalité en deux parties égales et opposées, et qu'il lui faut exploiter pour parvenir à ses fins.

Elle pose les yeux sur le coffre situé au pied de son lit, et qui recèle, dans un faux fond, la copie du journal du Maître.

— Bonsoir, fait une voix d'homme.

Ameyal tourne le visage vers l'entrée de sa chambre, dans laquelle se découpe la silhouette de l'homme qu'elle attendait. Des rideaux rouges, tirés devant les fenêtres, tamisent le soleil. Elle s'approche de lui, l'invite à prendre place sur le lit. Son désir est déjà grand. Il l'attire à lui, mais elle résiste.

— Êtes-vous toujours enclin à m'abandonner pour Tenochtitlan ?

Un sourire vague fait guise de réponse.

— En attendant notre voyage, j'ai prévu quelque chose qui devrait vous faire plaisir.

Elle le fait asseoir sur une chaise disposée devant son lit et gagne l'antichambre, gagnée par un étourdissement passager. Encore une fois, ce qu'elle s'apprête à faire est réprouvé par la Loi du harem.

Mais a-t-elle le choix ?

— Nous t'attendons, Citlaltonac.

— Je suis toute à vous, petite sœur.

La jeune femme apparaît à la lueur des torches, qui donne à sa peau l'apparence du miel. Ameyal, la prenant par la main, la conduit devant Ahuizotl, qui reste muet de surprise devant le dahlia jaune vif qu'elle tient en main. En voyant les yeux de la jeune femme, qui sont comme semés d'étoiles d'or, Ameyal repense aux premiers jours passés au harem et à sa rencontre avec Macoa, qui lui avait plu de la même manière qu'elle-même lui plaît. Les cheveux de Citlaltonac, aux boucles claires et fines, font paraître plus noire sa longue chevelure. Son corsage est assez entrouvert pour que le Maître puisse découvrir le profil d'un sein à la faveur d'un innocent courant d'air.

Aucune femme n'a jamais offert un tel cadeau au Maître de son propre chef. Mais Ameyal n'est pas n'importe quelle femme. Elle sait ce qu'elle veut, et elle est prête à plier le monde pour y parvenir.

Lentement, avec grâce, elle entraîne Citlaltonac derrière les voiles du baldaquin de son lit, et lui fait déposer le dahlia sur les draps. Elle ôte le corsage de la jeune femme figée par l'émotion, et dépose quelques baisers sur ses épaules, sur sa nuque, sur sa poitrine tendue en avant. Puis, elle retire ses vêtements à son tour, avant d'inviter Citlaltonac à caresser son bras. Les doigts de Citlaltonac sont doux, et sa timidité s'efface à mesure qu'elle s'aventure sur son corps. Ses mains s'envolent, glissent sur sa peau. L'intimité des voiles qui les entourent semble les isoler du reste du monde.

Quelqu'un écarte alors le rideau. Ameyal note d'un regard l'œil inquisiteur du Maître du harem qui s'adresse à elle par mots brefs et décousus. L'attention de Citlaltonac se reporte sur lui.

— Les deux plus belles créatures qu'il m'ait été donné de voir, dit-il.

Ces mots dissipent l'impression d'étourdissement qu'Ameyal ressent depuis qu'elle est allée chercher la concubine. Elle voit, dans le regard du Maître, tous les privilèges qu'elle a dû arracher, toute l'énergie qu'il a fallu dépenser, tous les risques qu'il a fallu prendre pour se les procurer.

Une bouffée d'orgueil l'envahit à l'idée qu'elle est maîtresse de ce qui est en train de se passer. Elle éprouve un plaisir indicible à la pensée de l'excès d'égards dont elle peut enfin jouir.

Le Maître agrippe la jeune concubine, cherche à l'attirer à lui. Ameyal perçoit sa respiration affolée et choisit de lui résister une nouvelle fois. Elle sépare les deux êtres et se penche en avant, dévoilant à Ahuizotl son intimité, tandis qu'elle parcourt de la pointe de la langue la poitrine ferme de Citlaltonac, dont la peau se hérisse avec délice.

À peine plus qu'un murmure, un frisson dans les rideaux, un parfum de campêche traduit l'excitation et l'empressement du Maître.

La main d'Ahuizotl effleure ses hanches, les tire vers lui, mais elle les tempère d'un geste doux.

— Encore un peu de patience, Maître.

Croyez-vous toujours être le Maître ?

Désormais à genoux, elle effleure du bout du nez le nombril nu de Citlaltonac, qui s'est mise à trembler. Un tremblement dû à la nervosité et à l'inexpérience. D'une main experte, elle fait remonter sa jupe à hauteur de ses hanches. Lorsque l'une de ses mains se glisse sous la jupe, Citlaltonac se fige de surprise. Les doigts d'Ameyal atteignent sur le sanctuaire chaud, le doux monticule, en font le tour, caressants, avant de remonter et de plonger en lui. Le plaisir s'immisce en Citlaltonac, qui ferme les yeux et s'abandonne enfin. Ameyal revient sur son bouton d'or gonflé, puis, tandis que les cuisses de la jeune concubine s'écartent, accélère le mouvement de ses doigts, puis ralentit leur progression, feignant d'hésiter, à mesure que la tension de la jeune femme croît. Ameyal saisit alors la main de Citlaltonac, avant de la tendre en direction du pagne du Maître, commençant par un mouvement d'abord timide, puis de plus en plus expert, à glisser le long du tepuli dressé.

À l'image de son invitée, Ahuizotl respire de plus en plus fort, de plus en plus vite. Tant mieux. Ameyal veut que son désir s'empare de lui et lui fasse perdre la tête. Elle veut le mener au bord de la folie, et l'y maintenir, de manière à ce qu'il ne puisse plus refuser de la servir.

Elle reprend la main de Citlaltonac, qui, un oreiller glissé entre ses cuisses, n'a pu résister à la tentation de se donner du plaisir. Ahuizotl se redresse, mécontent, mais elle lui désigne le dahlia.

— Patience, Maître. Citlaltonac m'ayant offert sa fleur, elle sera d'abord mienne. Ensuite, nous serons toutes deux vôtres. Et si cette expérience nous plaît, nous la renouvellerons avec la personne de votre choix à Tenochtitlan.

9.

— Je ne resterai pas longtemps à Tenochtitlan, dit Ahuizotl une fois Citlaltonac partie. Il s'agit surtout d'assister au banquet, au jeu de balle et à la cérémonie.

La jeune femme sent l'agacement la gagner. Non seulement Ahuizotl refuse-t-il toujours de l'emmener avec lui à Tenochtitlan malgré ce qu'elle lui a laissé entrevoir, mais encore a-t-il manifesté une certaine excitation à l'idée de son départ. Xalaquia est-elle à l'origine de ce revirement ? Il lui faut trouver comment le toucher. Arracher son adhésion par tous les moyens.

Il lui faut plus d'informations.

— Quel est l'enjeu du jeu de balle ?

Ahuizotl esquisse une petite moue.

— Si l'on gagne, je serai en droit de demander une faveur à Moctezuma.

— N'importe laquelle ?

— N'importe laquelle.

Elle se rapproche de lui.

— Voilà donc le but à atteindre. Remporter la partie et exiger la place de chef militaire qui vous revient de droit, et qui vous permettra d'intégrer la plus haute sphère du pouvoir !

— Le problème, c'est que Tenochtitlan n'a jamais perdu.

— Il vous faut tout envisager, même l'impossible. Surtout l'impossible.

Ahuizotl la fixe en plissant son œil unique, comme s'il n'avait jamais imaginé une telle façon de voir les choses.

— En chemin, il nous faudra combattre à l'Est, et peut-être même au Nord. Vent de la forêt pourrait nous attaquer. Il profitera sans doute de mon absence pour faire grandir l'opposition.

Elle se presse contre lui.

— Vous remporterez vos combats et mâterez l'opposition, comme vous l'avez fait par le passé.

— C'est une opposition d'une espèce différente. Ce que trament les hors-la-loi est habile, léger comme une toile d'araignée. Tu sais ce qui arrive, lorsqu'on ne balaie pas ses toiles régulièrement ?

Il se tourne sur le flanc, face à elle, contemplant ses courbes gracieuses.

— Si nous parvenions à débusquer Vent de la forêt...

— Avez-vous obtenu de nouvelles informations sur lui ?

— Aucune depuis qu'il nous a dérobé le tribut. Et c'est bien ce qui me fait peur.

— Avez-vous confiance en Sept serpents ?

— Je n'ai qu'une certitude le concernant : il ne s'alliera jamais aux hors-la-loi. Il y perdrait son trône.

— Pourquoi ne le laissez-vous pas balayer les toiles d'araignée à votre place ? Si vous m'emmenez avec vous à Tenochitlan, nous pourrions y demeurer quelques mois. Vous venez d'être renommé Calpixque pour un an. Hormis la gestion du tribut, vous pouvez disposer de votre temps comme bon vous semble.

— Je peux en disposer, mais non pas l'arrêter. Au contraire de ce que tu sembles penser, je suis très surveillé. La perte du tribut de l'année dernière a donné beaucoup de pouvoir à mes détracteurs. Si Moctezuma m'a nommé Calpixque pour une nouvelle année, c'est uniquement pour me forcer à redoubler de travail et me maintenir sous ses cactlis[16], prêt à m'écraser.

Tous deux restent songeurs.

— Ces combats dont vous parlez sur le chemin de Tenochtitlan sont-ils aussi importants que celui qu'il vous faudrait livrer là-bas ? interroge Ameyal.

— Il n'existe pas de combats qui ne soient pas importants.

---

16 Sandales.

Ameyal se réfugie dans ses bras et fixe un instant le dahlia jaune vif apporté par Citlaltonac. Il lui faut avancer plus vite. Savoir ce que prépare sa rivale. Elle reprend.

— Pixcayan est convaincue que Konetl sera votre unique héritier. Est-ce exact ?

— Il est mon seul fils. La tradition veut que ce soit lui en effet.

— Qu'arrivera-t-il s'il tombe malade et meurt ?

— Ne parle pas de ce genre de choses.

— Ce sont pourtant des choses qui arrivent. Quelle maladie ronge la troisième épouse ?

— Devenue la seconde épouse, interrompt Ahuizotl, depuis la mort de Coatzin.

— … Mariée avec vous depuis combien de temps ? poursuit Ameyal d'un air suspicieux, comme si elle n'avait pas entendu la réponse d'Ahuizotl. Plus de trois ans ? Et le Maître n'a toujours pas de fils d'elle ? Aucun enfant ?

— Il est possible que Xalaquia ne puisse avoir d'enfants. La guérisseuse…

— La guérisseuse vient la voir chaque semaine depuis plus d'un an, sans résultat.

Ahuizotl reste silencieux.

— Une femme qui ne peut avoir d'enfant est comme une rivière asséchée, poursuit Ameyal. « *Notre corps est une fleur qui s'épanouit, puis se flétrit.* »

— Discuter de ce sujet plus longtemps me paraît inutile.

— Remarquez, c'est heureux pour Pixcayan, qui pense que Celle qui s'habille de sable se débarrasserait de l'héritier actuel ou ferait changer la loi pour faire de son fils l'héritier.

Il secoue la tête.

— Tu en veux toujours à Xalaquia ? Pourtant, c'est toi, la favorite, aujourd'hui.

Elle tourne le visage vers lui, les yeux mouillés de larmes.

— Mais c'est avec elle que vous partez.

Elle poursuit de sa voix la plus douce.

— Une femme doit pouvoir créer la vie là où il n'y en a pas encore. À l'image de la rivière Huaxca, elle doit fertiliser la terre la moins féconde. Vous l'avez dit : je suis la rivière Huaxca.

Elle bascule le visage en arrière et le contemple quelques instants.

— Mon tonalli est de mettre beaucoup de fils au monde. Collier d'étoiles, le devin de Huaxca, me l'a prédit.

Sa voix se fait encore plus douce encore, encore plus sensuelle. Savourant la douceur âpre de ce mensonge, elle saisit la main d'Ahuizotl et la dépose sur son sein.

— Ma poitrine est ferme et vigoureuse. Mes hanches sont rondes et gracieuses. De telles femmes, dit-on, sont faites pour enfanter des fils.

Il la caresse en souriant. Sa main glisse le long de son ventre, elle la retient.

— Mais seule une femme légitime vous donnera un fils.

10.

Les esclaves sont occupées à coudre tandis que des musiciennes jouent.

Entourée de concubines discutant et riant, Ameyal reste songeuse. Le vaste salon qui l'entoure est orné d'orchidées blanches qu'elle voit à peine. Toutes ses pensées sont orientées vers Xalaquia. Comment ses sortilèges peuvent-ils encore opérer sur Ahuizotl ?

Une esclave apporte une corbeille de mangues. Cinteotl s'agenouille devant et goûte.

— Je goûte ta nourriture, Regard de Jade. Si le mal y réside, que le mal m'emporte à Mictlan.

Elle fait signe à Ameyal que tout va bien.

— Elles sont succulentes, Maîtresse.

Aztlan, une jeune concubine saisit l'un des fruits et demande :

— Voulez-vous en partager un avec moi, Regard de jade ?

— Si tu veux, répond Ameyal.

La jeune femme sort un couteau d'obsidienne de sa tunique et tranche le fruit, dont elle tend la moitié à Ameyal. La favorite saisit le fruit tendu et le porte à ses lèvres quand un étrange pressentiment l'envahit. Il lui semble avoir vu, du coin de l'œil, la concubine essuyer la lame de son couteau sur sa tunique avant de le ranger.

Elle la regarde manger sa moitié de mangue.

— Délicieux ! s'exclame cette dernière, souriante.

Ameyal la fixe sans ciller.

— Tu as essuyé la lame du couteau dans ta jupe, Aztlan, remarque-t-elle d'une voix calme et douce. Pourquoi un tel geste ?

La concubine s'immobilise. Cinteotl esquisse un mouvement pour s'approcher, mais Ameyal lui fait signe de rester en place.

— Pourquoi ? répond Aztlan. Pour pouvoir la réutiliser plus tard, sans qu'elle reste collante.

Ameyal la fixe en silence. La lame était parfaitement propre, elle pourrait en jurer. Les concubines qui l'entourent se sont tues. Seules les musiciennes continuent de jouer.

— Aztlan, puisque ce fruit te plaît, mange-le entièrement.

La jeune concubine fronce les sourcils, puis tend une main tremblante pour saisir la moitié de fruit tendue par Ameyal, avant de s'effondrer à genoux à ses pieds, en pleurs.

— J'ai reçu des menaces de mort…

— Qui ça ?

— Je n'ai rien vu. c'était de nuit. On m'a laissé ce couteau.

— Qui te l'a laissé ? Xalaquia ? Macoa ?

— Je ne voyais rien !

Sans doute Chiltik et Kostik, se dit Ameyal. *Celles qui m'ont rendu visite par le passé.*

La concubine s'est mise à trembler.

— Pardonne-moi, Regard de jade. Pardonne-moi !

Les musiciennes ont cessé de jouer. Les concubines, debout, se dévisagent les unes les autres avec crainte. Ameyal, le visage haut, baisse les yeux vers la jeune femme toujours à ses pieds.

— Tu connais la neuvième Loi ? demande-t-elle d'une voix toujours étrangement douce.

— *« Toute tentative d'évasion, homicide ou tentative d'homicide est punie de lapidation par les gardes »*, hoquette la jeune femme, en pleurs. Ne le dites pas au Maître ! Pitié !

— Et la huitième Loi ? poursuit Ameyal, sans se départir de son calme.

— *« Toute fautive sera punie par là où elle a fauté »* !

Aztlan s'est mise à trembler. Sans doute s'attend-elle à être dénoncée. Sans doute s'attend-elle à mourir. La pauvre n'y est pourtant pour rien. On a dû la faire chanter. Elle n'est qu'une marionnette dans les mains de Celle qui s'habille de sable, qui, par ce geste, affirme ses objectifs. Dans tous les cas, Ameyal ne peut laisser passer cela.

Il faut, à travers l'exemple, dissuader les femmes de tenter de l'empoisonner. Elle ne peut régner que si on la craint.

— Je te pardonne, fait-elle.

La jeune femme essuie ses larmes, incrédule.

— Maintenant, termine ce fruit.

La concubine la regarde les yeux sortis de leurs orbites, observe les femmes qui l'entourent, puis les fleurs blanches qui ornent les murs. Elle baisse la tête vers la moitié de mangue, et se résout à en goûter la seconde partie sans quitter la favorite des yeux.

Le temps semble s'arrêter. La jeune femme termine le fruit et fixe Ameyal. Sans doute espère-t-elle que le poison ne fasse pas effet. Que sa tentative se soit avérée vaine.

Mais un tressaillement l'agite soudain, faisant bondir toutes les femmes autour d'elle. Le visage d'Aztlan rougit, gonfle et bascule sur le côté. La concubine s'effondre sur le sol de marbre. Les autres femmes reculent, horrifiées.

— Cipetl ! crie une esclave en se ruant en direction du palais. Cipetl !

La jeune favorite contemple le couteau gisant à terre. Le sang qui s'écoule des lèvres entrouvertes d'Azlan contraste avec les bouquets d'orchidées qui les entourent. Ce qui vient de se passer ne peut que la conforter dans sa résolution à évincer Xalaquia. Il faut lui tendre un piège et la faire tomber à l'aide la troisième Loi. Mais comment se débarrasser d'elle sans destituer du même coup Chimalli, et sans s'attirer les foudres de Macoa ?

Un plan prend alors forme dans son esprit. Elle attire Cinteotl à l'écart et lui glisse, dans un murmure.

— Demande à Mireh de se rendre dans la chambre de Xalaquia à la recherche d'une preuve de sa relation avec Chimalli.

L'esclave personnelle lui jette un regard horrifié.

— Mais il fait encore jour… Et si elle se faisait prendre ?

— Dis-lui d'être prudente. Je ne vais tout de même pas arpenter le harem comme lorsque j'étais esclave de l'extérieur ! Dis-lui que je la récompenserai à la mesure du risque qu'elle prendra.

— Bien, Maîtresse.

Elle regarde son esclave personnelle s'éloigner le poing serré, résolue à aller jusqu'au bout.

11.

Ahuizotl pénètre dans la chambre d'Ameyal alors qu'elle vient de se coucher.

— Que me vaut l'honneur de cette visite ? demande-t-elle, surprise.

— J'ai appris ce qui est arrivé cet après-midi. Comment te sens-tu ?

— Très bien, je vous remercie. Mais il n'en va pas de même pour Aztlan.

— Je la ferai enterrer sans éclat de jade dans la bouche ! Il faut qu'elle paie ce geste toute l'éternité !

— Ce n'est pas à elle d'aller à l'Endroit des morts sans rémission, mais plutôt à celle qui a dirigé sa main.

Ahuizotl la contemple, soucieux.

— Une seule personne brigue ma place au point de vouloir me tuer, et nous savons tous deux qui elle est.

Il esquisse une grimace.

— As-tu des preuves de ce que tu avances ?

Ameyal secoue la tête.

— Avons-nous réellement besoin de preuves ?

Ahuizotl garde le silence. Même s'il sait, il n'avouera pas. Ce côté de sa personnalité fait horreur à Ameyal. Ces querelles l'amusent. Qu'elles sèment la mort ou se contentent de la frôler, il est fier d'être celui pour qui les femmes se battent et jouent leur vie.

Il y trouve même une certaine forme d'excitation.

Ameyal a appris une chose, néanmoins : Xalaquia sait qu'elle intrigue pour partir à Tenochtitlan à sa place, raison pour laquelle elle a essayé de la tuer. Ce dont elle ne se doute peut-être pas, c'est qu'une telle attaque ne fait qu'augmenter sa motivation de se débarrasser d'elle.

— Si vous refusez de faire de moi votre quatrième épouse, séparez-vous au moins d'elle.

Il fronce les sourcils.

— Xalaquia n'est plus ma favorite, répond-il. Pourquoi devrais-je l'abandonner ainsi ?

— Car elle reste votre épouse.

— Xalaquia et toi êtes comme le feu et l'eau. Éprouverais-tu encore de la jalousie, de la colère à son égard ?

— De la jalousie à son égard ? sourit Ameyal. De la colère, peut-être… Voyez les choses en face, Maître : même si Celle qui s'habille de sable a pris de l'âge, elle a encore une certaine valeur. Pourquoi attendre ? Si vous vous en séparez maintenant, vous pourrez prendre une concubine plus jeune, plus belle qu'elle…

— Ce qui n'est pas dans ton intérêt.

— Il n'y a que le vôtre qui compte.

Toujours dans le silence et le déni, l'homme pour qui et par qui tout arrive s'approche du coffre à double fond situé au pied du lit de la jeune favorite. Il se penche à la lueur des braseros extérieurs, et un claquement retentit. Le cœur d'Ameyal se serre tandis qu'il se redresse, un cahier dans les mains.

La copie de son journal.

Comment a-t-il su ? se demande-t-elle, transie de peur. S'attendant à subir la colère du Maître, elle reste immobile, le souffle court. Ahuizotl la fixe en silence. Qui est au courant de l'existence de ce cahier, hormis Eau vénérable, Cinteotl et Teicu ? Qui de ses trois plus fidèles compagnes l'a trahie ?

S'agit-il d'un autre coup de Xalaquia ?

— Je croyais que vous étiez venu vous enquérir de ma santé… soupire-t-elle.

— Quelle impudence !

— Vous m'avez menti.

Il se laisse tomber dans un fauteuil, toujours silencieux.

— Était-il vraiment nécessaire que je me trahisse en venant récupérer ce cahier moi-même ? J'aurais pu envoyer Cipetl, qui aurait été ravi de te rendre visite…

Ameyal comprend alors. Le Maître a eu vent de ce qui s'est passé lorsqu'Eau vénérable lui a confié ce cahier. A-t-il surpris toute leur conversation ? A-t-il été informé par une espionne ?

Les murs semblent se rapprocher d'elle pour l'écraser. Elle reste figée dans une terreur sans nom.

— Si vous ne l'avez pas fait, c'est que vous ne voulez pas vous venger, ni même me nuire, hasarde-t-elle au bout d'un moment.

— Je ne veux pas te nuire, mais tu as perdu ma confiance.

Le soulagement d'Ameyal laisse place aux larmes. Comment Eau vénérable a-t-elle pu, en croyant l'aider, entraîner sa perte ?

— Combien avez-vous fait percer de trous dans les murs pour m'espionner ? reprend-elle dans une vaine tentative de reprendre le dessus. Sommes-nous sur surveillance, en ce moment ?

— Je suis le seul à avoir accès aux passages qui existent dans ces murs.

— Et Tene ?

— Tene les a fait bâtir pour moi, mais elle ne les utilise pas. Elle a bien trop peur des rats et des esprits qui y traînent.

Son visage, déformé par un sourire, a pris une expression terrifiante. Il aventure la main vers elle. Elle le rejette d'un mouvement d'épaules, se lève.

— Faut-il donc toujours que tu me chasses ?

— Faut-il donc toujours que vous méfiiez de moi ?

— Je dois savoir à qui j'ai affaire. Et je te rappelle que tu m'espionnes également.

— Je dois savoir à qui j'ai affaire.

Il se dérobe alors qu'elle tente de lui saisir la main, et quitte la chambre sans se retourner.

— Tu comprends bien que dans ces conditions, jamais je ne pourrai t'emmener avec moi.

12.

— Qu'est-ce que ce raffut ? demande Ameyal tandis que Cinteotl pénètre dans sa chambre.

— Mireh a été retrouvée morte.

De nouveaux cris leur parviennent.

— La bouche ouverte, dans les jardins, une morsure de serpent au niveau de cou, explique l'esclave personnelle d'une voix sombre.

La favorite porte une main à son visage, horrifiée. Mireh avait été emprisonnée avant l'école du harem, car elle n'était pas vierge. Elle l'avait aidée à quitter Celles que l'on a oubliées et fait d'elle son lieutenant et sa femme de main. Elle avait confiance en elle. À qui peut-elle laisser les rênes de son clan désormais ? À Selna, sa sœur, qui est encore bien jeune ? À Xihuitl, en qui elle hésite à faire confiance ?

Une tristesse mêlée de colère déborde en larmes amères sur ses joues.

— Elle avait eu le temps de me donner ceci en me croisant.

Cinteotl lui tend une feuille de papier qu'Ameyal lit avant de se figer sur place.

Mireh a obtenu la preuve de la trahison de Xalaquia au péril de sa vie. Pourquoi la troisième épouse a-t-elle gardé cette preuve compromettante ? Par amour ? Étourderie ? Excès de confiance ? Par erreur, comme en commettent parfois les êtres les plus brillants ?

Peu importe. Il suffit désormais de maquiller quelques pictogrammes, et le tour sera joué.

— Que dois-je dire aux concubines du clan ? interroge l'esclave personnelle. Elles vont bavarder. Certaines se doutent déjà…

— Dis-leur que Selna prend la suite de son aînée. Elle a été formée pour cela.

Elle ouvre sa boîte à bijoux, choisit une améthyste, la tend à Cinteotl.

— Mireh n'a pas donné sa vie en vain. Il est temps pour moi d'agir. Donne cette améthyste à Selna et dis-lui que je partage son chagrin. Que nous travaillerons main dans la main jusqu'à ce que la mort de sa sœur soit vengée.

Cinteotl se tourne pour exécuter les ordres.

— Ce n'est pas fini. Va trouver Citlaltonac. Demande-lui de confier à Tene que Chimalli l'a aguichée. Surtout, dis-lui de ne pas prononcer le nom de Xalaquia.

— Êtes-vous certaine de ce que vous faites ?

— Tout à fait certaine. Le Maître apprécie Chimalli, qui ne risque pas grand-chose, à part quelques jours d'emprisonnement qui lui permettront de méditer le sens profond des Lois. Et si tout se passe comme je l'espère, il sera bientôt promu.

13.

Assise à son bureau, Ameyal, absorbée par son rêve de vengeance, mijote le message qu'elle va adresser au Maître pour dénoncer la trahison de Celle qui s'habille de sable.

La plume peut parfois s'avérer plus puissante qu'un maquauitil.

Son espionne auprès de sa rivale, Quiahuitl, a bien confirmé que la relation charnelle existant entre Xalaquia et Chimalli se poursuit, et il suffirait d'une lettre anonyme pour que son ancienne rivale, Xalaquia, tombe dans un abîme de mort. Mais cela signifierait que Chimalli mourrait également, ce qu'Ameyal ne peut envisager. Chimalli l'a en effet sauvée à plusieurs reprises dans le passé. Il lui a rendu visite en prison, où elle dépérissait, lui offrant de la nourriture et une voie de sortie. Il est allé quérir la guérisseuse qui lui a rendu sa beauté disparue après la séance de torture aux piments infligée par Tene. En outre, Chimalli est le frère de Macoa, qui pourrait chercher à se venger d'elle dans pareille circonstance. La prudence voudrait qu'Ameyal se débarrasse une fois pour toutes de cette dernière, mais si elle a décidé de la laisser derrière sans lui faire profiter de son ascension, elle ne peut se résoudre à porter sa mort sur la conscience, car cela signifierait qu'elle aurait perdu une grande partie de ses valeurs et de son humanité.

Que le harem serait parvenu à la changer.

La jeune favorite passe en revue l'assortiment de roseaux, de pinceaux et de couleurs allant du vert-ahuacatl, du bleu turquoise au rouge et au magenta, en passant par l'ocre jaune, le cacao, le violet, le rose de l'hyacinthe, le gris argileux et le noir du charbon disposé devant elle.

Une question subsiste : que se passera-t-il si elle est prise, malgré ses précautions ? Xalaquia dispose encore de soutien. Ses tueuses œuvrent toujours pour elle dans l'ombre. Mais Ameyal se rassure en se disant qu'en agissant cette nuit et en partant pour Tenochtitlan au matin, elle leur échappera.

Elle saisit le plus fin des roseaux et le trempe dans le noir.

Elle ne va pas se contenter de maquiller une lettre.

Elle va en rédiger une autre.

En traçant les pictogrammes avec une infinie précision, elle se remémore les paroles de Tlaco. « *Les couleurs parlent, elles chantent, elles pleurent, elles imposent le silence ou hurlent... la manière dont le roseau ou le pinceau est appliqué indique elle-même toute une palette d'émotions* ».

Et c'est avec cette palette qu'il lui faut jongler pour arriver à ses fins.

Elle savoure le plaisir de la vengeance comme une savante volupté.

14.

Ameyal, incapable de dormir, contemple la myriade d'étoiles qui scintillent à travers sa fenêtre entrouverte en essayant d'y entrevoir des signes d'espoir. Mais les étoiles ne lui disent rien. La nuit est morne et silencieuse. Combien de nuits devra-t-elle encore traverser dans cette cage étriquée ?

Elle perçoit enfin du tapage du côté du palais. Elle se lève, se glisse dans l'ombre du couloir jusqu'à une fenêtre lui permettant d'observer la cour qui sépare la résidence d'Ahuizotl du harem : l'homme aux plumes noires est traîné par ses propres gardes sur les dalles nues, suivi par Cipetl. Il est insulté, bousculé, battu.

Bientôt, Ameyal peut se délecter du spectacle de sa tête qui pend misérablement sur le côté. Il n'a pas pu échapper à sa vengeance.

Elle se réjouit à l'idée qu'il sera bientôt exécuté par lapidation.

Amocualli a toujours été attiré par Xalaquia, et il s'est toujours cru tout puissant. En le faisant venir dans le harem à la place de Chimalli, elle s'est assurée que l'homme aux plumes noires serait au rendez-vous. En lui demandant de garder la fausse lettre sur lui pour que Xalaquia puisse la récupérer, elle s'est assurée qu'il ne pourrait nier les raisons de sa présence au harem. Enfin, en faisant punir Chimalli par l'entremise de Citlaltonac, à qui elle a demandé de confier à Tene que le soldat l'a aguichée, Ameyal s'est assurée que ce dernier ne viendrait pas au harem cette nuit-là.

Chimalli étant le plus ancien de la garde, il devrait être promu chef dès la destitution d'Amocualli, et ce, malgré son incartade.

Il ne restait plus qu'à faire parvenir au Maître une lettre de dénonciation anonyme pour que la troisième épouse soit déchue. Elle a utilisé, pour cela, la lettre qu'avait conservée Xalaquia, qu'elle s'est contentée de maquiller.

Bien entendu, les femmes vont nier, l'homme aux plumes noires va nier. Mais Ahuizotl n'aura pas le temps de faire la lumière sur cette affaire avant son départ.

Aux cris de Xalaquia, Ameyal comprend que sa rivale s'apprête à rejoindre Celles que l'on a oubliées, et qu'il ne lui reste que quelques heures pour préparer ses affaires pour le voyage qui l'attend.

Le feu sera bientôt éteint.

Et même si elle est enceinte, comme cela est envisageable, son état ne sera pas visible de suite, de sorte qu'elle ne pourra l'empêcher de partir et pourrira un bon moment dans son cachot.

La jeune favorite s'offre un verre de jus de mangue, savourant avec délectation la bonne exécution de son plan et toute la puissance de sa position. Il ne lui reste plus qu'à suggérer au Maître le nom de Xalaquia pour incarner Xilonen lors du festival du quatrième mois du calendrier, uei tocoztli.

De cette manière, personne ne saura jamais si elle était enceinte ou non.

De quoi réjouir la déesse et elle-même du même coup.

Peut-être, une fois Xalaquia définitivement écartée, pourra-t-elle murer Macoa dans son silence.

Lorsque Cintetol pénètre dans sa chambre, elle sait ce que va lui dire cette dernière. Aussi se fige-t-elle de stupeur en l'entendant prononcer les mots suivants :

— Le Maître vous fait dire qu'il part seul, Maîtresse.

15.

— Puis-je entrer, Maître ? demande une voix féminine.

— Une femme, ici ? répond la voix caverneuse d'Ahuizotl, dans laquelle perce un soupçon d'étonnement.

— Je vous apporte un présent de Regard de jade.

Un silence de quelques secondes suit cette déclaration.

— Entre.

Cinteotl s'avance dans l'antichambre des appartements du Maître, dépose le coffre d'osier qu'elle tenait en ses mains et s'immobilise sous son regard courroucé.

— Comment es-tu arrivée jusqu'ici sans croiser aucun de mes gardes ? interroge la voix d'Ahuizotl.

— Êtes-vous seul ? répond l'esclave personnelle en reprenant son souffle.

— Qui d'autre vois-tu dans cette salle ? s'impatiente le Maître en décrivant la pièce vide d'un mouvement circulaire. Réponds à ma question, que je sache de quelle manière je vais te punir !

— Ma maîtresse a guidé chacun de mes pas, répond l'esclave personnelle d'un ton neutre, comme si cette menace ne l'effrayait en aucune façon.

— Qui lui a montré ces passages ?… poursuit Ahuizotl.

Il redresse le visage vers l'esclave.

— Je te préviens : si tu en parles, je te ferai couper la langue.

— Je serai muette comme une tombe.

— Que contient ce coffre ? Des serpents ?

— Comme je vous l'ai dit, un présent offert par Regard de jade.

Le Maître saisit un maquauitl accroché au mur. Il s'approche, sur la défensive.

— Doucement, Maître. Ce coffre est très fragile.

Cinteotl ouvre le coffre et s'efface dans l'ombre. Ahuizotl s'en approche, la lame brandie devant lui, et s'immobilise tandis qu'Ameyal se redresse, vêtue d'un long manteau noir comme la nuit.

Il écarquille les yeux.

— Que fais-tu ici, inconsciente ?

— Ne m'avez-vous pas précisé il y a peu que « *la favorite porte la robe de plumes rouges et jaunes* » ? répond la jeune femme, laissant tomber sa voix pour simuler la pudeur et l'incapacité d'en dire plus.

Posant le pied dans les appartements interdits, elle se défait du manteau qui la recouvre intégralement et se tient droite devant le Maître qui la contemple, abasourdi. La favorite ne porte pour tout vêtement que deux chaînes d'or : l'une à hauteur de poitrine, l'autre à hauteur de hanches, toutes deux simplement ornées de plumes rouges et jaunes de perroquet laissant deviner toute sa féminité.

Les lèvres d'Ahuizotl s'écartent de stupeur.

— Une robe… pas de simples plumes…

La jeune femme se tourne de trois quarts et désigne du bout des doigts la chaîne supérieure, liée à la chaîne inférieure par une fine chaîne parcourant la rainure de son dos. Elle sent le regard du Maître du harem glisser sur ses épaules, vers le bas de son dos.

— Une robe ne se compose-t-elle pas d'un corsage et d'une jupe d'un seul tenant ?

Le Maître secoue la tête, partagé entre surprise et consternation. L'accès au palais étant interdit aux concubines sans son invitation expresse, il risque de la renvoyer, ce qui l'enverrait droit dans les bras des tueuses de Xalaquia, qui sont peut-être déjà en train de la chercher. Ameyal se détend en voyant la lueur qui se met à briller dans son regard, et la prend pour guide. Encore une fois, ce qu'elle a fait, personne ne l'a fait avant elle, pas même une épouse.

Et il lui faut aller encore plus loin.

Elle fait quelques pas vers le bureau du Maître, s'offrant à l'imagination de son hôte, dont le regard, sans doute par effet de gravité, semble incapable de se hisser au-dessus de ses hanches. Dos à Ahuizotl, Ameyal s'appuie sur une table d'amarante pour parcourir les pictogrammes qui ornent le papier d'écorce.

— Mes pictogrammes sont-ils aussi évocateurs que ceux de nos scribes ? demande Ahuizotl d'une voix sèche.

— Ils sont… différents.

— Tu as beaucoup de tact. Certains de mes critiques, mon fils Konetl, entre autres, n'ont pas hésité pas à me dire qu'ils sont assez peu expressifs.

— Vous lui avez pardonné ses offenses plus d'une fois… dit-elle en référence à la liaison passée de Konetl avec Izelka, qui avait précipité cette dernière en prison.

Elle tourne les pages du cahier.

— Vous savez donc aussi vous montrer subtil et délicat.

— Uniquement par accident. Pourquoi es-tu ici ?

— Je voulais vous voir avant votre départ. Vous donner une dernière chance de changer d'avis.

— Je n'ai pas de temps à t'accorder. Qui t'a montré le passage conduisant à mes appartements ? Cinteotl ?

— Croyez-vous que j'ai besoin de conseillers comme les nobles qui courbent l'échine devant vous, et murmurent derrière votre dos ?

— À qui fais-tu allusion ?

— Personne. Tout le monde.

Il émet un grognement.

— Cinteotl, raccompagne immédiatement ta maîtresse au harem.

— Reste où tu es, objecte Ameyal en se tournant vers elle. T'aurais-je donné un ordre ?

— Non, Maîtresse.

L'esclave personnelle esquisse un mouvement craintif, à l'affût de la réaction du Maître.

— Cinteotl est à mes ordres, non aux vôtres, fait observer Ameyal. À moins qu'une favorite n'ait aucune prérogative et que tout ceci ne soit qu'une mascarade ?

— Je veillerai à circonscrire tes prérogatives pour ne plus avoir à en pâtir.

Ameyal adresse à son esclave personnelle un geste gracieux.

— Tu peux repartir, Cinteotl, je saurais trouver mon chemin seule.

— Comme vous voudrez, Maîtresse.

Cinteotl salue le Maître en embrassant la terre et prend le chemin de la sortie, quand Ameyal la rappelle. Elle se retourne.

— Merci, Cinteotl.

L'esclave personnelle gratifie sa maîtresse d'un doux sourire et quitte la pièce. Ameyal se tourne vers son hôte.

Nous voilà seuls, désormais.

— Me ferez-vous visiter vos appartements, Maître ?

— À ta guise, puisque tu es ici, répond l'homme en tendant le bras devant lui.

La jeune femme pénètre dans une salle emplie d'armes de chasse et de guerre accrochées aux murs. Des peaux de jaguar, d'ocelot, de puma et d'alligator jonchent le sol, recouvertes de chaises, de tables et de bancs. Une statue d'Huitzilopochtli orne un coin de la pièce. Face à lui se dresse la statue d'un homme robuste, au visage sévère, assis sur un trône. Un brasero rougeoyant projette son ombre sur le plafond.

— Qui est ce dieu ?

Le Maître répond par un rire caverneux.

— Mon père Ahuizotl l'ancien, l'Orateur Vénéré des Aztèques.

Ainsi, c'est toi, Ahuizotl l'ancien.

Ameyal examine le visage de la statue, et se fait la réflexion que la cicatrice du Maître semble avoir gommé toute ressemblance avec son géniteur. La fourrure qui le domine, crépue, foncée et d'une taille colossale, avec une gueule ronde et large qui n'est ni tout à fait celle d'un chien ni tout à fait celle d'un homme, attire son regard. Son museau est gros et épais, sa queue rappelle celle du renard.

— Quel est cet animal ?

— Un ours géant chassé par mon père, dans les contrées situées bien au nord d'ici.

— Un ours ?

— Un animal qui a la force de plusieurs hommes. Une bête avisée, qui reste à l'affût pour chasser ou tuer sa proie.

— Deux chasseurs qui se jaugent l'un l'autre…

La jeune femme songe au parallèle existant entre l'ancien Orateur Vénéré et la bête, et le Maître et elle. Elle frissonne à la vue de la gueule béante, aux dents effilées comme des épées, de la taille de ses doigts, et à celle du maquauitl planté dans la pierre à ses côtés.

Elle sent la main d'Ahuizotl effleurer sa hanche. Le souffle chaud de l'homme, qui n'a pas attendu pour mordre à l'appât, hérisse sa nuque de frissons. Elle se retourne alors qu'il pose son autre main sur elle, et se dégage de son étreinte.

Il se mord la lèvre.

— Tu es plus belle chaque fois que je te vois. Plus belle et plus évanescente.

— Et vous un peu plus fatigué. Vous pouvez vous plaindre de ma conduite, mais soyez franc : trouvez-vous cette surprise réellement déplaisante ?

— Quand cesseras-tu d'être aussi impertinente ?

Une voix de soldat retentit depuis l'ouverture à ce cri.

— Vous m'avez appelé, Maître ?

— Non, répond Ahuizotl. Qu'on me laisse seul.

Ameyal contemple l'homme qui la domine et sourit.

— Vous voyez ?

Un grondement sourd lui répond.

La favorite fait quelques pas vers ce qui semble être la chambre à coucher du Maître. Un immense lit trône au centre d'un tapis de fleurs. Les flammes des torches lèchent les murs décorés de fresques représentant des scènes de chasse et de guerre. À travers la fenêtre, sur l'horizon, s'entassent quantité de pétales allant du rouge au noir en passant par le rose et l'indigo. Tonatiuh a refermé sur lui son manteau de nuit aux plumes brillantes, avant de se laisser tomber sur un lit de roses et de sombrer dans un sommeil profond.

Un bras enserre la taille d'Ameyal. Le Maître la suit de près.

— Allez-vous me châtier pour mon inconvenance ? s'enquiert la jeune femme, joueuse.

— Ce n'est pas l'envie qui m'en manque.

— Envie, désir, tout ce dont il est question.

— Tu n'es qu'une effrontée !

— Cela vous déplaît-il tant ?

— Tu me dois le respect.

Elle prend un air déçu.

— Serait-ce la seule chose à laquelle vous aspirez ?

Il l'emmène contre lui et l'embrasse avec passion. Leurs langues se pressent l'une contre l'autre et s'emmêlent dans un combat où il ne peut y avoir ni vainqueur ni perdant. Au bout d'un moment, Ameyal recule d'un pas. Le Maître se tient à un meuble, comme s'il était sous l'emprise d'octli.

— Un alcool vous ferait-il tourner la tête ? interroge-t-elle, amusée.

— Quand vas-tu cesser de te refuser à moi ?

— Quand allez-vous cesser de refuser que l'on se marie ?

Il grimace, agacé.

— Le moment est venu de clarifier les choses entre nous, gronde-t-il. Quelles que puissent être ta position et ton opinion à mon égard, je reste le Maître.

— Et moi votre favorite.

— Tu es seulement ce que je décide que tu es, si je le décide et quand j'en décide.

Elle sourit.

— Dois-je comprendre que vous souhaitez faire de moi ce que vous voudrez lorsque vous le voudrez ?

— Oui. Comprends-le une fois pour toutes, et cesse de me faire perdre mon temps.

— L'éternel n'existe que par contraste avec l'éphémère. Vous seul pouvez faire de moi une déesse pour que l'amour de cette déesse rejaillisse sur vous. Sans déesse, pas d'amour, et sans amour, à quoi bon vivre ? Nous sommes liés comme les doigts de la main, vous, le Maître, et moi, l'esclave, il n'y a pas d'esclave sans maître ni de maître sans esclave. Vous êtes autant mon esclave que je suis votre Maître. N'est-ce pas ironique ?

— Déshabille-toi.

Elle sourit.

— Voulez-vous dire : « ôte ta robe » ?

— Appelle cela comme tu voudras et fais ce que je dis.

— Emmenez-moi.

— Je le ferais peut-être, si je pouvais te faire confiance.

— Nulle n'est plus digne de confiance que moi.

Il l'embrasse à nouveau, haletant, les mains puissantes arrachant les plumes qui couvrent les seins d'Ameyal. Elle défait la broche qui maintient le manteau d'Ahuizotl attaché, le faisant tomber à terre. Lorsqu'il referme son emprise sur elle, elle ne peut plus remuer.

— Gardez au moins votre blason, pour que jamais je n'oublie que c'est le grand Ahuizotl en personne qui m'honore… demande-t-elle, le souffle court.

— Tu parles trop.

Il la place dos à lui. Elle serre les dents. Lui faire plaisir est à ce prix.

— Je ne vous plairais pas tant, si ce n'était pas le cas.

16.

— Rhabille-toi, ordonne Ahuizotl. Tonatiuh va bientôt se lever, et je ne veux pas que l'on te voie ici.

Ameyal lui adresse un regard implorant.

Ne me laissez pas partir.

Mais le Maître la laisse ramasser sa jupe et s'envelopper dans son long manteau noir. Dans l'aube rosée s'étendent la grand-place, l'enceinte sacrée, les temples hérissés par les silhouettes des prêtres qui commencent à remuer…

— Vous allez me manquer.

— Toi aussi.

— Pourquoi un tel penchant pour la souffrance ?

— Toute ma vie est souffrance. Je n'ai pas le choix.

Elle s'approche de lui, les yeux humides.

— Vous vous trompez. Vous avez le choix. La souffrance est une terre vide que nous pouvons fouler tous deux, main dans la main, pour y planter les fleurs de l'amour.

Il secoue la tête. Elle prend sa main, la dépose sur son cœur.

— Je sais que vous avez souffert. Les dieux eux-mêmes ont souffert. Huixtocihuatl[17] a été bannie par les Tlaloques dans les eaux salées. Les frères et sœurs d'Huitzilopochtli ont été exterminés juste après sa naissance, à l'aide du Xiuhcoatl[18] avec lequel Huitzilopochtli est venu au monde. Chassé de Tula, le Serpent précieux a marché jusqu'à la mer, avant de s'exiler pour avoir rompu son vœu de chasteté. Cela ne l'empêchera pas de revenir, plus sage et plus puissant que jamais.

— Toujours ton Serpent précieux…

Elle prend un air rêveur.

---

17 Déesse du sel (de iztatl : sel et de cihuatl : femme)
18 Serpent de turquoise.

— Il est l'un des plus anciens de tous les dieux. L'un des plus éclairés. Chaque jour, je prie pour qu'il vous fasse accéder au trône.

Ahuizotl paraît ému par ces paroles.

— Tu pries pour moi ? Est-ce vrai ?

— Lorsqu'il reviendra parmi nous…

— Même si Huitzilopochtli et Tlaloc décident de m'offrir ma chance, interrompt le Maître, mon frère Cuhautemoc me traitera comme il l'a toujours fait, comme un étranger. La cour de Moctezuma me demeurera inaccessible. On me fait payer mon nom, mon rang, mon sang.

Ameyal perçoit dans ces paroles une colère sourde, prête à se réveiller. L'expression d'un désir qui n'est pas encore tout à fait effacé. Une noblesse d'âme se peint sur le visage d'Ahuizotl, dont les traits et l'expression mélancolique font oublier, sans le détruire, le vice qui l'avilit parfois.

— Si les nobles de la cour ne se sentaient pas menacés par votre présence, ils ne prêteraient pas attention à vous, reprend-elle. Ils vous laisseraient vivre à Tenochtitlan comme un homme simple, sans envergure, sans avenir. Le fait même que vous ayez été éloigné du centre du pouvoir prouve que votre véritable place se trouve en son sein.

— Mes ennemis sont trop nombreux. Que cela soit ici ou là-bas, il feront tout pour m'éclipser.

— Ne dites pas cela !

À travers l'ouverture de la chambre, Ameyal distingue le profil acéré de la statue d'Ahuizotl l'ancien, qui lui donne une idée. Si elle n'a pas encore été entendue, c'est qu'il lui faut parler plus fort qu'elle ne l'a fait.

Elle tourne les yeux vers le Maître, dont la lueur de l'aube donne à l'œil unique un éclat brillant.

— Prenez la peau de l'ours géant.

— J'ai peur qu'elle ne soit trop lourde pour moi.

— Prenez le maquauitl de votre père, en ce cas.

— Il est trop profondément ancré dans la pierre.

— Prenez son rêve, alors. Prenez son rêve à votre compte. Le grand destin qu'il s'était tracé. Reprenez-le là où il l'a abandonné à son neveu, votre cousin !

Ahuizotl contemple Ameyal, comme fasciné. Dans le palais plongé dans le silence, seul le crépitement du brasero qui illumine encore la statue parvient jusqu'à eux.

La jeune favorite s'entoure de son manteau et fait quelques pas devant le Maître du harem, le regard porté vers les fresques des murs, l'esprit vagabondant à travers la fenêtre, le temps et l'espace, survolant les champs de guerre qu'a foulés Ahuizotl avant d'être cloué à Teotitlan.

— N'exigez plus de tribut inconsidéré… poursuit-elle. Mettez fin aux Guerres Fleuries et aux sacrifices qui les justifient. Faites du Monde Unique une unique nation. Un unique peuple vivant dans la paix et la liberté.

— Voici que tu me dis enfin ce que tu veux de moi, Regard de jade.

— Ce que j'attends de *nous*.

— Est-ce la raison pour laquelle tu désires tant m'accompagner au cœur du Monde Unique ?

— C'est au cœur du monde que palpite la vie, et c'est depuis ce point qu'elle irradie en tout lieu. Que suivent les gestes et les pensées, sinon le cœur ?

Elle s'approche de lui, plonge son regard vert dans ses yeux noirs :

— Je veux vous aider à réaliser vos rêves. Vos ambitions.

— Une seule vie n'est pas suffisante pour de tels rêves, de telles ambitions.

— La vôtre l'est.

Ahuizotl reste immobile, le visage grave, comme accablé. Elle sent pourtant qu'il n'est pas loin de flancher. D'accepter ce qu'elle lui dit. Mais alors qu'il semble sur le point de parler, il se détourne d'elle, rejoint la statue de son père, devant laquelle il se recueille et médite.

— Cuauhtemoc est mon frère aîné. À lui de prendre le pouvoir et d'agir.

— Comment pouvez-vous autant vous tromper ? explose-t-elle. Cuauhtemoc n'est plus que l'ombre de lui-même. Allez-vous rester sans rien faire, si ni lui ni Moctezuma n'agissent ?

— Comment oses-tu ?

— Des étrangers menacent d'envahir le Monde Unique ! poursuit Ameyal, comme si elle n'avait pas entendu.

— Comment connais-tu l'existence de ces étrangers ?

— Quelle importance, s'ils nous détruisent ?

— Puma blanc se montrera sûrement à la hauteur.

— Si vous étiez nommé général en chef de l'armée de l'intérieur à la place de Puma blanc, vous auriez l'occasion de prouver votre valeur. Seule la gloire peut vous conduire au pouvoir suprême. Une marche après l'autre. Une victoire après l'autre.

Le Maître semble enfin touché par sa harangue. Son poing se serre sur le manche du manquauitl fiché dans la pierre.

— Enfilez la peau de l'ours géant et protégez-nous des étrangers ! poursuit Ameyal, encouragée par ce constat.

— Une cuirasse bien lourde à porter.

— Cette cuirasse ne peut pas être trop lourde si nous la portons ensemble ! Et si ce maquauitl est trop profondément ancré dans la pierre, prenez le vôtre !

À défaut de maquauitl, Ahuizotl prend son visage dans les mains et demeure un long moment pensif.

Ameyal sent que la victoire lui échappe. Elle veut parler, argumenter, mais le Maître la fait taire d'un geste de la main. À travers la fenêtre pointent les premiers rayons du soleil naissant.

Elle n'a pas réussi à le faire changer d'avis.

Il va partir.

Elle va rester.

Un sentiment d'abattement s'abat sur la jeune femme, qui se met à frissonner, courbée sous le poids d'une fatigue écrasante. Drapée dans son manteau, elle jette un regard désespéré à Ahuizotl l'ancien, en larmes.

— Tu m'as convaincu, entend-elle soudain. Prépare-toi. Nous partons dans une heure.

2. LE CŒUR DU MONDE UNIQUE

Debout sur la muraille de Mexicaltzingo, Ameyal contemple l'île qui se déploie devant elle.

Une île blanche et éclatante.

Une cité parfaitement symétrique, entourée d'îles plus petites, flottant au sein d'un lac immense où se reflètent les sommets acérés du Popocatépetl et de l'Ixtaccihuatl, la *Montagne fumante*, et la *Femme blanche*, situés à plus de dix longues courses[19] de là. Les différents pics, couronnés de blanc, se détachent dans le ciel limpide, et le brasero qui brûle au cœur du Popocatépetl exhale une volute nacrée qui fait écho aux murs de Mexico-Tenochtitlan.

Au sein de l'île se dresse une pyramide si haute, si abrupte, qu'elle n'a rien à leur envier.

La Grande Pyramide… Le Cœur du Monde Unique !

Jamais Ameyal n'avait imaginé les hommes capables de bâtir un tel ensemble architectural ni de manifester un tel orgueil face aux dieux. Il lui faut de longues minutes pour se remettre de l'émotion suscitée par ce qu'elle voit.

---

19 Une longue course mesure environ cinq kilomètres.

D'un regard circulaire, elle parcourt les quatre grandes sections qui composent la ville, longuement étudiée durant le voyage : Cuepopan au nord, Teopan à l'est, Moyotlan au sud et Atzacalco à l'ouest. Quatre grandes avenues traversent ainsi la cité, toutes quatre assez larges pour qu'une vingtaine d'hommes puissent y marcher de front. Trois d'entre elles relient l'île à la terre ferme en direction du nord, de l'ouest et du sud, se muant, au sortir du lac, en de vastes chaussées empierrées qui se perdent sur l'horizon ou derrière le relief. Le visage blanc de la cité est également paré d'un collier de jade : une ceinture de verdure composée des chinampas, les jardins flottants dont Ameyal a pu étudier l'intérêt à l'école du harem. Une digue, orientée selon un axe nord-sud, sépare le Cœur du Monde Unique de la plus grande partie du lac de Texcoco, et elle peut apercevoir, sur la berge située loin au nord-est, les murs de la ville éponyme. Enfin, un aqueduc, au sud-ouest, irrigue la ville en eau douce provenant de la source de Chapultepec.

La jeune femme a un instant de vertige en constatant que le lac est le siège de défilements permanents de personnes, de caravanes empruntant les chaussées, de bateaux allants et venants depuis tout le pays aztèque... La rumeur de la ville parvient à eux malgré la distance qui les sépare. Mexico-Tenochtitlan brille, vibre, éclate de blancheur dans la fraîcheur matinale et le soleil naissant. Les plus majestueux édifices qui la composent, faits de calcaire blanc ou recouverts de plâtre, sont décorés de fresques, incrustés de bandeaux et de panneaux de mosaïques, ornés de peintures colorées qui font ressortir ce blanc si vif, qui reflète les rayons de Tonatiuh avec tant de force qu'il l'aveugle.

Lors du voyage l'ayant conduite en ce lieu, Ameyal a savouré chaque bouffée d'air, chaque son, chaque rayon de soleil ou de lune. Elle a contemplé le paysage et les cités traversées les yeux avides de découvertes, la volonté tendue vers son objectif, l'attention entièrement tournée vers les Aztèques. Ahuizotl et Cihuacoatl, le lieutenant de Vent de la forêt, qui fait également partie du voyage, n'ont eu de cesse de répondre à ses questions sur les mœurs et les coutumes de ses ennemis.

Un détail ne tarde pas à attirer l'attention de la jeune femme : au sommet de chaque toit, de chaque temple, de chaque palais, de chaque tour se dresse un mât orné d'un oriflamme. Ces drapeaux, d'une blancheur aussi éclatante que les murs, portent pour la plupart un insigne coloré, glissant au vent, animant la pierre d'un souffle vital. Ils figurent des dieux connus ou inconnus, des emblèmes de nobles locaux, des indications de toutes sortes… Toutes les couleurs et les reflets de la nature semblent être réunis dans ces drapeaux qui semblent n'avoir aucun poids, et qui ne ploient ni ne claquent au vent. Ils se contentent de flotter, tels des nuages fins et étirés, des oiseaux hésitant à prendre leur envol, se laissant dériver avec paresse et ondulant leurs ailes sans aucun bruit.

— Ces bannières sont tissées de plumes dont on ne garde que le duvet le plus léger, indique Ahuizotl. Elles ne sont ni teintes ni peintes, mais faites de plumes de couleur naturelle : plumes d'aigrette pour les fonds blancs et pour les motifs, les différents rouges de l'ara, du cardinal et de la perruche, les jaunes du toucan et du tangara, les bleus du geai et du héron. Le drapeau qui orne le plus somptueux palais porte le glyphe de Tenochtitlan, et fait référence au mythe de fondation de la cité.

Ameyal reconnaît en effet, en haut du plus grand des palais, l'aigle perché sur un cactus et dévorant une figue de barbarie – dont le fruit rouge symbolise le cœur humain. On lui a expliqué qu'il désigne « le lieu du figuier de Barbarie ». Mexico, du nahuatl *metztli*, « lune » et *xictli*, « ombilic » signifie « (la ville qui est) au centre (du lac) de la lune ». Tenoch ayant été, selon les anciens, l'un des fondateurs de la cité, lui donna son nom entier : Mexico-Tenochtitlan.

Et les bannières de la ville ne sont pas les seuls témoins de la vie et du mouvement.

Le sang de Tenochtitlan palpite dans les ruelles qui sont ses veines sous forme de passants, et dans ses innombrables canaux, qui composent ses artères, sous forme de bateliers faisant glisser leurs acalis[20] avec grâce. Des navires de toutes tailles, bourrés de marchandises, vont et viennent ainsi en provenance ou à destination d'un immense marché, au nord, qu'elle identifie comme étant celui de Tlatelolco.

— Allons-y, ordonne Ahuizotl.

La troupe du Calpixque, composée de gardes, d'esclaves, de porteurs et conseillers – les joueurs de tlachtli étant arrivés en avance, traverse Zoquiapan jusqu'à la rive sud et monte à bord de plusieurs embarcations. L'acali de tête, où sont assis Ameyal et Ahuizotl, dépasse les bateaux de pêche amarrés au rivage, et longe la chaussée d'Iztapalapa qui, après avoir rejoint une petite île, s'incline vers la cité blanche. Il atteint bientôt les vastes étendues de chinampas, constitués de radeaux de branches d'arbres entrelacées, amarrés au bord du lac ou des routes, recouverts de nombreuses couches de terre riche apportée de la terre ferme. À mesure que les cultures ont étendu leurs racines, saison après saison, les nouvelles racines se sont mêlées aux anciennes et ont fini par se planter dans le fond du lac et maintenir solidement le radeau, agrandissant la ville.

Ameyal remarque que chaque île habitée est parée d'un collier de chinampa. Dans les îles les plus fertiles, il est difficile de faire la distinction entre les champs que les dieux ont dessinés et ceux qui sont l'œuvre de l'homme. Partout s'étalent le maïs, les haricots et les chilis, le chia et toutes sortes de légumes environnés par la puanteur des engrais d'entrailles d'animaux, de têtes de poisson et d'excréments humains, qui ramène Ameyal au souvenir des latrines qu'elle devait récurer en tant qu'esclave de l'extérieur.

---

[20] Barque, canoë utilisé sur les lacs du plateau central du Mexique.

La jeune femme serre le poing. Elle est aujourd'hui la favorite, et son tonalli commence à peine à se tracer.

Portée par l'acali chargé de denrées ramenées avec eux par les porteurs, Ameyal continue d'étudier tout ce qui l'entoure. Loin à l'est, derrière la digue de Nezahualcoyotl, s'étend un lac si immense qu'il ressemble à un océan, et les volcans qui le dominent sont si hauts qu'ils pourraient abriter la demeure des dieux. L'embarcation glisse désormais le long d'un canal vers le centre de la ville, dont la plupart des constructions ont deux ou trois étages, beaucoup d'entre elles étant construites sur pilotis, du fait de l'humidité. Chaque maison, même modeste, semble posséder son jardin et son bain de vapeur.

Ameyal scrute les rues et les canaux qui l'entourent. Par instants, ils se suivent, et des passants conversent avec des marins. À d'autres moments, rues et canaux se croisent, et l'eau plonge dans le sol pour ressortir plus loin. Des groupes vont et viennent, des canots passent en glissant dans toutes les directions. Certains canotiers proposent de louer leur embarcation pour rejoindre un point éloigné de la ville. Certains canots, peints, décorés, et munis d'une toile pour protéger ses occupants du soleil, transportent quelques nobles. Les berges des canaux sont maçonnées et le sol des rues, recouvert d'argile dure et lisse, est entretenu et nettoyé par plusieurs groupes d'esclaves.

L'acali d'Ameyal atteint un point où l'eau du canal avoisine la hauteur des rues et parvient à un pont lui bloquant le passage. Un homme, à l'aide d'un système ingénieux, fait pivoter le pont de côté pour laisser passer les embarcations.

La grandeur, la splendeur et la propreté qui règne en tout lieu laissent Ameyal sans voix. Ahuizotl, tourné vers elle, lui désigne des groupes de portefaix chargés qui déambulent en chantant.

— Les troupes de mercenaires, d'émissaires ou de pochtecas, explique-t-il, apportent sans discontinuer le tribut des peuples vassaux vers le palais, le Trésor ou les entrepôts nationaux.

Ameyal observe les paniers de fruits multicolores : goyaves et fruits d'anones[21] venus des terres otomi du nord, ananas totonaques de la mer orientale, papayes jaunes du Michoacán, à l'ouest, papayes rouges du Chiapas, au sud. Elle aperçoit les petits insectes séchés qui donnent de brillantes teintures rouges, et les pots de confiture de prunes zapotin, qui ont donné son nom au pays zapotèque. Elle remarque des corbeilles entières de fleurs et de plantes provenant des environs de Xochimilco. Des cages emplies d'oiseaux colorés et des ballots de plumes provenant des lointaines forêts du sud. Des sacs de cacao et de gousses noires de la vanille des terres chaudes de l'est et de l'ouest. Le précieux copal, résine aromatique servant à fabriquer le parfum et l'encens, que leur envoie la nation rivale de Texcala, ennemi héréditaire des Aztèques. Son regard bondit entre les sacs et les paniers emplis de maïs, de haricots et de coton, les cages d'huexolotl[22] vivants, au cri rauque, accompagnées des paniers emplis de leurs œufs, les cages de chiens techichi comestibles, les quartiers de cerf, de lapin et de ce qui pourrait être des ours, les jarres débordantes du jus clair et doux du maguey et de la boisson fermentée plus épaisse et blanche qu'on en tire et qui enivre, l'octli.

À mesure qu'ils approchent du centre de la ville, la foule s'épaissit et les conversations et éclats de voix montent. Ameyal remarque de plus en plus de nobles emplumés, de mendiants, de femmes aux tenues tapageuses, aux dents peintes et qui mâchent le *tzictli*[23] pour attirer les clients, qu'elle identifie comme étant des maatitls.

— Pour seulement un grain de cacao, je vous dirai, Seigneur, quels jours et quelles nuits attendent cette jeune femme aux yeux étranges, clame la voix d'un vieillard, qui, debout sur le bord de la chaussée, les suit depuis un certain temps.

---

21 Arbre provenant de régions équatoriales faisant penser au pommier.
22 Gros oiseaux noir et rouge
23 Ancêtre du chewing-gum

Ahuizotl le repousse d'un geste.

— Allez-vous-en.

— J'insiste.

Le Maître esquisse une grimace d'agacement.

— Si vous êtes devin, pourquoi officier ici ?

— Peu importe le lieu où s'expriment les dieux, Seigneur…

Ahuizotl observe Ameyal, puis tend au vieillard la somme demandée. L'acali s'immobilise.

— Le tonalli de cette femme est de commander aux hommes et de faire le pont entre les nations, Seigneur. Un jour, les plus grands s'agenouilleront à ses pieds.

Le Maître fixe le vieillard, puis Ameyal avec surprise. Tout le monde rit. La jeune femme contemple le regard acéré du vieux devin, puis les conseillers, gardes et porteurs qui entourent le Maître, qu'elle s'efforce de rassurer.

— Merci pour ce présage, devin, clame Ahuizotl. À défaut de nous apprendre notre avenir, tu nous auras bien fait rire.

L'acali repart. Ameyal ne peut détacher les yeux du devin, qui lui rappelle Collier d'étoiles. Au fond d'elle-même, elle sait que ce qu'il a dit est vrai.

La troupe met pied à terre en un point de contrôle situé sous une arche du Mur du Serpent, enceinte crénelée qui sépare la place centrale du centre religieux. Une fois les vérifications effectuées auprès des soldats d'élite, le cortège de gardes, de porteurs, d'esclaves et de conseillers d'Ahuizotl traverse l'arche.

Un nouveau spectacle arrache les cris d'admiration de ses membres.

Plusieurs dizaines de bâtiments publics ou privés se déploient autour d'eux : appartements royaux, tribunaux, magasins, Trésor, volières, jardin zoologique… Ameyal contemple les temples qui s'élèvent de toutes parts, en haut desquels fourmillent des prêtres aux vêtements sombres. Elle devine, aux statues qui les surplombent et aux glyphes de leurs oriflammes, celui du Serpent précieux, de Xilonen, de Chalchiutlicue, ainsi que ceux abritant les dieux volés aux cités soumises. Elle avise également un calmecac, le Mecatlan[24] et les arsenaux, les murs du terrain de jeu de balle, où se disputera bientôt la partie, la Maison du Chant, censée renfermer des logements et salles de répétition pour musiciens, chanteurs et danseurs de renom se produisant sur la place à l'occasion des fêtes religieuses. Ahuizotl lui a décrit tout cela durant le voyage.

Des éclats de voix la tirent de sa rêverie : les passants qui se pressent autour d'eux indiquent que la fête de Tocoztontli va bientôt commencer.

Des flots de gens du peuple se déversent par les rues, se mêlant aux pillis[25], aux gardes et aux esclaves. Ameyal, les narines saturées d'encens et les yeux émerveillés, n'entend plus que le bruit de la foule qui se presse autour d'elle malgré la garde rapprochée du Maître. Le palais de Moctezuma, de l'autre côté de la place, aux portes protégées par une garnison d'élite, est d'une splendeur à couper le souffle.

La voilà enfin au Cœur du Monde Unique.

Mais la plus haute, la plus belle construction n'est pas le palais de l'Orateur vénéré.

Elle lève les yeux vers la Grande Pyramide, aux flancs de pierre inclinés montant vers le ciel, et constate qu'elle est coiffée de deux temples : l'un surmonté de motifs crénelés peints en rouge en forme de papillons, l'autre de coquillages marins, symboles de l'eau, peints en bleu.

---

24 École de musique
25 Nobles.

Une base carrée de cent cinquante pas de côté. Un double escalier monumental escaladant la façade ouest. Ahuizotl lui a expliqué que cent quatorze marches raides et étroites mènent à la plate-forme supérieure où s'élèvent les temples et leurs dépendances. De chaque côté des escaliers, toutes les treize marches, se dresse l'effigie en pierre d'un dieu tenant en son poing fermé une grande perche au bout de laquelle flotte une bannière de plumes. Un frisson parcourt Ameyal lorsqu'elle imagine un xochimiqui[26] gravissant les marches de la Mort Fleurie, se croyant sur le point d'accéder au séjour des dieux. Elle imagine, au sommet, la pierre du sacrifice et derrière elle, les deux temples, symbolisant la guerre et la paix, celui de droite étant la demeure de Huitzilopochtli, dieu de la guerre, et celui de gauche étant occupé par Tlaloc, dont dépend la prospérité des temps de paix. Il aurait été juste d'élever un troisième temple au dieu Serpent, celui vénéré par Ameyal, ou même au dieu du soleil, Tonatiuh, mais tous deux possédaient déjà des sanctuaires sur la place, comme beaucoup d'autres dieux importants.

La pyramide en elle-même est d'un blanc argenté et éclatant, et les serpents qui flanquent l'escalier en guise de rampes, peints aux couleurs des reptiles : rouge, bleu et vert, sont destinés à recueillir le sang des sacrifices. Des statues se trouvant au niveau du sol sont toutes recouvertes d'or.

---

26 Futur sacrifié.

Ameyal manque de glisser et constate que beaucoup de personnes ont ôté leurs sandales à semelles de cuir pour marcher pieds nus. L'immense place, pavée de marbre encore plus blanc que le calcaire des édifices, reflète le soleil avec l'éclat d'un miroir tezcatl. La place est désormais si emplie que les gens se tiennent au coude à coude. Des nobles à l'air dédaigneux glissent sur des chaises à porteurs au-dessus de la foule. Hommes et femmes portent des manteaux tissés de plumes, certains multicolores, d'autres d'une seule teinte scintillante. Les femmes ont les cheveux teints en pourpre, et des bagues ouvragées ornent leurs doigts. Les seigneurs, encore plus richement parés que leurs épouses, portent des diadèmes, des parures d'or et des plumes chatoyantes sur le front. Certains portent autour du cou des médaillons d'or accrochés à des chaînes, des bracelets d'or aux poignets, aux bras, et des anneaux aux chevilles. D'autres des plaques garnies de pierres précieuses aux oreilles, aux narines et à la lèvre inférieure.

— Voici Tlacotzin, le Premier dignitaire, indique Ahuizotl en désignant d'un geste un homme dominant la foule. Le Femme-Serpent est celui qui vient juste après notre Orateur Vénéré.

— Pourquoi un tel nom ? demande-t-elle.

Ahuizotl esquisse un sourire acéré.

— Les anciens estiment que le Grand Trésorier porte ce nom car les serpents, à l'instar des femmes, couvent étroitement les trésors qu'ils possèdent…

Ameyal contemple le pilli, aux parures encore plus riches que celles des autres nobles. Son labret semble si lourd qu'il fait pendre sa lèvre inférieure. Il s'agit d'un serpent d'or miniature qui semble frétiller tandis que le Grand Trésorier glisse dans sa chaise au-dessus de la foule. Le Femme-Serpent rejoint une estrade placée au faîte d'un temple dédié à Coatlticue, sur laquelle l'accueillent des musiciens jouant sur des flûtes, des os percés et des tambours de peau.

— Et voici Patitl, l'organisateur des jeux, explique Ahuizotl tandis qu'un homme de forte corpulence, vêtu d'un long manteau de pourpre et paré d'un labret incrusté d'or prend place à la gauche de Tlacotzin.

Bombant le torse, le dénommé Patitl salue la foule d'un air nonchalant.

— Un homme important ? interroge Ameyal.

— Extrêmement important, souffle Ahuizotl. Il a quitté l'équipe de Tenochtitlan, dont il était capitaine, pour devenir magistrat.

— Quelle sorte de magistrat ?

— Un juge chargé de suivre l'entraînement des athlètes. Il évalue le comportement, le caractère et la morale de chacun d'eux, aussi bien que la force et la résistance dans le but de sélectionner les meilleurs. Il est chargé de présider les processions d'ouverture et de surveiller les parties de tlachtli, ce qui lui donne une influence certaine sur leurs issues. Il peut approuver ou supprimer un point sans que personne ne puisse le contredire. De grosses responsabilités pour un homme comme lui !

Le silence se fait dès que le Femme-Serpent lève les mains, et les regards convergent tous dans la même direction. Par un habile subterfuge, l'Orateur vénéré en personne vient d'apparaître, debout près de lui.

Ameyal sent son cœur s'accélérer. Le visage de Moctezuma est masqué par un labret et quantité de pierres précieuses qui pendent à ses narines et ses oreilles. Il porte une couronne étincelante de plumes d'ara écarlates qui ceint complètement son front, d'une épaule à l'autre. Un manteau d'or et de plumes vertes de quetzal descend jusqu'à ses pieds. Sa poitrine est ornée d'un large médaillon ouvragé.

Un grand mouvement secoue la foule lorsque tous l'accueillent avec le tlalqualiztli[27]. En s'agenouillant, Ameyal songe au devin qui a prédit que les plus grands s'agenouilleront devant elle.

L'Orateur Vénéré, qui rend son salut en agitant sa spectaculaire couronne de plumes rouges et en levant son bâton de commandement d'acajou et d'or, sera un jour à sa merci.

---

[27] Signe d'embrasser la terre : s'agenouiller en portant un doigt sur la terre, puis à ses lèvres.

Les hordes de prêtres, aux vêtements noirs et crasseux, aux figures sombres incrustées de saleté et aux longues chevelures collées de sang, contrastent avec la flamboyante élégance de cet homme qu'elle imagine depuis des années, et qu'il lui est enfin donné de voir. Au bout de quelques instants, une voix retentit, ou plutôt un cri rauque, perçant les psalmodies des prières et des invocations.

— Que la célébration commence !

Une clameur assourdissante lui répond. L'excitation est telle qu'il lui faut patienter quelques instants avant de poursuivre.

— En ce jour du Toconztli, tous les honneurs doivent être rendus à Coatlicue, Celle qui porte une jupe de serpents, déesse de la fertilité et de la terre, qui a donné naissance à la lune et aux étoiles ! indique Moctezuma avec une agitation palpable. Aussi, nous allons lui rendre hommage sous le regard bienveillant d'Huitzilopochtli, le colibri de la gauche, le guerrier ressuscité du Sud, celui qui conduit nos expéditions visant à ramener des prisonniers pour le sacrifice, et sous celui de son fils Tlaloc, le dieu de la foudre et des tempêtes !

— Rendons-lui hommage ! hurle la foule en retour.

— La pluie est indispensable, reprend Moctezuma, puisque sans elle, toute vie s'éteindrait. Or, Tlaloc et Coatlicue ont besoin d'aliments pour conserver leur force et d'encouragements pour poursuivre leur tâche. Que peut-on leur donner de plus vivifiant et de plus stimulant que l'essence de la vie elle-même ?

Le public lève les bras au ciel et des acclamations éclatent. Puis, sur un signe de l'Orateur vénéré, la foule s'écarte et des prisonniers jusqu'alors invisibles s'avancent, entourés de gardes, en direction de la Grande Pyramide. Derrière eux se tient une jeune femme d'une quinzaine d'années environ, qui porte une multitude d'attributs en papier : collier de mains, de crânes et de cœurs humains, pieds et doigts ornés de griffes, jupe de serpents entortillés et faux seins qui pendent mollement sur sa poitrine.

L'incarnation de Coatlicue, Celle qui porte une jupe de serpents.

Ameyal frissonne en songeant que tout ce cortège va périr pour que le Cœur du Monde Unique puisse continuer de battre. Une odeur atroce lui parvient. Derrière le cortège se tiennent des hommes vêtus de morceau de peau flétrie et asséchée, brandissant au-dessus de leurs têtes de grands os blancs. Des masques de chair qu'ils portent sur le visage pointent des yeux qui ne sont pas les leurs.

La jeune femme détourne le regard. Il s'agit des hommes habillés avec les peaux de leurs xochimiquis dont lui a parlé Eau vénérable.

Une véritable abomination.

— Les dieux doivent être vénérés au même titre qu'Huitzilopochtli, car Tenochtitlan est le lieu d'où partent toutes les routes et où se décide l'avenir du monde…

Ameyal contemple cet homme, mais ne l'entend déjà plus.

Il est, pour elle, déjà sur la route de Mictlan.

2.

Enfin. Enfin je vais rencontrer ce monstre.

Le grand Moctezuma, allongé dans une riche litière au sommet du temple de Coatlicue, accueille ses illustres invités, qui se pressent devant lui dans une file ininterrompue. De nombreux nobles se tiennent à ses côtés, dont le Conseil des Anciens, ainsi que quatre grands seigneurs : Nezahualpilli, souverain de Texcoco, Tezozomochtli, souverain de Tlacopan – les deux autres dirigeants de la Triple Alliance, le Femme-Serpent Tlacotzin et le dénommé Patitl, organisateur des jeux.

Le soleil a déjà dépassé son zénith lorsqu'ils atteignent la plate-forme du temple. Ahuizotl, qui montre depuis une heure des signes d'impatience, se tourne vers Ameyal et Cipetl, qui l'accompagnent.

— Encore dix personnes avant nous, soupire-t-il. Je vais demander à ce que l'on nous donne la priorité.

Tandis qu'il s'éloigne, Ameyal attire Cipetl à l'écart des invités.

— Que sait-on de Patitl ? interroge-t-elle dans un murmure.

Le conseiller d'Ahuizotl lève un sourcil.

— Pourquoi une telle question ?

— Simple curiosité. Patitl n'est-il pas celui qui a entraîné les joueurs de Tenochtitlan ?

Il lui faut apprendre sans se dévoiler.

— Pour comprendre qui est Patitl, il te faut tout d'abord savoir que Moctezuma a toujours eu un faible pour les jeux et les paris, répond Cipetl en chuchotant. Bien que ces derniers soient interdits par la loi, ils sont dans une certaine mesure tolérés… et ils ont même pris une dimension colossale depuis son avènement au pouvoir. L'homme dont tu parles ne se contente pas d'organiser et de surveiller les jeux et cérémonies attenantes, comme le veut sa fonction. Il est également celui par qui tous ces paris secrets transitent, et tu peux me croire : il touche un pourcentage non négligeable de ces transactions, qui lui ont permis de pénétrer dans le groupe restreint des hommes les plus riches de Tenochtitlan.

Ameyal, tournée vers Cipetl, n'a d'yeux que pour cet homme gras et nonchalant, enveloppé dans son manteau de pourpre.

— Patitl ne s'intéresse donc aucunement à la dimension religieuse des jeux ?

Cipetl sourit d'un air entendu.

— Je crois que la seule loi qu'il respecte ne soit celle du profit. Et d'après ce que l'on dit de lui, il est prêt à tout pour cela. La moralité n'est pas sa principale qualité.

La jeune favorite sourit intérieurement. Voilà qui pourrait bien servir ses objectifs.

— Comment Moctezuma peut-il le laisser agir ainsi ? demande-t-elle d'un air faussement offusqué.

Le conseiller lui jette un regard las.

— Comme je t'ai dit, Moctezuma aime jouer, parier, et surtout gagner. Patitl lui permet cela. Tu comprends à présent les raisons de cette tolérance.

La jeune femme fixe l'Orateur Vénéré et l'organisateur des jeux, qui se tiennent en effet très proches l'un de l'autre.

Moctezuma aime jouer, parier, et surtout gagner. Patitl lui permet cela.

Le dirigeant aztèque lui paraît de plus en plus méprisable.

— Par ici, ordonne Ahuizotl en revenant vers eux.

Les hommes murmurent tandis que tous trois les dépassent dans la file.

L'Orateur vénéré, qui a environ quarante ans, est de stature supérieure à la moyenne, élancé, un peu maigre, avec un corps assez harmonieux. Son teint est clair, et il porte les cheveux peu longs, jusqu'aux oreilles. Sa barbe est rare, noire et bien plantée. Son visage, à l'air facétieux, est d'un ovale un peu allongé. Son regard est empreint de gravité et de dédain.

— Moctezuma a instauré un nouveau protocole, explique le Maître tandis qu'ils avancent vers leur hôte. Surtout, ne levez pas les yeux vers lui. Ne lui adressez la parole que s'il vous pose une question. N'élevez jamais la voix. Contentez-vous de murmurer.

Ameyal jette un œil en contrebas, vers la grand-place, et constate que tous les visages sont tendus dans leur direction. Les sacrifices ayant eu lieu, la façade ouest de la Grande Pyramide ruisselle de sang, et les têtes des xochimiquis s'amoncellent à ses pieds. Les cœurs arrachés ont été empilés sur des autels, et les corps des sacrifiés, découpés, sont en train d'être distribués aux plus pauvres et plus démunis, amassés sur la place.

Une odeur de sang tranche sur les parfums d'encens.

La jeune femme se raidit en voyant l'Orateur Vénéré sortir de sa litière et s'approcher d'eux. Les nobles les plus décorés qui l'entourent prennent son bras et le font avancer sous le dais composé de draperies, de tissus de plumes de quetzal, le tout ornementé de fleurs brodées de fil d'or, de plaques d'argent et de perles qui les recouvrent tous.

Moctezuma s'avance ainsi, superbement vêtu, telle une divinité. Les plumes de sa parure le font paraître immense, et lui donnent l'éclat d'un soleil couchant. Le médaillon ouvragé qu'il porte sur la poitrine figure le dieu Huitzilopochtli qu'il représente. Son pagne de cuir rouge rappelle le sang des sacrifiés, et il porte aux pieds des sandales qui semblent être en or massif, lacées jusqu'aux genoux par des lanières dorées enrichies de pierreries. Les quatre seigneurs qui l'accompagnent, tous brillamment vêtus, le suivent des yeux tandis que d'autres nobles portent la traîne de son manteau d'or et de plumes vertes, et que d'autres encore le précèdent en balayant le tapis sur lequel ses pieds doivent se poser, afin qu'il ne foule jamais le sol. Ameyal remarque qu'aucun de ces grands seigneurs n'ose lever les yeux vers leur chef suprême, et que tous avancent le regard baissé en affectant le plus profond respect.

Ahuizotl fait le signe d'embrasser la terre, suivi par ses deux accompagnants.

— Mixpantzinco, en votre auguste présence, Orateur vénéré.

— Ximopanolti, Ahuizotl.

Le Maître se livre à de grandes démonstrations de respect avant de placer autour du cou de son cousin un collier orné des plus beaux saphirs. Moctezuma lui souhaite la bienvenue sans détacher le regard d'Ameyal, qui se sent défaillir au moment où il s'approche d'elle.

L'homme qui est à l'origine de mon malheur.

Elle reste agenouillée, tendue, le regard rivé vers le sol. Moctezuma la laisse ainsi un certain temps avant de lui dire, d'une voix traînante et sur un ton condescendant :

— Relève-toi, jeune concubine, que l'on puisse admirer ce regard dont nous avons entendu parler.

Ameyal, parcourue d'un tremblement, relève la tête sans toutefois le regarder en face. Son cœur bat à l'assourdir et la sueur ruisselle dans son dos. Elle n'entend plus le vacarme de la place ni la musique des joueurs de flûte, d'os percés et de tambours de peau. Elle ne distingue rien d'autre que Moctezuma qui, un sourire espiègle sur les lèvres, la dévisage quelques instants en silence.

— Eh bien, regarde-moi, puisque je te l'ordonne.

Elle s'exécute, et ce qu'elle sent émaner de son interlocuteur la fait frémir. Il y a, dans ce regard, dans cette présence, un étrange mélange d'arrogance et de crainte. Comme s'il se croyait à la fois puissant et faible. Comme s'il avait conscience que ce que son peuple lui a donné peut lui être à tout moment retiré.

Comme s'il savait qu'il ne mérite pas la place qu'il occupe.

Surpris par ce qu'il voit, le grand Moctezuma esquisse une moue avant de déclarer :

— Ces yeux ravissent notre regard. Leur beauté n'a d'égale que leur rareté et leur bizarrerie.

Ameyal, à la fois intriguée et impressionnée, a du mal à tenir debout tant les émotions l'assaillent. Elle se force à garder le contrôle de sa personne. Ce n'est pas le moment de flancher.

— Merci, Seigneur Orateur, balbutie-t-elle.

Moctezuma répond d'une voix cinglante :

— Tu parleras lorsque nous te poserons une question, esclave.

Il s'agit de la première fois qu'elle entend quelqu'un employer la première personne du pluriel en se référant à lui-même.

— Bien, Seigneur, répond Ameyal en baissant de nouveau la tête.

— Inutile de répondre. Tu n'as pas à exprimer ton obéissance : elle coule comme la source de Chapultepec.

Elle tressaille. Ahuizotl l'avait prévenue. Alors qu'il se confond en excuses inutiles, elle contemple les cactlis brodées d'or de leur hôte, puis le poignard d'obsidienne attaché à la ceinture de Tlacotzin. Si seulement elle pouvait bondir, saisir l'arme et terrasser à jamais son ennemi !

Mais de nombreux guerriers l'entourent. Elle serait tuée avant d'avoir pu esquisser le moindre geste.

Il lui faut refouler son envie de vengeance bestiale et infliger un châtiment réfléchi.

— Est-elle une sorcière ? demande l'Orateur Vénéré à Ahuizotl.

— Regard de jade ignore tout de la magie, Seigneur Orateur, répond ce dernier. Elle était vouée à la prêtrise, et je puis affirmer qu'elle ne vénère, en plus de la Fleur Quetzal, que le Serpent précieux.

Moctezuma hoche la tête et sa voix cingle à nouveau.

— Relève le visage.

Ameyal s'exécute, soumise. Que peut-elle faire d'autre ? Tous les nobles la contemplent alors, immobiles, d'un air sceptique, comme s'il se fut agi d'un animal de foire. Elle tente de les occulter de sa pensée et lutte pour reprendre le dessus sur ses émotions. Il lui faut paraître sûre d'elle. Continuer à se battre. S'arranger pour que cet homme la garde auprès de lui au Cœur du Monde Unique, jusqu'à ce que sa vengeance puisse s'opérer…

— Pourquoi es-tu la seule femme au monde qui ait de tels yeux, si tu n'es pas sorcière ?

— Il n'y a pas que les sorcières qui ont des pouvoirs, répond Ameyal sans pouvoir se départir d'un léger tremblement dans la voix. Les montagnes en ont aussi, comme le Popocatepetl, qui célèbre de son feu intérieur le règne de mon Seigneur et Maître, le grand Moctezuma. L'océan recèle également de puissants pouvoirs. Mon père m'a confié que c'est de lui que viennent mes yeux.

— Ton père, dis-tu. Qui était-il ?

— L'Aigle de Huaxca, répond la jeune femme avec fierté.

Moctezuma sourit. Elle sent sa confiance revenir.

— L'Aigle de Huaxca ? Nous n'en avons jamais entendu parler.

Les hommes de son entourage rient.

— Quoi qu'il en soit, ajoute-t-il, ce lien avec l'océan a éveillé notre curiosité.

Il se tourne vers son Femme-Serpent.

— Peut-être préfigure-t-il lui aussi le retour du Serpent précieux ?

— Rien ne pousse à croire, Seigneur… observe Tlacotzin.

— Nous reparlerons de cela plus tard, interrompt Moctezuma. Nous te reverrons au banquet, Regard de jade, déclare-t-il en s'éloignant. Peut-être auras-tu l'occasion de nous raconter ton histoire… En ta compagnie, cher cousin.

— Nous ferons selon vos désirs, Seigneur Orateur, répond Ahuizotl en inclinant la tête.

Tandis que le cortège s'éloigne, Ameyal reste à genoux, les entrailles glacées, et baisse les yeux sous les réprimandes qu'elle sent venir.

— Ton Seigneur et Maître, le grand Moctzeuma ?! s'exclame Ahuizotl, masquant à peine sa colère.

— N'est-ce pas la vérité ? Je voulais juste… m'arranger pour que vous puissiez avoir un entretien avec lui.

Ahuizotl serre les mâchoires.

— Ce n'est pas à toi de t'en occuper. Je veux que tu cesses ce petit jeu immédiatement.

— Entendu, Maître.

Ameyal quitte l'estrade derrière Ahuizotl et Cipetl, sous le regard des invités, avec des sentiments mélangés. L'Orateur Vénéré des Aztèques lui inspire un dégoût indéfinissable. Au contraire de Vent de la forêt, il lui semble hautain, prétentieux, suffisant.

Il lui fait l'impression d'un homme sans vie intérieure, d'un être froid, sans scrupule, attaché aux apparences.

3.

— Bienvenue dans l'ancien palais d'Axayacatl, le père de l'Orateur Vénéré, indique l'intendant en conduisant Ahuizotl et Ameyal dans une longue galerie au sol couvert de tapis de joncs tressés et peints.

En traversant l'enceinte du palais, Ameyal et Ahuizotl ont été accueillis par une multitude de perroquets éclatants, de colibris chatoyants, d'abeilles noires et de papillons multicolores. La jeune favorite est restée stupéfaite devant la beauté du vaste édifice à deux étages entourant un jardin central composé de fontaines étincelantes et d'herbe rase ponctuée d'arbres ahuaquahuitls[28]. Sur leur passage, des sentinelles se sont mises au garde-à-vous en levant leurs lances à pointe d'obsidienne. L'intendant les a conduits à un immense vestibule tendu de tapisseries de plumes, puis dans un escalier de pierre menant à la galerie qu'ils sont en train de traverser.

— Le rez-de-chaussée est réservé à l'ancienne salle du trône, à l'ancienne cour de justice, aux salles des gardes et aux bureaux des conseillers et sages qui accompagnent l'Orateur Vénéré, explique leur guide. À l'étage ont été aménagées des salles de bal, de réception, ainsi que la grande salle de banquet où votre table a été préparée.

---

28 « Arbre qui fait beaucoup d'ombre. »

Tous trois pénètrent dans une salle immense, bordée de terrasses et de fenêtres donnant sur le ciel rougeoyant, au sein de laquelle un somptueux banquet a été dressé. Des fleurs et des cages à oiseaux, accrochées aux murs, rappellent à Ameyal les clairières de la jungle de Huaxca, et les torches projettent leurs ombres étranges sur la pierre. Des volutes d'encens montent jusqu'au plafond, rappelant le Popocatepetl situé non loin. Hôtes et invités semblent avoir revêtu leurs plus belles parures. Ameyal, quant à elle, porte une jupe assortie d'un corsage couleur cacao, son collier de jade, ainsi qu'une unique plume de quetzal dans les cheveux, destinée à faire ressortir l'éclat de ses yeux.

Elle sent le regard des hommes s'appesantir sur elle.

— Ce palais a été meublé et décoré pour être digne de nos hôtes, qui proviennent de tout le Monde Unique, indique l'intendant. L'aile sud sera votre résidence durant tout votre séjour. Vous y trouverez des appartements pour vous-même et vos gens, ainsi qu'un personnel complet d'esclaves présent pour vous servir.

À ses paroles, Ameyal se sent l'âme d'une grande dame. Tant de choses ont changé depuis son arrivée au harem d'Ahuizotl ! Elle se pâme d'admiration devant ce qui l'entoure tandis qu'ils sont conduits vers une estrade meublée de trois longues tables parallèles.

— L'Orateur vénéré dînera ici, indique l'intendant en désignant la table la plus éloignée du cœur de la salle.

Il s'agit d'une table basse, travaillée et entourée de sièges, recouverte de nappes blanches et de petites serviettes allongées. Le service de vaisselle rouge et brune, qui se compose d'un unique couvert malgré la taille de la table, ressort sur le blanc de la nappe comme le sang des xochimiquis.

L'intendant leur désigne la seconde table, qui contient tout autant de sièges et seulement deux couverts placés à chaque extrémité.

— Celle-ci est destinée à Nezahualpilli et Tezozomochtli, les deux dirigeants secondaires de la Triple Alliance. La vôtre est la troisième, celle qui se trouve non loin celles des nobles, qui figurent en contrebas. Les pochtecas et les guerriers d'élite occuperont les tables périphériques.

Après les avoir aidés à s'asseoir, l'intendant les salue et prend congé.

— Vous voyez, Maître, glisse Ameyal avec un petit sourire. L'Orateur vénéré nous a attribué l'une des meilleures tables. Même si j'aurais rêvé de dîner à la sienne…

Ahuizotl secoue la tête.

— Moctezuma dîne toujours seul.

— Je peux le comprendre, sourit-elle, en référence à son refus de partager les repas de Tene.

Le Maître ne semble pas noter la remarque. Il paraît préoccupé par ce qui l'attend. Une foule dense et hétéroclite, amassée entre les tables, cherche quelle place occuper. Serviteurs et esclaves, qui courent parmi eux, ont du mal à répondre à leurs injonctions. L'intendant est en train d'accueillir des pillis aux manteaux de plumes brillantes et aux ornements d'une richesse qu'aucun noble de Teotitlan n'aurait pu égaler. Ameyal est surprise de constater qu'ils sont conduits à leur table. Ahuizotl et elle se lèvent pour les saluer tandis qu'ils prennent place non loin d'eux.

— Nous allons nous régaler, observe Ahuizotl avec une pointe d'ironie dans la voix.

La jeune femme suit son regard et remarque une vaste cour dans laquelle dix cerfs embrochés tournent en grésillant au-dessus d'un gigantesque lit de braises. Une odeur de viande grillée glisse jusqu'à ses narines. Plus loin, des cages s'amoncellent, emplies de volatiles, de gibier et de chiens techichi sans poils, qui attendent en silence leur tour sur le foyer, incapables d'aboyer.

Une musique s'élève. Ameyal tourne les yeux vers des musiciens qui ont pris pied au centre de la salle autour d'une majestueuse fontaine intérieure. Tous les instruments traditionnels semblent réunis pour accompagner chanteurs et danseurs : tambours à languette, tambours à eau, gourdes suspendues, flûtes de roseau, flûtes creusées dans des os humains…

Il n'est pas surprenant que Moctezuma prenne ses distances, se dit Ameyal.

La musique conjuguée de tous les instruments devient bientôt si forte qu'elle doit être entendue sur tout le territoire des cinq lacs.

Ahuizotl se tourne vers elle tandis que d'autres nobles les rejoignent.

— Ce palais me rappelle bien des souvenirs, observe-t-il sur un ton rêveur.

— Y avez-vous déjà logé ?

— Toute mon enfance. Je me souviens que l'on courait, en compagnie de mon frère dans les grands couloirs de marbre. Moctezuma nous rejoignait, parfois. On se baignait dans les fontaines, on se dissimulait derrière dans la salle du trône pour espionner les réunions d'Axayacatl. On s'introduisait dans certains temples en secret, et l'on versait aux prêtres, à leur insu, quelques gouttes d'octli dans leur chocolat, alors qu'ils avaient fait vœu de sobriété. On dissimulait, dans les souterrains du sous-sol, quantité d'objets arrachés à ces temples. Je me souviens qu'on y entrait par un escalier dérobé, sous un de ces arbres qui font beaucoup d'ombre…

Ameyal se prend à imaginer Ahuizotl, enfant, déambuler en compagnie de Moctezuma. Deux enfants tenant dans leurs mains l'avenir du monde. Elle les voit jouer avec des figurines de bois, des osselets, des balles, peut-être même des armes d'entraînement… Moctezuma, encore innocent, n'avait pas encore crevé l'œil d'Ahuizotl. Avaient-ils conscience de ce qu'ils deviendraient ? De l'impact qu'ils auraient sur toutes ces vies ?

— Vous connaissez donc bien ce palais…

— Dans les moindres détails.

— Vous vous cachiez derrière la salle du trône, dites-vous ?

Il sourit avec nostalgie.

— Il y avait un meuble d'acajou, dans la salle de chasse attenante. Il suffisait de faire glisser l'un des panneaux arrière sur le côté pour accéder à une petite alcôve, où une languette de bois permettait d'observer et d'écouter sans être vu.

— Vous étiez un affreux garnement.

Ahuizotl saisit sa main et rit tandis qu'elle le regarde, pensive, en savourant cet instant de quiétude. Puis elle songe à tous ces moments où il la terrorise par sa simple présence. Comment deux personnalités tellement différentes peuvent-elles cohabiter au sein d'un même homme ?

D'autres nobles et gentilshommes, vêtus de riches tenues et de parures variées : manteaux de plumes, coiffures, boucles d'oreilles, pendentifs de nez, labrets, bracelets… les saluent et prennent place à leur table en compagnie de leur épouse. Ameyal se fige en apercevant Patitl prendre place à l'autre extrémité de leur table. Même si Ahuizotl l'a prévenue de sa réussite, elle se demande comment un ancien joueur de balle a pu devenir si riche et si puissant, et se dit que ce qui a été possible pour lui pourrait l'être également pour elle. Il lui semble que l'organisateur des jeux l'examine, mais c'est plutôt le Maître qui a attiré son attention. Peut-être même plus que son attention, son intérêt.

Patitl ne semble pas apprécier que les jeux et les paris.

Elle le salue en inclinant la tête. Il finit par la voir, et lui répond d'un geste vague.

— Savez-vous si Patitl est marié ? demande-t-elle à Ahuizotl. Aucune femme ne l'accompagne.

— Quelle question, sourit-il.

— Il n'a d'yeux que pour vous.

— Sans doute parce qu'il me déteste.

— Dans bien des cas, la haine confine à l'amour.

— Tu es très perspicace.

Elle tourne la tête vers l'organisateur des jeux et l'imagine en train de commettre le cuilonyotl, l'acte de chair entre deux hommes, qui est interdit et sévèrement réprimé.

Encore une loi qu'il doit violer, se dit-elle.

Mais la présence de Patitl à sa table peut être une opportunité. Il faudrait qu'elle lui parle seule à seul… qu'elle sache s'il est vraiment capable d'influencer le résultat du jeu de balle et de faire gagner Teotitlan, ce qui l'aiderait à atteindre son objectif.

Tandis qu'elle se demande comment lui parler sans éveiller la suspicion et la colère d'Ahuizotl, une idée lui vient.

— Est-il prévu que nous visitions le terrain de tlachtli avant la partie ?

Il tourne le visage vers elle, sourcils froncés.

— Le terrain est très sommaire, sais-tu ? Quatre murs qui entourent une surface dure, rien de plus. Que penses-tu y trouver ?

— J'aimerais connaître ce lieu, ses règles, afin de pouvoir pleinement profiter de ce qui nous attend et prier pour que l'on gagne.

— Tu connaîtras tout cela bien assez tôt.

Ameyal, déçue par cette réponse qui ne lui laisse d'autre alternative que de ruser pour parler à Patitl, avise Cipetl et Cihuacoatl, qui prennent place à l'une des tables situées au pied de l'estrade où se trouvent déjà des pochtecas, aux manteaux et aux pagnes ordinaires, sans aucun ornement. Comme le lui a expliqué Ahuizotl, il s'agit, pour ces marchands, de ne pas faire étalage de leur fortune ni de leur rang, et de rester discrets et modestes pour ne pas faire d'ombrage aux nobles.

Deux pochtecas, néanmoins, semblent avoir été placés à la table d'Ameyal et d'Ahuizotl, qu'ils saluent avant de prendre place face à eux. La jeune femme, qui voit dans leur venue une opportunité d'en apprendre plus sur les projets politiques aztèques – et le Monde Unique en général, sourit en voyant leur corps gras et les poquietl à monture d'or contraster avec la sobriété de leurs tenues comme des témoins criards. Elle tend l'oreille à travers le vacarme général et la musique, et les entend relater leurs souvenirs, leurs expéditions et leurs acquisitions les plus remarquables lors de leurs voyages lointains.

— Les pochtecas sont des marchands itinérants, lui a expliqué Ahuizotl durant leur venue à Tenochtitlan. Même s'ils restent des roturiers, ils représentent l'échelon le plus élevé de cette classe. S'ils ont de la chance ou s'ils savent s'y prendre en affaire, ils peuvent devenir aussi riches que les nobles et jouir de privilèges tout aussi étendus. La loi qui leur est appliquée leur est propre, si bien qu'ils échappent à de nombreuses contraintes.

— Quelle loi ? a-t-elle demandé.

— Leur dieu, Yacatecuhtli, le Seigneur du nez, dicte les règles régissant les pochtecas. D'abord, ils ne peuvent accepter qu'un certain nombre de membres, et tout nouveau venu est trié sur le volet. Ensuite, ils doivent se montrer scrupuleusement honnêtes les uns avec les autres, car s'ils ne le font pas, aucun d'entre eux ne pourra faire de bénéfices ou même survivre. De la même manière, il leur faut se montrer honnêtes avec tous les voyageurs rencontrés en chemin, même les plus sauvages. Cela est nécessaire, car où qu'ils aillent, il y aura toujours un pochteca qui les a précédés ou qui les suivra. La condition essentielle de leur survie est qu'ils suivent toutes ces règles.

Les pochtecas n'ont pas le statut qu'ils méritent, songe Ameyal en observant ses voisins de table sans se faire voir d'eux. *Leur mécontentement peut les conduire à intriguer pour monter dans la hiérarchie aztèque, voire destituer Moctezuma. Peut-être planifient-ils de remplacer l'aristocratie en fonction ?*

Il faut que je me rapproche d'eux.

— Ai-je le droit d'adresser la parole à mes voisins de table, Maître ?

— Je pourrais mal t'en empêcher…

Elle se tourne alors vers les deux hommes.

— Puis-je profiter de votre auguste présence pour vous poser quelques questions ?

— Ximopanolti, chère enfant.

— De tels banquets ont-ils souvent lieu ? interroge-t-elle.

— Tous les mois, explique l'un des pochtecas en soupirant, une fête en entraînant une autre. Une dépense considérable, si l'on songe à tous les serviteurs, trésoriers, offices, dépôts de vivres et employés à la manutention du palais. Heureusement, nous y pourvoyons…

La jeune femme peut sentir la rancœur percer dans le ton de son interlocuteur.

— Que voulez-vous dire ?

— Nous commerçons avec des contrées éloignées dans lesquels nous emmenons des produits manufacturés à Tenochtitlan, puis nous ramenons des marchandises rares et précieuses en provenance du bout du monde. Au retour, nous versons une part de nos bénéfices au Trésor du Femme-Serpent de l'Orateur Vénéré.

Ameyal plisse les yeux. D'après ce que lui a confié Ahuizotl, cette taxe est ce qui explique pourquoi Moctezuma tolère la montée en puissance des pochtecas. Une grande part de leurs richesses demeure néanmoins cachée à l'Orateur vénéré.

— L'enrichissement personnel de Moctezuma n'est pas la seule raison de son soutien, poursuit le marchand. Les pochtecas étendent également l'influence des Aztèques à tout le Monde Unique.

— Un métier dangereux…

— Aussi risqué, si ce n'est plus, que les déplacements militaires. Une caravane chargée de marchandises de valeur peut être attaquée et pillée par des bandits sur la route, et tout le monde peut être tué avant d'atteindre sa destination. Parfois, les biens sont confisqués à l'arrivée. Ou sur le chemin du retour. Raison pour laquelle nous devons être accompagnés de soldats.

Le second pochteca hoche la tête et poursuit.

— Lorsque nous revenons d'un voyage, nous pénétrons en ville avec des vêtements ordinaires, à la nuit tombante et par petits groupes.

— Pourquoi donc ?

— Il est interdit à tout pochteca d'arriver en ville durant la journée ou de faire une entrée remarquée. Les habitants de Tenochtitlan ne sont pas tous d'accord pour reconnaître que la prospérité du peuple aztèque est fortement lié aux marchands voyageurs que nous sommes. Beaucoup sont jaloux de nos richesses pourtant obtenues avec courage et de manière légitime. La noblesse, en particulier, dont les ressources proviennent en grande partie du tribut versé par les peuples vaincus, est persuadée qu'un commerce pacifique la prive en partie du butin de guerre qu'elle pourrait acquérir et se réfère à nos activités sous le nom du « malheureux commerce ».

— Que faites-vous une fois en ville ?

Le marchand fait tourner son poquietl dans ses mains en continuant son explication.

— Une fois reposés, lavés et habillés, nous nous rendons à la Maison des pochtecas pour faire le compte de nos marchandises, et nous arrangeons pour que les nobles enchérissent les uns contre les autres en usant de certains stratagèmes.

— Lesquelles ? interroge Ameyal, le visage tendu en avant.

— Vous êtes bien curieuse, ma fille.

Ahuizotl sourit.

— En faisant croire, par exemple, que seule une petite quantité desdits objets existe, jusqu'à ce que leur prix soit le plus élevé possible. Si l'une de nos marchandises sort de l'ordinaire, nous la présentons à l'Orateur Vénéré qui nous en offre généralement davantage que le prix le plus élevé afin de garder pour sa lignée et lui-même les plus beaux ornements qui existent. Il faut ensuite s'acquitter de taxes…

— Quelles sont les taxes dont vous devez vous acquitter ?

— Nous payons des redevances à notre dieu Yacatecuhtli – ou à l'association des pochtecas, et d'autres au Femme-Serpent, qui sont ensuite versées au Trésor de Moctezuma et qui sont de plus en plus importantes.

Au regard que se jettent les deux marchands, Ameyal comprend qu'ils sont opposés à cette augmentation de leur taxation. L'un d'eux paraît même trouver cela particulièrement injuste.

— Ainsi est constitué le Trésor de Moctezuma, poursuit le pochteca désabusé : les prises de guerre et de pillage, les tributs payés par les peuples vassaux, les taxes.

— Et les paris… ajoute l'autre dans un murmure assorti d'un clin d'œil à Ahuizotl.

Ameyal hoche la tête. Elle comprend leurs arguments : pourquoi devraient-ils en effet payer des taxes sur des marchandises qu'ils vont eux-même chercher au bout du Monde Unique ? Pourquoi, au vu des risques qu'ils prennent, ne pourraient-ils jouir entièrement du fruit de leur travail ?

Ainsi, les peuples vassaux ne sont pas les seuls à se plaindre. Beaucoup de choses sont remises en question.

Partout, le mécontentement gronde.

La dynastie de Moctezuma ne restera pas au pouvoir longtemps s'ils s'occupent uniquement des racines en délaissant des branches.

— Tout cela est juste, puisque l'Orateur Vénéré en a décidé ainsi, conclut Ahuizotl, qui semble avoir suivi leur conversation malgré son manque flagrant d'intérêt.

Les marchands acquiescent en souriant, bien conscients du cynisme du Maître. Ils répondent au salut d'un homme de grande taille, maigre, au teint cacao, dont le sombre manteau contraste avec les parures qui l'entourent, et qui pourtant prend place à l'une des tables inférieures, non loin de Cipetl et de Cihuacoatl.

— Allez-vous accepter le défi d'Ahuilli ? murmure le pochteca modéré à son homologue, sans cesser de regarder le nouveau venu.

— Pour me faire plumer ? Hors de question.

— Sage décision, déclare le modéré avant d'ajouter, devant le regard interrogatif d'Ameyal et dans un murmure : Ahuilli est le meilleur joueur de patolli de Tenochtitlan. Encore un homme qui a bâti sa fortune sur son audace et sa perfidie…

Ameyal regarde l'homme désigné, surprise par l'éclat rusé qui luit dans ses yeux. Ahuilli s'en aperçoit et incline le visage pour la saluer. La jeune favorite baisse la tête sous le regard critique d'Ahuizotl, qui ne semble pas apprécier qu'elle puisse s'intéresser à un homme qui n'est pas assis à leur table.

— Un joueur ne sera jamais qu'un saltimbanque, déclare-t-il à voix basse. Quant à Patitl, si jamais j'apprends qu'il a tenté d'influer la partie d'après-demain…

Le pochteca modéré accueille la menace avec malice.

— Rassurez-vous. J'ai appris en discutant avec Tlacotzin qu'il est criblé de dettes. Si vous parvenez à remporter cette partie de tlachtli, nous aurons le plaisir de le voir destitué…

— On la gagnera, observe Ameyal en pressant la main puissante du Maître sous la table.

Les deux marchands sourient. Ahuizotl lève les yeux au ciel, comme si elle avait dit quelque chose d'affreusement naïf.

Toute une troupe d'inconnus surgit alors, vêtus de parures de plumes blanches et noires de hérons et de canards. Il se glissent parmi les pochteca aux tables inférieures.

— Qui sont ces gens ? glisse Ameyal à Ahuizotl.

— Il est coutume que les Amantecas, ou ouvriers en plumes, soient assis face aux pochtecas lors des banquets et s'honorent mutuellement. Ils sont presque égaux en richesses, et dans leur manière de célébrer les fêtes et les banquets. Cela provient de ce que les marchands apportent de pays lointains les plumes riches que les Amantecas travaillent et arrangent pour en fabriquer les armes et les devises, ainsi que les rondaches, dont les tecuhtlis et autres personnages importants font usage, et qui sont des ouvrages fins et délicats.

Arrivent alors, accompagnés d'une vive clameur, les guerriers d'élite, qui revêtent tous de flamboyants costumes, et Ameyal reconnaît en eux les trois ordres de la chevalerie étudiés à l'école du harem : Chevaliers-Aigle, Chevaliers-Jaguar et Chevaliers-Flèche.

Ahuizotl lui a expliqué que l'ordre du Jaguar et l'ordre de l'Aigle peuvent être intégrés après s'être distingués à la guerre, et que l'ordre de la Flèche regroupe les tireurs ayant tué de nombreux ennemis avec ce projectile imprécis. Les Chevaliers-Jaguar portent une peau de bête qui leur sert de manteau, la tête de l'animal faisant office de casque, le crâne ayant été retiré, et les dents de devant ayant été fixées avec de la glu, si bien que les crocs du haut viennent se recourber sur le front du chevalier et les dents du bas remontent devant son menton. Leur armure est peinte comme la fourrure du jaguar, fauve avec des taches brun foncé.

Les Chevaliers-Aigle, quant à eux, portent sur le crâne une tête d'aigle, plus grande que nature, faite de bois et de papier mâché, recouverte de véritables plumes d'aigle. Le bec, grand ouvert, leur enserre la tête, du front au menton. Leur armure est également recouverte de plumes d'aigle, leurs sandales se terminant par des sortes de serres et leurs manteaux de plumes faisant penser à des ailes repliées.

Les Chevaliers-Flèche enfin, portent un casque en forme de l'oiseau de leur choix – du moment qu'il est d'une espèce inférieure à l'aigle – et leur armure est garnie des mêmes plumes dont ils lestent leurs flèches. Tous ces chevaliers portent des boucliers de bois, de cuir ou d'osier, couverts de plumes formant des figures colorées, et chaque bouclier porte le symbole du nom de son porteur. En les observant, Ameyal se rappelle que Tliacapan leur avait expliqué que de nombreux chevaliers, rendus célèbres par leur bravoure et leurs faits d'armes, lançaient parfois un défi à l'ennemi en arborant leur symbole sur leur bouclier. Ils étaient en effet certains qu'un ennemi chercherait à les attaquer, désireux de donner de l'éclat à son nom en étant devenu « l'homme qui a vaincu et capturé le chevalier *untel* ».

Des hommes pénètrent alors dans la salle de banquet, les cheveux noués sur la nuque avec un lien de cuir tressé, avant de prendre place autour des seules tables demeurées vides, situées au plus près de la porte donnant sur la galerie. Ils sont vêtus de manteaux du plus fin coton, richement brodé, de cactlis en peau d'alligator lacées jusqu'au genou, et parés d'ornements d'or et de pierreries. Ameyal tressaille en apercevant les fémurs et autres crânes qu'ils tiennent dans les mains.

Eau vénérable lui avait confié que les hommes qui se sont habillés avec les peaux de leurs xochimiquis durant vingt jours et qui, quelques heures auparavant, puaient encore comme des chiens errants, allaient participer au banquet.

Le silence se fait soudain.

Tout le monde se lève lorsqu'apparaît Moctezuma à l'autre extrémité de l'estrade.

4.

Le grand Moctezuma, assis dans un majestueux palanquin et accompagné des deux autres dirigeants de la triple Alliance, des généraux commandant les chevaliers des trois ordres et des seigneurs et des dames de la cour, traverse l'estrade sous le regard craintif et admiratif de ses hôtes. Il porte un somptueux manteau de colibri, une couronne de plumes de quetzal en éventail, ainsi qu'une quantité de bijoux de prix, sans oublier ses sandales dorées.

Il prend place sur un siège bas, riche et douillet, situé face à la foule, bientôt imité par ses deux homologues. Une esclave pleine de grâce se place derrière lui et agite avec vénération un grand éventail de plumes. Quatre femmes fort belles et proprement vêtues lui apportent des lave-mains profondément creusés, sous lesquels elles placent de grandes coupes destinées à recevoir l'eau qui s'écoule. Deux d'entre elles lui essuient alors les mains tandis que les deux autres boivent avec délice l'eau ainsi souillée.

Le public, désormais assis et immobile, est aussi sage qu'un ennemi face à un maquauitl. Ameyal, béate devant l'abondance et l'ordre qu'il semble y avoir en toutes choses, éprouve une étrange fascination à l'idée que les quatre esclaves personnelles de Moctezuma se délectent de l'eau de son bain.

L'Orateur Vénéré fixe ses hôtes durant un long moment, comme s'il cherchait à leur faire comprendre qu'il est leur véritable maître. Ameyal, tournée vers lui, songe à ce qui les attend. Le dîner. Peut-être une nouvelle entrevue avec lui, peut-être une autre occasion d'attirer son attention, de le pousser à ordonner à Ahuizotl de prolonger son séjour à Tenochtitlan. Mais les choses peuvent aussi aller très vite, et son objectif lui échapper : la partie de jeu de balle aura lieu le surlendemain après-midi, et Ahuizotl s'est juré de quitter la ville juste après.

Il lui reste peu de temps pour trouver un moyen de rester, et elle n'est même pas certaine d'en avoir l'occasion.

Moctezuma sourit soudain, avant de frapper dans ses mains.

Le public se détend d'un coup. Des galettes de pain de maïs sont apportées à l'orateur vénéré, et avant qu'il n'entame son repas, un paravent orné de dorures est placé devant lui, afin d'empêcher à quiconque de le voir dîner.

La musique éclate au même instant. Une clameur joyeuse s'élève de l'assemblée, tandis que d'autres esclaves apportent l'eau et les essuie-mains. Puis, les invités se ruent sur l'octli et le chocolat apportés dans des tasses d'or fin par un essaim de femmes gracieuses. Certaines d'entre elles apportent des gâteaux de maïs, des pains allongés et des plateaux de tamales. Des danseuses plus belles les unes que les autres tournent autour des musiciens avant de s'en éloigner et de circuler parmi la foule, ondulant au rythme de la musique des flûtes pour le plus grand bonheur des hommes.

Ameyal se tourne vers Ahuizotl.

— Pourquoi ce paravent ?

— Moctezuma ne prend qu'un seul repas par jour, le soir, ce qui ne l'empêche pas de donner l'ordre de préparer des dizaines, des centaines de mets différents pour pouvoir disposer de tout ce qui lui fait envie. Le reste est distribué aux nobles, qui mangent ce que l'Orateur Vénéré refuse.

— Pourquoi se priver ainsi de compagnie ?

— Il a toujours été un être froid et solitaire. Une fois le paravent mis en place, on ne peut même pas s'assurer de sa présence, à part s'il fait passer un mets qu'il a particulièrement apprécié en invitant tout le monde à le goûter.

— Il doit craindre d'être empoisonné…

— C'est ce que je pense également. Il est persuadé que l'Orateur Vénéré Tizoc, l'un de ses prédécesseurs, a été empoisonné. Depuis son avènement au pouvoir, la paranoïa de Moctezuma ne fait qu'augmenter.

Ameyal savoure une tasse mousseuse composée de cacao, de miel, de vanilles et de graines d'achiyotl29, le tout moulu et battu, et laisse échapper un soupir de plaisir. Elle n'en a jamais goûté de si bon, et pourtant, quel que soit l'endroit où se porte son regard, cette boisson coule à profusion. Elle tourne la tête vers les guerriers, qui semblent préférer l'ocli. Ces derniers sont servis par ce qui paraît être, à en juger par leur fard, leurs vêtements légers et la grâce de leurs mouvements, de séduisantes auinimi qui leur apportent les plats les uns après les autres, bourrent et allument leurs pipes, versent aux plus vieux d'entre eux de l'octli à chaque nouvelle gorgée.

Ameyal n'est pas sans ignorer que seuls les anciens ont le droit de boire autant d'alcool qu'ils désirent. Ils occupent tous des places de distinction, et c'est à eux que sont rendus tous les honneurs. Alors que les plus jeunes expient l'ivrognerie par la bastonnade appliquée jusqu'à la mort, la loi couvre d'un voile d'indulgence cette faute chez les vieillards.

Après avoir avalé deux tasses de chocolat supplémentaires, ainsi que de délicieux tamales, la jeune favorite tourne les yeux vers le paravent et imagine Moctezuma, le seul être véritablement important de toute cette foule. Elle peut à peine distinguer l'extrémité de ses cactlis. L'écran émaillé d'or, figurant Huitzilpochtli, le protège également des braseros qui gardent au chaud les plats qui lui sont destinés. Des serveurs y ont déposé des plateaux de crevettes roses cuites, de rougets grillés… L'Orateur vénéré accepte une assiette d'huîtres crues, et refuse d'autres mets, qui sont apportés à la table d'Ameyal, puis aux suivantes.

Ahuizotl contemple sa favorite d'un air amusé.

---

29 Roucouyer : arbre d'Amérique tropicale.

— Pour son dîner, ses cuisiniers lui servent une trentaine de plats placés sur des réchauds pour empêcher qu'ils ne se refroidissent. Quelquefois, Moctezuma se lève et va les inspecter avec ses familiers, afin de savoir ce qui est jugé comme étant le meilleur, le plus rare. On lui propose quelque oiseau ou quelque poisson qu'il choisit comme le cœur de son repas, qui est élaboré en conséquence. Cela ne l'empêche pas de goûter parfois à tout le reste, avant de distribuer les reliefs de son repas aux nobles de sa cour qui s'en félicitent. Terminer un mets que Moctezuma a touché de sa main ou de ses lèvres est un honneur.

Ameyal avise en effet plusieurs seigneurs âgés, debout auprès de Montezuma, qui de temps en temps leur adresse la parole ou daigne leur faire la faveur d'un plat de sa table. Leur attitude est respectueuse, et ils évitent de regarder son visage.

Quelques instants plus tard arrivent les viandes : poules, coqs, faisans, perdrix, canards, ainsi que ce qui semble être du chevreuil, des pigeons, des lièvres, des lapins et tant d'autres denrées qu'elle abandonne l'espoir de toutes les recenser.

— Il faut ajouter, déclare l'épouse d'un noble assis à côté d'eux d'une voix oisive, que les cuisiniers de l'Orateur vénéré ont également l'habitude de lui accommoder des chairs d'enfants de l'âge le plus tendre.

Ameyal recule le visage, horrifiée, et scrute les mets qui s'échelonnent devant elle. Ils sont si divers, si travaillés, qu'elle ne parvient à distinguer s'il s'agit de chair humaine ou animale. Son regard s'arrête sur un plat de viande rouge qu'elle fixe avec dégoût.

— Ce n'est pas de la chair humaine, si c'est la question que tu te poses, explique Ahuizotl, amusé de sa réaction. Depuis les Temps Difficiles, l'usage de manger les xochimiquis immolés est devenu une pratique religieuse sans grande importance, sauf chez les plus misérables, comme tu as pu le constater tout à l'heure.

— De quoi me redonner l'appétit, fait-elle avec ironie.

Les plats se succèdent ainsi, en se multipliant sans cesse, aussi copieux que recherchés. Ameyal, de plus en plus impatiente, guette Patitl en attendant le moment où il quittera la table. Elle a décidé de ne toucher qu'aux poissons, aux légumes et aux fruits, et uniquement du bout des dents.

Au centre, les musiciens ont laissé place à des athlètes. Des colosses qui soulèvent de prodigieuses charges de pierres et se renvoient de belles jeunes filles, presque nues, comme si elles ne pesaient pas plus que des plumes. Des acrobates imitent les bonds des sauterelles ou d'autres animaux et font des cabrioles, grimpant sur les épaules des uns et des autres, tandis que des nains et des bossus exécutent des pantomimes, et que des jongleurs exécutent des numéros avec un nombre incalculable de balles de tlachtli.

Lorsque ces derniers s'approchent de l'Orateur Vénéré, il leur distribue les miettes de son repas et des gobelets de cacao.

— Moctezuma aime les plaisirs et les chansons... glisse Patitl d'une voix forte, comme s'il se sentait à l'abri de tout ou si l'ivresse lui faisait oublier toute prudence.

— Comme beaucoup d'hommes.

— Moctezuma est sans conteste le plus illustre des Orateurs vénérés, ajoute l'organisateur des jeux. Il voit des présages en toute chose, des coïncidences les plus banales aux phénomènes naturels les plus courants. Ses tendances à la superstition et la crédulité seraient à louer si elles ne nous exposaient pas à bien des surprises...

— Ne parlez pas ainsi de lui ! gronde Ahuizotl.

Ameyal le regarde en silence, surprise de le voir prendre ainsi la défense de celui qui a ruiné sa vie. Peut-être cela s'explique-t-il par son patriotisme, qui a toujours été exacerbé.

— Veuillez m'excuser, répond Patitl en soutenant le regard d'Ahuizotl. Je ne pensais rien vous apprendre que vous ne sachiez déjà.

Ameyal s'aperçoit que le Maître serre les dents pour se forcer à se taire. Craint-il ce proche de son cousin ? Elle tourne la tête vers Patitl, qui semble satisfait d'avoir su ainsi se faire respecter. Comment cet homme peut-il critiquer Moctezuma aussi ouvertement et se montrer si sûr de lui ? Existerait-il un accord secret entre eux ? Pourrait-elle s'allier à lui pour atteindre son but ?

Elle serre le poing sous la table, bien résolue à tout tenter.

Le dîner semble ne jamais devoir finir. On continue de lui servir, dans des plats aux formes insolites, une nourriture nombreuse, variée, difficile à identifier. On continue de l'abreuver de rasades de chocolat dans lesquelles il lui semble percevoir un subtil goût d'octli. De multiples desserts s'ensuivent, du cacao mélangé à différentes épices, des gâteaux de maïs de toutes les formes et les couleurs et encore des tasses de chocolat. Lorsqu'on retire enfin ses plats, Ameyal a atteint la certitude qu'elle a assez profité de la fête de Tocoztontli, et qu'il est temps de mettre ses projets à exécution.

Toujours à l'affût d'un moment propice pour parler à Patitl, elle ne cesse de regarder se goinfrer l'homme au ventre proéminent avec la sensation qu'il peut, à l'image de la déesse Mangeuse d'Ordure, absorber tout ce qu'on lui tend.

Mais où peut-il ranger tout cela ?

Le moment tant attendu semble ne pas vouloir arriver. Les desserts s'espacent et les assiettes se vident peu à peu, puis une infinité de fruits leur est apportée. Les invités se laissent choir au fond de leurs sièges, repus et somnolents. On leur présente alors, avec le plus grand respect, l'eau et les essuie-mains. Les yeux d'Ameyal se ferment. Le voyage l'a épuisée, cette journée l'a épuisée, il lui faut lutter pour ne pas sombrer.

Au bout d'un moment, elle s'aperçoit que Patitl a quitté la table. Elle regarde autour d'elle, le ventre serré : a-t-elle perdu la seule occasion qu'elle avait de lui parler ? En cherchant où il a pu aller, elle sent le palais tourner autour d'elle. Elle repense au chocolat, qui, depuis peu, a pris un goût d'octli. A-t-on tenté de l'enivrer à son insu ? Moctezuma aurait-il gardé, malgré le temps passé, ce côté facétieux qu'il avait étant enfant ? Elle avait déjà, du bout des lèvres, goûté de ce jus d'agave fermenté, mais jamais elle ne s'est sentie aussi ivre. Ajoutée à cette sensation, la salle de banquet, saturée de fumée, de relents de viande et de poisson, de sueur et d'odeur des torches consumées, lui donne la nausée.

Après s'être excusée auprès d'Ahuizotl, elle quitte la table, fait le tour de la salle dans l'espoir de se sentir mieux. Elle croise certaines auanimes en train d'exécuter le quequezcuicatl : la « danse qui excite », en l'honneur des soldats, et d'autres se retirer avec des guerriers dans ce qui semble être de petites chambres à coucher. Elle inspecte les terrasses attenantes à la recherche de Patitl, qu'elle finit par retrouver occupé à fumer un poquietl avec deux jeunes esclaves mâles au physique avenant. Elle s'aventure sur la terrasse, désormais plongée dans l'obscurité, cherchant à savourer une bouffée d'air pur extérieur, mais ses narines sont assaillies par une odeur encore plus épouvantable que celle qui règne à l'intérieur. Elle comprend son origine en apercevant, sur la place centrale en contrebas, quantité d'esclaves occupés à frotter les plaques de sang séché à la lueur de torches sur les flancs abrupts de la Grande Pyramide.

Ameyal serre les dents. Tous ses sens lui dictent de retourner dans la salle de banquet, mais elle résiste. Patitl se trouve ici, et il est le seul pouvant l'aider. Elle s'avance sur la terrasse en sentant le regard des esclaves sur elle, et se penche à la rambarde. Son regard erre le long du Mur du Serpent et remonte vers le Cœur du monde unique.

L'édifice le plus élevé de Tenochtitlan, passé du blanc au jaune écru de la lueur lunaire, domine la ville avec majesté. Les deux temples jumeaux qui le couronnent se dressent fièrement à son sommet, donnant l'illusion de dépasser certaines montagnes environnantes.

— Vous appréciez la vue ? demande une voix.

Ameyal se retourne et remarque que Patitl, l'organisateur des jeux de Tenochtitlan, se trouve debout devant elle, un poquietl à demi consumé dans la main. Les deux esclaves ont pris congé de lui. Elle jette un regard rapide en direction de la salle de banquet. Il faut se lancer. Profiter de cette occasion inespérée.

— Nous avons le même genre de vue à Teotitlan, en plus petit, dit-elle.

— En beaucoup plus petit… corrige Patitl sur un ton condescendant qui confirme à Ameyal que son charme ne pourra l'aider.

— Nous nous sommes salués de loin, mais n'avons pas été présentés, fait-elle. À qui ai-je l'honneur ?

— Patitl. Je m'occupe des jeux de notre Orateur vénéré.

Elle prend un air surpris.

— Vraiment ? En ce cas le Serpent précieux a orienté mes pas vers la bonne personne. J'aimerais prendre un pari pour le jeu à venir. En toute discrétion, bien sûr.

— Les paris sont interdits, chère enfant.

— Le meilleur moyen de se délivrer d'un interdit n'est-il pas d'y céder ?

Patitl sourit d'un air rusé. D'un regard, il balaie le corsage et la jupe d'Ameyal. Ses petits yeux étincellent, se noient presque entre ses joues grasses.

— Qu'est-ce qui vous fait dire que je suis la personne qui pourrait vous aider ?

— Vous venez de me l'avouer en me disant votre nom.

— Ah bon ?

— J'ai cru comprendre, au fil des conversations…

— Vous devriez savoir qu'interpréter les conversations substitue souvent au monde réel un monde factice de significations.

— Lequel, du monde réel ou du monde pensé, est-il le plus factice ? Ne dit-on pas que les yeux ne perçoivent que la surface des choses, que seul l'esprit peut réellement sonder ?

L'organisateur des jeux répond avec un petit sourire, puis expire une bouffée de poquietl en examinant Ameyal de près, comme s'il voulait lui arracher les yeux pour les revendre.

— Vos yeux, en tout cas, semblent en effet vouloir percer la surface. Malheureusement, tout n'est pas bon à voir.

— J'en ai déjà vu beaucoup.

— Mais vous êtes encore bien jeune…

Il reprend une bouffée de poquietl, fait quelques pas devant elle en contemplant la grand-place.

— Ainsi, c'est vous, la concubine au regard de jade. La fille de chef enlevée à son village, vendue comme esclave et devenue favorite… beaucoup de jeunes filles s'identifient à vous, en avez-vous conscience ?

— Je l'ignorais, répond-elle, méfiante.

Il en connaît beaucoup.

— Vous n'avez toutefois pas encore assouvi tous vos désirs. Ahuizotl ne vous compte pas parmi ses épouses, à ce que je sache. Vous n'êtes donc rien, ajoute-t-il d'un air pincé.

Ameyal serre les dents, piquée au vif. À l'évocation du nom d'Ahuizotl, une crainte la saisit. Elle embrasse du regard la salle de banquet, et aperçoit le visage de son tortionnaire dépasser de la foule, apparemment lancé à sa recherche. Elle fait quelques pas sur le côté afin de se placer derrière Patitl.

— Que faites-vous ici, exactement ?

— Aucune des épouses d'Ahuizotl n'a pu venir, répond-elle une fois dissimulée par son interlocuteur. J'ai dû les remplacer au pied levé.

Il sourit d'un air entendu, puis regarde à son tour en direction du banquet.

— Chercheriez-vous à vous cacher d'Ahuizotl ? Il est vrai que d'ordinaire, seules les maatitl s'adressent aux hommes tel que vous le faites.

Ameyal encaisse l'insulte sans broncher. On l'avait mise en garde contre ce personnage ventripotent qui se croit tout permis, et son objectif vaut bien quelques sacrifices. Elle poursuit, souriant de plus belle.

Il faut qu'elle s'en fasse un allié.

— J'ai peut-être des informations susceptibles de vous intéresser concernant notre équipe, glisse-t-elle dans un murmure.

— Pourquoi me les livreriez-vous ? demande-t-il en haussant un sourcil.

— Pour vous faire gagner beaucoup d'argent.

Patitl la fixe en silence avant d'éclater de rire.

— Me faire gagner de l'argent ? En voilà une idée ! Croyez-vous que j'ai besoin de vous pour gagner de l'argent ?

— J'ai dit *beaucoup* d'argent.

Patitl émet un long soupir, masse son ventre sans doute endolori par ce qu'il a englouti et écrase son poquietl sous sa sandale d'un air hautain. Ameyal, qui profite qu'il se baisse pour scruter la salle de banquet, tressaille en croisant le regard d'Ahuizotl, au loin.

Il l'a repérée.

— Et lui, qu'en pense-t-il ? demande Patitl en devinant à son agitation ce qui est arrivé.

Ameyal déglutit. Le Maître va traverser la salle pour venir à elle. Il ne lui reste que quelques secondes pour emporter l'adhésion du directeur des jeux. Elle plonge les yeux dans les siens, et ajoute dans un souffle.

— Ahuizotl traite les dames de sa cour de la même manière que les soldats qu'il affronte sur les champs de bataille. Devrais-je vraiment tout lui dire ?

Patitl paraît se détendre quelque peu.

— Tout n'est pas bon à dire, en effet. Et ce lieu n'est pas propice pour une telle discussion. À plus tard, Regard de jade.

Ameyal incline le visage pour saluer l'organisateur des jeux, qui la laisse en position d'échec. Malgré tout, en prenant ses distances avec Ahuizotl, elle a réussi à créer un climat de confiance entre Patitl et elle. Il va maintenant falloir trouver le moyen de l'exploiter.

Elle se retourne en sentant un déplacement d'air dans ses cheveux. Mais alors qu'elle s'attend à apercevoir le Maître, c'est Cihuacoatl qui se dresse devant elle.

— Que faisais-tu avec cet homme ? s'enquiert le hors-la-loi.

— Rien qui ne te concerne.

Il la saisit par le bras.

— Lâche-moi. Tu me fais mal.

— As-tu oublié ta mission ? Ta promesse à Vent de la forêt ?

Ameyal serre les dents. Sa mission est bien entendu reléguée au second plan.

— Patitl est un proche de Moctezuma. Il peut m'en apprendre beaucoup. Peut-être existe-t-il un accord secret entre eux.

Cihuacoatl esquisse un rictus.

— Tu as beaucoup d'imagination, mais Patitl ne s'intéresse qu'à l'argent. Que t'a-t-il appris concernant les étrangers ?

— Je le dirai à ton maître.

Le hors-la-loi secoue la tête.

— Rends-moi les émeraudes du trésor d'Ilhuitl.

— Il n'en est pas question. Ma mission n'est pas terminée. Je vais en avoir besoin.

Il la fixe un instant, sceptique.

— Si tu ne nous aides pas, tu resteras à jamais prisonnière du harem.

— Pour qui me prenez-vous, à la fin ? éclate-t-elle. Pour un objet que vous pouvez, à l'envi, charger de telle ou telle fonction, abandonner, puis reprendre en le menaçant ?

S'arrachant à Cihuacoatl, elle poursuit sur ton plus bas.

— Ne prends plus le risque de m'approcher, Cihuacoatl. C'est à moi de décider de la manière dont je remplis ma mission. Si j'ai besoin de toi, je saurai te trouver.

L'homme lui adresse un regard affligé tandis qu'elle lui tourne le dos. Qu'importe ce qu'il pense. Jamais elle ne retournera à Teotitlan. Tout cela est désormais derrière elle.

Loin, loin derrière elle.

De retour dans la salle de banquet, elle retrouve Ahuizotl, qui la toise avec un air de reproche.

— Pourquoi as-tu quitté la table ?

— Je crois que quelqu'un a versé de l'octli dans mon chocolat.

— Ce n'est pas impossible.

En le voyant tourner la tête vers le paravent, Ameyal comprend qu'elle ne s'était pas trompée.

— Et Patitl ? bougonne-t-il. Comptais-tu m'avouer que tu lui as parlé ?

— Il fumait sur la terrasse où je suis allée me réfugier. C'est lui, qui m'a abordée. Vu l'importance du personnage, je n'ai pas osé l'éconduire.

— Il n'aime pourtant pas les femmes, maugrée Ahuizotl.

— Ne pas être attiré par les femmes ne signifie pas ne pas leur parler.

— Aurais-tu déjà oublié la septième Loi ?

« Il est interdit de faire commerce avec un homme autre que le Maître, sous peine de mort ou d'emprisonnement »

— Les neuf Lois auraient-elles cours en dehors du harem ?

— Elles ont cours en tout lieu tant que tu es à moi, répond-il d'une voix froide. Que lui as-tu dit ?

— Nous n'avons échangé que quelques banalités. Malgré tout, je pense avoir réussi à instaurer entre nous un climat de confiance.

— Un climat de confiance ? s'agace-t-il. Est-il besoin d'établir de climat de confiance entre lui et nous ?!

— Veuillez me pardonner, Maître. Je pensais bien faire…

Elle se serre contre Ahuizotl pour mettre fin à l'interrogatoire, mais il la repousse d'un air agité, scrutant les ombres qui s'étalent autour d'eux.

— Je pourrais te punir, si les effusions sentimentales en public ne me dérangeaient pas. Le banquet est presque terminé, explique-t-il en prenant la direction de leur table. Plus que deux nuits et nous pourrons rentrer.

Ameyal sent ses poils se hérisser à l'idée retourner au harem.

— Avez-vous baissé les bras ?

— N'as-tu pas encore compris que Moctezuma ne veut pas de moi ici, qu'il ne m'a fait venir que pour m'infliger une nouvelle défaite, une nouvelle humiliation ?

— Je ne le laisserai pas faire.

Ahuizotl secoue la tête en soupirant.

— La discussion que j'ai eue avec Patitl pourrait former le premier jalon d'une alliance entre nous, ajoute-t-elle. Ne m'avez-vous pas déclaré être en droit de demander une faveur à Moctezuma si Teotitlan remporte la partie ?

— Patitl n'est pas sur le terrain. Même si je le soudoie, nos chances de gagner resteront minimes.

— Patitl a peut-être plus d'influence sur les choses que vous ne le pensez, Maître.

Avançant sa main énorme, il lui presse l'épaule si fort qu'elle se tord en arrière.

— Je te défends de parler à un autre homme que moi, si tu ne veux pas subir mon courroux. Te voilà avertie.

Ameyal baisse les yeux en signe de soumission. Toutefois, derrière la façade de son obéissance, sa décision est prise. Ahuizotl n'a d'intérêt que s'il lui permet de demeurer à Tenochtitlan. S'il refuse de rester, ou si cette possibilité lui est refusée, elle y restera sans lui.

Tout en suivant Ahuizotl, elle aperçoit Moctezuma donner congé aux vieillards qui accompagnaient son repas. Une jeune femme vient lui laver les mains, puis une autre lui tend des poquietls peints et dorés.

Bientôt, des volutes de fumée s'étirent voluptueusement au-dessus du paravent doré qui les masque tous trois aux yeux du public.

5.

— Patitl va-t-il venir sur le terrain ce matin ?

— Bien entendu. Il ne devrait d'ailleurs pas tarder.

Ameyal accueille la nouvelle avec une joie intense qu'elle dissimule à Cipetl.

Réveillée par les chants matinaux des oiseaux, elle a gagné la terrasse qui domine le lac Texcoco alors qu'il faisait encore nuit. À l'approche de Tonatiuh, la rosée de l'aube miroitait de toutes parts. Elle est restée seule à contempler la surface du lac, méditative, le temps que le dieu solaire choisisse ses lances et ses flèches pour la journée. Après un petit déjeuner frugal, elle a demandé une nouvelle fois à Ahuizotl si elle pouvait visiter le terrain de tlachtli, et ce dernier, toujours méfiant, a fini par céder en lui faisant promettre de ne pas chercher à parler de nouveau à l'organisateur des jeux, ce qu'elle a bien entendu accepté.

Elle a ainsi obtenu l'autorisation de quitter le palais d'Axayacatl en compagnie de Cipetl et d'un guide pour une heure.

— Les plus importantes parties de *tlachtli* se déroulent au début et à la fin de la saison des pluies, indique le guide tandis qu'elle lève les yeux vers les hautes murailles délimitant le terrain. Au début, car c'est le moment de planter, de se consacrer à l'agriculture, et à la fin, car en fonction des récoltes, les guerriers doivent se mettre en quête des ressources indispensables ou inversement s'emparer des richesses des ennemis.

Ameyal scrute le *tlachco*, ainsi qu'on appelle le terrain de jeu de balle, et constate que Patitl n'est pas encore là. Elle décide d'utiliser le temps qu'il lui reste pour glaner le maximum d'informations avant de s'adresser à lui.

Le tlachco, placé à proximité des temples et du palais du dirigeant, borde la grand-place, et la Grande Pyramide projette son ombre triangulaire sur la moitié de sa surface. Il est délimité dans le sens de la longueur par un mur et une terrasse, lui donnant ainsi la forme d'un I majuscule, et mesure environ deux cents pas par quatre cents. De chaque côté du terrain s'élèvent des gradins de pierre dans lesquels s'affaire une multitude d'esclaves occupés à monter des sièges de bois et des estrades. Comme s'il n'y avait pas encore assez de sièges, d'autres hommes érigent également des constructions de bois au faîte des temples situés aux alentours.

— Pouvez-vous nous expliquer les règles du jeu en détail ? s'enquiert-elle.

Le guide hoche la tête.

— Une partie de tlachtli se pratique avec une balle de caoutchouc appelée *olli*[30], qui se compose de bandes de gomme élastique tressées entre elles et provenant de la région côtière des Olmèques, au sud-est, dont le nom vient d'ailleurs de cette production. Les joueurs se la renvoient à coup de hanches ou de cuisses, s'interdisant de la toucher avec les mains et les pieds. Une partie oppose deux équipes, composées d'un nombre de deux à douze joueurs. Les joueurs adverses se font face de part et d'autre d'une ligne transversale centrale, sur ce terrain délimité latéralement par les hauts murs que vous voyez.

Ameyal contemple l'olli, disposée sur un autel de bois au centre du terrain, entourée de braseros et de prêtres psalmodiant. Il s'agit d'une sphère rugueuse, d'un brun sombre, qu'elle aurait bien du mal à faire voler en l'air.

— La tradition veut que l'olli soit offert au dirigeant vainqueur à la fin de la partie.

La jeune femme plisse les yeux. Si tout se passe comme elle l'espère, l'olli sera offert à Ahuizotl, et ils pourront le conserver dans leurs appartements de Tenochtitlan.

---

30 « Mouvement » en nahuatl.

— Le but du jeu est simple : il s'agit de renvoyer l'olli dans le camp adverse sans qu'elle ne touche le sol. Pour ce faire, les joueurs peuvent employer les genoux, les coudes, les hanches ou les fesses uniquement. La balle, qui est pleine, pèse le poids d'une tête humaine, d'où le danger d'utiliser les mains et les pieds pour la manier. Les joueurs portent ainsi des protections pour atténuer la violence des coups, et pour se protéger lorsqu'ils se jettent au sol pour l'attraper.

Ameyal imagine le choc de la balle lancée à vive allure contre les parties du corps. Les questions se bousculent dans son esprit. Il lui faut tout savoir sur ce jeu.

— De quoi se composent ces protections ?

— Des vêtements fabriqués dans un coton à la toile épaisse qui a été trempé dans l'eau salée pour le rendre encore plus rêche qu'il n'est naturellement. La même matière que les armures réglementaires des soldats.

Elle hoche la tête.

— Et comment s'effectue le décompte des points ?

— Plusieurs règles assez complexes peuvent être adoptées, mais généralement, l'équipe qui commet une faute perd un point, tandis que l'équipe adverse en gagne un.

— Comment commet-on une faute ?

— Soit en échouant à rattraper la balle, à la renvoyer dans le camp adverse, soit en utilisant pour la renvoyer une partie interdite du corps. La partie s'achève lorsque le nombre de points déterminé à l'avance est atteint. Vous voyez ces anneaux ?

Ameyal suit l'index du guide des yeux et aperçoit deux fins anneaux verticaux saillir du mur, à une hauteur de trois hommes environ.

— La partie peut également s'arrêter lorsqu'un joueur réalise l'exploit excessivement rare de faire passer la balle dans le tlachtemalacatl, l'anneau du camp adverse.

— Il fait ainsi gagner son équipe, quel que soit le score ?

— Oui.

— Cela arrive-t-il souvent ?

Le guide sourit.

— Quasiment jamais. Regardez le diamètre de la balle, et celui de l'anneau de pierre.

Ameyal prend conscience que l'ouverture de l'anneau est à peine plus large que le diamètre de l'olli. Ainsi placé verticalement et très haut sur le mur du terrain, il paraît tout simplement inaccessible.

— Essayez, ajoute son guide, de faire entrer une balle dans le tlachtemalacatl sans vous servir de vos mains, seulement avec les hanches, les coudes, les genoux et les fesses. Croyez-en mon expérience, on peut s'entraîner des années entières sans y parvenir une seule fois. Dans le feu d'une partie, cela relève du miracle. Et à ma connaissance, seul le joueur Camapantli, le capitaine de votre équipe, a réussi.

La jeune femme reste songeuse. Elle a, en effet, entendu parler de cet exploit de Camapantli lors du voyage qui les a conduits ici, mais elle n'y a pas accordé d'importance, estimant cette affirmation désuète, et n'a pas cherché à en savoir plus.

Elle regrette à présent son erreur.

— Que se passe-t-il une fois la victoire acquise ? poursuit-elle.

— Le jeu de balle est associé au symbole de l'eau et de la pluie. Plus encore que l'eau, le sang des sacrifiés fertilise la terre. Lorsqu'il ne s'agit pas d'un simple entraînement, des sacrifices ont lieu.

— Qui est sacrifié, et de quelle manière ?

— Principalement des xochimiquis. Mais les anciens racontent qu'il y a des faisceaux d'années, perdants comme vainqueurs pouvaient être sacrifiés. De tout temps, il s'agissait de décapitation, un rituel qui symbolise l'abondance et la fertilité végétales. Ce n'est d'ailleurs pas un hasard si les râteliers de crânes se trouvent à proximité du terrain…

La jeune femme frissonne à la vue des structures de bois sur lesquels ont été empalés des crânes humains. C'est la première fois qu'elle voit des tzompantli[31].

---

31 De « tzon » : crâne, et « pantli » : mur.

— Comment peut-on participer à un tel jeu, lorsqu'on sait que l'on sera peut-être sacrifié ?

— Le paradis d'Huitzilopochtli offre de bien meilleures récompenses que tous les raffinements terrestres…

Des exclamations les interrompent. Une dizaine d'hommes sont entrés à l'opposé du terrain.

— L'équipe de Teotitlan qui vient s'entraîner ? demande Cipetl.

Le guide hoche la tête.

Un homme d'une taille immense, aux muscles épais, à côté duquel même Ahuizotl paraîtrait petit, saisit la balle. Il se place face à son équipe et effectue une démonstration d'adresse en envoyant l'olli en l'air, en la rattrapant sur le genou, en la laissant à l'équilibre, en la renvoyant et la rattrapant avec une épaule, puis sur le coude, puis le front, puis les fesses, qu'il tient bombées en arrière comme une maatitl en mal de clients.

L'équipe l'acclame sous le regard fasciné de la jeune femme.

— Qui est ce joueur ? demande Cipetl, également impressionné.

— Chicahuac, répond le guide. Il dirige l'équipe de Tenochtitlan.

Ameyal ne peut détacher son regard de l'athlète. Elle n'a jamais vu quelqu'un d'aussi grand ni d'aussi musclé.

— Ça va ! lance Chicahuac à ses coéquipiers. Ce que je viens de faire là, c'est bon pour le spectacle, pas sur le terrain. On a besoin d'une équipe soudée et efficace. N'oubliez pas que vous aurez face à vous Camapantli !

Des huées lui répondent.

— Il nous faut jouer comme si nous faisions partie d'un tout ! Unis comme les doigts de la main…

— Il s'agit du dernier entraînement avant la partie, explique le guide. Raison pour laquelle les joueurs sont si nerveux. Éloignons-nous pour leur laisser la place d'évoluer et pouvoir nous entendre.

Ameyal et Ciptel gagnent le bord du terrain derrière lui, et tous trois se postent à l'ombre des murailles.

— Quels sont vos pronostics ? demande alors la jeune femme.

Le guide porte la main à son visage.

— Difficile à dire. Tenochtitlan demeure invaincue, et l'Orateur Vénéré ne supporterait pas perdre. D'un autre côté, l'équipe de Teotitlan possède un joueur d'exception. Qui sait quelle équipe les dieux choisiront de favoriser ?

La jeune femme reste songeuse. Il faut qu'elle sache avec certitude si son équipe va gagner, car si ce n'est pas le cas, il lui faudra trouver une autre stratégie. Elle tourne les yeux vers le tzompantli, dont les visages pourrissants sourient de toutes leurs dents jaunies aux joueurs évoluant devant eux, et se dit qu'elle ne sacrifiera jamais sa vie au profit de celle censée exister après. Le Serpent précieux, son dieu, ne tolère pas plus qu'il n'exige que l'on meure en son nom.

— Le tlachtli est avant tout un rituel de fertilité agricole, explique le guide. Il est destiné à assurer la croissance de la végétation et des plantes nourricières, le maïs en particulier. Dans sa course diurne, le Soleil émerge le matin de Mictlan pour y retourner le soir, sous la forme du soleil nocturne. De même, le maïs meurt enterré avant de renaître et de donner la vie, les récoltes. Les terrains sont fréquemment interprétés comme l'entrée de Mictlan : leur forme, comme leur localisation en contrebas des pyramides, évoque une fissure dans la terre, une ouverture vers le monde inférieur, le monde de la nuit. Le terrain joue ainsi le rôle de lieu de transition, de passage. Les hommes descendent justement dans Mictlan pour affronter les dieux nocturnes de la mort, en jouant à la balle. Leur triomphe permet la renaissance du soleil et de la lune. Il assure ainsi la victoire de notre peuple sur les forces nocturnes souterraines, la renaissance végétale et la fertilité.

La jeune femme interrompt le guide en apercevant la large silhouette de Patitl, qui fait les cent pas en fumant un poquietl. Il est temps de mettre à profit le climat de confiance qu'elle a su instaurer avec lui.

— Attends-moi ici, Cipetl. Je vais saluer l'organisateur des jeux.

— Mais le Maître…

— C'est pour lui que je fais cela, et je te demande de le garder pour toi.

Cipetl fronce les yeux, méfiant. Si Ahuizotl apprend cela, elle sera punie. Mais Ameyal n'a pas le choix : les choses étant ce qu'elles sont, elle ne peut se dérober aux yeux du conseiller. Elle s'approche de Patitl les yeux chargés d'espoir.

— Que désires-tu encore ? demande l'organisateur des jeux en scrutant l'équipe de Tenochtitlan.

— Vous proposer un échange de bons procédés.

Il hausse les sourcils, sceptique sur ce qu'elle s'apprête à dire.

— Tenochtitlan, donnée favorite, n'a subi aucune défaite depuis des années. D'un autre côté, nous possédons un atout que vous n'avez pas : Camapantli est le seul joueur ayant été capable d'envoyer la balle dans le cercle de pierre depuis un faisceau[32] d'années, ce qui fait de lui un demi-dieu.

Un bref silence suit sa déclaration.

— Qu'es-tu en train d'insinuer ? Que je devrais parier contre mon camp ?

— Il s'agit plutôt de parier sur l'équipe qui va gagner.

Il plisse les yeux.

— Serais-tu capable de parier contre ta propre équipe ?

— Je suis, comme vous, du côté des gagnants.

Elle s'approche, puis, en s'arrangeant pour que lui seul puisse voir ce qu'elle a dans les mains, elle lui présente l'une des émeraudes du trésor d'Ilhuitl. Patitl s'approche, le regard enfiévré.

— Qu'attends-tu de moi ? demande-t-il d'une voix sèche.

— Imaginons, et ce n'est qu'une hypothèse, que Teotitlan remporte la victoire. Imaginons que nous ayons tous deux misé sur cette victoire que peu croient possible...

---

32 Cycle de 52 années correspondant à un cycle entier dans le calendrier Aztèque

Elle laisse Patitl imaginer la suite, espérant, par ce biais, obtenir son soutien. Mais le visage de l'organisateur des jeux, jusqu'alors fermé, devient menaçant.

— Écoute-moi bien, ancienne esclave, souffle-t-il avec une haleine enfumée : jamais je ne parierai contre Tenochtitlan. C'est compris ?

Ameyal vacille sous le choc.

Il a pourtant besoin d'argent.

— Prenez au moins le temps de réfléchir à ma proposition…

Il lui jette un regard glacial.

— Bien sûr que je vais y réfléchir. Mais pour l'instant, il vaudrait mieux que tu restes à bonne distance de moi, répond-il en désignant un Chevalier-Jaguar en train de courir vers eux. Je n'ai pas l'intention de voir ma tête en haut d'une pique à côté de la tienne.

La jeune femme est parcourue d'un tremblement. L'espace d'une seconde, il lui semble reconnaître le trafiquant qui l'avait poursuivie lors du massacre de Huaxca. En voyant Patitl s'éloigner sans qu'aucun accord n'ait pu être conclu, tous ses espoirs s'effondrent. Si Teotitlan perd la partie, Ahuizotl ne pourra rester à Tenochtitlan. Quelle solution lui restera-t-il alors ?

Le chevalier essoufflé éponge sa sueur dans la peau de bête lui servant de manteau. Un froid traverse Ameyal lorsqu'elle aperçoit le crâne peint sur son bouclier. Les orbites vides semblent la fixer. La narguer. Chercher à l'effrayer. Quel présage doit-elle y lire ?

— C'est toi, Regard de jade ?

— Oui, pourquoi ?

— Moctezuma veux te voir, déclare le guerrier en reprenant sa respiration. Tout de suite.

6.

Après avoir pénétré dans la salle du trône et avancé, comme indiqué par l'intendant du palais, jusqu'à la première marque au sol, et avoir incliné le visage, Ameyal fait le signe d'embrasser la terre.
— Seigneur.
Puis elle avance jusqu'à la deuxième marque, séparée de la première de quelques pas, et refait le signe du tlaqualiztli.
— Très grand Seigneur.
La suite du protocole voudrait que l'Orateur vénéré des Aztèques la salue et lui ordonne d'approcher jusqu'à la troisième marque, mais il n'en est rien. Elle reste donc immobile, s'attendant à chaque seconde qu'un ordre lui parvienne, avant de se dire qu'on l'ignore totalement.
Peut-être la laisse-t-on ainsi à dessein. Pour la punir. Pour lui faire sentir à quel point elle est leur inférieure. Elle repense au crâne ornant le bouclier du Chevalier-Jaguar. Pourquoi lui a-t-il fait une telle impression ? Présage-t-il de ce qui l'attend ? Patitl aurait-il parlé ? Aurait-il raconté qu'elle cherche à le soudoyer ?
Elle tente de se calmer. *Il n'en a pas eu le temps. Il doit y avoir une autre raison à cette convocation.*
Peut-être sera-t-elle favorable à son dessein ?
Elle tend l'oreille. Des hommes discutent à mi-voix à une vingtaine de pas. Même s'ils sont à peine audibles, la vie au harem l'a poussée à développer son ouïe. À essayer d'entendre ce que personne n'entend. Elle ferme les yeux et se concentre.
— … D'après mes éclaireurs, l'un de ces canoës géants s'est échoué après une violente tempête, sur la côte est de la Terre de l'Abondance[33], fait une voix qu'il lui semble reconnaître. Il y avait à son bord un certain nombre d'hommes et de femmes à la peau blanche.

---

33 Actuel Yucatan

Ameyal plisse les yeux. Ces canoës géants sont-ils liés aux dessins que lui a présentés Eau vénérable ? Redoublant d'attention, elle tend le cou vers les hommes dans l'espoir d'obtenir les réponses sur les étrangers et ce que prévoient à leur égard les peuples du Monde Unique.

— Se peut-il qu'ils soient des dieux ? demande une autre voix. Des soldats de Quetzalcoatl ?

— Comment savoir si ce sont des dieux, puisqu'ils sont déguisés en hommes ?

— Peut-être sont-ils des êtres surnaturels venus préparer l'arrivée des dieux… gronde la voix de Moctezuma. La venue du Serpent précieux.

Ameyal est saisie d'une sorte d'éblouissement. Il est bien question des étrangers. La mission de Vent de la forêt vient percuter ses pensées, jusqu'à présent entièrement tournées vers cette entrevue et la partie du jeu de balle.

Le Serpent précieux est-il réellement revenu pour nous venger ?

— Sauf votre respect, je ne suis pas certain qu'il s'agisse de dieux, Seigneur Orateur, fait une voix grave et lente. Les êtres décrits par les Mayas sont différents de nous, il est vrai, mais ils n'en sont pas moins hommes.

— Ils sont bien plus grands que la normale, précise un autre homme. Ils ont le visage blafard, de la couleur de la mort et du deuil. Les yeux sombres, des cheveux sombres, des poils drus sur le visage, sur le torse, le dos, les jambes et des ymaxtlis[34] épais et abondants, d'après ce que l'on m'a dit. Certains ont la peau criblée de trous, comme s'ils étaient faits d'une sorte de pierre volcanique flasque.

— Peut-être sont-ils malades ? questionne une voix qu'elle reconnaît comme étant celle d'Ahuizotl.

---

34 Poils pubiens.

— Il est vrai qu'une étrange épidémie a frappé le village où ces étrangers ont été recueillis, répond un inconnu. Il y a eu de nombreux malades atteints de lésions et de pustules et déjà plusieurs morts.

— Comment se fait-il que les étrangers n'aient pas été atteints eux-mêmes par cette maladie ?

— J'ai ouï dire qu'ils sont affublés de quantité de vêtements qui les masquent totalement, au contraire de nos pagnes et de nos manteaux… peut-être est-ce pour s'en protéger ?

— Des dieux qui ont pris l'apparence des hommes pour passer inaperçus, et qui utilisent la maladie comme arme…

— Ce sont évidemment des dieux, et pour preuve, ils ont déjà semé la mort sur notre peuple ! tranche Moctezuma d'une voix fébrile. N'avez-vous pas entendu les devins ? Ils ont annoncé les prédictions les plus sombres ! Il faut les accueillir comme il se doit, les combler de présents et de richesses pour apaiser leur colère, quelle qu'en soit l'origine.

Personne n'ose se prononcer sur ce qu'il convient de faire.

— Il est tout de même étonnant que des dieux ne parlent pas notre langage, observe la voix grave et lente. Pourquoi, en ce cas, venir chez nous ?

— Peut-être se sont-ils trompés de destination ?

— Des dieux qui se tromperaient ? reprend Ahuizotl en ricanant.

— Oserais-tu remettre en question les présages, Ahuizotl ? interroge d'une voix menaçante Moctezuma.

À ces paroles, Ameyal se sent comme traversée par un éclair. Les jeux. Les paris. Les présages. Patitl. Tout vient de s'agencer dans son esprit. Elle sait désormais ce qu'il faut faire.

— Je vous demande pardon, Seigneur, déclare Ahuizotl. J'essayais simplement de détendre l'atmosphère…

— Ils parlent un langage incompréhensible, même pour les anciens, reprend un autre homme. Mais il n'est pas étonnant que les dieux soient différents de nous et qu'ils parlent autrement…

— Les dieux peuvent prendre l'aspect qui leur plaît et parler toutes les langues, même celles qui ne sont pas humaines, fait observer Moctezuma.

— Mais d'ici à chavirer et se noyer comme de simples marins... riposte la voix grave et lente.

Ameyal apprécie de plus en plus les remarques de cet inconnu, qu'elle trouve pertinent, prudent et sage. De qui peut-il s'agir ?

— Il paraît qu'ils sentent mauvais, reprend la voix familière. Aussi mauvais que si leur enveloppe charnelle avait commencé à pourrir.

— Comment cela ?

— Des femmes ont été envoyées dans leur hutte en guise de cadeaux de bienvenue. Très vite, aucune d'elles ne voulait y retourner, pas même la plus vieille et la plus laide. « *Leurs tepulis sont trop sales, trop poilus et ils puent la crevette avariée* », a-t-elle déclaré !

Des éclats de rire nerveux secouent l'assemblée. Ameyal, toujours agenouillée au sol, sent ses genoux et ses cuisses chauffer. Elle se demande à quel moment son hôte daignera s'intéresser à elle.

— Ils n'acceptent de s'accoupler que dans une seule position, au contraire de tous les dieux que nous vénérons, et qui privilégient, dans ce domaine, la créativité et l'audace, poursuit la voix familière. L'un d'eux s'est même épouvanté lorsqu'une de nos femmes, à quatre pattes, leur a présenté son postérieur !

Les hommes rient de nouveau. L'image que chacun peut se figurer semble avoir détendu le groupe. Moctezuma reprend sur un ton plus sérieux.

— Les étrangers se trouvent-ils toujours sur la côte est de la Terre de l'Abondance ?

— Plus maintenant. D'après ce qu'on rapporte, il ne reste désormais qu'un seul étranger, qui a été vendu à un autre chef de village.

— Que sont devenus les autres ?

— Peut-être se sont-ils désincarnés...

— Ce qui est préoccupant, c'est que la maladie a commencé à frapper le village qui l'a recueilli. Comme si un seul de ces dieux pouvait envoyer dans l'au-delà plusieurs hommes sans avoir besoin de se battre !

Un lourd silence accueille cette déclaration.

— Que fait-on, Seigneur Orateur ?

— Dites au chef en question d'enfermer le dieu en pourvoyant à tous ses besoins pour ne pas le fâcher et de garder le secret tant que nous ne saurons pas à qui nous avons affaire. Si la nouvelle se propage, cela pourrait déséquilibrer la Triple Alliance.

— Quelle que soit la nature de ces êtres, d'autres risquent de venir, fait observer Ahuizotl. Il faut agir sans attendre. Chercher des remèdes à cette étrange maladie, et fortifier les côtes de la Terre de l'Abondance !

Il a raison. Voilà qui est sage, et qui peut le faire monter dans l'estime de Moctezuma. Même si cela risque de ruiner le projet de Vent de la forêt…

— Par les testicules d'Huitzilopochtli ! Souhaiteriez-vous prendre le commandement de mes troupes, pendant que vous y êtes ?

Cette expression…

— Je ne faisais qu'émettre une suggestion.

— Je préfère ça.

Ameyal reconnaît alors à qui appartient la voix familière.

Puma blanc.

— Dans quel dessein nous attaqueraient-ils ? demande un autre homme. Si ces étrangers débarquent, pourquoi ne pas laisser les Mayas voir ce qu'il en est ?

— Rien ne prouve qu'ils soient hostiles, appuie Moctezuma. La maladie n'est peut-être pas de leur fait, et ils en ont peut-être, au contraire de ce que vous semblez en penser, l'antidote. Envoyons un émissaire pour interroger le dernier étranger, nous déciderons ensuite de la conduite à adopter.

— Cela est déjà fait, déclare la voix grave et lente.

— Comment ça ?

— J'ai déjà envoyé un messager il y a quelques jours pour qu'il rencontre le chef du village en question. Si mes calculs sont exacts, il devrait arriver demain matin, Seigneur Orateur. Un cadeau en votre honneur.

Ameyal ne peut s'empêcher de sourire, malgré sa douleur.

— J'espère que ce qu'il nous dira vous fera pardonner d'avoir agi dans mon dos, gronde l'Orateur Vénéré, apparemment aussi surpris que mécontent de s'être ainsi fait devancer. Nous le recevrons donc dès son arrivée.

— Où désirez-vous le voir, Seigneur Orateur ?

— Étant donné que la plupart d'entre vous logent dans le palais d'Axayacatl, nous nous contenterons de l'ancienne salle du trône, que je vais faire préparer à cet effet.

— Comme vous voudrez, Seigneur.

Ameyal songe à ce que lui a confié Ahuizotl à propos de cette salle et de son accès secret. Pourvu qu'il existe encore !

— Vous pouvez nous laisser et aller jouir des plaisirs de la capitale, chers amis. La journée qui nous attend sera longue et pleine de rebondissements…

Un silence succède aux bruits de pas des hommes qui quittent la salle. Ameyal, qui sent ses genoux et ses cuisses brûler de plus en plus, se mord les lèvres pour tenir encore quelques instants. Elle était si concentrée sur la discussion des dirigeants qu'elle ne sentait la douleur qu'atténuée, avant qu'elle ne se manifeste pleinement.

La voix d'Ahuizotl retentit dans sa direction.

— Excellence, je vous présente Regard de jade, Fille de Xilonen, sœur de Tlaloc, déesse du jeune maïs.

— Tu peux te relever, Regard de jade, fait l'Orateur Vénéré des Aztèques.

La jeune femme s'exécute et, clopinant avec maladresse le temps de recouvrer l'usage de ses membres, parvient à adopter de nouveau la démarche apprise au harem et qui fait chavirer le cœur des hommes. Elle découvre une salle immense, décorée de tapisseries de plumes et de peintures sur panneaux, contenant, en plus d'un trône de pierre gravée de scènes de victoire, des chaises et tables basses en laque d'un noir profond rehaussé d'or, le tout disposé sur de somptueux tapis de plumes aux motifs évoquant toutes les splendeurs du Monde Unique.

Le grand Moctezuma, assis sur son trône de pierre, est entouré des deux autres souverains de la Triple Alliance, Nezahualpilli et Tezozomochtli. À leurs côtés se trouvent Ahuizotl, Tlacotzin et le Général Puma blanc, dont elle avait reconnu la voix. Le général, aux muscles saillants, à la peau rude et tannée, la contemple avec un mélange de méfiance et d'émerveillement. Comment s'est-il expliqué sa nuit au palais d'Ahuizotl ? Une absence provoquée par un excès d'alcool ?

Heureusement, il ne saurait être question de tout cela. Moctezuma est là. Il la dévisage. Il se hasarde aux abords du gouffre vert de son regard. Si elle s'y prend bien, il y basculera et s'y noiera.

— En votre auguste présence, Orateur Vénéré.

Te voilà enfin à ma portée.

— Regarde-moi et raconte-nous ton histoire, fille de l'Aigle de Huaxca.

Ameyal s'exécute d'une voix gaie assortie de gestes gracieux. Chantant plus qu'elle ne parle, elle décrit le bleu du ciel, le blanc immaculé des plages, le turquoise du jade et de l'océan, le clapotis des vagues, le frémissement de la rivière Huaxca, les cris des animaux de la jungle et la beauté de ses fleurs. Elle mime le vol de l'Aigle, avant d'expliquer comment cet Aigle s'est fait surprendre et mettre en cage, une cage faite d'espoirs, d'ennui trompé, de supplices et de délices qui l'ont conduite au Cœur du Monde Unique, face au roi des rois. Elle sent sa nuque trembler chaque fois que l'Orateur vénéré croise son regard. Elle sent son parfum l'assaillir comme une flèche et son esprit tenter de s'immiscer en elle. Elle pourrait presque le toucher. Elle pourrait presque...

Le tuer.

— Merci pour ce délicieux voyage, jeune concubine, fait Moctezuma d'un ton rêveur.

— Et merci pour ce chant envoûtant, ajoute Nezahualpilli d'une voix grave et lente.

Ameyal incline la tête en avant. Ainsi, Nezahualpilli était celui qui parlait de manière juste. Eau vénérable lui avait dit qu'il s'agit d'un homme sage.

Moctezuma ne la quitte pas des yeux. Elle sent son regard s'appesantir sur ses genoux nus à la lueur dorée des bougies. Elle les écarte légèrement pour qu'il prenne encore plus de plaisir. Les flammes projettent des ombres agiles sur la peau lisse de ses cuisses. Elle sait le trouble que cela peut faire naître. Ses tempes se mettent à battre plus vite. Livrée à la tentation de celui qui occupe la plus haute place dans la pyramide du Monde Unique, elle sait qu'il la croit sans défense face à lui, et que cette certitude est sa meilleure alliée.

Elle observe ceux qui l'entourent. Le long manteau de plumes bleu et or de Moctezuma et la tenue d'apparat des autres dirigeants contrastent avec les guenilles en fibre de maguey des autres hommes qui ne portent ni sandales, ni parure, ni signe distinctif. Elle se souvient que le Général Puma blanc avait dénoncé ce nouveau protocole lors de son passage à Huaxca.

Voilà l'artifice dont tu uses pour te donner une grandeur imméritée.

— Tes yeux nous plaisent et nous intriguent, Regard de jade. Ils sont comme deux pierres chalchihuitl35 réunies dans un écrin divin.

Ameyal lui offre son plus beau sourire.

— Son Excellence m'honore par ses paroles, répond-elle avec la plus parfaite humilité.

Tandis que le Uey Tlatoani narre son dernier voyage sur la côte du pays Maya, Ameyal ne peut oublier qu'elle se trouve face à l'homme qui a rasé son village, volé et massacré son peuple.

— Ils ont la couleur verte du Cœur du Tout, ajoute Moctezuma.

Et les tiens auront bientôt celle du sang.

Elle acquiesce d'un signe de tête déférent. Elle a effectivement appris, à l'école du harem, que les Aztèques utilisent cinq points cardinaux liés à cinq couleurs différentes. L'est, le nord, l'ouest et le sud sont appelés respectivement la direction du rouge, du noir, du blanc et du bleu. En plus de cela existe le vert, qui indique l'endroit où l'on se trouve à tout instant, ainsi que l'espace qui s'étend jusqu'au ciel en hauteur et jusqu'à Mictlan en profondeur.

— La pierre chalchiuitl nous est précieuse, même si elle n'est pas rare et ne possède pas une grande valeur intrinsèque. Ce nom ne se justifie vraiment que pour quelqu'un comme toi, Regard de jade, et je dois avouer que nous ajouterions bien ces deux joyaux à notre harem ou notre ménagerie.

Les conseillers sourient. Puma blanc, resté sur sa frustration, paraît vouloir la posséder. Seul Ahuizotl reste grave.

---

35 Jade.

D'après ce qu'elle en a appris à l'école du harem, la ménagerie de l'Orateur Vénéré regroupe des spécimens d'animaux rares et exotiques – jaguars, boas constrictors, singes hurleurs, ainsi que des monstres humains – albinos, nains, bossus et autres créatures tordues de naissance ou par accident. Mais elle sait que Moctezuma n'a prononcé le mot « ménagerie » que pour apaiser son cousin. C'est à son harem qu'il la destine.

Et c'est tout ce qu'elle demande.

Il faut qu'elle profite de cette occasion, unique peut-être, pour mettre le plan qui lui est apparu à exécution. Mais pour cela, il va lui falloir prendre l'initiative de la parole, ce qui pourrait lui être reproché. Après une grande inspiration, elle prend la parole avant qu'on ne la congédie.

— Je serais honorée d'offrir ces deux pierres chalchiuitl au Seigneur Orateur s'il me le demandait.

Ahuizotl tressaille de surprise et d'indignation tandis que Moctezuma, le visage tendu en avant, plisse les yeux.

— Insinuerais-tu que nous soyons capables de dérober une concubine à l'un de nos sujets ?

— En aucune façon, Seigneur orateur. Je songeais plutôt à un pari, sachant l'intérêt que vous leur portez.

— Explique-toi.

Ameyal fixe Ahuizotl, puis Moctezuma avant de lui répondre.

— Le résultat du jeu de balle sera l'objet du pari. Tenochtitlan n'a jamais perdu. Les pronostics la donnent vainqueur, même si le capitaine de notre équipe est un joueur hors pair. Si nous gagnons malgré tout, votre cousin Ahuizotl occupera la fonction de général en chef de l'armée de l'intérieur. Si nous perdons, je resterai avec vous ici, au harem, en guise de récompense.

Elle désigne ses yeux.

— Et ces deux pierres chalchiuitl seront à jamais à vous.

Le Général Puma blanc pousse un rugissement de colère auquel Moctezuma ne semble pas prêter attention. Il observe son cousin, qui a blêmi, et esquisse un petit sourire rusé.

— Huitzilopochtli ne peut faire perdre Tenochtitlan. Es-tu si pressée d'être déjà mienne ?

— Huitzilopochtli et le Serpent précieux en décideront, Seigneur Orateur.

L'orateur Vénéré des Aztèques tourne le visage vers son cousin.

— J'imagine que l'idée vient de toi…

Ahuizotl secoue la tête.

— Je n'ai jamais eu une telle idée, dit-il sur un ton aussi surpris que préoccupé.

— Vraiment ?

— Mon Maître dit la vérité, Seigneur Orateur, appuie Ameyal. Cette idée est entièrement mienne, et je ne la lui ai jamais confiée.

Voilà le plan qui lui est apparu.

Maintenant qu'elle l'a lancé, Ameyal se sent vaciller sous une vague de crainte et d'excitation.

À travers ces paroles, elle laisse du même coup Ahuizotl et Vent de la forêt derrière elle pour s'imposer à Moctezuma.

Mais elle n'a pas le choix. Si elle ne peut s'arranger pour faire gagner Teotilan, il lui faut s'arranger pour la faire perdre, et pour que cette défaite serve sa vengeance.

Moctezuma réfléchit quelques instants.

— Nous relevons ton pari, Regard de jade.

La jeune favorite ne peut croire ces paroles. Un sourire irradie sur ses lèvres. Si Moctezuma accepte sa proposition, cela signifie qu'elle a toutes les chances de rester à Tenochtitlan… Selon ses calculs, elle ne peut pas perdre !

— Mais nous sommes obligés de le modifier quelque peu.

Il se tourne vers son cousin, qui paraît de plus en plus mal à l'aise.

— Si Teotitlan perd, Regard de jade restera ici. Mais si vous gagnez, vous repartirez tous d'où vous venez. Nous ne pouvons nommer Ahuizotl chef de notre armée intérieure sachant qu'il a perdu le tribut de Teotitlan.

Ahuizotl fixe le vide comme un ours malade, le dos voûté et les épaules tombantes.

— À présent, laisse-nous, jeune concubine.

7.

Ameyal, le corps tremblant, traverse le palais d'Axayacatl et pénètre dans les appartements qu'elle partage avec Ahuizotl sans même s'en apercevoir. Le pari a offert à Moctezuma l'occasion d'annuler la faveur qui devrait être accordée à son cousin s'il gagne. L'occasion de le chasser de Tenochtitlan.

Le Maître est désormais perdant quelle que soit l'issue de la partie.

Elle n'avait pas prévu cela. Il va falloir en assumer les conséquences.

Les parfums de copal, l'épaisseur et le silence des tapis de plumes, des lueurs d'un autre monde sont tout ce qu'elle peut saisir de ce décor où elle pénètre pour la seconde fois. Elle ne comprend pas ce que lui dit Cinteotl, qui la déshabille, ni ce que lui confient Subtile et Raffinée, qui lui lavent la peau, la massent et la parfument, et ne s'en inquiète nullement. Son cœur bat plus vite qu'à l'accoutumée, non seulement d'appréhension, mais aussi de dépaysement, d'euphorie. Les jeux auxquels il va lui falloir se livrer, les rites qu'elle va devoir accomplir sont emplis de mystères qu'elle ne cherche pas à percer, car elle sait qu'ils vont lui donner accès au Cœur du Monde Unique durant plusieurs semaines, mois ou années si elle sait s'y prendre. Un univers différent du harem, avec des codes et des lois différents de ceux appris à Teotitlan. Aux gestes habituels va se superposer cet univers différent, nouveau et délectable. Cette île majestueuse, cette cité d'un blanc éclatant découverte à l'aube d'une journée ensoleillée s'ouvre sur la vengeance, une vengeance de sang dont l'issue sera la liberté.

Parvenue sur la terrasse, Ameyal constate que des brumes bleu pâle s'élèvent du lac, si bien que les montagnes assombries semblent flotter sur sa surface, entre les eaux rougies et le ciel pourpre. Juste au-dessus de l'horizon où a disparu Tonatiuh luit Omexochitl, l'Étoile du soir autrement appelée « Après la Floraison ».

Emplie de crainte et d'espoirs, elle inspire le parfum doux et entêtant de ces fleurs blanc argenté qui grimpent jusqu'à la balustrade où elle s'appuie, et qui ne s'ouvrent que la nuit en exhalant de doux soupirs.

— Qu'as-tu fait, inconsciente ?

Ahuizotl la bouscule d'un geste rapide et brutal. Elle ne l'a pas entendu approcher.

— J'ai tenté d'obtenir ce que vous désirez, se justifie-t-elle.

— Nous sommes assurés de perdre… l'équipe de Tenochtitlan a remporté toutes les parties qui ont eu lieu ici !

— Le Serpent précieux peut encore en décider autrement.

Un nuage d'orage assombrit l'œil du Maître, qui fait quelques pas rapides sur la terrasse, fulminant.

— Huitzilopochtli favorisera toujours l'Orateur Vénéré, son fils… Si le tribut m'échappe une nouvelle fois, je perdrai à jamais mon statut de Calpixque. Il ne me restera plus que l'exil !

Elle prend un visage horrifié. Si Ahuizotl n'est plus Calpixque, s'il est déshonoré, banni, et qu'elle ne parvient pas à rester ici, elle perdra toutes ses chances d'approcher Moctezuma.

— Tu aurais dû me soumettre cette idée avant de la mettre en pratique, gronde-t-il. Pourquoi me prendre au dépourvu ?!

— Je n'ai pas pu vous en parler avant, Maître. J'ai dû improviser… Vous savez comme moi qu'il n'y aura pas d'autre occasion de parler à votre cousin en personne…

Ahuizotl s'approche, menaçant. Sa haute silhouette éclipse l'étoile Après la Floraison, répandant son ombre sur le visage d'Ameyal.

— Tu m'as désobéi, poursuit-il sur un ton de fureur glacée. Tu as outrepassé, transgressé ton statut. Voilà la manière dont me remercies de t'avoir emmenée jusqu'ici ?

— C'était pour votre bien ! Pour vous aider à vous libérer de Teotitlan !

— Assez !

D'un geste brusque, il passe la main sous son corsage nocturne, et l'arrache dans un craquement. La poitrine d'Ameyal se révèle, tremblante et palpitante. Poussée en arrière, la jeune femme sent la balustrade heurter son dos.

— Vous me faites mal !

— Ce n'est rien comparé à ce qui t'attend, esclave, répond le Maître avec une grimace effroyable. Maintenant dis-moi : pourquoi as-tu voulu visiter le terrain de tlachtli ? Que manigances-tu avec Patitl ?

Cipetl a parlé malgré ma demande de discrétion. Évidemment.

— L'organisateur des jeux pourrait nous offrir son soutien, répond-elle en essayant de rassembler les pans de son corsage.

— Il ne soutiendra jamais aucune équipe adverse, répond le Maître d'une voix froide. Et le jeu de balle est une affaire d'hommes. Tu n'as pas à t'en mêler, pas plus que tu n'es autorisée à parler aux étrangers. Peut-être ne t'ai-je pas assez punie…

— Pourquoi refusez-vous l'aide que je peux vous apporter ?

— Une aide ? Est-ce ainsi que tu nommes une trahison déguisée ?

— Jamais je ne vous trahirai !

Ameyal saisit la main d'Ahuizotl et y dépose plusieurs baisers en signe de regret et de soumission. Puis elle relève le visage vers lui, esquissant une moue destinée à l'attendrir.

Cela ne fait qu'attiser sa colère.

— Pitié, Maître. Je vous en prie…

— Il est trop tard. Je t'avais prévenue.

Le coup part avant qu'elle n'ait le temps de se protéger. Un coup terrible qui manque de lui décrocher la mâchoire. Elle accuse le coup, la vision troublée. Au bout de quelques instants, elle parvient à relever la tête.

— L'ours qui sommeille en vous semble finalement réveillé…

L'impertinence qui a parfois été utile à Ameyal semble soudain se retourner contre elle. Ahuizotl laisse exploser un cri de rage, et son poing s'abat cette fois sur la joue de la jeune femme, qui a effectivement l'impression d'avoir été frappée de plein fouet par un ours. Elle s'écroule sur le sol, le nez en sang, et décide de feindre l'évanouissement.

— N'utilise pas sur moi tes artifices !

Il la tire en avant et lui assène plusieurs gifles destinées à la ramener à elle. Ses cheveux noirs se détachent, fouettent ses joues. Elle se cambre, se tord pour échapper à celui qui veut la punir, le repousse, sanglotant, émettant des râles et criant des mots inintelligibles. Ahuizotl arrache son vêtement de dessous, la laissant nue sur les pierres froides. Il la contemple, imperturbable, tandis qu'elle cherche à reprendre son souffle. Jamais il ne s'est montré ainsi.

— Tu as failli à ton devoir, le mien est de te punir.

Elle lève vers lui ses yeux emplis de larmes.

— Avais-je le choix ? implore-t-elle en glissant à ses pieds. Il fallait que je m'assure que Moctezuma ne puisse pas refuser ma proposition. Il m'a prise au dépourvu. Mais je ferai ce qu'il faut pour que Huitzilopochtli nous soutienne et que vous deveniez le nouveau général en chef !

Il la fixe sans ciller.

— Puma blanc ne me laissera jamais sa place. Nous sommes liés par un secret qui pourrait tous deux nous compromettre, et tu n'as pas à te mêler de tout cela.

L'existence du « monstre », censé surveiller *le trésor de Mictlantecuhtli* au fin fond d'une caverne, est sans doute ce à quoi il fait allusion. Le vieux général et le Maître en avaient fait mention la nuit où Ameyal s'était échappée du harem.

— Jamais tu ne recommenceras ce petit jeu.

Elle se regroupe sur elle-même, la main sur la poitrine, le visage dressé vers le monstre aquatique, dont la silhouette semble une excroissance de la brume qui masque désormais le lac, les montagnes et le ciel. Oui, il est cette brume sombre qui recouvre tout et masque la lumière.

Ameyal serre les dents. Se venger est à ce prix. Vivre est à ce prix.

Si elle ne peut faire tomber sa colère, alors elle l'affrontera.

— Punissez-moi donc, Maître.

— Tes désirs sont des ordres.

Il glisse la main sous son manteau et en sort un bâton.

3. LA PARTIE DE TLACHTLI

— Camapantli est la clé.
— Vous avez parfaitement raison, Maîtresse. Il mène le jeu.

Tout est à présent clair pour Ameyal qui, assise sur un fauteuil de joncs tressés, fixe son reflet tandis que son esclave personnelle s'affaire autour d'elle pour la maquiller et la coiffer. D'ordinaire, sa beauté ne nécessite pas d'artifice, mais la correction que lui a fait subir le Maître a laissé sur son visage plusieurs marques bleuâtres qui lui donnent un aspect affreux. Elle aurait voulu faire gagner Teotitlan pour qu'il puisse occuper une place d'envergure auprès de Moctezuma, car cela lui aurait laissé le champ libre pour assouvir sa vengeance. Mais Patitl, organisateur et juge des jeux, n'a pas accepté de se faire acheter. Il lui a fallu retourner son manteau et recourir à un pari qui ne lui permettra de rester à Tenochtitlan que si Teotitlan perd.

Si, en revanche, Teotitlan gagne, elle devra retourner au harem d'Ahuizotl, qui est menacé d'exil, ce qui signifie qu'elle pourra perdre beaucoup plus encore. Il lui faudra s'approcher à nouveau de Vent de la forêt.

Il va lui falloir écrire à Cihuacoatl. Regagner sa confiance, au cas où les choses tourneraient à son désavantage.

Mais avant cela, il lui faut réfléchir à la manière de s'assurer la défaite de Teotitlan. Depuis qu'il a accompli l'exploit d'envoyer la balle dans le tlachtemalacatl, Camapantli a pris la tête de l'équipe, et tous le suivent éperdument. Diriger Camapantli signifie donc diriger l'équipe entière. Si Ameyal parvient à se faire obéir de lui, elle pourra s'assurer de l'issue de la partie de balle. Un problème reste, toutefois : elle ne peut approcher le joueur de manière directe, de peur que son stratagème ne soit éventé.

Elle doit trouver le moyen de manipuler cet homme sans que cela se voie. Et dans ce dessein, il va falloir lui tendre un piège qui le mettra dans une position où il n'aura d'autre choix que de faire ce qu'elle lui dit.

Elle ne voit que cela.

— Les cheveux noués en deux boucles au-dessus du front, je te prie, ordonne Ameyal. Il faut qu'ils paraissent courts, comme le veut la mode actuelle. Je veux que les femmes nobles de Tenochtitlan n'aient aucune prise sur ma personne, aucun argument pour se croire au-dessus de moi.

Tandis que Cinteotl s'exécute, la jeune femme songe à Camapantli, un athlète musclé, au visage carré et aux sourcils broussailleux. Elle se fait la réflexion qu'elle ne le jetterait pas hors de son lit s'il décidait de lui rendre visite. Un bel homme donc. Un sportif de talent, appliqué, au service de sa patrie.

Les athlètes sont arrivés à Tenochtitlan un mois avant la partie de balle, et ont été logés ensemble dans un bâtiment attenant au tlachco. Cette période a été entièrement consacrée à l'entraînement, les joueurs se mesurant les uns aux autres, quels que soient leur niveau et leur équipe. Durant ce mois, ils ont suivi une hygiène et un régime strict et surveillé, composé de pain et de bouillie de maïs, de viande rouge, de mangues séchées et de chocolat frais. Bien entendu, aucun alcool n'a été toléré. Il est donc impossible de le faire boire pour qu'il perde la partie.

Ni de l'empoisonner pour le mettre hors d'état.

Il lui faut connaître son point faible.

— Que sait-on sur lui, exactement ? demande-t-elle une nouvelle fois à Cinteotl.

— Camapantli est âgé de vingt-deux ans, Maîtresse. Il est père de deux garçons, l'un de sept an et l'autre de huit, avec qui il passe le peu de temps libre qui lui reste après les entraînements. C'est un homme très droit et ambitieux. À ma connaissance, il n'a de cesse de s'entraîner ni d'entraîner les autres. Très investi, il a même mis sur pied une équipe de jeunes enfants parmi laquelle figurent ses deux fils.

— L'exploit qu'il a accompli te paraît-il mérité ?

— Sans aucun doute.

— Est-il prêt à tricher pour assouvir ses ambitions ?

— À ma connaissance, non. Il vénère le dieu Macuilxochitl[36] avec ferveur, et pratique l'autosacrifice.

Il y aura donc deux obstacles à surmonter, et ils sont de taille : l'honnêteté et l'ambition.

— Et sur le plan politique ?

— Bien que descendant d'une famille implantée à Teotitlan depuis des générations, le père de Camapantli a toujours soutenu le calpixque. Je pense qu'il a vu là le moyen de faire entrer son fils, doué pour le jeu de balle, dans l'équipe de la ville, ce qui assure une certaine notoriété à sa famille. Il ne s'est pas trompé, vu que l'exploit de Camapantli a été célébré dans le Monde Unique tout entier.

— Le père de Camapantli a trahi son peuple par ambition. Cela pourrait lui être reproché un jour.

Et l'ambition du fils peut être contrecarrée par celle du père.

— Que sais-tu sur les autres joueurs ? reprend Ameyal.

— Je sais juste que Coyotl a un genou défectueux, et que la sœur de Miztli est devenue maatitl depuis qu'il a quitté leur village pour entrer dans l'équipe. Le père, un vieillard, ne pouvait plus subvenir aux besoins de la famille. C'était sans doute le prix à payer pour assouvir son ambition…

---

36 Dieu des Cinq Fleurs. Il s'agit de la divinité de la musique, de la danse et des jeux.

Ameyal hoche la tête, satisfaite d'avoir obtenu de telles informations, et une nouvelle fois reconnaissante envers Cinteotl.

— Est-il fidèle ?

— D'après ce que je sais, oui, fait l'esclave personnelle. Comptez-vous le séduire ?

— Je n'ai pas assez de temps pour cela.

Ameyal serre les mâchoires, résolue. Puisqu'il n'a aucun défaut, il faut jouer sur ses enfants, son seul point faible.

— La partie de balle a lieu cet après-midi. Il me faut frapper vite et fort. Comment a-t-il vécu sa gloire passée ?

— Il a refusé les honneurs. Il est resté très humble.

— Tant mieux. S'il ne cherchait que la gloire, je ne pourrais rien en faire. Que peut donc aimer un père de famille fidèle et attentionné… l'argent, peut-être ?

— Je ne crois pas. Suite à la dernière rencontre, où Teotitlan a été victorieuse, l'architecte Tezcatl a tenu à offrir quantité de grains de cacao à Camapantli, mais ce dernier a refusé, arguant que les pauvres ont plus besoin d'argent que lui.

— Ambitieux, désintéressé et vertueux ! s'agace Ameyal. Pourquoi a-t-on affaire à un être si parfait ?!

Cinteotl ne peut s'empêcher de sourire. Elle termine la coiffure de la jeune favorite et saisit un petit miroir d'obsidienne pour que cette dernière puisse se contempler. Ameyal approuve son travail d'un hochement de tête rapide et pousse un long soupir.

— Jamais je n'y arriverai…

L'esclave personnelle baisse la tête, penaude. Un instant passe, empli de doute, avant que les yeux de l'esclave ne se dilatent sous le coup d'une idée.

— Il y a peut-être un moyen !

— Lequel ?

— Si Camapantli n'aime pas l'argent, il aime les défis.

— Les défis ?

— Il ne peut s'empêcher d'en relever un. Je crois que cela lui a déjà joué des tours. Un jour, il a dû remettre tout ce qu'il avait gagné lors d'une partie de tlachtli à une sorte de voleur avec qui il avait joué… un dénommé Perexil, je crois.

Ameyal lève les yeux vers son esclave.

— Perexil, dis-tu ?

Elle revoit le petit homme qui l'avait aidée, puis trahie…

— Serait-il susceptible de relever un pari, comme l'Orateur Vénéré ?

— Sans aucun doute.

Ameyal sent une sensation de chaleur la traverser en repensant à cet homme grand, maigre, au teint chocolat, qui l'a saluée au banquet. Elle sent qu'elle touche au but.

— Réfléchissons… Le patolli ?

En voyant Cinteotl hocher la tête, Ameyal se remémore la partie de patolli qui l'avait opposée à Xalaquia alors qu'elle n'était qu'élève à l'école du harem. Celle qui s'habille de sable avait gagné, par tricherie, la liberté d'Ameyal, mais elle s'était montrée magnanime en la laissant à la jeune fille qu'elle était… accentuant son influence tout en humiliant cette dernière.

— Il ne peut s'empêcher de relever un défi, dis-tu ?

L'esclave personnelle hoche la tête. Ameyal lui adresse un regard intense. Si elle le pouvait, elle agirait elle-même. Mais la favorite n'a pas oublié le rappel à l'ordre d'Ahuizotl suite à ses conversations avec Patitl, dont elle porte les ecchymoses sous une épaisse couche de maquillage.

Elle ne doit fréquenter qu'un seul homme : le Maître. Ne s'adresser qu'à un seul homme : le Maître. Ne s'offrir qu'à un seul homme : le Maître. Ahuizotl ayant certainement demandé à Cipetl de la surveiller, il va falloir qu'elle se montre extrêmement prudente si elle veut avoir une chance d'agir.

— Va trouver Ahualli, ordonne-t-elle. Il est considéré comme le meilleur joueur de patolli de la ville. Offre-lui ceci pour qu'il mette Camapantli au défi et le réduise à l'état d'esclave.

L'esclave écarquille les yeux en voyant l'émeraude briller dans la paume de sa maîtresse.

— Êtes-vous certaine de vouloir punir un innocent ?

Ameyal fixe Cinteotl comme le chasseur de biches peut hésiter, parfois, avant de bander son arc sur sa proie. Elle se rend compte, à travers cette remarque, qu'elle s'apprête à mettre en œuvre, en dehors du harem, des procédés qu'elle n'avait jusqu'alors utilisés qu'au-dedans, dans le but de survivre. Par sa faute, une famille risque d'être mise en pièces. A-t-elle vraiment envie de cela ? A-t-elle oublié à ce point les valeurs inculquées par son père ?

Qu'est-elle en train de devenir ?

Puis, son état lui revient à l'esprit. Elle n'est pas, comme tout le monde le croit, une concubine en voyage qui jouit d'un traitement de faveur. Elle est en guerre.

En guerre contre un dirigeant, contre un pays, contre une nation.

Elle a déjà perdu une grande partie de son innocence. Cette innocence, justement, lui a été arrachée par ce peuple qui va devoir payer.

Mais seuls les coupables paieront.

La deuxième émeraude sera pour Camapantli lorsqu'il aura fait ce qu'elle veut de lui, et l'équilibre sera rétabli.

Un homme de la trempe de Camapantli devrait être capable d'oublier ce pénible moment.

— La victoire exige parfois des sacrifices, répond-elle. Mais ne t'inquiète pas, je rachèterai la liberté de cet homme. Je désire une obéissance passagère, rien de plus.

— Comme vous voudrez.

— Il faut aussi que tu vérifies une chose. Il y a, paraît-il, un escalier dérobé sous un massif d'ahuaquahuitls, dans le jardin du palais. J'aimerais savoir s'il n'a pas été muré.

Cinteotl la contemple avec surprise, puis hoche la tête.

— Que Macuilzochitl soit de notre côté ! dit-elle en se dirigeant vers la sortie.

Ameyal ne répond pas. Elle n'a que faire du dieu des Cinq fleurs, ni d'Huitzilopochtli.

Elle préfère adresser sa prière à celui à qui elle a toujours été fidèle, qu'elle était vouée à épouser et qui va peut-être revenir bientôt. Le plus sage de tous les dieux.

Le Serpent précieux.

Et comme une prière n'est pas toujours suffisante, elle va aller trouver de ce pas Cihuacoatl, le lieutenant de Vent de la forêt, pour qu'il la prévienne de l'arrivée du messager de Nezahualpilli, et qu'elle mette à profit le temps inoccupé avant la partie de balle, au cas où les choses ne se dérouleraient pas comme prévu.

Elle en profitera pour repérer les lieux.

2.

Ameyal a quitté sa chambre dès que Cihuacoatl l'a prévenue de l'arrivée du messager de Nezahualpilli.

Elle a su retrouver l'ancienne salle de chasse attenante à la salle du trône d'Axayacatl, transformée en atelier de sculpture, dont les artistes, par chance, en ce lendemain de fête, ne sont pas en activité. Dans la pénombre des lieux, due à la présence de grands rideaux occultant les fenêtres, se dressent des blocs calcaires vierges ou à demi sculptés, des statues de dieux, de chefs ou de héros ayant l'apparence de fantômes. Contre les murs reposent des linteaux et des frises gravés en bas-relief, sans doute destinés à quelques temples ou palais, et l'air sec et poussiéreux irrite la gorge.

Ameyal foule le sol jonché d'outils divers et d'éclats de pierre pour faire le tour des murs à la recherche du meuble dont lui a parlé Ahuizotl. Elle passe entre des bustes de Tlaloc, d'Huitzilopochtli et de Xilonen, qui semblent la scruter à travers l'obscurité, et finit par retrouver, sur un mur laissé nu, plusieurs tables et chaises empilées autour d'un meuble d'acajou.

Il s'agit d'une armoire à deux portes, gravée de scènes de guerres.

Le cœur d'Ameyal s'accélère. Après avoir vérifié qu'elle se trouve toujours seule, elle pousse du pied les pierres bloquant les battants, les ouvre et examine les panneaux arrière, qui semblent bloqués. Essuyant une goutte de sueur sur son front, elle force sur l'un d'entre eux, puis sur l'autre, qui glisse légèrement sur le côté. Glissant la main dans l'ouverture ainsi pratiquée, elle sent un espace vide…

De plus en plus fébrile, elle fait glisser le panneau de manière à pouvoir pénétrer dans une petite alcôve poussiéreuse. Sondant l'obscurité avec la main, elle finit par sentir la présence d'une languette de bois qu'elle tire à elle.

Un petit trou, en effet, permet d'observer la salle attenante et d'écouter sans être vu. Le même groupe que la veille s'est réuni autour du trône d'Axayacatl : les trois dirigeants, en compagnie du Femme-Serpent et de certains membres qui entouraient Moctezuma lors de la cérémonie, qui doivent former le Conseil des Anciens, ainsi que de Puma blanc et d'Ahuizotl. Hormis les trois chefs, tous sont habillés de sacs de toile.

Devant ces hommes se dresse un individu au visage terreux incliné vers le sol, aux cheveux trempés de sueur, avec sur les épaules un manteau blanc recouvert de poussière, en train de boire à une jarre d'eau.

Un messager.

Pour avoir vu plusieurs d'entre eux au palais d'Ahuizotl, Ameyal sait que la couleur de son manteau indique qu'il porte une mauvaise nouvelle. Un deuil.

La mort.

Après avoir refermé les portes de l'armoire et repris sa respiration, Ameyal colle ses yeux au judas.

— Eh bien, s'impatiente Moctezuma. Combien de jarres vas-tu devoir avaler avant de parler ?

Le messager essuie ses lèvres avec la main.

— Selon les anciens Mayas, fait-il d'une voix rendue chevrotante par la course, les premières maisons flottantes ont été aperçues il y a plusieurs années au large de nos côtes.

L'homme s'interrompt, reprend une gorgée d'eau.

— Nous savons tout cela. Continue.

— Elles ont quitté une lointaine terre qui se nomme « Espagne » pour explorer l'Océan oriental. Avant de venir patrouiller devant le Monde Unique, les maisons flottantes ont dû visiter de nombreuses îles existant entre l'Espagne et nous.

— Voilà qui est intéressant, intervient Nezahualpilli. Comment ces étrangers ont-ils été accueillis par les habitants de ces îles ?

— Les résidents n'ont pas vu d'un bon œil leur arrivée. La plupart d'entre eux ont tenté de les repousser, certains les ont au contraire accueillis, et tous sont morts de maladie inconnue ou devenus des sujets de ces « Espagnols ». Durant des années, les Espagnols ont colonisé ces îles, s'arrogeant les femmes, pillant les ressources et faisant du commerce avec leur terre natale. Quelques rares maisons flottantes, voguant d'île en île, ont pu à l'occasion apercevoir nos terres. Le jour Treize Roseau, l'une d'entre elles s'est échouée sur la côte Maya, et le temps aidant, les Mayas ont pu apprendre ces informations des survivants, qui ont expliqué être des guerriers. À ce jour, un seul de ces hommes a survécu.

— Que sont devenus les autres ? Ont-ils été sacrifiés ?

— Sacrifiés au nom de Kukulkan[37], Seigneur Orateur.

— Ces Mayas sont vraiment des dégénérés, peste Puma blanc. Depuis quand le Serpent précieux exige-t-il des sacrifices humains ?

Le messager approuve de la tête et boit à nouveau. Ameyal sent l'air poussiéreux lui gratter la gorge. Malgré tout, elle se force à rester parfaitement immobile et silencieuse.

— Nous avons entendu dire que plusieurs femmes se trouvaient à bord de l'embarcation, poursuit l'Orateur vénéré. Que sont-elles devenues ?

— Elles sont mortes de fatigue en moulant du café.

— Quoi ?

— S'ils pillent, violent, tuent et meurent, rien ne les différencie des autres hommes, fait observer Nezahualpilli sur un ton ironique.

Moctezuma lui lance un regard noir. Le messager boit à nouveau, et fait signe que sa jarre est vide. Un esclave lui en apporte une autre à laquelle il s'abreuve avant de continuer, devant l'impatience grandissante de l'Orateur vénéré.

---

37 Nom maya donné au dieu Serpent précieux.

— Le chef m'a demandé d'ajouter que des femmes de son village sont mortes d'une étrange maladie après leur avoir été offertes. Au moment où je suis parti, plusieurs hommes semblaient également atteints.

L'Orateur vénéré émet un soupir de mécontentement tandis que le messager rapproche la jarre de ses lèvres.

— Pose cette jarre, ou je te la fracasse sur le crâne ! ordonne Moctezuma.

Le messager s'exécute d'un geste tremblant.

— Sait-on leur objectif et leur nombre ?

— Nous ignorons leur but, Seigneur Orateur. Quant à leur nombre… il faudrait de nombreuses maisons flottantes pour parvenir à nous surpasser !

— Sait-on qui ils servent ?

— Non, Seigneur Orateur.

— Savent-ils que nous existons ?

— Ils nous ont aperçus depuis leurs embarcations.

— Merci, messager, fait Nezahualpilli après avoir à plusieurs reprises interrogé l'inconnu, qui s'est montré bien incapable d'en dire plus.

Le souverain de Texcoco se tourne alors vers Moctezuma, qui observe à son tour ses conseillers.

— Des Espagnols… souffle Puma blanc.

— Ou des Toltèques, corrige Tlacotzin.

— Espagnols ou Toltèques, ils infligent des maladies mortelles auxquelles ils résistent personnellement.

— Espérons qu'ils auront de quoi s'occuper encore durant de nombreuses années… commente Tlacotzin.

— Je me permets d'en douter, riposte Nezahualpilli de sa voix grave et lente. Une île, si grande soit-elle, n'est jamais qu'une île. Ses richesses et ses terres sont limitées. Si ces Espagnols sont à la recherche de territoires, de femmes et de richesses, leur exploration les conduira par ici.

— Personne ne sait ce qu'ils cherchent !

— Que peut chercher un homme, si ce n'est l'amour, la gloire ou l'argent ? interroge Tezozomochtli.

— Que peut chercher un dieu ?

Personne ne répond.

— À part de l'eau précieuse… propose timidement Puma blanc.

L'Orateur Vénéré Nezahualpilli secoue la tête d'un air sombre.

— Dans tous les cas, ce survivant est un guerrier. Il y a fort à parier que ces maisons flottantes servent à transporter des troupes.

— Je n'en suis pas si sûr, objecte Tlacotzin. Peut-être transportent-ils leurs femmes, des plantes et animaux pour se nourrir ?

— Ne soyons pas naïfs à ce point… remarque Ahuizotl.

Tlacotzin le foudroie du regard.

— Ahuizotl n'a peut-être pas tort, le défend Nezahualpilli. Dans le doute, il faut nous montrer prudents. Mettre fin à nos querelles et nous unir contre une éventuelle invasion.

Une vive réaction secoue l'assemblée.

— Nous unir avec nos vassaux ? éclate Moctezuma.

— C'est bien ce que je dis, Seigneur Orateur…

— Mais cet étranger n'est pas armé. Il est tout à fait inoffensif…

— Ses armes ont dû disparaître dans le naufrage de la maison flottante.

— Leurs armes ne sont peut-être pas comme les nôtres, reprend Nezahualpilli. Je vous rappelle qu'ils infligent des maladies. Une arme terrible, une arme réservée aux dieux.

— Et cependant, tu affirmes qu'ils n'en sont pas, riposte Moctezuma.

Un nouveau silence se fait tandis qu'il examine une petite boîte qui semble lui avoir été apportée par le messager. Il en extrait plusieurs petits disques blancs, ainsi que des colliers de perles vertes. À la surprise de l'assemblée, Ahuizotl saisit l'un des disques, le brise en deux, le goûtc.

Tous le regardent comme s'il allait être foudroyé sur place, mais rien de tel ne se produit.

— Cela rappelle un mauvais pain de maïs, avec un goût encore plus fade.

— Peut-être est-ce de la nourriture divine ? Attention à ne pas te transformer en dieu ! plaisante Puma blanc.

Les hommes rient. L'atmosphère se détend quelque peu. Tandis que Moctezuma examine les perles vertes, Ameyal éprouve une envie croissante d'éternuer.

— Cette pierre mystérieuse n'existe pas chez nous, déclare-t-il. Ces « Espagnols » voyagent sur les flots avec leurs femmes et sèment la mort par le toucher. Êtes-vous toujours certains qu'ils ne sont pas des dieux ?

— On ne peut plus certains, Seigneur, répond Nezahualpilli. D'après ce qu'on en sait, ils mangent comme nous, dorment comme nous, couchent avec des femmes comme nous…

— C'est précisément pour cette raison que le Serpent précieux est parti, répond l'Orateur vénéré. Après avoir commis une faute charnelle qui l'aurait couvert de honte, le conduisant à abdiquer son rôle de chef des Toltèques.

— Il est vrai que cela leur fait un point en commun, répond le souverain de Texcoco.

— Cela n'est pas leur seul point commun avec les Toltèques, observe Moctezuma. Ils ont la peau plus claire que nous, comme ces derniers. Nous allons demander à nos historiens de chercher à quoi ressemblaient les Toltèques pour vous prouver que nous avons raison, et qu'ils sont sans doute leurs descendants. Nous allons faire placer cette nourriture divine et ces perles dans le temple du Serpent précieux, et préparer son retour possible…

— Y sommes-nous réellement disposés Seigneur Orateur ? interroge Tezozomochtli. Que fera de nous le Serpent précieux, lorsqu'il aura repris son trône ?

— Il remerciera ceux qui ont conservé et agrandi son territoire.

Ameyal manque d'éternuer. Il est temps que cette réunion prenne fin, où elle finira par dévoiler sa présence.

— Pensez-vous qu'il vous gardera près de lui ?

— J'en serais extrêmement honoré.

Il marque une pause, et reprend.

— L'avenir nous dira avec certitude si ces êtres sont des hommes ou des dieux. D'ici là, il faut attendre.

L'assemblée reste interloquée. Nezahualpilli secoue la tête avec dépit.

— Attendre ? répète Ahuizotl, qui semble de plus en plus perdre son calme. À quoi bon attendre ? Attendre quoi ? D'avoir la certitude que ces êtres sont des dieux ou des hommes ? Combien de temps ? Jusqu'à ce qu'il soit trop tard pour agir ?

— C'est dans la précipitation que l'on commet le plus d'erreurs, répond Moctezuma d'une voix glaciale.

Ahuizotl ouvre la bouche pour rétorquer, mais y renonce, sans doute plus à cause de l'entêtement de son interlocuteur que par manque d'argument. Il tourne le visage vers Nezahualpilli, qui baisse les yeux.

Lui aussi semble avoir renoncé.

— Mais… le peuple, tente alors Tezozomochtli d'une voix craintive. Ne craignez-vous pas qu'il prenne notre passivité comme un aveu de faiblesse ?

— Il faut des parties de tlachtli, des célébrations et des sacrifices innombrables, explique l'Orateur vénéré. Le vulgaire n'attend qu'une chose en plus d'une assiette pleine : des divertissements. Et la multitude se compose du vulgaire.

Les hommes rient à mi-voix. Ameyal plisse les yeux, écœurée par ces paroles. Est-ce ainsi que les dirigeants voient le peuple qui les place sur le trône ?

Moctezuma.

L'exubérance de la parure et la lourdeur du protocole qu'il impose à sa cour ne sont-ils qu'un simulacre de grandeur imposé par un homme doutant de lui-même ?

Elle songe à Vent de la forêt, qui semble différent de tout cela. Ses pensées la conduisent aux informations demandées par Eau vénérable : objectif, nombre, pays d'origine, dirigeant et posture des Aztèques à leur égard.

Elle en sait plus qu'il n'en faut au cas où les choses tourneraient mal.

— À présent, laissez-nous et allez vous préparer, ordonne l'Orateur Vénéré avant de se tourner vers Ahuizotl. Il ne reste plus beaucoup de temps avant la partie, et il nous faut nous entretenir avec notre cousin, qui doit comprendre qu'il ne restera pas Calpixque très longtemps encore s'il réitère ses demandes de baisse d'impôts et si le tribut lui échappe une seconde fois. Vérifions les comptes de Teotitlan et établissons la liste des produits nécessaires pour l'année à venir.

— Bien, Seigneur, répond Ahuizotl, que la perspective ne semble nullement enchanter.

Ameyal referme la languette et vérifie que personne ne se trouve aux alentours avant de sortir de l'alcove. Elle s'empresse de regagner sa chambre, où l'attend Cinteotl, profitant de la moindre pièce vide pour chasser de ses poumons la poussière irritante qui s'y est accumulée.

— As-tu accompli ce que je t'ai demandé ?

— Tout a été fait selon vos ordres, Maîtresse. Camapantli n'a pu résister au défi d'Ahualli, qui est actuellement en train de jouer au patolli avec lui.

— Et le passage menant au souterrain ?

— Il a été muré… mais j'ai pris sur moi d'y aménager un passage pour deux, explique l'esclave personnelle en désignant son monstrueux poing.

— Très bien. Trouve-moi un assortiment d'écriture.

L'esclave personnelle disparaît un instant et revient les bras chargés de papier, de couleurs, de plumes et de pinceaux.

— Dès que la partie de patolli sera terminée, tu feras venir Camapantli dans le souterrain du palais. Puis tu viendras me chercher.

L'esclave personnelle hoche la tête. Ameyal saisit une plume, la trempe dans le rouge et commence à dessiner le message qu'elle destine à Cihuacoatl.

Elle va tracer les grandes lignes de ce qu'elle a appris, en omettant certaines informations cruciales.

Les Aztèques ne comptent pas se déployer sur la côte entourant Teotitlan.

Ils vont rester à distance, bien au chaud à Tenochtitlan, à attendre…

3.

— Bonjour, Camapantli.

Le joueur de balle lève ses yeux rougis vers Ameyal, surpris.

— Regard de jade ?

La torche glisse de sa main, mais il a le réflexe de la rattraper avant qu'elle ne touche le sol. Tandis qu'il la relève, la flamme projette son ombre tremblante sur le plafond de pierre. Il ne devait pas s'attendre à ce que la favorite en personne lui donne rendez-vous en ce lieu. Il recule, hésitant.

— Si l'on me voit ici…

Ameyal l'arrête d'un signe de main.

— Il n'y a aucun danger, Camapantli. Le Maître est occupé à discuter dans la salle du trône, et Cipetl est en train de vérifier nos fauteuils. Nous avons un peu de temps devant nous, mais il te faut me promettre que jamais tu ne parleras de cette entrevue.

Camapantli la dévisage, puis hoche la tête avec empressement.

— Vous avez ma parole.

Il jette un œil au souterrain sombre et voûté qui se creuse autour d'eux. D'un côté, un escalier menant à la remise du palais d'Axayacatl. De l'autre, un couloir poussiéreux qui se perd dans la nuit, égrené d'ouvertures donnant sur des alcôves qui rappellent à Ameyal les cellules de Celles que l'on a oubliées. Un grand nombre d'objets émergent du sol terreux : fragments de poteries de terre cuite, lames tordues, jouets de bois… Elle repense à ce que lui confiait Ahuizotl à propos de son enfance. Les objets que Moctezuma, Cuauhtemoc et lui ont dérobés aux temples sont-ils toujours enterrés ici ?

— Pourquoi m'avez-vous fait mander, Regard de jade ?

La jeune femme contemple le corps ferme, souple et musclé du champion de tlachtli. Ses tempes humides trahissent la profonde agitation qui l'accable. Des cicatrices, au niveau des oreilles, des sourcils, du nez et des lèvres, confirment ce que lui a confié Cintetol au sujet de sa ferveur religieuse et sa propension à l'autosacrifice.

— Quelles étaient tes ambitions en venant ici, Camapantli ?

— Remporter la partie de tlachtli, bien sûr.

— Et quelles sont tes chances d'y parvenir ?

— Plutôt faibles. Tenochtitlan est invaincue depuis…

— Depuis un faisceau d'années. Je sais. Dis-moi la vérité : la victoire est-elle réellement importante pour toi ?

Camapantli fronce les yeux, se demandant sans doute où elle veut en venir.

— La seule chose réellement importante à mes yeux est ma famille.

Est-elle réellement plus importante que ton ambition ?

Elle fait quelques pas devant lui, puis poursuit.

— Quelle place vises-tu, une fois que tu seras trop âgé pour continuer de jouer ?

Il ne paraît pas comprendre la question.

— Je ne sais pas. Celle d'organisateur de jeux, peut-être…

Évidemment.

— Comment crois-tu qu'Ahuizotl va réagir, si tu ne lui offres pas la victoire ?

— Ahuizotl a toujours été réaliste. Je ne pense pas qu'il s'attende à ce que l'on gagne. Mais s'il sent que nous ne nous battons pas…

— Penses-tu qu'il punira ton équipe ? Qu'il te punira, toi ?

Camapantli hoche la tête :

— Cela ne fait aucun doute.

— Mais il y a des lois. Il ne pourra te condamner à mort.

— Heureusement… note Camapantli, songeur. Les hommes ont beau élaborer des tactiques, adopter des stratégies, à la fin, les dieux seuls décident de l'issue d'une partie de jeu de balle.

— C'est exactement ce que je voulais entendre. Je te remercie pour ton honnêteté, Camapantli.

Elle jette un œil vers l'escalier menant au palais, et à celui menant au jardin. Toujours personne. Elle s'approche et glisse dans un souffle.

— Cinteotl m'a confié ce qui t'est arrivé, Camapantli. Elle m'a dit que tu as joué au patolli, et que tu as perdu. Je suis vraiment navrée pour toi.

Le joueur tressaille. Il ne devait pas s'attendre à ce que les nouvelles aillent si vite, et ne sait que répondre.

— Je sais que tu dois une somme d'argent à un certain Illhuitl. Une somme si importante que tu vas devoir te vendre comme esclave à ton créancier après la partie de balle…

Camapantli baisse les yeux, honteux.

— Cinteotl vous a tout dit.

— Cinteotl est à la fois mes yeux et mes oreilles. Si tu deviens l'esclave d'Illhuitl, tu devras rester à Tenochtitlan, ce qui signifie que tu ne reverras jamais ta famille, qui est pourtant, d'après ce que tu viens de dire, la chose la plus importante à tes yeux.

— Je rachèterai ma liberté, répond-il, résolu.

— Crois-tu que ta vie sera assez longue pour cela ?

Il serre le poing, avant qu'un sanglot rauque ne lui déchire la gorge. Il n'en fallait pas moins pour le faire plier. Il se reprend, honteux, puis scrute Ameyal sans paraître comprendre où elle veut en venir.

— Que voulez-vous de moi exactement ?

— Tu es un excellent joueur, Camapantli. Le plus grand joueur de tous les temps.

— Je ne pense pas…

— Le seul qui ait réussi à mettre la balle dans le tlachtemalacatl, l'anneau vertical du camp adverse…

— C'était il y a bien longtemps, répond-il, flatté.

— J'aimerais pouvoir t'aider, évidemment…

Les yeux de Camapantli s'emplissent d'espoir, puis de larmes à nouveau. Il doit se dire qu'elle ne peut rien pour lui. Elle fait quelques pas devant lui, de manière à laisser son parfum se répandre dans l'atmosphère.

Elle sait l'impact que cela a sur les hommes.

— J'aimerais pouvoir faire gagner Teotitlan…

— Même si nous gagnons, je ne pourrai rembourser ma dette.

— Si seulement le Serpent précieux pouvait intervenir… nous souffler une solution !

Elle s'arrête, tourne ses yeux vers lui, comme si elle venait de saisir une idée au vol, et le surprend les yeux baissés. Il n'a pas pu résister à la tentation de la contempler.

— Tu as bien dit que tu ne pourrais rembourser ta dette si tu gagnais ?

— C'est ce que j'ai dit.

La partie la plus délicate de la négociation est arrivée. Il va falloir suggérer plutôt que proposer. Elle reprend.

— Imaginons, et ce n'est qu'une hypothèse, que tu t'arranges pour que Teotitlan perde…

Il plisse les yeux, la fixe un moment, méfiant.

— Mes joueurs comptent sur moi. Je ne peux ni ne veux faire perdre mon équipe.

— Tu préfères ne plus revoir les tiens.

— Mieux vaut l'esclavage que le déshonneur, répond-il, hésitant.

— Quel déshonneur, dans la mesure où seuls toi, Cinteotl et moi savons, et que nous garderons le silence sur cette affaire ?

Camapantli ne répond pas. Il est encore solide. Il n'a pas encore vacillé. Ameyal repense à ce que lui a confié son esclave personnelle concernant la trahison de son père. Elle poursuit.

— As-tu entendu parler de Vent de la forêt ?

— Ehecatl ? Bien sûr.

— Que fera ta famille si Teotitlan change de dirigeant ? Si chaque chose est remise en question ?

— Ehecatl vit depuis des années dans la forêt. Fera-t-il un jour ce qu'il promet ? Parviendra-t-il un jour à ses fins ?

Elle sourit d'un air confiant.

— As-tu déjà oublié qu'il a volé le tribut destiné à l'Orateur Vénéré ? Que crois-tu qu'il va en faire ?

Camapantli reste pensif. À son attitude, elle se dit qu'il a compris la menace qui plane sur lui.

— Lorsqu'on se retrouve dans une impasse, reprend-elle, deux solutions s'offrent à nous. Nous pouvons rester coincés et nous laisser mourir. Ou nous pouvons changer de point de vue. Tourner autour du problème, l'examiner sous une autre perspective. Une solution peut alors apparaître.

Elle laisse passer un silence de manière à ménager son effet.

— Imaginons donc que Teotitlan perde. D'après ce que tu m'as dit, Il serait plus aisé de perdre que de gagner.

— En effet, répond-il d'une voix sèche.

— Imaginons que j'aie placé, sur cette défaite, des sommes suffisamment importantes pour gagner de quoi racheter ta liberté, une fois mes sommes et un heureux bénéfice récupérés.

Il plisse les yeux, extrêmement attentif à ce qui l'attend.

— Ce serait une perte pour Teotitlan, évidemment. Une grosse perte qui me fendrait le cœur autant qu'à toi…

— C'est vrai.

— Mais nous obtiendrions tous deux ce que nous désirons !

Il la fixe, totalement incrédule.

— L'argent vous importe-t-il plus que la victoire ?

— Si cela peut aider un homme dans ta situation, oui. Qu'y a-t-il de plus important qu'un père pour ses enfants ?

Il passe une main sur son front recouvert de sueur.

— Êtes-vous en train de me dire que vous pouvez racheter ma liberté si je fais perdre mon équipe ?

— Plus bas, fait-elle en scrutant le souterrain toujours vide. Je préfère l'expression : « faire gagner l'équipe adverse », mais oui, c'est exactement cela.

Il passe la main dans ses cheveux trempés. Elle marque un silence pour lui permettre de prendre toute la mesure de sa proposition, puis tend la main en avant, lui dévoilant une émeraude.

— Je peux rembourser ta dette et te permettre de garder ta liberté, confie-t-elle d'une voix douce, si tu t'accommodes de cette petite défaite.

Ses yeux s'écarquillent.

— Petite défaite ? balbutie-t-il. Je… Nous sommes à Tenochtitlan !

— Il y aura d'autres occasions, non ?

Il porte ses mains à ses yeux, pensif. Il ne fait aucun doute qu'un grand conflit fait rage en lui. Lorsqu'il retire ses mains, Ameyal peut constater qu'il a encore pleuré. Malgré tout, il ne semble toujours pas décidé.

— Quelles sont les chances que tu revoies tes enfants ?

— Aucune.

— Aucune, répète-t-elle pour appuyer sur l'inéluctabilité de la situation. Et quelles sont les chances qu'ils ne soient pas bannis, ainsi que ta femme, si Vent de la forêt utilise l'argent du tribut volé pour reprendre la ville ?

Ces questions semblent le heurter de plein fouet. Son visage s'affaisse.

— Je n'aurais pas dû… soupire-t-il. Je n'aurais pas dû jouer.

— Il est trop tard pour les regrets. Je te laisse donc à ton sort, dit-elle en se détournant. Je ne peux pas me permettre qu'on nous surprenne ici.

— Attendez !

Il la rattrape par la main, puis la lâche, comme s'il s'était brûlé, avant d'éclater en sanglots étouffés. Elle lui adresse un regard agacé, sans dissimuler son impatience. Il lui faut emmener Camapantli à faire ce qu'elle désire.

— C'est difficile. Je sais. Mais tu as fait ton choix.

Elle s'approche de lui pour lui laisser entrevoir sa nuque, la naissance de sa poitrine. L'athlète recule légèrement le visage, impressionné et apeuré, mais elle ne le laisse pas lui échapper. Elle plonge ses yeux verts dans les siens.

— C'est tout à ton honneur.

— Mais… pourquoi ? Pourquoi cette aide ?

— Pourquoi ? répète-t-elle en promenant son regard sur lui. Parce que j'ai été esclave, moi aussi. J'ai été arraché à mon village et aux miens. Je sais ce que représente une telle déchirure. Pourquoi ne pas épargner cette souffrance à un homme si j'en ai les moyens ? Un homme de ta qualité, de surcroît ?

Après quelques secondes de silence, l'étonnement de Camapantli laisse place à l'admiration. Leurs visages, leurs lèvres sont toutes proches. Elle pourrait presque l'embrasser. Il la désire. Elle le sent.

Il a fini par oublier sa famille.

— Sommes-nous d'accord ? murmure-t-elle sans cesser de l'observer.

Il hoche la tête, les lèvres tremblantes.

Il ne faut pas laisser passer une seconde. Une victoire de cette sorte n'est jamais vraiment acquise. Elle doit se consolider.

— Dis-le, fait-elle d'une voix autoritaire. Je veux te l'entendre dire.

— Je vais m'arranger pour que Teotitlan perde la partie, répond-il d'une voix brisée.

C'est dit, et Camapantli est un homme de parole. Elle peut s'éloigner de lui.

— Dernière chose, Camapantli. Dans le feu de l'action, il est possible que ta passion du jeu prenne le dessus et te fasse oublier notre entrevue, prévient-elle. Si tel est le cas, je ne pourrai rien faire pour toi. L'émeraude que je te destine ira à mon adversaire de pari.

— Je saurai m'en souvenir. Merci… merci, Regard de jade !

Il parle avec émotion et empressement. Ameyal obtient la confirmation de sa victoire en voyant percer, à travers les larmes de Camapantli, un sourire chargé d'espoir.

4.

Satisfaite de son échange avec Camapantli, Ameyal a regagné la chambre qu'elle occupe au palais d'Axayacatl et s'est préparée pour la cérémonie à venir.

Il lui faut briller du plus bel éclat. Éclipser les autres femmes comme la lune les étoiles.

Il faut que Moctezuma soit prêt à tout pour la garder près de lui.

Après s'être baignée dans un bain de vapeur d'eucalyptus, s'être fait masser par Subtile et parfumer par Raffinée, Ameyal a revêtu une jupe et un corsage de la couleur rouge vif de la fleur d'hibiscus. Elle se différenciera, de cette manière, de la plupart des femmes qui suivront la mode actuelle, qui est au bleu azur. Entièrement brodé de fils d'or et finement ajouré, cet ensemble, en plus de rehausser ses yeux verts, laisse deviner ses formes lorsqu'elle se trouve à contre-jour, et elle sait que cela aguichera les regards plus encore que si elle était nue.

Elle attache trois plumes de quetzal à la longue chevelure brune qui vole autour d'elle lorsqu'elle se déplace, et se regarde dans le miroir tezcatl. Le résultat est conforme à ce qu'elle espérait. Il est vrai que d'ordinaire, le quetzal est réservé à l'Orateur Vénéré, mais c'est justement la raison pour laquelle elle les a choisies. Ces plumes seront à lui lorsqu'elle sera à lui.

Un bruit lui fait tourner la tête vers l'entrée. Cinteotl s'approche d'elle, l'air anxieux.

— Qu'y a-t-il ?

— Un messager est venu me trouver, répond l'esclave personnelle d'une voix tremblante. Patitl cherche à vous voir.

— Comment cela ?

— Si vous voulez bien me suivre, Maîtresse.

Cinteotl saisit le miroir et invite la jeune favorite à la suivre en direction du salon.

— L'organisateur de jeux a prévu de se rendre sous les fenêtres du salon.

— A-t-il expliqué le motif de cette prise de risque ?

— Non, Maîtresse.

Ameyal tressaille. Qu'est-ce que cela signifie ? Patitl a refusé sa proposition. Il l'a éconduite à plusieurs reprises. Cherche-t-il à lui jouer un mauvais tour ?

— Laisse-moi seule.

En proie aux doutes, Ameyal s'assied sur la chaise placée par Cinteotl dos à la fenêtre. Elle fixe le reflet de la rue dans un miroir que l'esclave a soigneusement placé à cet effet sur un meuble de bois, et attend, le cœur battant, que l'énergumène se manifeste. Deux menaces, en plus de l'incertitude liée à la partie du jeu de balle, planent désormais sur elle : Patitl, avec cette requête surprenante, et Ahuizotl, qui peut rentrer à tout moment. La négociation du Maître avec Moctezuma ne va sans doute pas s'éterniser. Il va lui falloir se préparer et revenir la chercher. L'endroit où elle se trouve, néanmoins, lui offre la possibilité de le voir entrer et se lever pour l'accueillir, avant de l'éloigner de la fenêtre.

Ameyal jette un nouveau regard vers l'extérieur, où la foule se densifie à l'approche de la partie à venir, menaçant de rendre difficile son échange avec Patitl. D'un autre côté, l'excitation de la populace leur offre l'anonymat dont ils ont besoin.

Elle essuie ses mains moites sur son giron.

— Es-tu là ? demande soudain une voix à peine audible.

Elle se force à ne pas se retourner.

— Je vous écoute, répond-elle. Pourquoi souhaitiez-vous me parler ?

— Je souhaite m'assurer que tu ne feras rien pour entraver la victoire de Tenochtitlan, répond Patitl.

Un soulagement gagne Ameyal, qui repense à son entrevue avec Camapantli. Elle garde encore une certaine méfiance malgré tout. Est-il seulement question de cela ?

— Je vous en donne la garantie, répond-elle.

— Laquelle ?

— Celle du capitaine de notre équipe.

— Très bien.

Un silence s'établit entre eux, peuplé de doutes et perturbé par les conversations et autres cris environnants.

— Sera-ce tout ? demande la jeune femme.

La réponse qui cingle lui fait rater un battement de cœur.

— Non. On m'a dit que tu avais vu Moctezuma.

— En effet, répond Ameyal, le ventre serré.

Comment Patitl sait-il cela ? Le Femme-Serpent lui aurait-il parlé ? L'un des conseillers ? Un espion ?

— On m'a dit que tu lui as proposé un pari qu'il a accepté.

Elle sent un frisson la parcourir. Elle n'aurait pas dû aller voir Patitl. Elle n'aurait pas dû se dévoiler ainsi. Désormais, sa conduite risque de se retourner contre elle.

— On m'a tout dit, ajoute, dans un murmure doucereux, l'organisateur des jeux. Je savais, de par ton histoire, que tu es opportuniste et audacieuse, et je me doutais bien que tu étais cachottière…

Ameyal jette un œil vers l'entrée, à travers laquelle elle vient de percevoir un bruit étouffé. S'agit-il d'Ahuizotl, qui serait de retour ? Elle se sent de plus en plus oppressée.

— J'ai appris la déconvenue qui est arrivée à votre meilleur joueur, poursuit Patitl d'une voix traînante. C'est très regrettable.

— Ce qui est regrettable pour certains est souhaitable pour d'autres.

— Je sais, je sais… J'avais remarqué la manière dont tu avais observé Ahuilli lors du banquet donné par l'Orateur Vénéré. J'avais entendu ce qu'ont confié ces imbéciles de pochtecas à son propos…

Une vague glacée traverse Ameyal malgré la chaleur ambiante. Inutile de se demander ce que cherche à lui dire Patitl. Il a tout deviné. Il sait tout, et il va vouloir tirer profit de tout cela à ses dépens.

Voilà ce que c'est de jouer dans la cour des grands.

— Que voulez-vous exactement ?

— D'abord te rassurer. Je ne suis pas opposé à ce que tu intègres le harem de Moctezuma. Les excès, la débauche et la perversion qui s'y trament ne m'intéressent pas le moins du monde.

Et pour cause…

— Mais mon avenir me préoccupe. Comme tu l'as fait remarquer, les temps sont durs pour moi aussi…

Évidemment, songe Ameyal.

Un maquauitl manié avec imprécision peut se retourner contre son détenteur. On l'avait prévenue contre l'organisateur des jeux. On lui avait fait comprendre qu'il trahirait son tonalli pour de l'argent, contrairement à ce qu'il tente de faire croire à tous. Elle voudrait parler, argumenter, hurler, combattre, mais il la tient dans ses mains. Il lui faut attendre qu'il se dévoile entièrement.

— Il me faudrait des renseignements sur les joueurs. Leurs failles…

— Coyotl a un genou défectueux. La sœur de Miztli est devenue maatitl suite à son départ de son village. Voilà ce que pourront utiliser vos joueurs pour amoindrir et désarçonner l'équipe.

— Merci pour ces cruciaux renseignements.

Ameyal garde le silence et attend. Ces renseignements seront-ils suffisants ? Elle en doute.

— J'ai encore une requête.

— Laquelle ?

— Si tu pouvais t'arranger pour que le score…

— Quel score désirez-vous ? interrompt la jeune femme, soucieuse d'en finir avant qu'Ahuizotl ne la rejoigne.

— Je veux un score de vingt et un à sept. Pas plus, pas moins.

Ameyal déglutit.

— Teotitlan, en plus de perdre, serait la risée du Monde Unique…

— C'est exactement ce que je veux. Cela rabattra le caquet de ton Maître, ce qui ne sera certainement pas pour te déplaire. Je me trompe ?

La jeune femme ne répond pas. Elle vient de percevoir des bruits de pas rapides. Ahuizotl entre, la fixe avec étonnement. Elle bondit hors de la chaise :

— Cette attente est une véritable torture, Maître. Allons-nous enfin nous rendre sur le terrain ?

Elle s'approche de lui, tourne sur elle-même pour détourner son attention de la fenêtre entrouverte.

— Magnifique ! s'exclame-t-il.

Elle se pare de son plus beau sourire, et déclare, d'une voix chantante.

— Il a été fait selon vos désirs, et il sera fait selon eux également. Le passé, le présent et l'avenir sont tous trois vôtres, Maître.

Ahuizotl la saisit dans ses bras, l'embrasse, la fait tourner autour de lui.

— Et tu voudrais que je t'abandonne ici… déclare-t-il.

Elle jette un œil à la fenêtre tandis qu'il l'étreint. Patitl a disparu. Elle espère qu'il a compris qu'elle s'adressait à lui, non au Maître. Il va lui falloir convoquer Cinteotl, faire passer le message à Camapantli.

Et prier le Serpent précieux pour qu'il lui accorde son aide.

5.

Assise sur un siège confortable disposé sur les gradins de pierre, Ameyal contemple les deux équipes qui s'échauffent dans le soleil de l'après-midi, le corps luisant déjà de sueur, sur le terrain de tlachtli. Elle sent, sous son corsage, le contact des deux émeraudes du trésor d'Ilhuitl. L'une d'elles a été promise à Camapantli, et elle ne pourra revenir sur sa promesse si elle ne veut pas que le joueur dévoile ses agissements.

Le dernier joyau lui servira à nouer des alliances au sein du harem de Moctezuma.

Il lui faut viser haut, et fort. Il faut que sa vengeance la fasse monter aussi haut que l'Orateur Vénéré descendra bas dans l'enfer de Mictlan.

La cérémonie d'ouverture, à laquelle elle a assisté dans une chaise à porteurs en compagnie d'Ahuizotl, consistait en un défilé solennel à travers la ville jusqu'au lieu du jeu. Le défilé mettait en scène les fils de la noblesse aztèque, qui arrivaient en premier, accompagnés de porteurs de bannières annonçant au public leurs noms et leurs rangs, et suivis de leurs précepteurs et prêtres du calmecac. Venaient ensuite les athlètes, entourés d'enfants jouant avec de petites balles d'olli, de danseurs costumés, casqués de plumes, se balançant ou exécutant des danses burlesques accompagnées de gestes étranges. Tous rythmaient leurs pas sur la cadence des musiciens défilant derrière eux et jouant dans des flûtes, des conques, et tapant sur des tambours de peau. Puis suivaient des porteurs de parfums et d'encens, de corbeilles de fleurs parfumées et colorées, d'offrandes d'argent et d'or destinées aux divinités, ainsi que des porteurs d'images et de statues de dieux ou de personnes divinisées. Les chefs de quartiers et les magistrats fermaient la procession, accompagnés des prêtres chargés des sacrifices, leurs assistants, ainsi que des représentants de divers temples secondaires.

À présent, tous fixent le prêtre qui a revêtu la parure de plumes d'Huitzilopochtli, et qui balance autour de lui un encensoir fumant sans cesser de psalmodier, la voix couverte par les conversations et la clameur du public.

Tout n'est qu'excitation, fébrilité, passion confinant à la frénésie. Le Monde Unique semble tout entier réuni autour du tlachco. Ameyal saisit la main d'Ahuizotl et se penche à son oreille.

— N'ayez crainte, Maître. J'ai fait adresser les plus belles offrandes à Huitzilopochtli. Nous ne pouvons perdre.

— Que le guerrier ressuscité t'entende, soupire le Maître d'un air sombre.

Mais elle comprend, au regard qu'il lui lance, qu'il se sent toujours trahi et abandonné par elle.

— Comment s'est passée la vérification des comptes de Teotilan ?

— Il a trouvé à redire, comme à son habitude. Il lui faut plus. Toujours plus. Ses attentes en matière de tribut ne pourront jamais être atteintes… J'ai eu beau lui expliquer que l'enclave se trouve au bord de la révolte, rien n'y a fait.

Voilà qui satisfera Vent de la forêt…

Ameyal reporte son attention sur le tlachco en se disant que si tout se passe comme prévu, Vent de la forêt, Ahuizotl et Teotitlan ne seront bientôt plus qu'un lointain souvenir.

Un rêve évaporé dans la nuit comme un brouillard de sang.

De chaque côté du terrain, les gradins sont occupés par les nobles les plus éminents de Tenochtitlan. Au centre de la terrasse principale se dresse le dais doré de l'Orateur Vénéré des Aztèques, entouré de son second prêtre principal, celui de Tlaloc, de son Femme-Serpent ainsi que du Conseil et des princes et personnalités en vogue du moment. D'autres nobles scrutent le terrain depuis les échafaudages de bois qui coiffent les temples du centre religieux. À l'extérieur du terrain s'est amassée une foule compacte, composée de nobles et gens du peuple écrasés les uns contre les autres comme des chiens dans une cage. Même si très peu d'entre eux peuvent espérer apercevoir quelque chose, ils reprennent les clameurs des spectateurs plus favorisés placés près du terrain, les interprétant comme ils le peuvent. De par les liens qui l'unissent à Moctezuma, Ahuizotl s'est vu attribuer une place de choix, en hauteur, et Ameyal a conscience qu'elle est de loin le plus humble personnage de l'auguste assemblée réunie autour d'elle.

Une clameur retentit tandis que les six joueurs de Tenochtitlan lèvent le bras et saluent la foule, le colosse leur servant de capitaine en tête de cortège. Ils ont le visage peint en jaune, tandis que leurs adversaires ont le visage peint en violet. Comme le lui avait expliqué le guide, tous ont le haut du crâne protégé par un bandeau de cuir matelassé, de grosses pièces de cuir aux coudes et aux genoux et un pagne rembourré surmonté d'une large ceinture de cuir rembourrée.

Le prêtre d'Huitzilopochtli marmonne encore une longue prière à son dieu, suivie d'invocations interminables, avant de s'écrier, les bras tendus en l'air :

— Je déclare la partie de tlachtli ouverte ! Vous avez trois manches pour remporter les vingt et un points. La partie se terminera à la fin de la troisième manche si personne n'y parvient, et en ce cas, l'équipe ayant le plus de points gagnera. Qu'Huitzilopochtli soit avec vous !

Une immense clameur répond à cette déclaration, et Ameyal, en tournant les yeux, s'aperçoit que le public s'est également réuni sur toutes les terrasses de toutes les habitations de la ville, sur les bateaux, les ponts, et même en bordure de l'immense lac éclatant.

Une sensation de pouvoir gonfle sa poitrine à l'idée qu'elle fait désormais partie du cercle proche de Moctezuma, et qu'elle va avoir de l'influence sur ce jeu décisif.

Tandis que le silence se fait, le prêtre lance la balle en l'air et quitte le terrain avec un empressement confinant à la terreur. Bien lui en a pris, car Chicahuac, d'un coup d'épaule, envoie Camapantli rouler au sol, déchaînant les rires parmi les siens. Il lance la balle dans le terrain adverse, et l'un de ses équipiers, aussi vite qu'un lièvre, le récupère et l'envoie droit dans sur le genou de Coyotl, qui ne peut l'éviter. La balle rebondit et Coyotl tombe à terre, terrassé.

Lorsque le joueur est évacué, hurlant de douleur et de désespoir, Tenochtitlan se retrouve à six contre cinq.

Il ne s'est pas passé une minute.

Au regard que lui adresse Patitl durant cet intermède, Ameyal comprend qu'il compte utiliser tout ce qui est en son pouvoir pour atteindre le score qu'il s'est fixé.

Remise en jeu. Les joueurs de Tenochtitlan se saisissent une nouvelle fois de l'olli sous les vivats du public. Ils sautent, courent, flottent, glissent en l'air, gardant toujours la balle dans leur camp. Hormis Camapantli, qui, en dépit de sa combativité, manque immanquablement ses attaques, leurs adversaires ne semblent pas faire le poids. Leurs torses luisants semblent s'essouffler tandis que les points leur échappent. Ils ne sont jamais assez rapides pour intercepter la balle, jamais assez bien placés pour la renvoyer comme il le faudrait.

Lorsque l'un d'entre eux reçoit l'olli sur une partie interdite, un nouveau point est donné à l'équipe locale, faisant grimper le score à sept à zéro.

— Je ne pensais pas nos adversaires si bien entraînés, soupire Ahuizotl en jetant un œil à Patitl qui, le cou tendu en avant, debout sur le côté du terrain, semble vouloir diriger l'olli du regard.

En effet, quelle que soit la position de la balle, l'équipe locale se trouve toujours où il faut pour la frapper du coude, du genou, de la hanche ou du postérieur, et les points s'additionnent pour le plus grand bonheur du public qui ovationne ses héros. Miztli parvient à marquer un point un peu avant la fin de la première manche, mais à partir du moment où un adversaire s'approche de lui, lui glissant quelque chose à l'oreille, Miztli tente de le frapper, est séparé de lui et ne s'avère plus bon à rien. L'adversaire lui a sans doute rappelé ce que sa sœur est devenue depuis qu'il a quitté son village pour tenter sa chance à Teotitlan. Peut-être lui a-t-il confié qu'il avait eu l'occasion de jouer lui-même avec son tipili immensément agrandi...

Lorsque la balle est remise en jeu et qu'un autre joueur jaune, c'est-à-dire de Tenochtitlan, s'en empare, Ahuizotl gronde de colère. Un coup de pied adroit envoie la balle vers le terrain de Tenochtitlan, mais elle ne l'atteint qu'après le gong annonçant la fin de la manche.

Ahuizotl frappe du poing sur le banc tandis que les favoris quittent le terrain pour se repaître de fruits et boire à des jarres que de magnifiques esclaves leur apportent en chantant. Ameyal, qui se lève pour les observer, remarque les nombreuses ecchymoses qui jonchent leurs corps trempés. Les joueurs de Teotitlan ne sont pas en meilleur état, malgré leur absence de résultats. Camapantli n'a jamais eu l'air si abattu. Ameyal le sent torturé, mais elle reste confiante. Elle a vu, dans le regard de Camapantli, l'amour qu'il voue à ses fils et à sa femme, et elle le pense bien incapable de revenir sur sa promesse.

Alors qu'un ticitl**38**, à l'aide d'épines et de pipettes de roseaux, soulage certains joueurs en vidant le sang noir de leurs meurtrissures boursouflées, des regards condescendants se tournent vers Ahuizotl.

— Dix à un, maugrée le Maître en se laissant choir sur son siège. S'ils ne se ressaisissent pas dans la deuxième manche, la partie sera perdue.

---

38 Médecin aztèque.

— J'espère de tout mon être qu'ils se ressaisiront, fait Ameyal en plissant le front.

Tout son corps tremble. Elle s'est maquillée de manière à cacher ses blessures et paraître plus pâle que de coutume, mais elle jubile intérieurement.

L'équipe de Moctezuma ayant gagné la première manche, c'est à elle de remettre la balle en jeu en la lançant en l'air. Les joueurs jaunes la font alors rebondir entre eux comme un oiseau sombre malgré son poids important, sous les yeux admiratifs et les cris fanatiques du public. Des odeurs d'épices et de tamales grillées montent jusqu'à Ameyal. Au-dehors, les vendeurs ambulants de nourriture s'en donnent à cœur joie.

Douze à un.

Plus que neuf petits points d'un côté, et six de l'autre, se dit Ameyal en portant ses mains à ses yeux pour faire croire que ses larmes de joie sont des larmes de tristesse.

Un nouveau cri de victoire retentit, et tous les spectateurs se lèvent pour mieux voir. La balle a effleuré l'anneau de pierre du mur nord, avant de rebondir, d'être récupérée par les joueurs de Tenochtitlan et de tomber aux mains de Teotitlan. Des cris de déception secouent les gradins tandis que l'équipe de Moctezuma se précipite sur ses adversaires, reprenant la balle à son compte et marquant plusieurs points sans interruption.

Quinze à un.

L'air vibre, les rayons de soleil rebondissent de toutes parts comme pour marquer la joie de Tonatiuh. L'excitation et la joie sont de plus en plus palpables. L'Orateur Vénéré sourit à pleines dents, tandis que le prêtre de Tlaloc, debout à ses côtés, agite les bras au ciel et crie à tue-tête, en plein délire. Ameyal entend prononcer le nom du dieu de la pluie, mais le vacarme destiné à célébrer Huitzilopochtli couvre son nom. Quatre nouveaux points sont marqués par Teotilan, qui semble se ressaisir. Ameyal frissonne, assaillie de doutes et d'incertitudes, mais les points ne viennent jamais de Camapantli, ce qui est toujours bon signe.

Quinze à cinq. L'équipe jaune semble avoir repris la main sur le jeu, mais alors qu'un sixième point allait être marqué, Camapantli effleure la balle avec le pied et s'effondre dans un cri.

La partie s'interrompt d'un coup. Un cercle se forme autour de lui, laissant bientôt place au ticitl, obligé de retirer son encombrante parure de plumes pour examiner l'athlète.

— Blessure ! déclare-t-il en désignant le pied du joueur. Camapantli doit sortir du terrain !

— Je vais leur parler ! lance Ahuizotl d'une voix caverneuse.

Il se lève d'un coup, affreusement mécontent, invective le ticitl, l'accuse de corruption, mais rien n'y fait. Des nobles le traitent de mauvais perdant et l'invitent à se rasseoir. Il s'exécute, bouillonnant de rage. Des huées retentissent tandis que Camapantli clopine vers la sortie du terrain et retire certaines de ses protections.

L'équipe de Teotitlan, désormais sans son capitaine et réduite à seulement quatre joueurs, n'a plus la moindre chance de remonter le score. Ameyal se félicite de cette stratégie mise au point par Camapantli pour sortir du terrain et faire ce qu'elle lui a demandé.

Le jeu reprend, la balle étant dans le camp de Moctezuma suite à la faute commise. Tandis qu'Ahuizotl mord les plis de son manteau, Ameyal suit l'olli des yeux avec intensité, essayant, à l'instar de Patitl, de favoriser l'équipe adverse à la seule force de son regard.

Bientôt, l'équipe locale remporte la seconde manche. Les spectateurs sautent de joie et hurlent.

— Vive notre Orateur Vénéré ! Vive Moctezuma ! Vive Patitl !

L'organisateur des jeux est au comble de la jubilation.

Ameyal perçoit des ricanements et moqueries envers Ahuizotl et elle, mais elle n'en a cure. Le score tend vers ce qui a été demandé. Il ne manque plus qu'une manche aux joueurs de Tenochtitlan pour remporter la partie, ce qui lui assurera la victoire à elle aussi. Elle dissimule sa joie en adoptant une expression horrifiée, sa seule crainte étant qu'Ahuizotl aille parler à ses joueurs comme annoncé précédemment pour tenter de les faire réagir.

— Quinze à cinq, fait le Maître, totalement abattu. À moins d'un miracle...

— Un miracle peut arriver si l'on y croit très fort, répond Ameyal en marmonnant une prière contraire au Serpent précieux.

Elle sera bientôt l'une des concubines de Moctezuma. Libre à elle, ensuite, de poursuivre son ascension. Elle éprouve une griserie qu'elle n'a jamais encore éprouvée.

Ahuizotl se lève alors, renversant la jeune femme en arrière.

— Je n'ai jamais cru aux miracles.

Il descend les marches à pas rapides en direction du terrain.

Une fois revenue de sa surprise, Ameyal descend les gradins à la suite du Maître, qui n'hésite pas à bousculer les nobles sur son passage. Une affreuse crainte s'empare d'elle. Lorsqu'elle parvient en bas, elle se retourne en sentant une main sur son épaule.

Cihuacoatl.

— Que veux-tu encore ? glisse-t-elle sans cesser d'avancer.

— Des rumeurs circulent sur toi depuis que tu as parlé à Patitl. Tu es menacée. Je ne pourrai assurer ta sécurité si tu abandonnes qui tu sais.

Ameyal ne peut contenir son agacement. Pourquoi Cihuacoatl l'interrompt-il chaque fois au pire moment ? Pour qui se prend-il pour la menacer ainsi, alors qu'elle est en vue de Moctezuma ? Que croient donc tous ces hommes ? Qu'elle va se plier à leurs décisions comme un roseau sous le vent ? Ahuizotl est un exploiteur, un esclavagiste éhonté. Vent de la forêt lui fait accomplir ses basses besognes pour l'oublier aussitôt après.

Il ne peut l'aider à assouvir une vengeance qu'elle ne peut différer.

Mais même si elle brûle de renvoyer Cihuacoatl, elle se souvient qu'elle n'est pas encore en position de le faire. La prudence est de mise. Il peut chercher à récupérer les pierres. La partie n'est pas encore gagnée.

— J'ai obtenu les renseignements désirés, Cihuacoatl, dit-elle en lui glissant le message qu'elle a dessiné dans sa main. Il y a déjà beaucoup de réponses, et je vais encore poser quelques questions.

Elle a évidemment choisi d'omettre les parties les plus importantes de ce qu'elle a entendu. Il lui faut toujours assurer son avenir.

Le lieutenant de Vent de la forêt reste figé d'étonnement.

— Merci, bredouille-t-il. Me voilà rassuré…

— Ce qui y est écrit est pourtant loin d'être rassurant.

Prenant congé de lui, elle rejoint le Maître et son équipe tandis que la foule continue d'acclamer les joueurs de Tenochtitlan, qui s'empiffrent de jus de fruits et de chocolat, n'hésitant pas à oublier leurs mains sur les ravissants corps des esclaves qui les servent, extatiques et certains de leur victoire à venir.

Ahuizotl chasse le ticitl et interpelle Camapantli d'une voix sévère.

— Que fais-tu, espèce de chien ?! Je ne t'ai jamais vu jouer aussi mal !

— Je fais tout mon possible, Excellence.

— Ton possible ? Mais tu n'as marqué aucun point ! Lève-toi. Mais lève-toi donc !

Le Maître saisit le joueur par le plastron et le force à se relever. Il le secoue à le désosser, et examine son pied, qui n'a pas la moindre égratignure.

— Quelque chose a dû se briser à l'intérieur, clame le joueur d'une voix incertaine.

— Ce que je vois, c'est que tu peux tenir debout ! J'espère que tu vas faire mieux, à présent, Camapantli. C'est dans ton intérêt, car si ce n'est pas le cas, je te ferai lapider dès notre retour !

— Mais…

— Je te ferai lapider. Je te le promets sur la tête d'Huitzilopochtli en personne ! poursuit Ahuizotl, écumant de colère. Qui pourrait m'en empêcher ?

Au regard de Capamantli, Ameyal comprend que le Maître a réussi à instaurer le doute en lui. Il est toujours préférable d'être rabaissé au rang d'esclave – statut duquel on peut parfois sortir – plutôt que lapidé, surtout pour un père de famille. L'athlète se tourne vers ses joueurs, encore hésitant sur ses paroles, mais le regard sans appel du Calpixque agit comme un ultime avertissement.

— Nous avons perdu les deux premières manches… commence-t-il au grand désespoir d'Ameyal. Mais nous n'avons pas encore perdu la partie. Seuls seize petits points nous séparent de la victoire. Tout peut encore se jouer dans la troisième manche.

— Que t'arrive-t-il ? observe l'un des joueurs ayant marqué. On dirait que tu n'es pas avec nous.

— Il *est* avec vous, gronde le Maître.

— Je suis avec vous, appuie Camapantli, le regard toujours fuyant.

Ameyal aimerait l'approcher, lui dire qu'elle pourra intercéder pour éviter qu'Ahuizotl ne mette sa menace à exécution s'il perd, mais la présence du Maître l'en empêche. Elle se sent soudain bousculée par un mouvement de foule. Une partie du public, au comble de la joie, est parvenue à pénétrer sur le terrain. Des gardes hurlent et tentent de les disperser.

En apercevant l'organisateur des jeux approcher, Ameyal sent ses espoirs revenir. Patitl fonce droit vers Ahuizotl.

— Hors de question que Camapantli revienne sur le terrain, Excellence.

— Ah oui ? répond Ahuizotl avec un regard de défi.

— En tant qu'organisateur des jeux, je suis seul juge de ce qui se passe sur ce terrain. C'est à moi de décider ce que font les joueurs.

— Et moi, je suis le cousin de l'Orateur Vénéré, répond Ahuizotl avec un regard meurtrier.

Patitl sourit d'un air faussement compréhensif.

— Je connais vos liens avec Moctezuma, Excellence, mais Camapantli a été blessé. Il est sorti, et il n'y a pas de retour en arrière possible.

— Est-ce écrit quelque part ?

— Je… euh… c'est ce que veulent les traditions, Excellence.

— Ces traditions sont désuètes, répond Ahuizotl en adressant à Ameyal un regard significatif. Il est temps d'en instaurer de nouvelles.

Patitl paraît fortement embarrassé. Il porte la main à son front, hésitant sur les suites à donner à la requête de son interlocuteur. Ameyal se fustige à l'idée que l'argument autrefois employé par elle ne se retourne contre elle.

— Préférez-vous laisser revenir Camapantli sur le terrain, insiste Ahuizotl, ou vous expliquer avec mon cousin ? Car je le ferai descendre sur le terrain, et vous ne resterez pas longtemps directeur, vous entendez ?!

Ahuizotl s'est mis à hurler. Patitl semble vaciller sous la menace.

— Il sera fait comme il vous plaira, finit-il par concéder.

— Je vous remercie, fait Ahuizotl non sans une certaine condescendance.

Ameyal reste sans voix. Comment l'organisateur des jeux a-t-il pu céder aussi facilement ? Est-il donc si lâche, en réalité ?

Alors que le Maître invective une nouvelle fois ses joueurs, Patitl l'attire à l'écart, profitant du chaos ambiant pour lui glisser quelques mots discrets sans se faire voir d'Ahuizotl. Il a repris un ton confiant. Camapantli, non loin, est occupé à remettre ses protections.

— Le score n'est pas celui que je t'ai demandé.

— Pourquoi avez-vous cédé devant Ahuizotl ?

— Cet homme est impulsif et violent. Je…

Il a eu peur. Évidemment.

Ameyal lui jette un regard méprisant.

— Il reste encore une manche. Et puis, ne pouvez-vous pas fausser le score, en tant que juge ? Ajouter ou retirer des points à l'une des équipes ?

— Au cas où tu ne l'aurais pas remarqué, plusieurs milliers de personnes ont les yeux braqués sur nous.

— Sans oublier les dieux.

Il serre les dents.

— Quel rôle joues-tu, au juste ?

— Le même que depuis le début.

— Pourquoi Camapantli a-t-il accepté de rejouer ?

— J'aurais voulu avoir l'occasion de l'en empêcher. Mais Ahuizotl l'a menacé de mort s'il ne rejoue pas.

L'organisateur des jeux paraît de plus en plus agité.

— Il faut que Camapantli pousse ses joueurs à marquer deux points de plus et à laisser monter Tenochtitlan à vingt et un.

— Je sais.

Mais comment y parvenir ? Cela lui paraît de plus en plus impossible.

— Ne laisse pas Ahuizotl influer sur l'issue du jeu, ou il t'en coûtera cher. Très cher.

— Vous vous sentez fort, lorsque vous menacez une femme. Mais lorsque vous vous trouvez devant un homme…

— Assez !

— Que comptez-vous faire si les choses ne se déroulent pas comme vous le souhaitez ?

— Je dirai que tu es venue me trouver. Que tu as cherché à truquer la partie. Toute mon équipe m'en est témoin !

— Quoi ?

Ameyal fixe l'organisateur des jeux, dont le visage rond, déformé par un rictus sinistre et apeuré, lui inspire de plus en plus d'horreur et de dégoût. Cet homme est encore plus fourbe, plus retors et dangereux que ce qu'elle pensait. Comment le faire taire ? Comment effacer du Monde Unique cette menace qui peut la conduire à la mort ?

Il ne lui reste qu'une chose à faire. Elle avait prévu de garder la dernière émeraude pour faciliter son arrivée au harem de Moctezuma, mais il faut à présent qu'elle s'en débarrasse.

Elle ouvre la paume de sa main, dévoilant à peine la pierre verte.

— Cette émeraude est à vous si vous me donnez la garantie de ne pas me dénoncer.

Patitl réfléchit un instant, aussi surpris que méfiant, puis semble retrouver un peu de calme. Il accepte la proposition d'un vague hochement de tête.

— Il me faut votre parole, si tant est qu'elle existe.

— Cette pierre rachètera mes dettes, balbutie-t-il sur un ton plus respectueux qu'à l'accoutumée.

— Même si Tenochtitlan perd ?

— Même si Tenochtitlan perd. On peut même oublier le score.

Elle le fixe un instant, espérant qu'il prenne toute la mesure de cette promesse.

— L'émeraude est vôtre, dit-elle le visage tremblant et les yeux rouges de rage. Mais je vous préviens : si vous me trahissez, je vous tuerai.

Elle comprend, au regard de Patitl, qu'il l'en devine capable.

Il ne lui reste plus qu'une émeraude, et elle l'a promise à Camapantli.

Sa richesse aura été de courte durée.

Le vacarme environnant s'apaise tandis qu'Ahuizotl regagne leur place, Ameyal sur les talons. Les onze joueurs se replacent face à face et l'équipe favorite remet la balle en jeu une fois le silence revenu. L'un d'entre eux la frappe du genou, la faisant rebondir sur l'un des murs, tandis qu'un autre joueur jaune se précipite à l'endroit où elle retombe. D'un coup de coude extrêmement précis, il la renvoie contre l'anneau de pierre, dans lequel elle entre à moitié sous les clameurs du public, avant de ricocher sur sa partie supérieure et de retomber à terre.

Manqué.

Ameyal croit sentir son cœur se déchirer.

L'équipe de Moctezuma tente de nouvelles tactiques tandis que Camapantli, sur le terrain, semble encore hésitant. Il est présent sans vraiment l'être. Ameyal se cramponne à l'espoir qu'il ne change pas d'avis malgré la menace proférée. Il connaît le caractère emporté d'Ahuizotl. Il sait que ses paroles peuvent très bien ne pas être mises à application. Et la troisième manche ne durera pas éternellement. Comment espérer rattraper leurs adversaires en si peu de temps ?

La jeune femme sent un froid la saisir en voyant Camapantli marquer un point timide, puis un autre.

Le voilà en train de la trahir.

— Sept à quinze, gronde Ahuizotl. Mais à ce rythme-là, comment gagner ?

Ameyal le scrute en espérant que retentisse le gong annonçant la fin de la troisième manche. Elle croise le regard de Patitl et baisse les yeux. Il semble prendre les choses avec philosophie. Mais s'il continue de la fixer ainsi, il va les démasquer tous deux.

L'organisateur de jeu annonce la fin de la dernière manche proche. Tout est presque joué, mais alors que la balle échappe une nouvelle fois à Teotitlan, le Maître se lève d'un coup. Il apostrophe Camapantli.

— Gagne cette partie ou tu ne vivras pas jusqu'à demain !

Des cris de colère et d'indignation retentissent depuis la loge de l'Orateur vénéré tandis que l'équipe de Teotitlan reprend la main. En un éclair, Camapantli se projette sur la balle, l'amortit avec sa poitrine et la frappe de toutes ses forces avant qu'elle ne retombe à terre.

La balle s'envole. Elle reste un instant suspendue en l'air… et traverse l'anneau de marbre vertical du terrain adverse.

Un coup si simple et rapide que personne n'a le temps d'appréhender ce qui se passe.

Camapantli s'est immobilisé. Ameyal s'est immobilisée. Tout le public s'est figé. Le visage levé en direction d'Ahuizotl et d'elle, le capitaine de l'équipe de Teotitlan semble à la fois incrédule et horrifié. Du fait de la distance qui les sépare, Ahuizotl ignore que c'est Ameyal qu'il regarde, et non lui.

Mais ce regard, la favorite sait ce qu'il signifie : en gagnant, Camapantli les a condamnés tous deux.

Elle va devoir reporter à plus tard ses rêves de vengeance, tout comme lui devra abandonner sa famille et sa liberté. À moins qu'elle ne lui donne l'émeraude malgré tout et se retrouve démunie ?

Seul Patitl, qui pourra sans doute échapper à la destitution grâce à l'émeraude, sortira vainqueur de tout cela.

Plus aucun son ne monte des gradins. Plus rien ne remue, pas même les yeux des spectateurs qui restent rivés sur la balle immobilisée au sol. Puis un murmure retentit. Des voix remercient Huitzilopochtli. Tous les visages se tournent vers Ahuizotl et sa favorite, une expression admirative dans le regard, et des salves d'applaudissements éclatent sur les gradins, en haut des temples, dans l'enceinte sacrée, tout autour du lac de Texcoco, secouant le Cœur du Monde Unique qui se met à vibrer d'une seule voix.

Camapantli, soulevé en l'air par ses joueurs en liesse, disparaît sous des nuées de pétales de fleurs qui masquent son abattement aux yeux du public. Comme le veut la tradition, l'olli est apporté à Ahuizotl, qui le fait tourner dans ses mains devant Ameyal.

La jeune femme effleure la sphère rugueuse, excessivement lourde, d'un brun sombre, en la maudissant d'avoir fait basculer son destin. L'olli rentrera à Teotitlan, comme elle l'espérait avant de changer d'avis.

Mais avec elle.

— Nous avons gagné, ma chère, déclare Ahuizotl. Tu es, et resteras à moi.

Le Maître étreint sa favorite, qui noie ses larmes dans son manteau de plumes. Le Serpent précieux n'a pas pu l'aider. Tandis qu'elle voit son rêve se désagréger dans cette foule hurlante, se désintégrer dans l'air chaud et sec, une nouvelle idée germe en elle : faire venir Moctezuma à Teotitlan pour la fête du Grand Réveil.

Mais acceptera-t-il seulement ?

— Pourquoi pleures-tu ? gronde Ahuizotl.

Ses paroles se veulent rassurantes. Elles sont alarmantes.

— Ce sont des larmes de joie, Maître. J'ai eu si peur.

Une grimace déforme la cicatrice d'Ahuizotl. Son œil unique la scrute d'une étrange manière, agitant le corps d'Ameyal de frissons.

— Je t'ai vu échanger une nouvelle fois avec Patitl, alors que nous étions sur le terrain. Lui aurais-tu donné quelque chose ?

— Quelle idée, Maître… répond-elle avec un petit rire. Vous ne croyez tout de même pas…

— Dis-moi la vérité.

De plus en plus oppressée, elle ne peut détacher le regard de cet œil qui cherche à la pénétrer. Si Ahuizotl apprend ce qu'elle a fait, elle est perdue. Il faut nier. Nier et expliquer.

— Patitl m'a effectivement demandé d'intercéder pour que Camapantli ne retourne pas sur le terrain, déclare-t-elle. Il avait dû parier sur la défaite de notre équipe, et votre intervention, heureuse et salvatrice pour nous, ne devait pas être de bon augure pour lui.

Le Maître la fixe encore un long instant en silence. Elle soutient son regard, dissimulant tant bien que mal la peur et les tremblements qui la secouent.

— Je te crois, dit-il.

Mais elle sent bien qu'il se méfie.

4. L'AIGLE ET LE JAGUAR

— Que je quitte la chambre aux braseros ? Mais c'est insensé !

Ameyal fixe Tene les yeux révulsés. En la voyant vaciller, Cinteotl se place derrière elle pour la soutenir. La vieille femme, appuyée sur sa canne, ne laisse transparaître aucune émotion, mais Ameyal la sent jubiler intérieurement. À ses côtés se dresse la silhouette imposante de son esclave personnelle et garde du corps.

— Pourrais-je au moins avoir la raison de ce changement subit ?

— Le Maître n'a pas à justifier ses choix, répond Tene de sa voix éraillée. Il décide, et nous obéissons.

Ahuizotl a-t-il réellement décidé de la rejeter ? De la placer à l'écart ? A-t-il jeté son dévolu sur une autre qu'elle ? A-t-il décidé de lui faire payer le prix du pari relevé par Moctezuma ?

Il s'agit de la cause la plus probable à ce changement. Elle avait perçu sa défiance, à la fin de la partie de tlachti. Elle a eu beau redoubler de prévenances lors du voyage retour, rien n'y a fait. Pourquoi les dieux ont-ils voulu que Camapantli accomplisse une seconde fois ce que personne n'avait fait avant lui ?

Les événements les plus importants ne tiennent souvent qu'à un cheveu.

Les risques qu'elle a pris se sont avérés vains. La confiance entre le Maître et elle est rompue, l'équilibre brisé. Cette éventualité, même si elle avait été prévue, la percute dans toute son horreur. Elle serre le poing jusqu'à en chasser tout le sang qui l'occupe. Elle se sent blessée, humiliée, anéantie. Il ne peut en être ainsi ! La colère se mêle à la rage et à la frustration, pour finir par un profond sentiment d'impuissance, un gouffre immense qui se creuse en elle.

Est-ce ce que l'on éprouve lorsqu'on est abandonné ?

— Qui va occuper ces appartements ? demande-t-elle, toujours incapable de reprendre son calme.

— Personne pour le moment, mais cela viendra. Je connais mon fils.

Ameyal fixe ce visage ridé, qui a tout vu, tout vécu, dont les yeux creux et fatigués surplombent deux poches noirâtres. Il lui semble voir un sourire courir sur ces lèvres flétries.

Mais cela viendra.

Elle fait demi-tour, embrassant du regard les affaires qui emplissent les lieux, ses affaires ; meubles, tapis, fauteuils, lits, voiles, baldaquins, étagères, bien résolue à ne rien laisser de tout cela.

— Je ne partirai pas tant que je ne lui aurais pas parlé.

— Pardon ? hoquette Tene.

— Vous avez bien entendu.

— Ahuizotl n'est pas disponible.

Ameyal se laisse tomber dans un fauteuil et lève les yeux sur la mère du Maître.

— J'attendrai qu'il le soit.

Le visage de Tene se déforme sous la colère. Un son aigu monte de sa gorge. Ses mains se mettent à trembler. Elle frappe le sol du bout de sa canne, plusieurs fois de suite. Que compte-t-elle faire ? Employer la force ? Que *peut-elle* faire ?

— Venez. Venez toutes !

Une dizaine d'esclaves de l'intérieur pénètrent dans les appartements de la favorite, saluant la jeune femme d'un air gêné.

— Empoignez-la et sortez-la d'ici, déclare Tene.

Les esclaves se regardent et s'approchent d'Ameyal, mais personne n'ose la toucher. La jeune favorite reconnaît parmi elles la personne qui a pu, grâce à elle, passer de l'extérieur à l'intérieur. Celle qui a été soignée avec l'argent du palais. Celle qui a travaillé, avec elle, à l'amélioration des conditions d'hébergement et de nourriture. Celle qui a pu se rendre aux funérailles de sa mère. Elle lit, dans le regard de toutes, de la reconnaissance et de la gratitude. Elle lit, dans leurs yeux embués, qu'elle pourrait contrer les ordres de Tene. N'est-elle pas à l'origine des neuf propositions de la fille de Xilonen ?

— Eh bien, qu'attendez-vous ? poursuit Tene.

Les femmes ne savent que répondre. Elles sont fatiguées. Elles veulent en finir avec la servitude et les brimades du harem, mais il n'est pas encore temps. Que feraient-elles, si elles se retournaient contre l'ordre en vigueur, à part mettre inutilement leur vie en jeu ?

Ameyal a beau se montrer parfois impulsive, elle sait, lorsqu'il le faut, quitter la peau du jaguar pour prendre celle du renard. Il faut s'effacer, agir en douceur, en secret, laisser l'ennemi reprendre confiance, s'accaparer de son pouvoir pour le frapper au cœur.

— Faites ce que vous estimez utile, dit-elle. Je vais préparer mes affaires.

Les esclaves lui jettent un regard triste avant de s'exécuter, qui avec un balai et un linge humide, qui avec un couteau, pour décrocher les fleurs des murs.

— Enfin, le retour à la raison, déclare d'une voix froide la marâtre.

— La raison est une arme qui peut se retourner contre son porteur, réplique Ameyal. N'admettre que la raison est aussi dangereux que de l'exclure totalement.

Les esclaves gagnent la fenêtre, éteignent et se saisissent des braseros. Ameyal les regarde s'éloigner en s'accrochant, comme si elle n'allait plus jamais le sentir, aux fumées parfumées que diffuse le bois noirci. Puis le parfum s'estompe, la laissant face à la solitude, l'esprit vide et le cœur meurtri.

La voix de Tene résonne une nouvelle fois dans son dos. Ameyal sent l'air froid de son souffle sur sa nuque, comme celui d'un serpent. Une odeur rance, légèrement aigre, comme celle d'un panier de fruits oubliés et pourris remplacer peu à peu celle des braseros.

— La Loi veut que tu ne prennes que tes affaires. Les affaires que tu avais en tant que concubine, s'entend. Mais le Maître te fait une faveur. Tu peux également garder ton esclave personnelle.

— Trop aimable de sa part, répond Ameyal, se rappelant du moment où Ahuizotl avait prononcé ces mêmes paroles.

Elle était alors au faîte de sa puissance. Elle était la fille de Xilonen, sœur de Tlaloc, déesse du jeune maïs.

Elle se pensait invincible.

Mais le monde est en perpétuel changement. La victoire n'est jamais acquise. Elle n'est pas moins menteuse, moins éphémère que la défaite. Toutes deux sont comme un vent capricieux.

— Je te laisse une heure.

Ameyal ne réagit pas à l'injonction de la maîtresse du harem. C'est comme si on lui avait décoché une flèche en pleine poitrine. Elle reste debout, immobile, appuyée sur le corps robuste de son esclave personnelle, dont elle sent le cœur battre à coups rapides, mais elle est effondrée. L'odeur méphitique de Tene plane encore dans les appartements longtemps après son départ. Des minutes où les esclaves de l'intérieur, occupées à ranger et à nettoyer, viennent tour à tour lui faire part, par un geste ou un sourire, de toute l'étendue de leur soutien.

— Je m'occupe de tout, Maîtresse, fait Cinteotl d'une voix triste, y compris votre coffre et votre boîte à bijoux, que je dissimulerai comme il se doit. Quand j'aurai terminé de préparer votre nouvelle chambre, vous aurez l'impression de ne pas l'avoir quittée.

— Merci, Cinteotl.

Mais il n'y aura pas les braseros.

— Je suis certaine que vous reviendrez en ces lieux.

Ameyal ne répond pas. Elle ne verse qu'une seule larme, mais une larme qui a la puissance d'un océan.

Une larme qui va tout emporter sur son passage.

2.

— Que va-t-on faire, à présent ?

Ameyal tourne les yeux vers Selna, qui vient de poser la question que personne n'ose aborder. Dans sa nouvelle chambre, dépourvue d'antichambre, de bureau, de temazcalli et de brasero, située au premier étage du harem, est réuni ce qui reste du clan de l'ancienne favorite, qui ne comporte plus que trois concubines, auxquelles s'ajoutent Necahual, Teicu, Subtile et Raffinée, ainsi que Cinteotl, occupée à surveiller les allées et venues dans le couloir.

Ameyal parcourt des yeux les femmes qui lui sont restées fidèles, que cela soit par reconnaissance et vertu, comme Selna, par crainte, comme Xihuitl, qui paraît de plus en plus incertaine de la conduite à tenir, ou par manque d'alternative, comme Quiahuitl, qui demeure malgré les événements son espionne auprès de Rivière noire et de Xalaquia. Évidemment, certaines d'entre elles projettent de l'abandonner au profit de la future favorite.

Ainsi se font et se défont les alliances à l'ombre du harem.

— Il faut trouver celle qui est à l'origine de cette décision.

— À mes yeux, répond Selna, il n'y a que deux possibilités : Celle qui s'habille de sable ou la grande absente du jour : Citlaltonac.

— Citlaltonac ? répète Ameyal, surprise.

— Je vous ai fait part de la connivence qui semble être née entre le Maître et elle lors de l'épreuve finale de l'école du harem, répond Xihuitl. Eh bien, je l'ai aperçue en sa compagnie il y a peu. Elle se tenait très près de lui…

— Ce n'est qu'un jeu. Citlaltonac est plus attirée par les femmes que par les hommes.

— Au contraire, répond Quiahuitl. Citlaltonac n'aime que les hommes. Je tiens cette information de Rivière noire elle-même.

Ameyal secoue la tête en soupirant. Elle avait prévu la possibilité que Citlaltonac, celle qu'elle a introduite auprès d'Ahuizotl et qu'elle lui a offerte, lui ravisse sa préférence. C'est même l'une des raisons pour lesquelles elle la lui a offerte. Ce qu'elle n'avait pas prévu, en revanche, c'est que Citlaltonac lui mente au sujet de ses inclinations pour lui cacher la menace qu'elle représente…

Cet abandon fait définitivement basculer les forces en présence. Les voilà désormais à quatre contre sept.

Xalaquia, le passé. Citlaltonac, le futur. Et elle, quelle place occupe-t-elle sur l'échiquier du présent ?

Les femmes ne finiront jamais de me surprendre.

— Citlaltonac est encore jeune, déclare-t-elle. Elle est comme une arme de cérémonie peu utilisée, et qui peut à peine blesser. Même si le Maître tourne autour d'elle, je doute qu'elle ait les moyens de l'emprisonner par ses charmes. Xalaquia, en revanche, est loin d'être émoussée. Elle peut encore trancher. Quelles sont les nouvelles la concernant ?

— Nous n'en avons aucune depuis votre départ à Tenochtitlan, Maîtresse, répond Xihuitl. Rivière noire administre le clan adverse sans faire référence à elle.

— Se trouve-t-elle encore en prison ?

Cinteotl tourne le visage vers la chambre.

— Tepixqui, un gardien qui est arrivé en même temps que moi au palais et en qui j'ai entièrement confiance, m'a confié qu'il n'a pas le droit de la nourrir, ni d'approcher de sa cellule, depuis qu'elle y est enfermée.

— Que cela cache-t-il ?

— Elle a peut-être commencé son voyage vers Mictlan, répond Selna.

— Bien sûr que non.

Ameyal pousse un soupir agacé. Selna est décidément bien trop jeune et naïve pour remplacer sa sœur aînée dans l'administration du clan. Comment le harem a-t-il pu autant changer en si peu de temps ?

— Depuis qu'Amocualli a été lapidé et que Chimalli a pris sa place, ajoute Cinteotl, les gardiens ont reçu l'ordre de garder le silence à propos de Xalaquia.

Ainsi, Chimalli est devenu chef de la garde comme prévu. La suite est facile à imaginer. Chimalli n'a pas accepté de laisser la femme qu'il aime dans les geôles de la folie. Il a dû intriguer… peut-être même intercéder auprès du Maître, devenant ainsi son ennemi à elle !

Qu'en est-il de Macoa, en ce cas ? S'est-elle aussi rapprochée de Celle qui s'habille de sable ? Est-elle en train de comploter ? Peut-être n'aurait-elle pas dû l'humilier devant son clan. Peut-être aurait-il fallu s'en débarrasser tant qu'elle détenait les clés du pouvoir. À s'être montrée clémente, elle n'a fait que s'exposer…

— Xalaquia est sortie de prison, cela ne fait aucun doute, souffle-t-elle. Si elle n'a pas encore cherché à se venger, c'est qu'elle réunit ses troupes et élabore un plan en secret.

— Ne pensez-vous pas que je l'aurais appris ? objecte Quiahuitl.

— Elles doivent savoir que tu joues un double jeu.

Les trois concubines fixent Ameyal avec appréhension. En tant qu'épouse, Xalaquia se trouve une nouvelle fois au-dessus d'Ameyal dans la hiérarchie du harem. Si elle redevient favorite, tout le pouvoir lui échoira, et il ne fait nul doute qu'elle s'en servira pour frapper fort.

Très fort.

Ameyal repense à la visite nocturne de Chiltik et Kostik qu'elle a subie alors qu'elle n'était encore qu'une concubine inexpérimentée. Xalaquia cherchera-t-elle à se venger de ce qui lui est arrivé ? Cinteotl sera-t-elle capable de la protéger contre ses deux tueuses ?

Elle balaie du regard les concubines qui l'entourent, navrée de constater un tel manque de courage de leur part.

Il faut les rassurer.

— Le silence et le doute recèlent souvent un danger, reprend-elle d'une voix confiante. Aussi, nous allons faire comme nous avons toujours fait : rester discrètes. Discrètes, unies et efficaces. Lorsqu'on ne peut combattre en plein jour, il faut poursuivre la lutte entre ombre et lumière. N'oubliez pas que même si Xalaquia vit, elle n'est pas encore favorite.

— Mais elle a toutes les chances de le redevenir, objecte Xihuitl.

— En effet, appuie Teicu. J'ai entendu Tene vanter ses mérites. « *Xalaquia venait parfois déjeuner avec moi, du temps de son règne* », disait-elle.

— Quelle hypocrisie ! Elles n'ont jamais pu se supporter !

— À moins que la vieille ne se soit mise à radoter…

— Pourquoi Xalaquia n'est-elle pas revenue au harem, si Tene la soutient ? Pourquoi un tel silence l'entoure-t-il ?

— Le Maître doit vouloir rester discret à son sujet, répond Ameyal. Et j'ai ma petite idée sur la question…

Le souvenir des malaises passés de son ennemie lui revient à l'esprit.

— Se pourrait-il qu'elle soit réellement tombée enceinte ? interroge Xihuitl.

— Je te félicite pour ta lucidité, Xihuitl. C'est possible en effet.

Les concubines restent songeuses.

— Si c'est le cas, reprend Quiahuitl, il ne fait nul doute qu'elle reprendra le pouvoir au harem, et qu'elle fera tout pour se venger de nous.

Épouse, favorite et mère d'un héritier : voilà le pouvoir suprême au harem.

— Il lui faut agir sans attendre, observe Ameyal. Le temps amoindrit mon pouvoir à mesure que croît celui de Xalaquia.

— Peut-être devrait-on lui proposer un marché ? reprend Quiahuitl.

La jeune femme la fustige du regard.

— Plutôt mourir.

— Pardonnez-moi d'insister, Regard de jade. Vous nous avez dit qu'un ennemi dangereux peut devenir un allié, si l'on sait s'y prendre. Que si une grande quantité de poison blesse le corps, une petite quantité, prise chaque jour, peut faire l'effet d'une médecine...

— Xalaquia est corrompue. Elle est, et demeurera à jamais un poison.

Ameyal se lève. Les concubines se poussent pour la laisser passer dans l'étroit cabinet de travail jouxtant la chambre qu'elles occupent. La jeune femme fait quelques pas autour du bureau vide, et revient, avant de gagner la fenêtre et de se laisser bercer par les parfums des fleurs, les pépiements des oiseaux et la clarté du jour.

Rien n'est encore perdu.

Rien n'est jamais perdu.

Même si le rejet d'Ahuizotl la blesse, il ne la surprend pas outre mesure. Il ne veut plus d'elle comme favorite et conseillère ? Tant mieux, elle n'a jamais vraiment voulu le devenir. À une semaine du Grand Réveil, il vaut peut-être mieux qu'il la délaisse au profit de Xalaquia, ou même de Citlaltonac, pour lui laisser le champ libre d'agir.

Que faire, dès lors, avec les éléments dont elle dispose ? Elle ne va pas attendre que Moctezuma vienne à elle. Elle va retourner à lui grâce à un homme. Un homme qui sera obligé de lui pardonner ses écarts, tant sont précieuses les informations en sa possession.

Elle se félicite de n'avoir divulgué à Cihuacoatl que des indications parcellaires. Cela va lui donner l'occasion de voir cet homme en personne.

Vent de la forêt.

Le harem n'est plus si important, désormais. Il n'est plus qu'un nuage qui glisse à travers elle, qui est presque entièrement derrière elle.

Elle se tourne vers ses fidèles et adopte une attitude confiante, ferme et résolue. En plus de les rassurer, il faut leur montrer l'exemple.

— Quiahuitl, continue d'enquêter auprès de Rivière noire, Chiltik et Kostik.

— C'est risqué, objecte Quiahuitl. Si elles me démasquent...

— Préfères-tu que je leur dise que tu travailles pour moi ?

La concubine blêmit.

— C'est bien ce que je pensais, reprend Ameyal.

Le pouvoir s'exerce par un fragile équilibre entre clémence et cruauté.

— Je compte sur toi, Selna, pour surveiller les allées et venues passé le gong de minuit. Ce que le jour ne dit jamais, la nuit le dit parfois. Cinteotl, Xihuitl, vous dormirez ici avec moi, car nous ne serons pas trop de trois pour repousser une nouvelle attaque de Xalaquia. Les autres, vous pouvez disposer.

3.

Comment faire venir Vent de la forêt au harem ?

Ameyal ressasse cette question en arpentant les jardins en compagnie de son esclave personnelle, dont elle ne se sépare plus pour des raisons de sécurité. Une seule personne peut lui permettre de communiquer avec le prince héritier : Eau vénérable. C'est donc par elle qu'il faut passer. Mais comment permettre au hors-la-loi de pénétrer dans les jardins, et d'en ressortir sans être aperçu par quiconque ?

En envoyant Cinteotl discuter avec les cuisinières, elle a compris que de nombreuses livraisons de nourriture sont prévues avec la fête du Grand Réveil à venir. Il y a déjà deux livraisons par jour : l'une à l'aube et l'autre un peu avant minuit.

Il va falloir faire appel à Cipatcli.

Durant quelques instants, Ameyal revoit se superposer aux fleurs et papillons qui l'environnent la silhouette du guerrier pochteca qui l'avait fait entrer au harem après son évasion.

Mais Eau vénérable répliquera qu'Ehecatl ne pourra ressortir de cette manière-là, et elle ne pourra pas la faire changer d'avis.

Quelle solution lui reste-t-il alors ?

La jeune femme songe à la manière dont elle est sortie elle-même à l'extérieur, à savoir par une fenêtre du palais, mais Ehecatl ne peut se risquer au palais. Il serait reconnu et appréhendé. En apercevant de jeunes esclaves de l'extérieur prendre de l'eau à une fontaine, elle se rappelle de la présence des cuves qu'elle devait remplir chaque jour avec Izelka.

Elle salue les jeunes esclaves, qui la regardent avec admiration, leur offre quelques fruits à manger, et grimpe d'un pas leste les escaliers menant aux cuves, Cinteotl sur les talons. Une foule de souvenirs lui reviennent. Elle n'a pas oublié cette fois où, en compagnie de son amie de circonstance, elle avait gravi les toits du harem à la recherche d'une possibilité de s'enfuir. Mais les murs, partout, hauts comme dix hommes, représentaient un obstacle insurmontable.

Impossible de descendre sans corde.

Voilà donc ce qu'il me faut dénicher, se dit-elle en redescendant les marches quatre à quatre. Mais où trouver une telle corde ?

Elle se pose la question d'en demander une à Necahual, et rejette cette idée. Même si la chef des esclaves lui a juré fidélité, elle ne fait pas partie de son cercle intime, et ce qu'elle s'apprête à faire est trop dangereux pour l'y mêler. La réponse lui vient alors : lorsqu'elle était esclave de l'extérieur, il y avait toujours des cordes dans la remise située dans la cour menant au palais. Il n'y a pas de raison que cela ait changé. Mais comment s'y rendre en pleine journée, sans se faire repérer ? Même Cinteotl, en s'y rendant, pourrait paraître suspecte. Peut-elle le demander à ces jeunes esclaves ? Il vaut mieux éviter : de simples fruits n'ont jamais empêché quiconque de parler.

Le seul moyen qui lui reste serait une diversion. Quelque chose qui pousserait le garde en faction dans la cour extérieure à quitter son poste le temps que Cinteotl puisse opérer. Elle se pose la question de mettre le feu à l'un des salons du harem, et y renonce : c'est bien trop dangereux. Elle songe alors à l'eau.

L'eau. Voilà la solution.

« *L'eau est ce qui donne la vie. Rien ne peut l'arrêter. Elle trouve toujours un chemin.* »

Après avoir mis son esclave personnelle dans la confidence, Ameyal gagne le temazcalli des concubines en prenant soin de n'être vue de personne. Elle s'approche d'un des gros robinets, l'ouvre en grand et force sur le mécanisme pour le rompre. Puis elle retourne à sa chambre et attend, le cœur battant.

Le résultat ne tarde pas à se faire entendre. Plusieurs cris retentissent.

— À l'aide ! Une inondation dans le temazcalli !

Ameyal se rue dans le couloir, et croise plusieurs concubines au regard apeuré. Et pour cause, en ces temps de sécheresse, l'eau est devenue aussi précieuse que le jade. Elle aperçoit la silhouette de Macoa, au bout du couloir, qui lui adresse un étrange regard. L'a-t-elle vu se rendre dans le temazcalli avant que l'incident ait lieu ?

La jeune femme se détourne de son ancienne maîtresse, gagne l'escalier et se penche au-dessus de la cour menant au palais.

— Vite ! Une inondation !

Le garde, en contrebas, recule de stupeur. D'abord, car une femme s'est adressée à lui, et ensuite à cause de ce qu'il vient d'entendre. Après un instant d'hésitation, il plonge dans le palais, laissant la cour déserte.

Ameyal retourne à sa chambre en apercevant Cinteotl entrer dans la cour et plonger dans la remise. Elle ne peut plus l'aider.

Elle fait les cent pas, au comble de l'impatience, tandis que les esclaves de l'intérieur s'affairent à réparer le robinet sous les hurlements de Cipetl et les lamentations de Necahual au sujet de ce sinistre présage. Lorsque son esclave personnelle apparaît, elle la contemple les yeux pleins d'espoir.

— As-tu trouvé ce que je te l'ai demandé ?

Pour toute réponse, Cinteotl dégrafe son corsage, lui laissant entrevoir la corde enroulée autour de son ventre.

— Déroule-la, vite. Il faut vérifier sa longueur.

L'esclave s'exécute, et toutes deux la mesurent. Ameyal secoue la tête.

— Elle ne mesure que six hommes. Je crains qu'elle ne soit pas assez longue malgré son élasticité. Y'en avait-il d'autres ?

— Non, Maîtresse, c'est la seule que j'ai vue.

Ameyal pousse un soupir d'agacement. Il y en avait pourtant plusieurs, dans son souvenir. Et les murailles du harem comptent parmi les plus hautes de la ville. Elle s'approche de la fenêtre et émet un cri étouffé, cédant à l'impatience et la colère. Comment faire sortir Vent de la forêt de cette fichue prison ?

Son regard se pose sur son lit et une idée lui vient. Elle défait ses draps, les noue entre eux, en éprouve la solidité. Cela devrait suffire pour supporter le poids d'un homme.

Elle se tourne vers Cinteotl, dont la corpulence va lui être une nouvelle fois utile.

— Enroule de nouveau cette corde autour de ton ventre, et prends cinq draps que tu emporteras au jardin.

— Bien, Maîtresse, fait l'esclave en se déshabillant.

— Les femmes croiront que tu vas les laver. Avec l'inondation qui a eu lieu, les esclaves de l'extérieur vont devoir de nouveau remplir les cuves. Attends qu'elles aient terminé. Une fois à l'abri des regards, je dis bien de tous les regards, concubines et esclaves comprises, grimpe l'escalier menant aux cuves. Attache ces draps entre eux puis à la corde, et vérifie que le tout mesure bien la longueur de dix hommes.

L'esclave hoche la tête.

— Si ce n'est pas le cas, revient chercher des draps et renouvelle l'opération. Une fois que la corde de fortune sera terminée, dissimule-la au fond d'une cuve, et reviens me trouver.

— Mais… vous êtes certaine de vouloir rester seule dans votre chambre ? répond Cinteotl, hésitante.

— Ne t'inquiète pas pour moi. Il fait encore jour, et je vais faire venir Xihuitl et Quiahuitl pour me tenir compagnie.

L'esclave hoche la tête, rassurée. Ameyal pose la main sur son épaule pour l'encourager, appréciant une fois de plus sa bienveillance et sa discrétion.

— Tu es prête ?

Cinteotl lui répond avec un large sourire.

— C'est comme si c'était fait.

4.

— Ton voyage s'est bien passé, Regard de jade ?

— Un voyage aussi enrichissant que mouvementé.

Ameyal tourne la tête vers la prêtresse qui vient de la rejoindre dans le temple de la Fleur Quetzal. Elle a demandé à Cinteotl de se poster en haut des marches conduisant au sanctuaire pour s'assurer qu'on ne les dérangera pas. Eau vénérable adresse une prière à la déesse et allume un bâton d'encens qu'elle dispose sur un autel.

Des volutes aux notes épicées s'élèvent dans la pénombre.

— As-tu pu recueillir les informations demandées ? murmure la prêtresse, une fois sa prière terminée.

La jeune femme hoche la tête.

— J'ai rendu un rapport écrit à Cihuacoatl.

— Très bien. Combien d'émeraudes as-tu utilisé dans le cadre de ta mission ?

— Toutes.

— Toutes ? répète la prêtresse en haussant les sourcils.

— Quel est le plus important, à vos yeux ? Les émeraudes, ou les informations ?

— En ce cas, j'espère que les informations ont pleinement satisfait Vent de la forêt, observe Eau vénérable d'un air pensif.

— Je n'ai pas pu lui faire part de tous les détails.

— Il n'est pas aisé de tout faire passer à travers les idéogrammes, même pour le scribe le plus doué. Es-tu venu me confier ce que tu n'as pas pu dessiner ?

— Je souhaite les confier à Ehecatl et à lui seul.

Eau vénérable manque de s'étouffer. Elle inspecte l'escalier, en haut duquel attend l'esclave personnelle. Son visage se fend d'un sourire aussi étonné qu'embarrassé.

— Le moment est mal venu pour de telles plaisanteries.

— Je ne plaisante pas. Je veux qu'Ehecatl vienne me voir cette nuit.

— Cette nuit, en plus ?
— Je ne peux pas attendre. Ma vie est menacée.

La prêtresse esquisse un mouvement affolé.

— Le Grand Réveil aura lieu dans une semaine ! s'exclame-t-elle, oubliant toute prudence. Ne peux-tu pas demander à tes fidèles de te protéger ?

— Nous ne faisons pas le poids, répond dans un souffle Ameyal.

— Ce que tu demandes est tout simplement impossible.

— Ah oui ? Et que ferez-vous si je péris durant l'attaque ? Qui vous donnera les informations tant recherchées ?

Eau vénérable reste pétrifiée.

— Dites-lui que c'est la seule manière pour lui d'obtenir ce qu'il veut, répond Ameyal d'une voix ferme et résolue.

La prêtresse esquisse un geste désespéré.

— Mais comment peux-tu exiger cela ? Le prince héritier, ici ?

— J'ai pu sortir d'ici, répond Ameyal d'une voix froide. Pourquoi ne pourrait-il pas entrer ?

La prêtresse reste pétrifiée. Puis, cédant à un mouvement de panique, elle se lève, porte les mains à son visage avant de s'asseoir à nouveau.

— Mais ce n'est pas possible, tu as perdu la tête !

— J'ai fait ce que vous m'avez demandé. Je me suis cachée. J'ai espionné au risque de me faire prendre et d'être mise à mort. J'ai droit à cela !

La vieille femme pousse un long soupir. Elle baisse les yeux. Son regard se perd dans le vide.

— Il n'acceptera jamais.

— S'il n'accepte pas, il ne restera pas sur le trône longtemps, même s'il parvient à le reprendre.

— Peut-être pourra-t-il envoyer un conseiller... un homme de confiance... quelqu'un de différent de Cihuacoatl, si tu le désires...

— Je ne veux voir personne d'autre.

— Et Ahuizotl ? Y as-tu pensé ?

— Ahuizotl ne dort plus avec moi depuis notre retour. Il vogue entre Xalaquia et Citlaltonac, comme un navire indécis. C'est heureux : je suis redevenue libre de mes mouvements de jour comme de nuit.

Au regard désespéré que lui adresse la prêtresse, la jeune favorite sent une bouffée de culpabilité l'envahir. Mais même si sa demande lui déchire le cœur, elle n'a d'autre choix que d'exiger cela à ses anciens alliés. Vent de la forêt a décidé de l'utiliser après l'avoir laissée en arrière. Il pourrait une nouvelle fois l'abandonner. Que deviendra-t-elle, une fois la cité tombée en son pouvoir ?

Il n'y a qu'en le voyant qu'elle pourra s'assurer de son soutien indéfectible.

Les secondes s'égrènent. Eau vénérable semble toujours dans le plus grand désarroi. Ameyal laisse passer un instant et conclut, juste avant de se lever.

— Dans les jardins, au pied de l'arbre tentaculaire, ce soir à minuit.

La prêtresse secoue la tête, éperdue.

— Vent de la forêt ne pourra se tromper : il s'agit du plus grand arbre des jardins, précise Ameyal. En plus de nous abriter, il nous offrira une vue unique sur le harem, ce qui nous permettra de surveiller les alentours.

Puis, au silence que lui oppose la prêtresse, elle ajoute :

— Ehecatl pourrait pénétrer dans le palais avec la livraison du soir avec l'aide de Cipactli…

— Possible en effet. Mais il ne pourra en ressortir, oppose Eau vénérable.

— Il lui suffira d'utiliser une corde.

— Une corde de la longueur des murailles ? éclate Eau vénérable. C'est ridicule !

Puis elle se reprend et poursuit à voix basse.

— Où trouver une telle corde sans éveiller les soupçons ? Tu ne comptes tout de même pas en parler à Necahual ?

Ameyal sourit d'un air confiant.

— La corde est déjà en place. Ehecatl redescendra le long des murailles, derrière les cuves.

La prêtresse reste stupéfaite.

— C'est bien trop dangereux !

Ameyal se lève, fait quelques pas en direction de l'escalier menant au harem, se retourne.

— C'est le moment de voir s'il tient vraiment à reprendre son trône.

5.

Le harem est silencieux, comme chaque soir à l'approche de minuit. Tout le monde dort ou fait semblant.

Eau vénérable, par un message transmis à Cinteotl, a fait comprendre à Ameyal que Vent de la forêt a accepté de venir.

La jeune femme inspecte une dernière fois sa tenue dans le miroir d'obsidienne. Jupe et corsage sombre, aucun bijou apparent. La gorge sèche, elle applique un peu de noir sur ses yeux pour rehausser le vert de son regard. Elle va bientôt revoir Vent de la forêt. Tout se jouera alors. Il lui faudra user de tous ses charmes, de toute sa ruse pour que le prince héritier lui fasse à nouveau confiance, pour qu'il l'inclue à nouveau dans ses plans.

— Ça va aller, maîtresse ? s'enquiert Cinteotl d'un air préoccupé.

— Ne t'inquiète pas. J'ai connu pire…

Ameyal n'est pas certaine d'avoir connu pire, mais il faut toujours rassurer les siens. En outre, les tueuses de Xalaquia n'ayant pas frappé jusqu'à présent, il y a peu de chance qu'elles le fassent. À moins qu'elles ne l'espionnent en attendant qu'elle commette un faux pas pour se venger ?

Après une dernière vérification de sa tenue, elle s'enroule dans un long manteau sombre, s'apprêtant à quitter la pièce, lorsqu'un bruit retentit. Quelqu'un vient. Une démarche lourde.

Une démarche d'homme.

La jeune femme n'a qu'une seconde pour retirer le manteau qui la compromet et le glisser sous une table. Lorsqu'elle se retourne, Ahuizotl occupe toute l'ouverture donnant sur le couloir.

Le rideau tremble encore suite à son arrivée inopinée.

— Pas encore couchée ?

— Nous devons être liés par des liens invisibles, répond Ameyal, le cœur battant à tout rompre.

Des sentiments confus l'envahissent. Elle n'a pas eu l'occasion de revoir Ahuizotl depuis le retour de Tenochtitlan. Il l'a répudiée en utilisant sa mère comme messager, ce qui est le comble de la lâcheté. Il l'a répudiée. Humiliée. Elle voudrait lui sauter au visage, mais que peut-elle face au Maître, si ce n'est dissimuler ses vrais sentiments derrière un voile d'hypocrisie ?

Elle chasse ces pensées et se concentre sur son objectif.

Vent de la forêt.

Pourquoi Ahuizotl est-il ici, lui qui devrait se trouver au chevet de Xalaquia ? Elle fait quelques pas vers lui, essayant de dissimuler la crainte qui la saisit derrière un sourire de bienvenue. La main d'Ahuizotl, brûlante, presse la sienne. Il la désire. Voilà la raison de sa présence. Le corps a ses raisons que la raison ignore…

— Eh bien, sourit Ahuizotl, tu ne demandes pas à ton esclave de sortir ?

— Bien sûr que si.

Cinteotl sort de la chambre à reculons, en inclinant la tête. Les voilà tous deux seuls.

Ameyal ne sait plus que faire lorsque les lèvres du Maître se posent sur les siennes. Les notes de campêche se mêlent au parfum de fleurs de cerisier, ce qui lui confirme ses suppositions. Xalaquia est toujours en vie. Il la cache. Il la voit en secret. Vient-il de prendre congé d'elle ? Comment ose-t-il venir lui rendre visite juste après, sans être passé par le temazcalli ?!

— Pas ce soir, Maître… je suis indisposée.

— Cela n'est pas un problème. Je peux me contenter de m'allonger à tes côtés. Tu pourrais me prodiguer l'un de ces massages dont tu as le secret.

— C'est que… j'ai très mal à la tête.

Elle baisse les yeux. Il glisse un doigt sous son menton pour lui faire relever le visage, comme à un enfant.

— Veux-tu que je convoque la guérisseuse ? demande-t-il d'une voix douce.

— À cette heure-ci ?

— Je peux demander à Chimalli d'envoyer quelqu'un la chercher.

— Ce n'est pas sérieux, Maître…

— Depuis quand es-tu sérieuse, toi ?

Il sourit. On dirait qu'il est de nouveau comme avant. De nouveau comme quand il lui faisait encore confiance.

Ainsi sont les hommes. Tellement plus attentionnés lorsqu'ils fréquentent quelqu'un d'autre.

À moins qu'il ne s'agisse d'une ruse pour la prendre en flagrant délit ?

— Je me débrouillerai seule. Il faut juste que je dorme.

— Alors ce n'est pas si grave, déclare-t-il, triomphant.

Il s'affale dans un fauteuil et retire ses sandales en riant.

Ameyal se tétanise. Ses pensées se bousculent dans son esprit. Si elle ne voit pas Ehecatl ce soir, elle ne pourra lui délivrer les informations nécessaires à la prise de Teotitlan, et perdra tout crédit à ses yeux. Qui sait ce qui pourrait se passer, dans le Monde Unique et dans le harem, s'il doit attendre le Grand Réveil de la prochaine année pour attaquer ?

Elle s'approche du meuble contenant les jarres d'octli, récupère la petite fiole dont elle se sert parfois, et verse deux gobelets d'alcool en prenant soin de saupoudrer l'un d'eux de somnifère.

Puis elle tend le gobelet au Maître.

— Tu trembles, remarque Ahuizotl en ignorant le gobelet tendu. Tu es certaine que ça va aller ?

Son œil unique la scrute comme à son habitude. Il cherche à savoir ce qui se passe en elle.

— La surprise et la joie de vous revoir, Maître, répond-elle en se mordillant la lèvre.

— Je n'en ai pas douté un instant.

Il rejette la tête en arrière, sûr de ce qui va arriver.

— Vous ne buvez pas ?

— Ce n'est pas ce dont j'ai envie.

La jeune femme se débarrasse des gobelets en dissimulant sa déception sous un nouveau sourire. Elle a déjà vécu d'autres moments comme celui-ci. Si Ahuizotl ne veut pas boire, il n'y a qu'un moyen de se débarrasser de lui.

Le seul moyen d'endormir un homme lorsqu'on n'a pas de somnifère : le satisfaire.

Dans son esprit s'établissent les plus rapides, les plus audacieux calculs. Vent de la forêt a rendez-vous avec elle dans moins d'une heure. Il va falloir être rapide. D'ordinaire, le Maître aime discuter. Attiser le désir. Jouer à faire reculer le plaisir, à l'éloigner jusqu'à ce qui soit sur le point de disparaître, pour le faire renaître et exploser en elle.

Il y a des nuits où il la prend sauvagement, comme un ours en rut. Il y a des fois où il se montre attentionné, comme un jeune et doux lapin. Certaines nuits sont faites de montées et de descentes, à l'image des éclats d'obsidienne plantés dans un maquauitl, entrecoupées de pauses où tous deux se livrent à une orgie de fruits.

Comment connaître son état d'esprit du moment, et ainsi pouvoir s'y adapter ? Comment hâter les choses pour ne pas tout compromettre ?

La main d'Ahuizotl se pose sur son sein, la délivrant de ses questions.

— Aimez-vous ce sein ?

— Oui.

— Sentez-vous comme il palpite ?

— Oui.

— Et vous l'abandonnez au profit d'une autre.

— Tu as aussi tenté de m'abandonner au profit d'un autre.

Il se venge.

Elle se retourne, mimant la tristesse.

— Ne suis-je donc plus la fille de Xilonen ?

— Tu le seras toujours, en tant que rédactrice des neuf propositions. Toutes les femmes t'en savent gré.

— Peu importe ce que pensent les femmes, si vous m'abandonnez.

— Je ne t'ai pas abandonnée.

Elle hausse les sourcils, dardant ses yeux vers les coins assombris de sa nouvelle chambre.

— Ah oui ? Où nous trouvons-nous, alors ? Où sont les braseros.

— Je me suis dit que les faire voyager ne ferait de mal à personne.

— Vous n'avez pas répondu à ma question.

Il soupire, amusé.

— Il me semble en avoir encore le droit.

— Vous avez tous les droits. Mais mon corps n'est-il pas à votre goût ?

— Si, bien sûr…

Ameyal perçoit de l'hésitation dans sa voix. Il commence à douter. À croire qu'elle veut le faire payer. Qu'elle ne veut pas se donner à lui. Elle fait volte-face, plante ses yeux verts dans les siens et déclame d'une voix grave.

— En ce cas, pourquoi aller chercher chez une autre, une femme qui vous a trahi, ce que vous pouvez obtenir avec moi ?

Il plisse son œil unique.

— Je ne crois pas que Xalaquia m'ait trahi.

Ameyal manque de s'étouffer.

— Pardon ?

— Une personne de confiance m'a rapporté que la relation qu'elle entretenait avec Chimalli était d'ordre purement amical, et qu'ils ne se parlaient qu'au sujet d'une herbe que le chef de ma garde lui fournissait.

— Une herbe pour tomber enceinte, j'imagine. Toujours est-il qu'elle a parlé à un autre homme que vous dans votre dos.

— C'est toi qui dis cela ?

Elle serre les dents.

— Et qui vous a confié cette étonnante révélation ? Macoa ?

Le Maître, par son silence, confirme la réponse à cette question. C'est donc Macoa, qui, par jalousie et envie de vengeance, s'est alliée à sa pire ennemie. Ameyal réprime un geste de colère, prend une profonde inspiration, essayant d'ignorer le temps qui passe, la présence d'Ehecatl dans les jardins.

Elle fait le vide en elle.

— Pourquoi revenir vers moi ce soir, si Celle qui s'habille de sable occupe de nouveau votre cœur ? Par pitié ?

— Par désir.

Ameyal se force à chasser les sombres pensées qui se pressent en elle pour en finir avec Ahuizotl.

— Eh bien qu'attendez-vous pour laisser parler ce désir ? Que je change d'avis ?

Il l'embrasse avec avidité. Elle le suit, luttant contre la sensation de dégoût qui l'oppresse, et tente d'oublier, au contact de ses épaules fermes et musclées, la colère mêlée de frustration qui l'accable. Elle descend les doigts le long de ses pectoraux, pas trop vite, pas trop lentement, puis vers ses cuisses. La tension d'Ahuizotl est de plus en plus palpable, sa respiration s'accélère.

— Si je suis si désirable, pourquoi m'avoir fait changer de chambre ? (Elle désigne le deuxième étage du harem d'un geste vague.) Il me semble, pourtant, que vous aviez passé là-haut, en ma compagnie, vos plus beaux moments au harem… à moins que vous ne m'ayez menti pour obtenir de moi ce que vous désiriez ?

— C'est plutôt toi qui m'as menti, dit-il d'une voix grave, sans cesser de lui dévorer les lèvres.

— J'ai juste voulu vous aider malgré vous.

Il se relève, fait quelques pas dans la chambre, se baisse et saisit quelque chose. Ameyal le suit des yeux en trépignant de colère et d'impatience. Elle voudrait le chasser. Pourquoi a-t-il choisi ce moment pour s'expliquer ?

Elle se fige lorsqu'il brandit le manteau noir devant lui.

— Qu'est-ce donc que ceci ?

— Un manteau. Pourquoi ?

— Je ne t'ai vu porter un manteau noir qu'une seule fois, celle où tu m'as rendu visite au palais. Comptais-tu t'éclipser une nouvelle fois ?

— Pas le moins du monde, répond-elle d'une voix chantante. J'ai bien compris que vous n'aimiez que les femmes dociles, au caractère facilement domptable…

Elle se saisit du manteau, l'abandonne sur une table, comme s'il ne représentait rien pour elle.

— Pourquoi le noir, en ce cas ?

Elle lève les yeux vers lui.

— Le noir est la couleur du deuil. Le deuil que je porte en moi, celui de vous avoir perdu.

— Est-ce vrai ?

— Qui pourrais-je pleurer d'autre ?

— La perte de Moctezuma.

Pourquoi perdre autant de temps en paroles ?

— Si vous êtes jaloux, sourit Ameyal, c'est que vous tenez toujours à moi.

— Tu es trop ambitieuse !

— Ma seule ambition est d'inspirer votre désir.

— Certes…

Elle se tourne et se blottit contre lui, de dos, en saisissant ses deux mains pour qu'il l'entoure de son corps. Elle sent l'excitation d'Ahuizotl monter. Il embrasse ses cheveux, sa nuque, effleure de ses mains puissantes ses fesses, qu'elle tend vers l'arrière, comme s'il s'agissait d'une balle de tlachtli. Elle s'abandonne lorsqu'il la fait pivoter face à lui. Les lèvres du Maître se pressent à nouveau sur les siennes, mais elles sont plus chaudes, plus douces. Ses mains puissantes compriment sa poitrine. Son sourire le trahit. Il n'est plus en colère. Il ne peut plus attendre. Ahuizotl a toujours eu deux points faibles.

La flatterie et l'insubordination.

— N'avez-vous toujours pas compris que je ne souhaite que votre bien ?

Elle le guide jusqu'au lit, se laisse glisser en arrière. Il l'accompagne, l'assaillant sans le vouloir de son odeur de campêche.

— Allez-vous enfin me laisser vous faire du bien ?

Lorsque le visage du Maître descend vers sa poitrine, minuit sonne et le sourire de circonstance s'efface des lèvres d'Ameyal.

Vent de la forêt attend.

Elle n'a d'autre choix que de répondre au désir de son tortionnaire pour se libérer de lui avant que le prince ne reparte.

6.

Minuit a sonné depuis longtemps du haut de la pyramide de Teotitlan.

Ahuizotl s'est affaissé sur le lit d'Ameyal, repu. Mais alors qu'elle s'attendait à ce qu'il regagne le palais, comme à son habitude, le Maître a sombré derechef dans le sommeil. Elle a hésité à le réveiller, mais y a renoncé. Ahuizotl a toujours eu une sainte horreur qu'on le tire du sommeil, et sa colère risquerait de l'empêcher de sortir dans les jardins.

La jeune femme a alors attendu qu'il soit profondément endormi pour se glisser hors de la chambre le cœur battant, enroulée dans le grand manteau noir. Elle mesure le risque qu'elle a pris : celui qu'Ahuizotl se réveille avant son retour. Qu'il la fasse chercher. Qu'il la retrouve dans les jardins, en compagnie ou non d'Ehecatl.

Mais la liberté est à ce prix.

La fraîcheur la saisit tandis qu'elle pénètre dans les jardins. Une rumeur s'élève de la grand-place, franchit les murailles du harem et ruisselle tout autour d'elle.

Les préparatifs du Grand Réveil ont commencé.

La jeune femme progresse à pas rapides, se revoyant, quelques années plus tôt, lorsqu'elle était encore esclave. Combien de temps a passé depuis lors, des années ? Il lui semble que c'était hier. Il lui semble n'avoir pas changé.

Que représente la vie d'un homme sur le calendrier des dieux ?

Elle perçoit soudain un mouvement devant elle, aux pieds de l'arbre tentaculaire. Une silhouette est en train de s'éloigner. S'agit-il du prince héritier, comme prévu ? En s'approchant, Ameyal sent la sueur couler sur son front, le long de son dos. Elle est en train de jouer l'une des parties les plus serrées de son séjour au harem.

— Est-ce vous ? souffle-t-elle.

La silhouette se fige. Elle se retourne. Le visage d'Ehecatl se découpe devant elle, à la lueur des étoiles.

— Je croyais que tu ne viendrais pas.

— Je suis vraiment navrée. Je n'ai pas pu faire mieux…

Une foule de souvenirs lui reviennent à la vue du hors-la-loi. Le tunnel, la forêt, les maisons dans les arbres, le cénote… l'espoir qui l'avait caressée alors refait surface. Elle s'approche et se fige en voyant son visage amaigri, ses traits tirés. Un sentiment se réveille en elle. Il ne l'a pas forcément oubliée à dessein. Il semble avoir été très occupé.

— Quel bonheur de vous voir ici !

— Ne t'avais-je pas promis que l'on se reverrait ?

Le chef des hors-la-loi la fixe d'un regard brillant. Elle sent son souffle sur son visage et sa chaleur sur sa peau. Elle contemple ses yeux sombres, ses épaules larges, son manteau en peau de jaguar. Elle lutte contre le trouble qui l'envahit de nouveau. Aucun homme ne lui fait cela.

Elle se reprend. Ahuizotl risque de se réveiller à tout instant. Il faut agir.

— Suivez-moi, vite. Il faut nous mettre à l'abri.

Le saisissant par la main, Ameyal entraîne le hors-la-loi derrière l'arbre, dans le but d'être invisibles depuis les jardins, jusqu'à une minuscule clairière couverte de jasmins et de fleurs blanc argenté qui ne s'ouvrent que la nuit. Il la dévisage à son tour des pieds à la tête, une lueur de méfiance dans le regard. Cihuacoatl a dû avoir vent du pari et lui en parler, évidemment. Elle jette un œil vers le harem. Aucune lumière. Les fenêtres sont closes et les rideaux tirés. La nouvelle lune approchant, seules quelques rares étoiles lui permettent de voir son interlocuteur.

— Pourquoi avoir demandé cette entrevue ? demande Ehecatl. Si l'on me surprend ici…

La Cité, la province entière sera perdue. Elle le sait.

— Cela n'arrivera pas.

— Je te trouve bien sûre de toi.

— Une fille de chef doit toujours se montrer sûre d'elle.

— Et si fière… j'aime cela.

Tant mieux. Elle balaie ses longs cheveux d'un revers de main.

— J'ai entendu dire que tu as tenté de rester à Tenochtitlan, fait-il remarquer, songeur. Croyais-tu que je t'avais abandonnée ? Était-ce pour te venger de moi ?

Elle secoue la tête.

— Uniquement pour me venger du peuple qui a tué les miens.

Il lui faut dire la vérité si elle veut regagner la confiance de Vent de la forêt. Du moins une partie de la vérité.

— Je me sentais abandonnée, poursuit-elle d'une voix triste. Je me disais que vous m'aviez utilisée pour récupérer le tribut et n'aviez plus besoin de moi.

— Et que comptais-tu faire, seule, là-bas ?

Il attend un instant une réponse qui ne vient pas, puis reprend.

— Il est encore trop tôt. Il ne faut pas brûler les étapes.

Elle approuve d'un signe de tête. Il lui faut le séduire une nouvelle fois. Le séduire et le rassurer. Refaire partie de son plan.

— Où en sont les préparatifs ?

— Nous avons été très occupés, répond-il. Mais des mercenaires mayas ont été recrutés grâce aux plumes, à l'or et aux pierres précieuses du tribut. Nous sommes venus en aide des familles les plus démunies de la ville, qui se joindront à nous le moment venu. Nous avons forgé des armes avec le cuivre, confectionné des armures avec les vêtements de coton et les peaux de jaguar.

Ainsi, l'attaque de Teotitlan va bien avoir lieu. Tout est encore jouable.

— Cela ne suffira pas contre les Aztèques, répond-elle, satisfaite d'avoir obtenu cette information sans rien céder encore.

— Cela sera suffisant pour franchir la prochaine étape. Une fois la ville prise, de nouvelles possibilités s'offriront à nous. Nombreux sont les mécontents autour de Tenochtitlan.

— Il y a autant de mécontents à l'extérieur qu'à l'intérieur de la ville même, dit-elle en songeant aux pochtecas et à tous ceux qui doutent de Moctezuma.

— C'est ce que m'a confié Cihuacoatl. Nous avons plus de ressources que ce que l'ennemi pense.

Sans oublier l'aide que pourrait leur apporter le monstre et la caverne dont avaient parlé Ahuizotl et Puma blanc, et dont elle doit tenir l'existence secrète, pour le moment du moins.

Le trésor de Mictlantecuhtli lui-même.

Peu à peu, le regard du prince se fait moins méfiant, plus doux, comme s'il commençait à la comprendre.

— Ne perdons pas plus de temps en vaines paroles, chuchote-t-il. Je dois savoir si je peux avoir confiance en toi. Si tu souhaites te racheter à mes yeux, et à ceux de mes hommes, il va falloir que tu me dises ce que tu as appris. Tout ce que tu as appris.

— Il me faut des garanties. Que comptez-vous faire de ces informations ?

Il fronce les sourcils, prend un air supérieur.

— Que veux-tu dire ?

— Le joug aztèque a assez duré. Les Totonèques et de nombreux autres peuples vivent mal la domination de Moctezuma. Une alliance avec eux pourrait nous permettre de nous soustraire à leur despotisme.

— Je ne m'allierai jamais à un tel peuple !

— Nous n'avons pas le choix !

— *Nous ?*

— Ne désirez-vous pas vous venger des Aztèques ?

— Mon tonalli est de reprendre ce qui m'appartient. Rien de plus, et rien de moins.

Ameyal secoue la tête, déçue. C'est bien ce qu'elle craignait. Son tonalli, à elle, est de commander aux hommes.

Tous les hommes.

Elle commence à peine à comprendre quelle sorte de chef elle pourrait être.

Elle plonge ses yeux verts dans ceux d'Ehecatl. Il faut qu'il voie plus loin. Qu'il la seconde dans l'objectif qu'elle s'est fixé. Elle prend une voix à la fois douce et ferme.

— Même si vous parvenez à reprendre la ville, croyez-vous qu'ils vous laisseront en paix ? Que vous ferez le poids face à eux ? Les Totonèques eux-mêmes ne sont rien face aux troupes de Moctezuma.

Il la contemple un instant, puis lève les yeux dans un soupir vers le firmament assombri.

— Tu voudrais cueillir les étoiles.

— C'est dans les étoiles qu'est écrit l'avenir par le Serpent précieux. En outre, il faut toujours viser haut si l'on ne veut pas retomber trop bas.

— À trop vouloir approcher des étoiles, tu risques de t'y brûler.

— Lors de mon voyage, j'ai compris que de nombreuses nations rêvent de liberté. De nombreux peuples ne versent le tribut à la Triple Alliance que contraints et forcés. Les tribus de moindre importance, comme les Tepeyuèques et les Xica, pourraient s'allier aux Totonèques et à vos troupes… vous pourriez faire le poids face à Moctezuma !

Ehecatl approuve d'un signe de tête, mais elle sent bien que ses paroles tombent dans le vide, et qu'elle ne le fera pas changer d'avis.

Il lui faut, malgré tout, recouvrer la liberté pour accomplir sa vengeance. Une fois cela fait, elle s'alliera aux tribus mécontentes, et même aux étrangers s'il le faut, pour faire tomber Tenochtitlan.

Elle tourne la tête vers le harem, sombre et silencieux. Ahuizotl est-il toujours en train de dormir ?

— Promettez-moi de me faire sortir d'ici, déclare-t-elle, et je vous dirai ce que je sais.

— Tu seras libre dès que j'aurai repris Teotitlan, ce qui aura lieu lors de la fête du Grand Réveil, dans une semaine, comme prévu. Tu pourras repartir de ton côté, seule, ou rester avec nous. Tu as ma parole.

Le chef des hors-la-lois semble sûr de sa victoire. Mais peut-il l'être réellement ? Quelle que soit la réponse à cette question, Ameyal ne sent aucune hésitation dans sa voix. Il ne fait nul doute qu'il dit la vérité.

Elle ferme les yeux une seconde, soulagée, avant de lui confier ce qu'elle a appris sur les « Espagnols », et sur ce que prévoit Moctezuma à leur encontre.

7.

— Attendre ? répète Vent de la forêt, après qu'Ameyal lui ait divulgué les informations en sa possession.

— C'est ce qu'a dit Moctezuma, malgré l'opposition des deux autres dirigeants et de tout son Conseil.

— C'est à peine croyable... souffle le hors-la-loi, la main sur le front. Comment peut-il rester dans l'inaction face à ce qui arrive ?

— Cela devrait vous satisfaire. Les Aztèques vont se tenir tranquilles à Tenochtitlan. Ils ne vous importuneront ni pendant ni directement après l'attaque.

Vent de la forêt hoche la tête.

— Reste à savoir ce que feront ces « Espagnols », qu'ils soient des hommes ou des dieux.

— Il faut procéder étape par étape, répond Ameyal. Reprenez d'abord la ville. Ensuite, vous verrez de quelle manière il vous faudra traiter cette question.

— Des paroles pleines de sagesse...

— Merci, répond la jeune femme sans le quitter des yeux. Me direz-vous à présent comment vous comptez vous y prendre ?

— Je crains que nous n'en ayons pas le temps.

Elle jette un œil vers le harem toujours endormi.

— Je vous en prie ! Peut-être pourrais-je vous faire quelques suggestions...

Il lui faut tout savoir sur l'attaque qui se prépare si elle veut avoir une chance d'y survivre.

Vent de la forêt la contemple un instant, comme s'il cherchait à éprouver la confiance qu'il peut lui faire, puis récupère une brindille morte et s'accroupit devant une surface terreuse, l'invitant à faire de même. En quelques mouvements rapides et précis, il trace la carte de l'enceinte sacrée de Teotitlan, de la grand-place en prenant soin de marquer l'emplacement des deux palais : celui d'Ahuizotl et celui de Sept serpents.

— Mes hommes ne peuvent franchir les hautes murailles de Teotitlan, qui sont fort bien gardées, explique-t-il. En outre, la grand-place a été placée sous étroite surveillance depuis des semaines, ce qui nous a empêché d'y dissimuler des armes. Mais la ruse peut souvent suppléer la force.

Ameyal hoche la tête, dans l'attente de la suite.

— Mon père, Ilhuitl, du temps de son règne, avait fait établir une liste de préceptes à adopter pour remporter une guerre, poursuit Ehecatl. Son codex, qui m'est revenu, établit les principes d'une stratégie faite d'économie, de ruse, de connaissance de l'adversaire, d'action psychologique, destinée à ne laisser au choc des armes que le rôle de coup de grâce asséné à un ennemi désemparé. J'ai longtemps étudié ces écrits. J'ai eu l'occasion de les mettre à l'épreuve. Cinq principes me semblent nécessaires et suffisants pour mener cette attaque.

— Faites m'en part avant que nous ne soyons à nouveau séparés !

— Le premier d'entre eux se fonde sur l'une des meilleures ruses de guerre : « *Dissimule ton épée dans un sourire* ». Il s'agit de camoufler des troupes et des armes dans un environnement naturel ou artificiel. Le tribut que nous avons dérobé à Puma blanc ne nous a pas seulement permis d'équiper nos troupes, de recruter des mercenaires et de venir en aide aux pauvres. Il nous a aussi servi à soudoyer certains marchands de maïs dont l'honnêteté n'est pas la principale qualité…

— Je crains de comprendre.

— Pour la fête du Grand Réveil, d'énormes sacs ont été acheminés sur la grand-place de la ville, emmenés par les marchands.

— Vous avez dissimulé des armes et des armures dans les sacs.

Vent de la forêt hoche la tête en souriant. Son regard est intense, dénué de toute ironie. Ameyal sent son corps se galvaniser à son contact.

— « *Traverse la mer sans que le ciel le sache* », poursuit Ehecatl, a été le second principe que j'ai appliqué. Ce qui nous paraît familier n'attire pas l'attention. Les croyances des Aztèques nous mettront en sécurité vis-à-vis d'eux. Plusieurs dizaines de hors-la-loi déguisés en marchands veilleront sur les sacs de maïs. Nous nous sommes procuré de fausses bannières, de faux uniformes, des étendards marquant les lieux de regroupement, tout est prêt.

Artifice et déguisements. Une ruse habile. Mais cela sera-t-il suffisant ?

— Même avec l'effet de surprise de votre côté, l'ennemi garde la force du nombre.

— Raison pour laquelle nous allons les laisser boire, manger à foison et se fatiguer. L'armée du tecuhtli a beau être puissante, nombre de soldats fidèles à mon père ne sont liés à lui que par l'argent, les superstitions ou les menaces. Quant aux troupes du Calpixque, elles ne rêvent que de rentrer chez elles retrouver leurs familles. Quel intérêt auraient-elles à mourir dans une ville de province, pour un combat qui n'est pas le leur ? En outre, vu la manière dont tous ces soldats sont traités, quel sentiment de loyauté vis-à-vis de l'un ou de l'autre de ces chefs aurait pu naître et se développer ? Si leurs commandants tombent, le reste de leur armée se dispersera ou se joindra à nous.

Il marque une pause, et continue.

— Le soir du Grand Réveil doit être précédé d'une journée de danse exécutée par les femmes et les enfants de la ville, entrecoupée par un après-midi de combat simulant la prise de Teotitlan par les Aztèques sous le règne de mon père. Certains de mes hommes se sont portés volontaires pour tenir tête aux gardes de Sept serpents avec des armes factices. Au crépuscule, le reste de mes troupes viendra par petits groupes pour occuper l'emplacement qui leur a été assigné dans l'enceinte sacrée. Nos prétendus marchands leur distribueront les armes contenues dans les sacs.

— Ne craignez-vous pas d'être repérés ?

— Les danses auront recommencé. L'alcool, l'enthousiasme du peuple et l'embrasement religieux aidant, l'agitation sera à son comble. Avec la nouvelle lune, la nuit sera épaisse et noire, et la place uniquement éclairée par des flambeaux. À la lueur des torches, les gardes d'Ahuizotl et de Sept serpents ne se rendront pas compte de la substitution.

— Cela est peu probable en effet.

— « *Pour vaincre l'ennemi, d'abord vaincre leur chef* » : peu à peu, les meilleurs de mes hommes encercleront avec moi les gradins où se trouveront les dirigeants, tandis que d'autres hors-la-loi se posteront près des troupes ennemies, et que d'autres encore gagneront la sortie de l'enceinte sacrée. Au point culminant de la cérémonie, le plus grand désordre régnera. Les gardes se sentiront dans une très grande sécurité. Lorsque l'incarnation de la déesse s'allongera sur l'autel sacrificiel, et que le prêtre de Centeotl, le dieu du maïs, lèvera son poignard pour frapper, la foule réunie dans l'enceinte sacrée s'agenouillera en scandant le nom de Xilonen. Ce sera le moment opportun pour attaquer. Lorsque je jetterai mon manteau, nous fondrons sur les troupes adverses et prendrons l'avantage.

Ameyal le considère avec un étonnement et une admiration croissants.

— « *Trouble l'eau et prends le poisson* », a également écrit mon père. Il s'agit de semer la confusion et de l'exploiter pour parvenir à nos fins. Nous veillerons à ne jamais séparer les différents corps de nos troupes pour qu'ils puissent toujours se soutenir les uns les autres, et nous attaquerons chaque groupe ennemi séparément avec nos sections entières pour garder l'avantage. De cette manière, quelque petite que soit notre armée, le nombre sera toujours de notre côté.

Ameyal a une pensée pour Rivière noire.

— Et la sacrifiée ? demande-t-elle. Comptez-vous intervenir pour l'arracher aux prêtres ?

Vent de la forêt lui jette un regard attristé.

— La sacrifiée sera hors de portée. Nous ne pourrons à la fois gravir la pyramide, attaquer les gradins où siègent les dirigeants, les troupes ennemies, et bloquer la sortie de l'enceinte sacrée.

Tant mieux, se dit Ameyal. *Rivière noire ne mérite pas de faire échouer cette attaque.*

— Malgré tout, reprend Ehecatl, le sacrifice de l'incarnation de Xilonen ne sera pas vain. Il nous permettra de reprendre la cité et de libérer mon peuple.

Ameyal apprécie de plus en plus les valeurs et la détermination de son interlocuteur.

— Personne ne s'attend à cette attaque, dit-elle. Ahuizotl, comme bien d'autres, s'imagine que vous avez fui avec le tribut.

— Toute guerre se fonde sur la tromperie, répond Ehecatl. Lorsque l'on est capable d'attaquer, il faut paraître incapable de le faire. Lorsque l'on utilise ses forces, il faut paraître inactif. Lorsque l'on se trouve près de l'ennemi, il faut lui faire croire que l'on est loin, et si l'on est loin, lui faire croire que l'on est proche.

Ameyal ne peut réprimer un sourire.

— Que feront vos hommes après avoir encerclé les dirigeants ? Vont-ils les éliminer ?

— Nous ne tuerons que si nous ne pouvons faire autrement. J'ai donné des consignes pour faire le plus de prisonniers possible, à commencer par Ahuizotl et Sept serpents.

Ameyal tressaille. Elle est bien consciente qu'elle ne devrait pas ressentir d'émotion en imaginant la mort de son tortionnaire. Mais elle frissonne malgré elle à cette idée, comme si, à travers tout ce qui les oppose, le voyage à Tenochtitlan les avait rapprochés.

— Leur valeur marchande pourra nous permettre de négocier avec Moctezuma. Nous proposerons aux soldats ennemis de rentrer dans nos rangs ou de repartir chez eux par leurs propres moyens. Quant à toi, mes hommes te connaissent. Tu n'auras qu'à te tenir à l'écart, il ne t'arrivera rien.

— Je serai tenue à l'écart. Je serai au harem. La délégation que je devais présider sur les gradins en compagnie d'Ahuizotl sera conduite par une autre.

Xalaquia.

— On ne pouvait souhaiter mieux. Je te préfère à l'abri de ces murs que sur le champ de bataille.

Une telle force brille dans les yeux d'Ehecatl qu'elle se sent hypnotisée par ses paroles.

— J'espère de tout cœur que vous réussirez.

— Je te sens sincère. Merci.

Le hors-la-loi s'approche d'Ameyal, qui tressaille lorsque sa main effleure son épaule. S'il remarque sa réaction, il n'en laisse rien voir. Elle entrevoit les images de ce qui risque d'arriver, de ce que cet homme pourrait devenir. Elle le voit coiffé de plumes, entouré de conseillers et de serviteurs, et son trouble augmente encore. Ehecatl paraît si sûr et déterminé qu'elle est tentée, l'espace de quelques instants, d'oublier sa vengeance pour le suivre et s'en remettre à lui. Elle fait un pas en arrière, se demandant si elle n'est pas en train de faire fausse route. Il la contemple en silence, appuyé à l'arbre tentaculaire.

Elle se sent déstabilisée par cet homme.

— Que ferez-vous, si les dirigeants parviennent à fuir malgré tout ? demande-t-elle d'une voix tremblante.

— « *Ferme la porte pour attraper le voleur* » : les dirigeants ne pourront fuir, car nous couperons leur retraite en bloquant l'accès aux deux palais. Comme je t'ai dit, une partie de mes soldats gagnera la sortie. Une fois l'attaque lancée, certains d'entre eux rejoindront les mercenaires mayas sur la grand-place et attaqueront les deux palais pour faire croire que l'attaque principale aura lieu là-bas. Les dirigeants étant plus désireux de protéger leurs familles, leurs héritiers et leurs biens qu'anéantir les miens, ils enverront le gros de leurs troupes devant leurs palais. Mes hommes livreront combat aux troupes désormais réduites d'Ahuizotl et de Sept serpents, avec l'aide du peuple, si le Serpent précieux le veut. Si l'ennemi est toujours en surnombre, nous le bouterons hors de l'enceinte sacrée, que nous refermerons derrière eux. Il n'aura alors d'autre choix que de s'engager dans le passage étroit conduisant à la grand-place. En gardant leur ligne dans ce goulot d'étranglement, ses soldats se gêneront les uns les autres. Ne pouvant attaquer tous en même temps, ils auront perdu leur supériorité numérique. Les voies d'évacuation et d'aide extérieure étant coupées par les mercenaires, ils seront séparés de leur source de force, et nous pourrons aisément les éliminer.

Un frisson d'excitation parcourt Ameyal, transportée par les paroles et la confiance émanant du chef qui lui fait face. Vent de la forêt la considère comme l'un des siens malgré ce qu'elle a fait. Elle ressent de la bienveillance, de l'encouragement.

De l'espoir.

— L'emploi de stratagèmes en chaîne n'est pas suffisant pour s'assurer de la victoire, déclare-t-elle. Les dieux peuvent en changer l'issue.

— Les stratagèmes sont néanmoins nécessaires pour avoir le plus de chances de gagner, qu'ils soient utilisés simultanément ou successivement. J'ai établi différents plans fonctionnant dans un schéma global. Si une stratégie échoue, j'appliquerai la suivante.

Il lève les yeux vers le firmament.

— Nous allons reprendre la ville, et les nobles d'aujourd'hui, ceux qui nous ont trahis, seront les esclaves de demain. Leur soumission nous permettra de rebâtir notre puissance pour nous protéger des Aztèques.

Le hors-la-loi tourne le visage vers le harem. A-t-il entendu quelqu'un approcher ? Ameyal avait oublié jusqu'à l'endroit où tous deux se trouvent. Le harem et Ahuizotl semblent déjà si loin !

Et pourtant ils sont là, bien présents, et elle est toujours leur prisonnière.

Elle regarde à son tour, et ne distingue toujours aucune lumière émanant de l'édifice de pierre. Elle chasse Ahuizotl de son esprit et se tourne vers Ehecatl, dont le parfum boisé vogue jusqu'à elle.

Tous deux se contemplent un instant en silence.

Nul besoin de mot supplémentaire. Lorsque Vent de la forêt l'enlace, pressant son corps contre le sien, elle se dit que les choses ne sauraient être plus parfaites. Son cœur accélère tandis que, de sa main libre, le chef des hors-la-loi parcourt les traits de son visage.

— Ameyal…

Personne n'a jamais prononcé son nom de cette manière. Quand son pouce effleure sa lèvre inférieure, Ehecatl s'arrête un instant de respirer. Il la fixe droit dans les yeux. Ameyal soutient ce regard brûlant, de plus en plus attirée par ces lèvres, par ce corps.

Sa respiration s'accélère. Elle veut qu'il l'embrasse. Elle veut qu'il la possède même si tout, autour d'elle, est danger.

Comme s'il pouvait lire dans ses pensées, Ehecatl l'attire à lui contre l'arbre, agrippe ses deux mains et incline sa tête en arrière avant de presser ses lèvres sur les siennes. Ameyal laisse échapper un gémissement. Lorsque la main du prince effleure sa peau nue, elle a un sursaut, et tente d'échapper à l'envoûtement. Elle ne sait ce qu'elle veut vraiment, si elle peut se donner à lui dans ces conditions. L'idée de s'offrir à Vent de la forêt ici, au cœur des jardins du harem, est aussi agréable qu'insensée. Aussi douce que risquée.

Mais les mains de Vent de la forêt sont trop déterminées pour qu'elle puisse échapper à leur prise.

La jeune concubine livre passage à la langue du prince. Ni Acatl, à Huaxca, ni Ahuizotl dans le harem, ni Macoa ou Citlaltonac, il y a peu, ne l'ont jamais embrassée de cette manière. Sa langue caresse la sienne, timide, tandis qu'il resserre son étreinte, la laissant sans défense, les mains, le visage et les hanches maintenues, le tepuli pressé contre son ventre.

Il a envie de moi. Ehecatl Vent de la forêt, le prince héritier de Teotitlan. Le chef des hors-la-loi. Il a envie de moi, et je le désire, ici, maintenant, sous l'arbre tentaculaire.

D'un geste sûr, elle se défait de son manteau, de son corsage, et délie la ceinture de cuir qui attache sa jupe.

Là voilà presque nue.

En cette heure avancée de la nuit, elle n'a rien à cacher de ses mystères.

Il la contemple, interdit.

— Tu es l'incarnation de la Fleur, murmure-t-il, le souffle court.

Debout, Ameyal le caresse de sa langue et de ses doigts, de son ventre et de ses cuisses, du bout de ses seins. Emportée hors du temps, elle ne voit plus, n'entend plus, ne sent plus que lui. Il n'y a rien qu'eux, et cet amour qui brûle, lumineux, entre leurs corps.

Ehecatl se débarrasse de sa chemise, dévoilant ses épaules, ses pectoraux et ses cicatrices de guerre, puis retrousse la fine étoffe de la jupe qui couvre encore les cuisses d'Ameyal, surpris. Sans doute ne s'attendait-il pas à ce qu'elle ne porte rien qu'un peu de parfum de magnolia. Lorsque sa main l'effleure, elle résiste, mais ce n'est que pour mieux goûter les délices de l'abandon. Son corps se tend, elle sent ses seins gonfler, son tipili s'humecter. Des fantasmes la traversent, obsédants et effrayants, Vent de la forêt se pressant contre elle, l'embrassant, la mordillant, la léchant, lui faisant l'amour devant Ahuizotl, caché derrière un arbre.

Un ouragan semble se déchaîner en Ehecatl. Il se redresse pour prendre son visage entre ses mains, et dévore de dizaines de baisers son front, ses joues, son cou. Le cœur d'Ameyal s'accélère tandis qu'il la domine, les muscles saillants. Elle reste figée dans la contemplation, admirant les courbes de son torse, telle la statue du Serpent précieux, faite de chair et de sang…

Elle voudrait le sentir. Tout entier. En elle.

Elle s'allonge sous les fleurs blanc argenté et les jasmins qui embaument le sous-bois, et le fait basculer vers elle avec précaution. Les mains tremblantes de l'homme rampent le long de son ventre. Du bout des doigts, elles explorent, tendent le tissu de la jupe jusqu'à sentir à travers lui le bouton d'or de la jeune femme, qu'elles pressent, qu'elles caressent.

Ameyal tente de résister à la vague qui l'assaille, mais une plainte étouffée lui échappe. Des sensations douces et grisantes la font grimper vers l'orgasme, auquel elle tente de résister.

Le souffle court, elle attire Ehecatl à elle en écartant doucement les cuisses pour l'accueillir.

Ses pectoraux frôlent sa poitrine. Il se tient au-dessus d'elle, prêt, et elle se cambre, le souffle court, attendant le contact de son corps envahissant le sien, mais en cet instant, Ehecatl se fige, plaque ses hanches au sol et la maintient ainsi, loin de lui. Ameyal gémit, désemparée, mais il se retient, puis dépose sur ses lèvres un baiser si tendre qu'elle en perd presque connaissance. Il semble admirer son corps autant qu'elle admire le sien. Il semble vouloir savourer chaque seconde en dépit du danger.

Il la pénètre lentement, et c'est comme un supplice divin.

— Nous voilà enfin réunis, dit-il. Comme promis.

Sa voix profonde est lourde de désir. Ameyal sourit. Il semble si sûr de lui.

Elle suffoque en le sentant glisser en elle, la remplir, faire bouillonner son sang et attiser son désir brut et velouté. Elle gémit, écrasée de plaisir, submergée par les sensations, le corps du guerrier enveloppant le sien.

— Ameyal, murmure-t-il dans une plainte. Ameyal…

Lorsqu'elle ouvre les yeux, son visage est penché au-dessus du sien : son regard droit plonge en elle comme dans le plus profond cénote.

— Nous ne nous séparerons plus, souffle-t-il sans détourner un instant ses yeux des siens.

Il se retire lentement. Elle le retient, de peur qu'il ne lui échappe à nouveau, et son sourire lui apprend qu'il n'a pas l'intention d'en rester là.

Un craquement proche la fait tressaillir. *On vient !* Ehecatl la rassure tandis qu'elle se fige dans la crainte d'avoir été prise. Ce n'est qu'un chien techichi.

Heureusement que les chiens d'Ahuizotl n'aboient pas.

Brusquement arrachée au charme de l'instant, Ameyal voit autour d'elle les jardins renaître progressivement à la lueur des rares étoiles du ciel. Elle remonte sa jupe, recouvre ses hanches et ses seins nus.

Tous deux se regardent en souriant. Leurs yeux reconnaissent leur complicité. Vent de la forêt semble aussi troublé qu'elle. Il se rhabille en quelques secondes à peine. Ameyal gagne une fontaine pour se rafraîchir le visage, les bras et le cou, laissant couler quelques gouttes entre ses seins encore gonflés. Elle prend une grande bouffée d'air nocturne, encore étourdie par ce qui vient d'arriver, et tourne les yeux vers son amant, qu'elle contemple avec une jubilation candide.

Il se rapproche d'elle. Elle le presse contre lui.

— Que c'était bon, souffle-t-elle.

Elle voudrait que cette nuit ne finisse jamais. Sa seule pensée est de se défaire à nouveau de sa jupe, de son corsage, de s'offrir une nouvelle fois à lui. Ses doigts jouent dans ses longs cheveux.

— Il faut que je reparte.

Mais Ameyal ne parvient pas à se résigner. Elle voudrait l'implorer, le déshabiller à nouveau. Va-t-elle réellement le revoir le soir du Grand Réveil ? Ses lèvres tremblent à la pensée de le perdre à nouveau. Elle colle sa poitrine contre lui. À son plus grand ravissement, il couvre son visage de baisers. Elle tourne les yeux vers le harem, qu'elle ne peut voir depuis l'endroit où ils se trouvent. Elle oublie alors le harem une nouvelle fois. Elle gémit encore, au bord de l'asphyxie. Le plaisir monte en elle, s'élance de plus en plus haut à chaque longue et lente charge d'Ehecatl dans son corps. Elle se débat sous lui, enroule ses jambes à ses cuisses pour lui donner un accès plus profond encore tandis que tous deux trouvent leur cadence, allant et venant au rythme de tambours qu'eux seuls peuvent entendre.

La jeune femme frémit. Un feu implacable enflamme chaque grain de sa peau. Le supplice divin se poursuit, elle, espérant qu'il accélère, lui, glissant lentement, profondément en elle, puis accélérant, enfin. Leurs souffles s'entremêlent.

— Ameyal…

Ehecatl prononce son nom, encore et encore, et des bouquets de fleurs multicolores passent devant les yeux clos de la jeune femme. De nouveau, il ponctue ses lèvres de baisers vertigineux qui effacent à jamais les instants cruels qui les ont séparés, tous ces mois passés sans le voir depuis leur première rencontre.

Le passé se dissipe sous ses caresses, il ne reste rien que leur étreinte.

Ici et maintenant.

— Ehecatl…

La fille de l'Aigle et le Prince héritier, réunis à jamais.

8.

Des éclats de voix retentissent soudain de toutes parts.

Ehecatl s'écarte d'Ameyal, horrifié.

— Tu as divulgué ma présence !

Elle secoue la tête, éperdue.

— Non ! Bien sûr que non ! J'ignore ce dont il s'agit ! D'ordinaire…

D'ordinaire, les jardins restent silencieux durant toute la nuit. Ameyal se rhabille aussi vite que possible. Au moment où elle s'enroule dans son manteau sombre, elle aperçoit l'un des soldats du Maître traverser une clairière. Elle tire Vent de la forêt à elle.

— Par ici. Vite !

Il leur faut éviter chemins et clairières. Elle entraîne le prince héritier à travers un buisson d'épineux, jusqu'à repérer les cuves d'eau qui surplombent les toits.

Juste avant qu'ils ne parviennent à l'escalier menant aux cuves, une foule d'esclaves de l'extérieur fait son apparition, toutes équipées de torches. Ameyal pousse Ehecatl dans un fourré à la végétation inextricable composée de lianes, de mousses et d'épines de la grosseur d'un doigt. Le manteau du chef des hors-la-loi se déchire et tous deux s'immobilisent. Du sang coule de l'épaule de Vent de la forêt, qui la rassure d'un geste.

Le cœur battant, Ameyal suit des yeux le groupe qui passe tout près d'eux et les dépasse.

— Ne perdons pas une seconde !

Tenant Ehecatl par la main, elle l'entraîne avec elle dans l'escalier aux cuves. Une fois en haut, elle s'agenouille sur le bord de l'une d'elles, retire le couvercle et s'aperçoit qu'elle est presque vide. Elle plonge sa main dans l'eau stagnante sans rien trouver. La peur qui l'étreint se fait plus intense. Cinteotl a-t-elle correctement fait ce qu'elle lui a demandé ? Elle passe à une autre cuve, sonde la faible épaisseur d'eau de sa main tremblante et sent enfin quelque chose au bout de ses doigts. Elle retire la corde ainsi dissimulée et la présente à Ehecatl.

Le hors-la-loi réagit sans hésiter.

Ameyal le regarde accrocher la corde à une saillie du toit, s'assurer qu'elle tient bien et en éprouver la solidité. Un coup d'œil aux jardins lui apprend que les esclaves de l'extérieur sont toutes réveillées. Des torches dansent de toutes parts. Bien que le visage du harem soit toujours endormi, les yeux de ses fenêtres ne vont pas tarder à s'ouvrir et briller dans la nuit. On va se rendre compte qu'elle manque à l'appel. Elle se fige d'effroi aux cris de soldats qui lui parviennent. Il se passe quelque chose de grave. De très grave. Ahuizotl a été réveillé. Il a dû se rendre compte qu'elle n'est plus au harem.

Il doit penser qu'elle a fui, ce qui va le conduire tout droit… à Vent de la forêt.

Le chef des hors-la-loi a déjà franchi le rebord du toit. Le sang de sa plaie imbibe son manteau en peau de jaguar. À son regard et son souffle rapide, elle comprend qu'il voudrait l'emmener avec elle.

— Viens avec moi.

Elle scrute la corde et des larmes débordent de ses yeux.

— Cette corde ne supporterait pas le poids de deux personnes. Et je ne suis pas assez musclée pour descendre par moi-même.

Les yeux du prince brillent à la lueur des rares étoiles. Son visage exprime la peur. Il ne veut pas l'abandonner. Elle lui jette un regard implorant.

— Va-t'en avant qu'il ne soit trop tard.

Il secoue la tête, à la recherche de solutions. De nouveaux cris leur parviennent. Elle pose la main sur son épaule et le pousse avec douceur en arrière.

— Ton peuple a besoin de toi. Je saurai me débrouiller.

Il dépose un baiser sur ses lèvres. Tout son corps tremble.

— Je ne t'abandonnerai pas.

Puis il bascule dans le vide, la laissant seule.

Les yeux d'Ameyal se posent sur la corde, qui ondule comme un serpent de nuit tandis que le chef des hors-la-loi descend le long de la muraille. Puis elle se tourne vers les jardins et se force à respirer. Le feu des torches semble s'être concentré en une seule et même clairière, qui se trouve non loin de celle qu'ils occupaient jusqu'à présent.

Il s'en est fallu de peu.

La corde s'immobilise. Ameyal la saisit, tire dessus. Elle ne sent plus aucun poids. Vent de la forêt a-t-il chuté ? Est-il parvenu en bas ? Impossible de le savoir avec certitude. Elle remonte la corde et la dissimule dans la cuve, qu'elle referme avec soin.

Puis elle tourne le visage vers les jardins et essuie la sueur qui coule sur ses yeux.

Elle redescend les marches à pas feutrés et plonge entre les arbres. Il lui faut longer la clairière où se trouvent les esclaves de l'extérieur pour retourner au harem, car la contourner lui ferait perdre trop de temps. Heureusement, elle n'aura pas besoin de la traverser. Les arbustes qui l'entourent sont faits de ces petites fleurs blanches de la forme de clochettes qui rejettent leurs parfums une fois la nuit tombée, et qui laissent les regards les traverser.

Ameyal avance sans un bruit.

Le visage du harem grandit devant elle, sombre, menaçant. Ses multiples ouvertures sont comme des orbites immobiles dardées sur elle. Il la condamne de toute sa sévérité. L'espace d'un instant, elle croit voir, dans la disposition régulière de ses fenêtres, une large cicatrice qui le lézarde en son milieu. Une sinistre pensée la traverse.

Le harem, c'est Ahuizotl.

Elle tente de se rassurer. Il y a encore de l'espoir. Les cris ont cessé, et personne n'a encore prononcé son nom. Elle va bientôt pénétrer dans ce lieu terrible, mais familier, se fondre dans la pénombre de ses pièces et de ses couloirs jusqu'à sa chambre. Elle sera bientôt sauvée, et rien de fâcheux n'est encore survenu.

Vent de la forêt doit se trouver en sécurité.

Il lui faut ralentir l'allure tandis qu'elle dépasse de la clairière à l'arbre tentaculaire, celle qu'elle occupait avec lui il y a quelques instants à peine. Les éclats de voix ont laissé place aux murmures. Pourquoi un tel attroupement, si ce n'est pas pour Ehecatl ? Assaillie de questions, Ameyal tourne le visage et ne comprend d'abord pas ce qu'elle voit. Elle s'arrête. La plupart des femmes lui tournent le dos. Toutes les esclaves de l'extérieur entourent Necahual. Une douzaine de gardes se sont également réunis autour de leur nouveau chef, Chimalli.

Ameyal comprend alors que le danger n'est pas au harem, mais devant elle. Femmes et hommes sont rassemblés dans la lumière, et elle se trouve dans la pénombre. Malgré tout, la rumeur des discussions masque ses pas.

À demi rassurée, elle prend une grande inspiration, puis s'approche, aiguillée par la curiosité, en prenant soin de rester derrière les arbres.

Il lui faut voir de quoi il retourne.

Elle s'approche, donc, et tout ce qu'elle voit se réduit à une petite butte de terre, ainsi qu'un trou creusé dans le sol.

Qu'est-ce donc que cela ?

De vives lueurs attirent l'attention d'Ameyal en direction du harem. Les esclaves de l'intérieur et les concubines se sont réveillées. Elles accourent. Elle peut apercevoir Pixcayan, puis Xalaquia et Tene, qui pénètrent dans le cercle des esclaves au même instant, comme si elles étaient venues ensemble.

Un profond soulagement envahit la jeune femme. Personne ne l'a vue en compagnie d'Ehecatl. Le Maître n'a jamais hurlé son nom. Les choses vont être plus aisées que ce qu'elle redoutait. Il lui suffit de sortir de sa cachette et de pénétrer dans la clairière comme si de rien n'était. La vie au harem va reprendre son cours, et elle n'aura plus qu'à patienter jusqu'au soir du Grand Réveil, pour que Vent de la forêt délivre Teotilan et elle-même.

Elle aime cet homme qu'elle croyait avoir oublié.

Si son tonalli était autre, il aurait pu faire de moi sa reine, se dit-elle en jetant sur la foule un regard condescendant.

Eux sont dans l'ignorance de ce qui va se passer, ils ne savent pas encore que leurs masques et leurs costumes les accompagneront dans leur prison... tandis qu'elle sait.

Elle sait ce qui les attend tous.

C'est alors qu'elle aperçoit une esclave en pleurs. Est-ce la raison de ce rassemblement ? La pauvre femme a-t-elle été approchée par un garde ? A-t-elle été violentée ?

La jeune femme repense alors au Maître. Il est trop tard pour retourner à présent dans sa chambre. Il aurait néanmoins fallu s'y trouver, pour ne pas paraître suspecte. Quel prétexte invoquer pour justifier sa présence à l'extérieur ? Une crise d'insomnie ? Un malaise subit ?

C'est alors qu'elle surprend une conversation.

Le soldat le plus proche d'elle explique qu'une esclave de l'extérieur, en sortant des cabanes pour assouvir ses besoins durant la nuit, a surpris un chien en train de ronger un os. Sachant que la nourriture des chiens leur est retirée au moment du coucher, elle l'a suivi jusqu'à cette clairière, où elle a aperçu un autre os dépasser de la terre. Elle est alors retournée aux cabanes, réveillant deux comparses.

Ameyal repense au chien techichi aperçu avec Ehecatl. *Sans doute le même animal.*

Elle tend l'oreille, poussée par une curiosité mêlée de crainte.

En retournant la terre, les femmes ont trouvé des ossements humains à quelque profondeur et ont immédiatement prévenu Necahual. Toutes les esclaves de l'extérieur ont alors été réveillées et les gardes prévenus. Les restes d'un squelette ont rapidement été mis au jour. Des ossements, des dents…

Ameyal se fige de terreur.

Citatlin.

La fille de la seconde épouse.

Des images abjectes se déroulent devant ses yeux. Une nuit sombre et sans étoiles, comme ce soir. L'étreinte de Macoa. Citlalin, qui les surprend toutes deux et menace de les dénoncer. Macoa qui précipite la jeune fille par la fenêtre, dévoilant son vrai visage. Leur dispute. Leur nouvelle étreinte, après avoir enterré le corps.

Le désir mène le monde.

Il sème la vie et la mort.

Une bouffée glaciale manque d'étouffer la jeune femme. Que faire ? Il faut qu'elle dénonce Macoa avant que cette dernière ne la dénonce elle. Il faut qu'elle clame à toutes et tous que c'est cette folle, cette furie meurtrière qui l'a tuée. Mais de quelle preuve dispose-t-elle ? Et comment pourra-t-elle se défendre d'avoir participé au secret ?

Elle se tétanise en apercevant la silhouette d'Ahuizotl pénétrer dans la clairière en compagnie de Cipetl, qui se penche sur les ossements, les examine.

— Selon les ossements et les dents, précise Cipetl d'une voix chargée d'émotion, il s'agit d'un enfant. Une fille, pour être exact. Âgée d'une quinzaine d'années environ.

— Qui cela pourrait-il être ? interroge Xalaquia.

Le regard d'Ameyal se pose sur Xalaquia, qui ne paraît nullement avoir subi les affres de la prison. En la regardant à deux fois, elle constate même qu'un changement positif semble s'être produit en elle. Ses traits semblent moins aiguisés. Elle a le visage plus rond, plus coloré qu'avant.

Un froid l'envahit lorsqu'elle constate que son ventre s'est arrondi.

C'est bien ce que je pensais.

Un rictus amer traverse son visage. Cet enfant, à qui appartient-il ? À Ahuizotl, ou Chimalli ? Quelle que soit la réponse à cette question, le simple fait que Xalaquia puisse porter en elle le fils héritier la place à l'abri, le moment du moins, de toute forme de châtiment.

Cela la place hors de sa portée.

Ameyal repense à ce que lui a confié le Maître sur Macoa. Grâce à l'appui de cette traîtresse, qui l'a défendue par rapport à son frère, Xalaquia est parvenue à convaincre le Maître de son innocence. Et elle ne s'est pas arrêtée là : elle a de nouveau conquis sa préférence. Aucune concubine n'est autorisée dans le palais, pas même la favorite. Du fait même d'être enceinte, Xalaquia ne devrait plus être approchée par le Maître.

« *Chaque épouse, choisie par le Maître parmi les concubines, ne peut avoir qu'un fils. Ensuite, le Maître ne peut plus la toucher. Il devra choisir d'autres concubines pour produire de nouveaux enfants mâles et ainsi protéger la dynastie.* »

Or, Celle qui s'habille de sable a obtenu la permission de loger au palais, et se livre encore à des ébats amoureux avec Ahuizotl !

« *Face au feu, l'eau devient fumée et disparaît. Le feu réchauffe les corps, embrase les cœurs et déchaîne les passions. Ses flammes s'élèvent vers le ciel, hautes et nobles, illuminant tout ce qui les entoure.* »

Ameyal écume de rage. Comment a-t-elle fait pour contourner ainsi la tradition et les Lois, alors que j'ai moi-même échoué ?

Voilà une preuve supplémentaire, s'il en fallait, que Xalaquia est la plus imprévisible, la plus dangereuse de toutes les femmes.

— Citlalin ! gronde le Maître d'une voix brisé.

Un sanglot rauque retentit. Il a compris plus vite qu'elle ne le pensait. À ce cri, Ameyal recule d'horreur. Elle vacille entre les arbres qui semblent se refermer sur elle. Elle avait songé à répandre les restes de la jeune fille aux quatre coins des jardins, mais n'a jamais pu se résoudre à s'exécuter, de peur de s'attirer les foudres de Mictlantecuhtli.

Il est désormais trop tard.

Elle cherche Macoa des yeux. La concubine va chercher à la confondre. L'accuser. Mais elle ne la voit pas. Où est-elle ? Que fait-elle ? Pourquoi n'est-elle pas ici ?

L'a-t-elle dénoncée à sa nouvelle alliée ?

Ameyal recule, cédant à l'affolement, puis se dit qu'il lui faut au contraire avancer. Se mêler à cette foule de vautours pour ne pas paraître suspecte.

C'est alors qu'elle bute contre quelque chose.

Un soldat.

Chimalli.

— Que fais-tu ici ?

— Je…

— Pourquoi te caches-tu ainsi, Ameyal ?

Elle passe une main tremblante sur son visage, dont la peau brune a pris la pâleur de l'ambre.

— Je ne me cachais pas…

— Par ici ! clame le chef de la garde avant qu'elle n'ait le temps d'invoquer une excuse.

Tous les regards se tournent vers eux.

— Ameyal était embusquée pour nous observer.

Ameyal regarde le Maître, puis Xalaquia et Tene, muette de terreur. Il ne fait nul doute que Chimalli compte désormais parmi ses ennemis. Elle aperçoit Macoa dans l'ombre de Celle qui s'habille de sable et comprend, à son regard, que tout cela fait partie d'un plan patiemment élaboré.

La nuit, pour elle, ne fait que commencer.

5. LE LIEU OÙ LA TERRE SAIGNE

— Le ticitl a confirmé que le squelette découvert dans les jardins est celui de Citlalin, et que cette dernière serait morte au moment de sa disparition, indique Cipetl. Des fractures situées à l'arrière du crâne et sur tout le flanc gauche de la victime permettent d'affirmer avec certitude, même plus d'un an après les faits, qu'elle a chuté d'une hauteur vertigineuse avant de se fracasser au sol.

Il contemple Ameyal, attachée par des cordes au mur de pierre d'un cachot. À ses côtés se trouve Huihuixca, qui cumule les fonctions de gardien et bourreau de la prison. Il s'agit d'un homme maigre, voûté, dont le double menton et les dents en avant semblaient préfigurer la vocation. Il porte un pourpoint rouge, crasseux, ainsi qu'un balluchon sur l'épaule.

— Je n'ai rien à voir avec ce drame, déclare la jeune femme. Je le déplore autant que vous.

Cipetl hoche lentement la tête.

— Bien sûr.

Un silence peuplé de doutes s'abat sur le cachot.

Cela fait des heures qu'Ameyal est tour à tour interrogée par Cipetl, puis par Huihuixca, qui ne cesse de lui demander de se confesser, en la taxant de meurtrière, d'adultère, en la fixant de son œil morne, en lui sifflant à l'oreille des insanités qui prouvent que le meurtre pour lui, n'est pas dénué d'attrait, avant d'être à nouveau interrogée par Cipetl, qui ne s'avère pas moins incisif.

— Ce qui est fâcheux, ce sont les témoignages des concubines, reprend le principal conseiller d'Ahuizotl. La plupart ont confirmé la rumeur selon laquelle ce meurtre a fait suite à une dispute amoureuse entre Citlalin et toi.

Ameyal tressaille.

Une nouvelle menace se profile à l'horizon. Le patlachuia, ou acte de chair entre deux concubines qui, selon la septième Loi du harem, est puni de mort sans l'autorisation expresse du Maître.

Les concubines de son clan ont dû être interrogées, et les récompenses et les menaces qui les muselaient n'ont plus cours depuis qu'elle n'est plus favorite. Heureusement, Selna, qui venait de prendre la place de lieutenant suite à la mort de Mireh, ignore tout de ce qui s'est passé lorsque sa sœur administrait le clan. En outre, elle a confiance en Selna. Xihuitl a depuis longtemps déjà rejoint le clan de Xalaquia, mais elle l'avait toujours tenue à l'écart des affaires importantes. Quiahuitl, pour sa part, sait qu'elle ne peut se permettre de dire un mot sans se compromettre vis-à-vis des deux clans. À l'heure qu'il est, elle doit être paralysée de terreur, et il n'est pas impossible qu'elle mette elle-même fin à ses jours. Teicu, heureusement, se trouve sous la protection de Pixcayan.

Reste son esclave personnelle. Cinteotl sait beaucoup de choses. Elle est restée proche d'Eau vénérable, qui est susceptible d'être interrogée également, du fait de son rapprochement passé avec Ameyal. La jeune femme prie le Serpent précieux pour que son esclave et la prêtresse aient pu s'échapper du harem, d'abord parce qu'elles méritent de vivre, et ensuite parce qu'il ne faut pas qu'elles parlent.

Il lui faut nier. Tout nier en bloc.

Attaquer à son tour.

— Reconnais-tu avoir entretenu une relation charnelle durable avec Macoa en dépit de la Loi ? reprend le conseiller.

— Rien ne saurait être plus éloigné de la vérité, répond Ameyal d'un air confiant. Ces commérages sont sans fondement. Je n'ai jamais éprouvé d'attirance pour Macoa, et encore moins fréquenté Citlalin, dont la mère m'a toujours traitée avec le plus profond irrespect.

— Ne parle pas ainsi de feu la seconde épouse ! aboie Huihuixca.

— Certaines concubines soutiennent pourtant que tu as cessé de voir Macoa pour voir Citlalin, poursuit Cipetl. Que tu as entretenu avec toutes deux…

— Que dites-vous ? interrompt Ameyal. Puisque je vous dis que Macoa et moi n'étions rien de plus que des amies.

— Vous avez été bien plus qu'amies, intervient Huihuixca de sa voix aiguë, l'œil rivé sur Ameyal et la déshabillant du regard. Beaucoup peuvent en témoigner. Mais tu as raison. Il est moins question de vengeance passionnelle que de meurtre…

— Vous savez comme moi que les concubines se retournent au moindre souffle de vent. J'imagine que, me voyant inculpée, elles se sont ralliées à une autre femme, qui doit à présent briguer ma place de favorite et se cacher derrière cela. Xalaquia, pour être précise.

Devant le silence de Cipetl, Ameyal décide de changer de stratégie. Pourquoi convaincre plusieurs hommes alors qu'il suffirait d'en convaincre un seul ?

Ahuizotl.

Voilà celui à qui elle doit parler. Il est la seule solution à son problème. Elle était encore favorite il y a peu. Ils ont fait l'amour il y a quelques heures à peine. Ahuizotl ne doit pas encore être indifférent à ses charmes. À sa détresse. Mais va-t-il la croire, vu la méfiance qu'il éprouve à son égard depuis le voyage ?

Quoi qu'il en soit, les témoignages ne sont pas suffisants pour la faire condamner.

— Pourquoi le Maître ne vient-il pas me voir ? demande-t-elle.

— Il s'est enfermé, répond Cipetl.

— Enfermé ?

— Il ne mange pas. Il ne voit plus personne. Il croyait sa fille vivante, même s'il la pensait en fuite. Tout cela l'a profondément affecté.

Ameyal plonge ses yeux dans les siens.

— Parlez-lui, je vous prie. Dites-lui de venir me voir, et que je saurai le consoler !

Le conseiller détourne le regard.

— J'ai… j'ai essayé. Il ne veut voir personne. Comme je vous ai dit, il est au plus mal…

Elle se redresse, tend ses poignets entravés, les entailles dues aux cordes qui l'attachent au mur.

— Je ne peux rester ici !

Le conseiller hésite un instant, regarde le gardien, puis reprend.

— Il y aurait peut-être un moyen, Regard de jade.

— Lequel ?

— Confesser ton crime, répond Huihuixca.

Elle fronce les sourcils.

— Confesser un crime que je n'ai pas commis ?

— La Mangeuse d'Ordures pourrait se montrer magnanime.

— Puisque je vous dis que ce n'est pas moi qui ai tué Citlalin !

D'un air désolé, Cipetl adresse un signe au gardien, qui déplie son baluchon sur le sol terreux de la cellule.

Ameyal reconnaît le couteau avec lequel Macoa, son ancienne maîtresse, avait poignardé Citlalin l'une des nuits les plus sombres qu'il lui ait été donné de traverser. Elle reconnaît la natte sur laquelle s'est abattu le corps sans vie, et sent ses entrailles se glacer. Elle voudrait parler, argumenter, mais sa voix se perd dans un râle sourd et étranglé.

Elles m'ont piégée…

La question ne tarde pas à tomber, aussi aiguisée qu'un poignard.

— Pourquoi ce couteau enduit de sang séché se trouvait-il dissimulé dans le double fond de ton coffre, en plus d'un morceau de natte de jonc, lui aussi éclaboussé de sang ? siffle Huihuixca.

Ameyal dévisage les deux hommes.

— Si j'avais commis un tel acte, croyez-vous que j'aurais été stupide au point de garder ces objets ?

— Peut-être ce souvenir t'apporte-t-il… un certain plaisir, intervient le gardien.

Ameyal contemple Huihuixca d'un air indigné. Comment un être aussi perfide a-t-il pu être employé ici ? Ahuizotl, sans doute. Elle voudrait lui cracher au visage son mépris, l'insulter, le chasser, mais il lui faut se reprendre. Elle n'est plus favorite. Elle n'est plus rien. Elle occupe désormais la position la plus délicate qu'elle n'ait jamais occupée, même lorsqu'elle était esclave.

Elle fait face à un gouffre qui peut l'engloutir à tout moment, et il lui faut avancer avec une extrême prudence.

— Ces objets ont été introduits à mon insu, et vous le savez bien, se contente-t-elle d'ajouter.

— Mais ils forment des preuves à charge contre toi, que ta conduite, lorsque les ossements ont été retrouvés, ne fait que corroborer, répond Cipetl.

Ameyal, bouleversée, examine une nouvelle fois les preuves qui l'accablent et qui gisent désormais à ses pieds. Cipetl a raison. Se faire surprendre par Chimalli, le chef de la garde, alors qu'elle se cachait pour épier la découverte macabre de la nuit passée ne va pas l'aider à se disculper.

Elle réprime à grand-peine un sanglot qui lui monte à la gorge et menace de l'étouffer. Épuisée par la fatigue, par l'angoisse, la soif et la faim, elle tremble à l'idée de ce qui va lui arriver.

— Je vais te poser une nouvelle fois la question, reprend le gardien. As-tu tué Citlalin ?

Ameyal serre les dents. Il va lui falloir ruser plus encore. Se montrer terriblement créative, et persuasive.

— Il aurait été stupide de tuer Citlalin et de laisser Macoa vivre sachant qu'elle pouvait à tout moment me dénoncer. Il aurait été stupide de la mettre à l'écart de mon clan sachant qu'elle représentait une menace. Si j'avais tué Citlalin, j'aurais gardé Macoa au plus près de moi, j'aurais pris soin d'elle, j'aurais précédé tous ses besoins, tous ses désirs, pour la bâillonner à jamais.

Cipetl reste de marbre. Ameyal a pris un risque en employant cet argument fallacieux. Heureusement, le conseiller ne sait pas qu'elle avait suggéré le nom de Macoa au Maître pour incarner Xilonen lors du Grand Réveil, et ainsi s'en débarrasser.

Elle tend le visage vers lui et prend sa voix la plus douce.

— Je ne suis pas stupide.

— Je sais que tu n'es pas stupide. Mais l'abandonner ainsi te donnait un alibi.

Ils vont tout tenter pour me destituer. Elle change alors de stratégie. il ne faut pas qu'elle oublie qu'elle fait face à des hommes. Deux hommes seulement.

Elle sourit, décidée cette fois à employer son charme pour lutter.

— Ce que vous dites est vrai… reprend-elle.

Cipetl hausse les sourcils. Huihuixca les regarde tous deux, surpris. Elle marque un silence et fixe le conseiller dans les yeux.

— Mais la réponse est non. Je ne l'ai pas tuée.

Le gardien pousse un soupir impatient.

— T'arrive-t-il de fumer du peyotl ? reprend Cipetl.

— Vous voulez savoir si j'aurais pu agir sans m'en rendre compte ? La réponse est non, je ne fume ni poquietl, ni peyotl.

— T'arrive-t-il de boire de l'octli ?

— Jamais.

— Tu n'as donc aucun vice ?

— Seuls ceux qui éveillent les sens.

Sa réponse semble avoir un impact sur les deux hommes, qui se regardent, gênés. Elle remarque une goutte de sueur perler sur le front de Huihuixca. Au bout de quelques instants, elle reprend en plissant les yeux.

— Avez-vous déjà fait l'amour en fumant du peyotl, ou en buvant de l'octli ?

Les deux hommes restent pétrifiés. Du coin de l'œil, elle voit le regard de Huihuixca glisser le long de son ventre, de ses cuisses…

— C'est sans doute très bien, dit-elle.

Après un long silence, le conseiller s'éclaircit la voix.

— Quel dommage d'abandonner ainsi les réformes que tu avais engagées, balbutie Cipetl, avec une voix altérée par l'émotion, depuis l'extérieur du cachot. Esclaves et concubines attendaient encore tant de toi…

— Elles auront bientôt tout ce dont elles rêvent.

Les deux hommes sortent. Ameyal pousse un long soupir tandis que la pierre se referme. Elle est parvenue à les éloigner ponctuellement, mais ils vont revenir.

Il lui faut mettre à profit ces quelques instants âprement gagnés pour préparer sa défense.

2.

— Avoue !
— Il n'y a rien à avouer.

Le gardien lève le bras et frappe. Le visage d'Ameyal heurte le mur, sa vison se trouble. Sa joue brûle, des larmes coulent de ses yeux. Elle relève la tête vers son bourreau.

— Regarde bien mon visage. Ce sera la dernière chose que tu verras avant de mourir !

Huihuixca la pince au niveau de l'épaule, puis s'efface dans un ricanement. Mais alors qu'elle s'attend à ce qu'il obstrue le cachot derrière lui, Ameyal perçoit des murmures au-dehors.

Elle aperçoit, dans la lumière vacillante des torches, la silhouette de Celle qui s'habille de sable s'esquisser en compagnie de celle de Pixcayan. D'ordinaire, nul ne peut pénétrer dans la prison du harem. Que signifie ce rassemblement ? La première épouse compte-t-elle l'aider ? Elle en doute. Il n'y a rien qu'elle ne puisse faire pour elle. Entre outre, Xalaquia étant enceinte, Pixcayan doit tenter de se rapprocher d'elle et de Tene pour éviter un éventuel amendement de la cinquième Loi, celle qui a trait à l'avenir des héritiers du Maître.

Que vient faire la troisième épouse ici ?

Lorsque Macoa apparaît à son tour, et qu'elle perçoit la complicité dans le regard échangé entre elle et Xalaquia, tout devient clair aux yeux d'Ameyal.

Macoa n'a pas supporté d'être abandonnée par elle. Elle a décidé de se venger et lui a dressé un piège avec l'appui de Xalaquia. Voilà pourquoi elle avait cherché à lui parler seule à seule dans le salon pourpre du harem.

Elle voulait négocier.

Voilà l'explication de l'étrange regard qu'elle lui avait adressé après le sabotage d'une conduite d'eau du temazcalli. Elle avait pris sa décision. Elle avait déjà tout prévu !

Peut-être eût-il mieux valu l'écouter, au lieu de l'humilier.

Ameyal sent un profond désespoir l'envahir. Avec des objets tels que la natte et le couteau, Macoa tient sa destinée dans sa main. Pourquoi n'a-t-elle pas détruit elle-même ces preuves ? Pourquoi n'a-t-elle pas éliminé Macoa lorsqu'elle en avait la possibilité ? Pourquoi s'est-elle montrée si clémente, si affreusement naïve ?

À la recherche de solution, Ameyal ne voit, à travers la brume sanglante qui l'étouffe, qu'une sortie à la situation dans laquelle elle se trouve plongée : Ahuizotl. Seul celui par qui et pour qui tout arrive a le pouvoir de l'innocenter, en dépit de ces femmes qui veulent sa chute et de ces objets qui l'incriminent.

Ameyal revient à la réalité en apercevant Celle qui s'habille de sable face à elle. Il n'y a plus personne dans le couloir. Elle tire sur les liens qui enserrent ses poignets et l'entravent au mur de pierre pour saisir et griffer ce visage qui la défie, en vain. Elle se tétanise. La voilà à la merci de son ennemie de toujours. La femme qui pourrait, d'un geste, tirer de son corsage un couteau et lui percer le cœur.

— On dirait que tu contemples un spectre, commente Xalaquia d'une voix douce.

En effet. Un spectre effroyable, revenu d'entre Celles que l'on a oubliées.

— Pensais-tu vraiment ne jamais me revoir ?

— Que faites-vous ici ? répond Ameyal.

— Je suis venue accomplir la vengeance de la Fleur.

La jeune femme secoue la tête de dépit.

— Vous ? Vous n'avez aucun amour pour la Fleur. Vous ne la priez que pour qu'elle serve vos desseins.

— N'est-ce pas le but d'une prière ?

Celle qui s'habille de sable sourit, puis fait quelques pas dans le cachot, promenant son regard le long des murs sombres comme s'il se fût agi des appartements de la favorite.

— La prison te manquait-elle à ce point, que tu as tout fait pour y revenir ?

Elle rit.

— Certaines femmes n'ont plus peur de parler, depuis que tu n'es plus favorite et qu'elles bénéficient de ma protection. Elles ont fini par avouer ce qui les hante depuis des années. Ce meurtre dont elles ont été témoin, et que tu les as forcées à taire.

— Pourquoi employer la forme plurielle alors que nous savons toutes deux de qui il est question ?

— Peu importe ce que je sais ou ignore. Toutes les preuves sont contre toi. Les concubines ont enfin parlé. Toi, tu as menti, caché. Trompé le harem entier !

— Cela nous fait au moins un point en commun.

Xalaquia serre les dents. Ses yeux affamés de vengeance reflètent la flamme de la torche qu'elle tient dans la main. La fleur de cerisier se mêle aux miasmes du cachot. Comment a fait la troisième épouse pour accéder à la prison ? Ahuizotl a-t-il conscience que les coups d'Huihuixca sont préférables aux paroles de sa rivale ?

L'a-t-il laissée venir la voir à dessein ?

— Croyais-tu que devenir favorite n'exigeait aucun sacrifice ? Que cela ne comportait aucun risque ?

Ameyal reste silencieuse, attendant de comprendre où sa rivale veut en venir.

— Il ne faut pas que tu regrettes d'avoir abandonné d'anciennes alliées. Ce que tu as fait a sans doute été juste, avec les données que tu avais alors en ta possession. Certaines femmes m'ont été utiles, puis elles sont parties. Je les ai laissées derrière moi. Loin, loin derrière…

Celle qui s'habille de sable esquisse un mouvement circulaire de la main.

— Certaines d'entre elles sont là, tout près. Elles nous écoutent. Elles nous maudissent. Est-ce si important ? Te souviens-tu d'Izelka ?

Ameyal ne répond toujours pas.

Xalaquia se déplace de quelques pas, laissant apparaître derrière elle une forme avachie sur le sol, repliée sur elle-même, un visage d'une pâleur extrême, un visage déchiré, ruiné.

Izel semble avoir vieilli de vingt ans.

— Tu te demandes si cette… chose que tu contemples est Izelka ? Eh bien oui, elle l'est. C'est Izelka. Vois-tu ce que tu lui as fait ?

La jeune femme ouvre les lèvres pour se défendre, et y renonce. Il lui faut conserver le peu d'énergie qui lui reste pour les combats qui l'attendent.

— Celles qui nous ont aidées appartiennent au passé. Elles seront bientôt oubliées. Il n'y a qu'en brisant ses liens que l'on peut monter. Huihuixca, ramène cette chose à sa cellule.

Le regard d'Ameyal s'attarde sur le corps d'Izel, image d'abandon et de mort, et s'arrête sur le ventre arrondi de sa rivale. Sous le corsage palpite une nouvelle vie, alors qu'Izelka a perdu la sienne, et qu'elle-même risque de suivre le même chemin. Xalaquia va remonter dans la hiérarchie du harem, changer les Lois, faire imposer à tous son enfant illégitime…

— Tu apprécies Huihuixca ? reprend la troisième épouse d'une voix doucereuse. Je l'ai choisi exprès pour toi.

Ameyal sent une vague de fureur se déchaîner en elle, mais elle parvient à la canaliser.

Elle a commis l'erreur de sous-estimer Xalaquia, qui demeure la plus cruelle et la plus forte.

Elle n'a d'autre choix que de négocier.

— Que désirez-vous ?

— Rien… à part ta mort.

Ameyal baisse les yeux tandis que la réponse résonne encore en elle, sinistre et même funeste. Inutile d'espérer quoi que ce soit de ce côté. Mais si une alliance n'est plus possible, elle peut encore blesser Xalaquia. Si le Maître l'abandonne, elle ne sera pas la seule à tomber.

— Pourquoi ne pas avouer que cet enfant est celui de Chimalli ? demande-t-elle.

Le visage de Xalaquia se décompose, mais la troisième épouse reprend très vite le dessus.

— Quelle preuve as-tu de ce que tu avances ? répond-elle. Encore tes fichues lettres ?

Elle a compris ce que j'ai fait.

— Il n'y a pas besoin de preuves. Cela se verra d'ici quelques années, argue Ameyal. Cet enfant aura-t-il la stature du Maître, ou le profil d'aigle du chef de sa garde ? Lequel des deux devra-t-il appeler « Tete » ?

— J'aurai plus de temps qu'il n'en faut pour me prémunir d'un quelconque danger.

— Projetez-vous de vous donner comme maatitl aux deux hommes à la fois ? Car c'est bien ce que vous êtes, non ? Une maatitl qui couche avec un homme par désir et un autre par intérêt…

— Il suffit ! Je sais tout ce que tu as fait. Tout, entends-tu ?

— Je sais cela.

Celle qui s'habille de sable l'assassine du regard.

— Te souviens-tu de cette partie de patolli qui nous a opposées ?

— La fois où vous avez triché ?

— N'est-ce pas une jolie métaphore de ce qui est en train d'arriver ?

— Les métaphores se voient là où on veut les voir. Il suffit d'en chercher pour en trouver.

— Malheureusement pour toi, tu as une nouvelle fois échoué, et je vais m'assurer que tu n'auras pas l'occasion de rejouer. Regarde ce qui compose ta chambre, désormais, ancienne favorite ! Le Serpent précieux n'écoute plus tes appels. Les dieux t'ont tourné le dos. Lorsque cette nouvelle se propagera à Tenochtitlan, où tu t'es illustrée avec tant de zèle, le Monde Unique entier te tournera le dos ! Il ne te restera plus qu'à mourir, qu'à pourrir comme ce tas informe d'Izelka, qui n'est rien d'autre que ton futur !

Lorsque sa rivale sort, ne laissant derrière elle que quelques notes de cerisier s'évanouissant dans la nuit, et que le silence revient, Ameyal a un sourire amer et triste. Voilà comment Xalaquia a gravi les échelons du harem. En prenant, en abandonnant et en trahissant.

Voilà la voie qu'elle-même a prise, et qui l'a conduite entre ces murs.

— Prête à avouer ? lance Huihuixca en surgissant d'un bond dans la cellule.

Ameyal ne peut s'empêcher de sursauter.

— J'avoue, oui… J'avoue que tu es la personne la plus vile que j'aie jamais rencontrée !

Un nouveau coup part, plus fort que celui qui lui avait précédé avant la visite de Xalaquia. Ameyal réprime un cri. Elle ne veut pas donner à Huihuixca ce plaisir.

Lorsque la pierre de son cachot se referme, plongeant la jeune femme dans les ténèbres les plus complètes, un sentiment de panique s'empare de cette dernière, qui inspecte son visage de la main pour tenter de se rassurer. Le coup a été si fort qu'elle a cru être défigurée.

Mais ce ne sont que quelques boursouflures.

Elle s'adosse avec peine contre la pierre froide, et ferme les yeux.

Toutes et tous sont ligués contre elle. Va-t-elle réellement payer de sa mort les actes d'une traîtresse ?

— Laissez-moi voir le Maître ! hurle-t-elle.

Mais personne ne lui répond.

Elle tente d'occulter son sinistre présent, de refouler le passé, mais tout lui rappelle Macoa, Citlalin, cette sinistre nuit qui menace aujourd'hui de faire basculer son destin.

Elle ne peut s'empêcher de visualiser cette enfant gisant sous terre depuis un an, sous les fenêtres de son ancienne maîtresse, où elle considérait, à l'époque, avoir passé les plus beaux moments de sa vie au harem.

3.

Un raclement arrache Ameyal au sommeil. Dans l'ouverture de son cachot se dresse une jeune femme qu'elle ne reconnaît que trop bien. Une femme à la peau de miel, vêtue d'un fin corsage de coton brodé de fils jaune orangé.

Macoa.

Ameyal se groupe sur elle-même, craintive. Il n'y a encore une fois personne pour la protéger, hormis Huihuixca, dans le couloir, qui ne rêve que d'accentuer ses souffrances. La concubine fait quelques pas vers elle, souriante, une assiette et une jarre dans les mains.

— Je t'ai apporté à manger. J'espère qu'ils te nourrissent et te donnent à boire.

Elle dépose le plat et la jarre auprès d'Ameyal, qui reste pétrifie. Puis elle recule, comme si elle redoutait que cette dernière lui saute au visage. Ameyal sent une douce odeur de caille rôtie monter jusqu'à elle. Elle fixe la jarre avec envie. Depuis combien de temps n'a-t-elle pas bu ?

Mais elle sait que tout ceci est empoisonné.

— Tu ne veux pas goûter ? C'est ce que j'ai partagé avec le Maître ce soir avant que nous... enfin, tu comprends sans doute de quoi il est question.

Ameyal lève les yeux en signe de défi.

— Je croyais qu'il se terrait ? Qu'il ne voulait ni manger ni voir personne ?

— Tu sais bien que le Maître a toujours eu de l'appétit, même dans les moments difficiles. Surtout dans les moments difficiles. Tu as été sa favorite, l'une de ses préférées, jusqu'à cette nuit.

Jusqu'à cette nuit. Mais pourquoi donc ne vient-il pas me voir ?

Ameyal pose son regard froid sur son ancienne amante.

— Je sais que c'est à toi que je dois tout cela, déclare-t-elle d'une voix glaciale.

Macoa prend un air étonné.

— De quoi parles-tu ? Je fais tout ce que je peux pour te sortir de là… Je le jure sur le Serpent précieux.

— Tu ne crois pas plus au Serpent précieux qu'en Huitzilopochtli, répond Ameyal sans ciller. Ta seule religion est ton intérêt. Les mensonges te viennent aisément et naturellement. Tout le monde le savait à part moi, jusqu'à cette sinistre nuit où tu as dû dévoiler ta vraie nature de meurtrière. L'innocence, la décence, la compassion sont inconnues de toi. Raison pour laquelle personne n'a jamais voulu t'enrôler dans son camp.

Dans la pénombre du cachot, elle voit Macoa serrer les dents, piquée au vif, confirmant ses assertions. Mais la concubine parvient très vite à se reprendre.

— Te souviens-tu du moment où Chimalli est venu t'apporter de l'eau et de la nourriture, lors de ton premier séjour en prison ?

Ameyal ne répond pas.

— Te souviens-tu de tout ce que je t'ai appris ? Il est si facile de décider, de juger lorsqu'on est favorite. D'abandonner ses anciennes alliées. De les humilier…

La jeune femme repense à ce qu'elle a ressenti lorsqu'elle a été chassée de la chambre aux braseros. La douleur. Le vide. Ce gouffre menaçant de l'engloutir. Mais comment garder de telles personnes auprès de soi sans s'exposer au pire ?

— Qu'aurais-tu fait à ma place ? interroge-t-elle.

— Mon choix t'importe-t-il à ce point ?

— Il importe bien plus que tu ne crois. Tu éprouverais moins de frustration, de colère et de haine si tu pouvais t'imaginer à la place des autres.

— À quoi bon me mettre à ta place ?

La concubine fait quelques pas dans le cachot, poursuivant d'une voix douce.

— La mort te suit partout, Ameyal. Partout où tu passes, elle frappe. Crois-tu que ton besoin de vengeance te donne le droit de tuer ou de faire tuer tout ce qui se dresse entre elle et toi ?

Ameyal se crispe en voyant Macoa faire quelques pas vers elle.

— Je sais que tu aimes Ahuizotl, malgré ton aversion pour lui. Je sais ce qu'il suscite sur les femmes, ce mélange d'attirance et de répulsion… Je l'aime aussi, sans avoir connu le même succès que toi.

— C'est donc ce que tu cherches ? Un succès équivalent au mien ou à celui de Xalaquia ?

Macoa a un rire strident.

— C'est mal me connaître. Pourquoi me contenter d'être votre équivalent, si je peux vous dépasser ?

Ameyal secoue la tête de dépit.

— L'amour, poursuit Macoa, est l'abandon à l'autre, non l'abandon de l'autre. L'abandon peut être la mort de l'amour… et la mort de l'amour se paie toujours.

— Je ne t'ai jamais aimée. Tout comme toi, tu n'aimeras jamais personne. Une meurtrière ne peut éprouver de véritable amour.

— Tu es bouleversée, Ameyal. Tu ne vois pas les choses de manière claire.

— Au contraire. Je n'ai jamais vu aussi clair dans ton jeu.

Macoa s'éloigne de quelques pas.

— Je reviendrai quand tu te seras reposée.

— Je ne veux pas que tu reviennes. Je ne veux plus jamais te revoir.

La concubine prend un air faussement indigné.

— Tu changeras d'avis. Tu me reverras au moins une fois. D'ici là, prends soin de toi. Les prisonnières perdent tout repère lors d'un séjour ici. On les oublie peu à peu. Mais tu as de la chance : ton isolement va bientôt prendre fin.

— Va-t'en ! lance Ameyal d'une voix sèche.

— Oui, je crains de devoir te quitter. Le Maître m'a dit qu'il reviendrait me voir plus tard dans la nuit.

Voilà la raison de sa présence ici. Elle voulait m'empoisonner pour être certaine que je ne pourrai jamais faire changer le Maître d'avis. Comme elle n'y est pas arrivée, elle veut empoisonner mon âme, et me faire croire qu'elle va prendre ma place.

— Tu n'as que faire du Maître. Nous savons tous les deux vers quel sexe vont tes goûts. Tu vas encore mentir, simuler, tromper !

— Il est vrai que dans ces domaines, je n'ai plus rien à t'apprendre.

— Quel sort réserves-tu à Xalaquia pour l'évincer ?

Macoa esquisse un sourire rusé.

— Je ne vois pas de quoi tu parles. En tombant enceinte, Xalaquia s'est évincée elle-même. Bientôt, le Maître ne la touchera même plus.

— C'est là où tu te trompes.

Le regard de la jeune femme se perd dans la pénombre. Elle vient de comprendre que Macoa a été celle qui a le plus dissimulé depuis le début. Elle a toujours été son pire, son véritable ennemi. Elle a tenté de régner à travers elle, comme un parasite, comme elle l'avait sans doute tenté avec Xalaquia, ce qui explique qu'elle ne s'est jamais brouillée avec elle. Elle a échoué, mais n'a pas abandonné.

Elle n'a jamais abandonné.

Désormais, elle sait ce que vise Macoa. Il n'y a que trois objectifs à atteindre au harem.

Conquérir le pouvoir, le conserver et le renforcer.

— Arrête de te mentir à toi-même, Macoa. Tu ne seras jamais, jamais à la hauteur de Xalaquia.

— Toi non plus, Ameyal. D'ailleurs, tu n'auras bientôt plus l'occasion d'essayer.

Ameyal se baisse en réprimant la douleur provoquée par la corde qui enserre ses poignets, saisit la jarre d'eau et la lance sur la concubine, qui l'évite de justesse. L'ustensile se brise contre le mur, répandant toute l'eau et le poison qu'elle contenait à terre.

— Dommage, Ameyal. C'était la seule et unique jarre qui t'était destinée.

— Disparais !

Mais Macoa ne semble pas disposée à lui obéir tout de suite.

Avant de sortir, elle la contemple un long moment en souriant, comme si elle voulait lui faire part du plaisir qu'elle ressentait à la voir ainsi déchue.

4.

Ameyal relève la tête en sursaut. Elle sent un contact humide sur ses lèvres. On tente de lui faire avaler quelque chose. De l'empoisonner par la force.

Macoa !

Elle se redresse d'un bond.

— Au secours !

— Buvez, Maîtresse, buvez ! répond une voix dans un murmure. Et je vous en conjure, soyez discrète. Je n'ai pas le doit d'être ici…

Ameyal écarquille les yeux avec peine. Le visage de son esclave personnelle s'esquisse peu à peu dans la pénombre du cachot.

— Cinteotl ! souffle-t-elle.

— Buvez. J'ai pris cette eau à la fontaine au dauphin.

La jeune femme boit à la jarre qu'on lui tend en songeant à la dernière fois qu'elle a vu cette fontaine. Elle se trouvait en compagnie de la première épouse et était alors au faîte de sa puissance. Elle se rend compte qu'elle ne peut avaler que quelques gouttes à la fois. Sa gorge est si sèche qu'elle peut à peine parler.

— Que fais-tu ici ?

— Ma place est auprès de vous.

Ameyal secoue la tête, puis scrute le couloir menant à son cachot sans apercevoir personne.

— Mais… Huihuixca ?

— Rentré chez lui pour la nuit.

Elle boit une nouvelle fois.

— Comment as-tu réussi à venir me voir ?

— J'ai dû ruser, répond en souriant l'esclave. Mais minuit a sonné depuis plusieurs heures et Tepixqui, le gardien dont je vous avais parlé, est de faction jusqu'au matin. Il sait ce que vous avez accompli pour les esclaves du harem, dont sa femme fait partie. Il ne dira rien de ma venue.

Ameyal secoue la tête et pose la main sur l'épaule de Cinteotl en signe de reconnaissance.

— Mangez, fait Cinteotl en sortant de son corsage un sac de cuir empli de fruits et de tamales.

— Merci ! Merci !

Ameyal dévore les fruits en silence, puis boit une nouvelle gorgée d'eau. Elle se sent mieux. Elle récupère un peu de force.

— Quelle chance ai-je de t'avoir !

— Vous méritez le meilleur, Maîtresse.

Ameyal porte une main à son cœur et incline la tête en signe de gratitude. Avec tout ce qu'elle a fait, elle n'est plus certaine de mériter le meilleur.

— Ont-ils commencé à t'interroger ?

— Pas encore, répond l'esclave avec un visage craintif. Mais je sens leurs regards sur moi.

La jeune femme fronce les sourcils. Cinteotl est surveillée. Il la savent forte et têtue. Une manière sournoise d'obtenir ce qu'ils veulent.

— Ils ne vont pas s'en tenir là. Lorsqu'ils commenceront à t'interroger...

L'esclave personnelle jette un œil vers le couloir. Tepixqui, qui fait les cent pas devant le mur de pierre, lui adresse un regard complice.

— Je ne dirai rien et lui non plus !

Ameyal tend la main vers son esclave personnelle, et se rappelle qu'elle est attachée. Cinteotl contemple le visage de sa maîtresse dans une grimace.

— Que vous ont-ils fait ?

— Peu importe. As-tu pu voir Eau vénérable ?

— Non. Je suis allée au temple, mais elle n'y était pas.

— Il faut lui dire de fuir...

— Personne ne l'a vue depuis la nuit du drame. Peut-être est-elle déjà partie ? suggère Cinteotl.

Pourvu qu'il ne lui soit rien arrivé.

Durant quelques instants, elle songe à demander à Cinteotl d'aller chercher la corde dans la cuve pour la remettre en place, mais cette dernière est surveillée. En outre, il est peu probable que quelqu'un pense à aller fouiller du côté des cuves.

— Merci d'être venue, Cinteotl. La fête du Grand Réveil approche à grands pas...

— L'occasion pour le Maître de vous gracier. Vous étiez encore sa favorite il y a peu.

Ameyal secoue la tête.

— J'imagine que ce qui arrive est juste. J'ai laissé de nombreuses personnes derrière moi pour monter dans l'échelle du harem et dans l'estime du Maître. Je pensais pouvoir aller jusqu'à Moctezuma. J'ai trahi, abandonné, et cela s'est retourné contre moi...

— Vous avez donné votre dernière émeraude à Camapantli pour lui permettre de racheter sa liberté, alors qu'il n'avait pas rempli son contrat avec vous. Vous n'avez eu de cesse d'aider les femmes, toutes les femmes, alliées et ennemies, lorsque vous étiez favorite. Et vous n'avez pas trahi qui vous savez.

— J'en ai eu l'intention, et c'est tout ce qui compte. Le cours des événements m'a ensuite fait changer d'avis.

— On n'a d'autre choix que de s'adapter au cours des choses.

— On doit aussi tenter d'influer sur elles pour faire le bien. Ce que j'ai fait est mal, et je ne saurais le justifier.

— Il faut vous confesser à un prêtre de Mangeuse d'Ordures. Vous purifier, et vous libérer.

— Ils ne m'en donneront pas l'occasion. Si Ahuizotl ne me protège pas, ils vont me condamner, et je devrai porter le poids de ma culpabilité durant l'éternité tout entière.

Cinteotl secoue la tête. Elle lui adresse un regard doux.

— Vous êtes très dure avec vous-même. Mais peut-être que lorsque vous regarderez en arrière, dans quelques années, vous direz-vous que ce chemin était le bon ? Que vous n'aviez pas d'autre choix ?

Ameyal la regarde avec incrédulité.

— Crois-tu réellement qu'il me reste plusieurs années à vivre ? demande-t-elle avec un ricanement amer.

— Seul le Serpent précieux le sait.

Ameyal marque un silence, pensive. Elle aimerait encore y croire, comme Cinteotl. Une larme roule le long de sa joue meurtrie, tombe sur son corsage sale et déchiré.

— Quoi qu'il en soit, reprend-elle, le harem est désormais derrière moi.

— Vraiment ?

Elle saisit la main de son esclave, qui la contemple avec un étonnement empreint de tristesse.

— Je ne veux pas entraîner d'autres innocentes dans ma chute. Il faut que tu quittes le harem le plus vite possible, Cinteotl. Que tu t'enfuies.

L'esclave fronce les sourcils.

— Jamais je ne vous abandonnerai.

— Tu vas le faire parce que je te l'ordonne. Il y a les concubines. Xalaquia. Macoa. Tene… L'abandon est nécessaire parfois. Je ne veux pas que tu meures par ma faute.

— Mais je pourrais…

— Tu ne peux rien faire du tout, interrompt Ameyal. Tu m'as offert plus qu'il n'eût fallu. Quitte ce cachot. Enfuie-toi sans te retourner. Jamais.

Des larmes montent aux yeux de l'esclave, qui ouvre la bouche pour parler.

— Pars, te dis-je. Laisse-moi seule à présent.

5.

— Avoue !

Ameyal se redresse d'un bond. Elle cherche Cinteotl des yeux, et constate qu'elle n'est plus là. Elle n'a pas pu retenir ses larmes lorsque son esclave personnelle est partie.

— Où est le Maître ? demande-t-elle d'une voix faible.

— Avoue, te dis-je ! répond la voix de Huihuixca, apparemment revenu en grande forme après une nuit chez lui.

Elle ne répond pas.

— Avoue !

— J'avoue que tu n'as pas plus de force qu'un lamantin rhumatisant !

Le coup part. Ameyal sent ses narines brûler. Le sang se répand sur ses lèvres, ses joues. Elle lève le visage vers Huihuixca et lui sourit.

— Tu es certain d'avoir frappé ? Parce que je n'ai rien senti…

Il la saisit au col et entoure d'une main maigre et zébrée de veines son cou gracile. Il serre à l'étouffer.

— Je te le répète : mon visage sera la dernière chose que tu verras avant de mourir !

Nouveau coup, qui la fait tomber à terre. Lorsqu'elle rouvre les yeux, Tene se trouve debout devant elle, appuyée sur sa canne, le gardien à ses côtés, essoufflé.

— Que cherches-tu ? demande la vieille femme. À gagner du temps ?

— Je me plais tellement ici…

Huihuixca lui donne un coup de pied pour qu'elle se relève, avant de l'apostropher en haussant le ton.

— Tu sais où Tene veut en venir.

— Vous n'avez pas le droit de me secouer ni de me frapper. Pas tant que je n'aurai pas été jugée.

Tene serre les dents. Ameyal sent la colère monter en elle.

— Les preuves contre toi sont accablantes, accuse la vieille femme. Je veux la vérité, et je l'obtiendrai de toi.

— Je ne sais pas de quoi vous parlez. Je ne suis au courant de rien.

— Mensonges ! éclate la mère du Maître. Tu sais tout !

Sur un signe d'elle, le gardien bouscule une nouvelle fois Ameyal, qui heurte le mur du cachot et retombe à terre. Elle se relève, assassine Tene du regard.

— Allez-vous punir une innocente sans qu'un jugement soit rendu ? Abandonner vos principes ? Outrepasser la loi aztèque, vous qui vous prétendez intendante de cette même loi ?

— Les lois sont tout et personne ne les respecte plus que moi, répond Tene.

— Vous dites que vous les respectez et vous montrez capable de les violer.

— Dis-nous la vérité !

Ameyal essuie d'un mouvement de main le sang qui coule sur son menton. Elle crache à terre.

— Lorsque vous violerez votre règle d'or, vous vous effondrerez.

Tene lance un juron, lève sa canne, la frappe au niveau du menton. Ameyal saisit la canne au vol, tente de l'arracher à sa maîtresse. Un sourire affreux se dessine sur les lèvres d'Huihuixca, qui s'abreuve de cette lutte comme du meilleur octli et non sans une certaine jouissance.

— Avoue avant qu'il ne soit trop tard, renchérit Tene.

— Tuer est un choix. Mais vous savez mieux que moi que « *Toute fautive sera punie par là où elle a fauté* »... réplique Ameyal en faisant allusion à la huitième Loi du harem.

— Avoue donc ! lance le gardien en la relevant une nouvelle fois par les cheveux.

— Vous n'avez rien. Rien de ce que vous avez ne peut m'intimider. Vous n'aurez rien par la force, et vous le savez.

La vieille femme serre les dents, puis adresse un signe au gardien.

— Laissons-la quelques instants, dit-elle. Cela devrait la faire réfléchir.

Huihuixca lâche Ameyal, qui retombe à terre. Le cachot se referme dans un claquement, et le noir revient.

Un silence écrasant survient.

Ameyal lutte pour garder sa lucidité. Tene tente de lui soutirer des aveux par la violence, et par là même sort de son droit. Or, Tene ne peut pas ne pas respecter la loi. Sa seule arme contre elle est donc de la provoquer, de la pousser à aller si loin dans la torture qu'elle sera forcée de sortir de ses principes.

Elle espère ainsi qu'elle s'effondrera sur elle-même.

Elle tente d'anticiper ce qui va suivre, mais la douleur est telle qu'elle se sent partir.

Elle se réveille d'un coup, frissonnante. L'eau glacée qui l'a arrachée au sommeil se répand sur son visage, le long de son corps nu et meurtri. Ses yeux sont encore collants. Elle sent le goût du sang dans sa bouche. Ses poignets saignent, ses membres sont brisés par la douleur et la fatigue, une soif lancinante la dévore. On a arraché ses vêtements, et elle ne porte plus qu'un fin voile sur le tipili. Si Tene compte ainsi la briser, elle se trompe.

Même nue, elle ne dévoilera aucun sentiment.

Le bourreau se trouve juste devant elle, un objet dissimulé derrière son dos. La vieille femme, debout à ses côtés, sourit de toutes les dents gâtées qui ont su résister à l'usure du temps. Les concubines savent-elles ce qui se trame ici ?

Trahie par Macoa. Accusée d'un meurtre que je n'ai pas commis. Rejetée, battue, souillée, humiliée…

— Pourquoi avoir quitté le Maître durant la nuit ? Pourquoi te rendre dans les jardins du harem ? demande Tene, dont le visage ridé et plissé la fixe comme un masque de mort.

La vieille femme tient enfin sa vengeance. Ameyal fixe la canne qui la menace et se remémore sa stratégie.

— Je me suis sentie mal. J'avais besoin d'air.

— Le Maître dit que tu allais parfaitement bien !

— Nous avons fait l'amour et nous sommes endormis enlacés. Puis je me suis réveillée. Le monde semblait tourner autour de moi. Peut-être suis-je enceinte ?

Tene blêmit à cet argument.

— Tu n'avais pas le droit de sortir du harem durant la nuit, objecte-t-elle, comme si elle refusait d'entendre cette possibilité. Avec qui te trouvais-tu ?

La jeune femme fronce les sourcils. Pourquoi une telle question ? Comment pourraient-ils savoir qu'elle se trouvait avec quelqu'un ?

— Réponds ! appuie Huihuixca.

Ameyal secoue la tête, de plus en plus perdue.

— J'étais seule, je ne vois pas de quoi vous parlez.

— Réponds ou je t'arrache la langue !

— Personne !

— Tu mens !

Ameyal tressaille en voyant une pince se rapprocher d'elle. Voilà ce que dissimulait le gardien. On la force à ouvrir la bouche. Une pression sur ses joues la pousse à tirer la langue. Elle lutte, mais son état d'affaiblissement est tel qu'elle ne peut rien contre ses bourreaux. La pince effleure sa langue, se place de part et d'autre de l'organe palpitant, l'enserre, tente de le déchirer, de l'arracher.

La jeune femme a l'impression qu'on veut lui extraire le cerveau par la bouche.

Elle hurle.

On la relâche. Elle s'effondre en sanglots, anéantie, la bouche en sang.

— Parle, à présent. Nous t'écoutons.

Ameyal parvient à peine à respirer. Elle s'est trompée. Sa stratégie ne fonctionnera pas. Les profondeurs de la prison leur offrent un abri où tout peut être entrepris en toute impunité. Ils sont prêts à tout pour lui arracher des aveux. Même s'ils sont mensongers. Et bien soit, elle parlera. Mais elle ne dira pas ce qu'ils désirent entendre.

— J'ai vu Citlalin se faire tuer.

Un sourire rehausse les rides affreuses de Tene.

— Pourquoi ne l'as-tu pas défendue ?

Ameyal s'immobilise, le regard perdu dans le vide. Elle n'avait pas prévu cette question. La fatigue et la peur lui fait perdre le fil des choses. Elle ne sait que répondre.

— Pourquoi ne l'as-tu pas défendue, sachant qu'elle était la fille aînée du Maître ?

La jeune femme réfléchit jusqu'à ce qu'une réponse lui vienne.

— Parce que… parce que j'avais peur…

— Comment ça ? Tu avais peur de quoi ?

Huihuixca la secoue à nouveau.

— De quoi ?

Elle prend un visage terrorisé.

— Ce que j'ai vu de Macoa, ce soir-là… c'était ce qu'il y a de plus affreux. Le crime, le mal personnifié…

Tene fronce les sourcils, comme si elle comprenait. Ameyal marque une pause, et reprend d'une voix éteinte.

— Comment empêcher le mal d'agir ?

Tene baisse les yeux en signe de renoncement. Malgré sa souffrance, Ameyal éprouve un soulagement à l'idée qu'elle ne s'était pas trompée.

Tene ne pourra jamais la tuer ni véritablement la blesser, car elle ne peut aller contre la Loi.

Elle ne dira jamais ce qu'ils désirent entendre.

6.

Accrochée à l'espoir de survivre à l'épreuve qui la tourmente jusqu'au soir du Grand Réveil, où tout risque de basculer, Ameyal n'a pas parlé. Elle repose à présent prostrée contre la pierre, le visage sanguinolent, la respiration saccadée, la poitrine pantelante, la peau hérissée de frissons.

Devant elle brille une lumière aveuglante qui ne lui permet pas d'identifier ses visiteurs. Des bruits de pas retentissent, assortis de frottements sur le sol. Au bout d'un moment, des sandales dorées emplissent son champ de vision. Des sandales dorées, un pagne brodé, une large ceinture ornée de gemmes à laquelle est suspendu un poignard. Les questions envahissent son esprit troublé par la soif et la fatigue. Moctezuma serait-il venu jusqu'ici pour la voir ? Elle se redresse et reconnaît la cicatrice de l'homme penché au-dessus d'elle.

Ahuizotl.

Enfin. Enfin il est venu me voir.

En sentant le parfum familier de hêtre et de campêche, Ameyal sent ses espoirs revenir. Elle se jette en avant et étreint les jambes de celui qui peut encore la sauver.

— Merci d'être venu, Maître !

Ahuizotl reste immobile. Lorsqu'il la repousse, elle prend ses genoux dans ses mains. Il ne faut pas qu'il la voie ainsi, nue, salie, blessée, diminuée.

— Beaucoup de charges ont été retenues contre toi, lance-t-il.

— Ce ne sont que des mensonges.

— C'est ce que tu prétends.

— J'ai le droit d'être jugée !

Il secoue la tête dans un soupir, puis reprend.

— Je m'interroge sur les différentes hypothèses ayant pu te conduire à te débarrasser de Citlalin, reprend-il d'une voix calme. Menaçait-elle de dévoiler au grand jour la relation que tu entretenais avec Macoa afin de se venger de la mort de sa mère, qu'elle savait liée à toi ? Avait-elle tenté de te faire chanter ?

— Je n'ai pas… je n'ai pas tué Citlalin, articule la jeune femme avec peine.

— Tene m'a dit que tu as assisté à sa mort.

— C'est la vérité.

— Tu as donc menti. Dissimulé.

— J'avais peur…

— Toi, avoir peur d'une concubine ? Garde ce mensonge pour un autre ! éclate le Maître.

Il fait quelques pas dans le cachot. À travers l'ouverture, la jeune femme peut apercevoir le museau d'Huihuixca, les dents en avant, la bave aux lèvres, en train d'épier.

— Que dois-je penser de toi, Ameyal ? Ai-je élevé une meurtrière au rang de favorite ?

La jeune femme secoue la tête avec désespoir. Il va désormais lui falloir aller plus loin dans ses aveux. Elle n'a plus le choix.

— Il faut que vous me croyiez, Maître. Macoa a tué Citlalin car votre fille pensait à tort que nous avions une liaison. Elle aurait pu injustement nous dénoncer.

Ahuizotl n'a pas l'air étonné de cette réponse qui est un pari risqué. Sait-il déjà toute la vérité ?

— Pourquoi n'as-tu pas dit ce qu'a fait Macoa, en ce cas ? Ton silence fait de toi une complice.

— Macoa m'avait menacé de mort. Je ne suis pas aussi forte que vous le pensez. J'étais inexpérimentée, terrorisée. J'implore votre indulgence, Maître.

— Tu avais peur d'elle, lorsque tu étais favorite ?

— Non, mais…

— Non, mais quoi ?

— Macoa m'avait soutenue, aidée... Me sentant redevable de je ne sais quelle dette étrange, je ne savais plus que faire. Plus le temps passait, plus je me sentais prisonnière de ma première réaction, même s'il s'agissait d'une erreur...

— La disparition de Macoa t'aurait bien arrangée, mais tu ne pouvais te résoudre à la provoquer toi-même... Ce qui expliquerait pourquoi tu avais proposé son nom pour être l'ixiptla de Xilonen...

Ameyal sent bien que la discussion lui échappe, mais elle n'arrive plus à rassembler ses esprits. Elle doit être si défigurée que ses charmes n'ont plus d'effet sur lui. Elle doit lui inspirer moins de désir que de pitié.

Elle voudrait se lever, supplier, mais n'en trouve pas la force. Elle a si soif.

Si peur.

— De l'eau, Maître. Pitié...

— Tu m'as abandonné. Maintenant, tu vas devoir payer.

En lieu et place de jarre, le Maître se contente de laisser tomber une pièce de tissu à terre. À y regarder de plus près, il ne s'agit pas de tissu, mais d'un lambeau de cuir de jaguar. Lorsqu'elle reconnaît le pan de manteau de Vent de la forêt, Ameyal sent son corps se glacer. Tout lui revient : les éclats de voix qui les ont surpris, après qu'ils aient fait l'amour, leur fuite à travers le buisson d'épineux, le bruit de déchirement, l'épaule d'Ehecatl, en sang.

— À qui appartient ce vêtement ? gronde le Maître.

Elle reste tétanisée. Ce morceau de vêtement est la preuve de trop. Celle qui fait basculer dans le néant les faibles espoirs qu'elle croyait encore pouvoir caresser.

— Est-il à une concubine ? À un étranger ? Un hors-la-loi, par exemple ?...

— Un hors-la-loi ?

— Je n'ai jamais vu une telle matière chez nous.

Elle secoue la tête, de plus en plus oppressée. Comment ce lambeau de cuir est-il parvenu jusqu'à Ahuizotl ? Comment l'idée de son propriétaire a-t-elle pu germer dans son esprit ? A-t-elle sans le savoir été surprise par des espions ? Elle ne sait pas. Elle ne sait plus que répondre face à une telle accusation.

— Une esclave de l'extérieur a rapporté à Tene qu'une corde a disparu de la remise.

Le corps d'Ameyal se met à trembler de plus belle. Elle avait songé à demander à Cinteotl de remettre la corde en place, mais cette dernière était surveillée. Elle avait également pensé à demander à Necahual de lui procurer cette corde. Peut-être aurait-elle mieux fait de le faire, car la chef des esclaves aurait pu la remplacer rapidement et tout ceci serait passé inaperçu.

Elle n'a pas choisi la bonne solution.

— En outre, poursuit Ahuizotl, Vent de la forêt a été aperçu par un garde du tecuhtli, en ville, peu après que le squelette de Citlalin ait été retrouvé. Serait-il venu ici ?

Et voilà le coup de grâce.

— Comment le saurais-je ? parvient-elle à balbutier.

— Cet homme a-t-il été ton amant ?

Elle sent une pointe de jalousie percer dans la voix d'Ahuizotl à travers sa colère.

— Allons, Maître, vous savez bien que c'est impossible !

— Ne m'as-tu pas assuré qu'il faut tout envisager, même l'impossible ? Surtout l'impossible ?

Elle serre les dents. Une nouvelle fois, ses paroles se retournent contre elle. Ahuizotl s'approche d'elle, la dominant de toute sa puissance.

— Tu caches quelque chose ! tonne-t-il. Je le vois. Je le lis au fond de tes yeux. D'abord, mon journal, que tu avais copié. Puis cette trahison à Tenochtitlan. Que préparais-tu, sorcière ?

Il l'assassine du regard. Elle garde le silence.

— Eh bien sache qu'il a été tué. Ton hors-la-loi n'est plus, et j'ai envoyé mes meilleures troupes réduire sa meute de brigands en poussière.

Ameyal fronce les sourcils. Les paroles d'Ahuizotl semblent lui parvenir à travers un voile de coton. Elle n'y croit pas. Elle n'ose y croire.

Vent de la forêt… mort ? Tout est-il donc vraiment perdu ?

Des larmes se forment aux coins de ses yeux sans qu'elle puisse les retenir.

— Tu vois ? Tu le pleures…

Un gémissement retentit. Un petit corps chétif tiré par le sinistre Huihuixca surgit à la lueur des torches. Eau vénérable, nue elle aussi, est couverte de plaies et de contusions. Ses petits seins ridés pendent mollement dans le vide. Elle a été battue à tel point que ses yeux boursouflés ne sont plus capables de s'ouvrir.

— La Fleur…

En entendant la voix de la prêtresse s'étrangler dans sa gorge, Ameyal sent un désespoir l'accabler.

— Tu as enfreint la première Loi. Tu n'étais pas vierge lorsque tu m'as offert ta fleur, je le sais à présent.

Ahuizotl désigne la prêtresse, agenouillée et bâillonnée devant Ameyal. Il lui crache dessus. Elle pousse un gémissement plaintif, un râle.

— Nous avons trouvé dans l'antre de cette soi-disant prêtresse certaines correspondances qu'elle entretenait avec Vent de la forêt. Étais-tu au courant de ce qu'elle tramait, toi qui as passé du temps avec elle au temple de la Fleur ?

— Bien sûr que non ! Jamais je ne…

— Ne te donne pas la peine de mentir, interrompt Ahuizotl. Eau vénérable a toujours servi de lien entre Ehecatl et toi. Elle le renseignait. Elle l'a aidé à nous voler le tribut. Et toi, tu as participé à cela, même si j'ignore encore comment. Et les coupables doivent être punis.

— C'est faux !

— C'est écrit de la main d'Eau vénérable elle-même. Je pourrais te faire lire ses cahiers, mais pourquoi perdre encore du temps ?

D'un geste précis et sûr de lui, il tire le poignard attaché à sa ceinture et tranche la gorge de la prêtresse, qui s'effondre dans un gargouillis. Le sang gicle jusqu'aux pieds d'Ameyal, qui reste muette de terreur. Huihuixca émet un ricanement que le Maître fait taire dès qu'il tourne le visage vers lui.

Ameyal songe à Cinteotl. Est-elle parvenue à fuir, comme elle le lui a demandé ?

Quel sera son sort ?

Elle ouvre les lèvres pour parlementer, tenter d'atténuer la colère froide d'Ahuizotl avant qu'elle ne la conduise à sa perte, mais aucun mot ne sort de sa bouche.

Tout est allé si vite.

La cicatrice du Maître, qu'elle perçoit désormais à travers des larmes de terreur, lui donne une apparence cauchemardesque. Le monstre aquatique a définitivement pris le contrôle de l'homme qui l'abritait. Elle contemple le corps sans vie de la prêtresse sans parvenir à savoir si elle rêve encore, ou si on l'a arrachée à ses songes.

— Tu as enfreint la troisième Loi à de nombreuses reprises en t'adressant à un autre homme que moi-même, comme le jour où tu as parlé à Patitl sans mon autorisation…

— C'était pour vous aider.

— C'était pour me trahir. Je savais que tu voulais rester à Tenochtitlan depuis le début.

Ameyal se souvient, en effet, qu'il s'agissait de la première question qu'il lui avait posée après qu'elle lui avait dévoilé son envie de l'accompagner.

Ahuizotl marque un silence, puis reprend d'une voix plus déterminée, plus tranchante. Il serre le poing comme il ne l'a jamais fait jusqu'à présent.

— Tu as enfreint la sixième Loi par défi et irrespect à l'égard de Tene. Tu as fait venir l'aînée… de mes filles dans ta chambre pour te livrer au patlachuia avec… avec elle, ce qui est interdit par la septième Loi, après avoir entretenu une liaison avec Macoa.

— Macoa doit être punie.

— Macoa a permis de connaître la vérité. Elle sera sans doute graciée.

À cette nouvelle, Ameyal manque de s'effondrer au sol.

— La neuvième Loi stipule que toute tentative d'évasion, à laquelle a assisté Izel, que Xalaquia est parvenue à faire parler avant qu'elle ne sombre dans l'apathie, ainsi que tout homicide, doivent être punis de lapidation. Tu t'es rendue coupable des deux crimes à plusieurs reprises. Et comme si cela ne suffisait pas…

Le Maître se tourne vers l'entrée de la geôle et fait signe à Cipetl d'entrer. Le conseiller s'exécute, les mains chargées d'une espèce de serpent sombre entortillé et visqueux.

Lorsqu'il laisse tomber la corde encore humide aux pieds d'Ameyal, un silence de mort s'abat sur la cellule.

— Tu comprends à présent pourquoi il n'y a pas besoin de procès. Cite-nous les charges d'accusation, Cipetl.

— Violation de la première, deuxième, troisième, sixième, septième et neuvième loi : débauche sexuelle, mensonge et tromperie, infidélité, homosexualité, non-acquittement des devoirs de la favorite, tentative d'évasion, double homicide… fautes auxquelles il faut évidemment ajouter la duplicité, la manipulation, la conspiration et la trahison.

Le conseiller a énoncé les chefs d'accusation d'une manière totalement détachée, comme l'ordre du jour d'une des réunions où il lui a été donné d'assister en cachette, ou le menu d'un repas ordinaire, ce qui les rend encore plus difficiles à entendre.

Un cri retentit, au loin. La plainte d'une femme oubliée, qui a trouvé dans la folie un substitut au harem et à la mort.

Je suis perdue.

— Toutefois, reprend Ahuizotl, tu pourrais continuer de vivre.

Elle lève les yeux vers lui, incrédule. S'agit-il d'une nouvelle forme de torture ?

— La cérémonie à venir, comme toute fête religieuse, peut donner droit à des grâces. Dis-nous ce que préparait Vent de la forêt avant de mourir, et je saurai me montrer clément.

La jeune femme tente de rassembler le fil de ses pensées, qui ne cessent de lui échapper. Elle est au plus mal, au moment où toute sa lucidité lui est le plus nécessaire. Si Vent de la forêt est réellement mort, ses hors-la-loi vont poursuivre son action. Ils vont attaquer… la délivrer… il faut qu'elle garde courage et tienne bon.

À moins qu'ils n'abandonnent ? Ou que tout ceci ne soit qu'un piège tendu par Ahuizotl ?

— Dis-nous ce que tu lui as confié, reprend le Maître, son œil unique dardé sur elle.

Elle ne répond pas. Elle ne sait que répondre. Il serre les mâchoires, pousse un soupir. Va-t-il s'abaisser à la frapper une nouvelle fois ?

— Cela a-t-il un rapport avec le voyage à Tenochtitlan ?

Le visage d'Ameyal s'affaisse sur sa poitrine. Ahuizotl s'agenouille devant elle, approche son visage du sien.

— Qu'as-tu appris là-bas qui pourrait lui être utile ?

Il est fort. Très fort. Il a tout deviné.

— Dis-nous ce que préparait notre ennemi, poursuit le Maître d'une voix douce. Je t'exilerai dans le pays des Chiapas, où tu pourras mener l'existence de maatitl que tu mérites. Garde le silence, et tu deviendras l'*ixiptla* de Huixtocihuatl pour le Grand Réveil qui approche.

Maatitl ou ixiptla, voilà le choix qui s'offre à moi.

Ameyal revoit défiler devant elle les images de la fête de Tocoztontli, à laquelle elle a assisté en tant que favorite à Tenochtitlan. Elle revoit la jeune vierge déguisée en Coatlicue, qui, seule à son sommet, mimait la perte de sa virginité et les souffrances de l'enfantement. Exaltée par la joie de mettre au monde un dieu, elle s'abandonnait en des attitudes impudiques, changeantes, éthérées, composant une sorte de danse extatique. Elle revoit naître Tlaloc, le dieu des tempêtes, virevoltant autour de sa mère comme une tornade, entraîné par les hommes vêtus de dépouilles humaines desséchées, sous les vivats du public en transe.

L'ixiptla avait ensuite été mise à mort par noyade.

Alors qu'elle s'indignait d'un tel procédé, Ahuizotl lui avait expliqué qu'une substitution avait lieu, et que la jeune vierge avait été remplacée par une esclave ou une prisonnière venant d'un pays étranger.

Évidemment, il ne saurait être question de substitution, cette fois.

Ce sacrifice n'est rien de plus qu'une condamnation à mort déguisée.

Vais-je réellement mourir ?

— Alors, vas-tu parler ?

Un conflit explose en Ameyal, qui, à l'approche de la fin, semble recouvrer un semblant de lucidité. À la terreur succèdent l'incompréhension, puis le déni. Puis l'espoir. Puis la honte de la faiblesse dont elle pourrait faire preuve si elle s'abaissait à parler. Elle a déjà abandonné Ehecatl alors qu'elle se trouvait à Tenochtitlan. Va-t-elle l'abandonner une nouvelle fois ? Va-t-elle une nouvelle fois laisser pour compte celui dont le combat est juste, celui qui l'inspire et dont elle ne voulait, jusqu'à peu, ne plus être séparée ?

La nuit la plus froide, la plus sombre et la plus humide semble la recouvrir.

Le lien qui l'unit à Ehecatl va la conduire droit à la mort. Pourquoi ne pas avouer et en finir ? Si elle se rachète aux yeux du Maître, il la laissera peut-être en vie. Et Ehecatl, selon ce que lui a dit Ahuizotl, n'est-il pas censé être mort ?

Mais Ehecatl n'est pas seul dans ce combat. Ehecatl est une idée. Un idéal. Si elle parle, elle abandonnera à jamais son idéal, ce qui fait d'elle ce qu'elle est.

Ce serait devenir Xalaquia.

— Par les foudres de Tlaloc, avoue ! s'agace Huihuixca, dont le regard ne cesse de sonder son intimité.

Ameyal se sent exténuée. Elle voudrait dormir, mais on ne le lui permet pas. Ou plutôt si : on attend qu'elle s'endorme pour la réveiller. Elle revoit en pensée les appartements qu'elle occupait en tant que favorite. Son lit tendu d'étoffes. Ses draps soyeux. Le parfum des fleurs apportées à toute heure pour être toujours éclatantes et fraîches. Elle voudrait tellement se livrer au pouvoir de ses profonds oreillers, s'y engourdir, s'y abandonner, y rêver !

Vent de la forêt... mort...

Une torche brûle la peau de son visage. Elle reconnaît le parfum de campêche. Une phrase glisse jusqu'à son cerveau endolori.

— Vas-tu saisir ta chance ? As-tu une réponse à me donner ?

La jeune femme serre les dents. Sa décision est prise.

Elle ne parlera pas.

Jamais.

Lorsqu'elle sourit, un filet de sang s'écoule de ses lèvres.

— Tant pis pour toi, lâche le Maître dans un soupir. Après avoir été la fille de Xilonen, sœur de Tlaloc, tu seras son ixiptla.

Il s'efface, laissant Ameyal face à un gouffre qui menace de l'avaler tout entière. Un gouffre tapissé des neuf propositions qu'elle avait obtenues en faveur des femmes du harem, esclaves et concubines, à travers lesquelles ne tarde pas à surgir un visage plus redoutable encore que celui de la mort, qui s'approche lentement, comme dans un songe affreux, comme s'il allait lui donner le baiser de la mort, avant de murmurer à son oreille.

Ce visage, c'est celui du triomphe de Celle qui s'habille de sable.

— Sache que tu ne mourras pas totalement. On m'a raconté en détail ce que tu as fait au Cœur du Monde Unique, et la manière dont tu t'es offerte à l'Orateur Vénéré des Aztèques.

« Tes yeux seront envoyés à Moctezuma, qui les a paraît-il adorés. Il pourra toujours s'en faire un collier.

7.

Teotitlan, à l'aube du jour de la fête du Grand Réveil
1518, un an avant l'arrivée des Conquistadors.

Ameyal, la démarche chancelante, regarde ses pieds nus et ensanglantés fouler la terre craquelée avec l'étrange impression qu'ils appartiennent à quelqu'un d'autre. Elle est suivie de tout un cortège de prêtres, de prêtresses avec leurs assistants, de musiciens qui battent le rythme, de gardes d'Ahuizotl et de Sept serpents, bien sûr, ainsi que de curieux de tout poil. Depuis combien d'heures marche-t-elle ainsi ? L'épuisement l'ayant rendue insensible à la douleur et au passage du temps, elle a l'impression de voguer, telle une somnambule, quelque part au-dessus de son corps, entre ciel et terre, et que seul le Serpent précieux connaît sa destination.

Elle est revêtue des ornements de la déesse Xilonen : les cheveux attachés en arrière, un corsage, une jupe et des cactlis vermeilles – comme si l'on avait soustrait le jaune à ses couleurs de favorite. Depuis qu'Ahuizotl l'a faite emmener au temple de Xilonen, il lui a fallu danser, chanter, marquer le rythme des chansons des pieds durant des heures, des jours entiers. Au bout d'un temps infini a commencé la vigile : une nuit entière sans dormir.

Épuisée, droguée, Ameyal s'apprête à gravir les marches de la pyramide pour être sacrifiée.

Elle marche.

Elle marche et se souvient.

Les producteurs de maïs ont honoré la divinité en se livrant à de multiples danses masquées et échevelées. Leurs filles, et bien d'autres encore, ne cessaient de rendre hommage et de faire tournoyer Ameyal. Puis, tous se sont rassemblés, les producteurs, leurs familles, des femmes âgées, des femmes mûres et des jeunes filles, et ont pris place en rang autour d'Ameyal, avant d'entamer des chansons rappelant le crissement aigu du vent dans les fanes de maïs. Les voix des hommes sonnaient comme des tambours, celles des jeunes filles étaient comme des clochettes. Pendant que les femmes chantaient et dansaient, des guirlandes d'épis de maïs autour du cou, les hommes et les anciens les dirigeaient, tandis que d'autres femmes apportaient des fleurs qu'elles déposaient en tous lieux.

Les chants et les danses en l'honneur de Xilonen se sont poursuivis durant quatre jours et culminent aujourd'hui, en cette cérémonie que l'on nomme Grand Réveil, et qui symbolise le réveil de la nature au printemps.

Dès l'aube, les devantures des maisons ont été ornées de glaïeuls et aspergées du sang retiré des oreilles et de la partie antérieure des cuisses de leurs habitantes, et parfois d'Ameyal. Outre les glaïeuls, les nobles et les riches ont orné leurs demeures de rameaux de laurier sauvage. Ont été entourées de branchages et de fleurs les statues des dieux que chacun possède chez lui. Les rues ont été décorées de cannes jeunes de maïs et de fleurs des champs, ainsi que de divers mets. Tandis qu'Ameyal se tenait au cœur du temple de Xilonen, dont elle est aujourd'hui l'incarnation, des hommes se sont livrés à des escarmouches, simulant des luttes et des combats.

C'est alors que se sont présentées en procession une multitude de jeunes filles joyeuses, aux cuisses et aux bras recouverts de plumes rouges, au visage enduit de chapopotli39, portant sur leurs épaules les épis de maïs de l'année précédente pour en faire offrande à la divinité. Les épis de maïs, ainsi enveloppés dans des couvertures et destinés aux semailles et aux réserves, ont été bénis par les prêtresses de Xilonen, qui les ont imbibés d'huile avant de les envelopper dans du papier.

Les jeunes filles les ont ensuite remportés dans leurs domiciles, tels des biens sacrés, pour les semailles de l'année suivante ou le stockage dans les greniers. Des femmes ont constitué, avec une masse appelée *tzoali*, une grande image de Xilonen, disposée derrière Ameyal dans la cour de son temple. La jeune femme s'est vue offrir toutes sortes de mets : plats de tamales, paniers de farine de chia, de maïs grillé mêlé de haricots, morceaux de légumes embrochés sur des tiges de maïs plantées dans les ventres de grenouilles cuites et assaisonnées, comme si elles en avaient été les porteuses.

Ameyal, honorée comme la déesse qu'elle représente, comme la mère et la dispensatrice de toutes ces choses qui servent à l'alimentation du monde, n'a pas pu goûter à tout cela. Les visiteurs se sont arraché les morceaux, et tout a été mangé devant elle. À peine a-t-elle pu boire quelques gouttes d'eau pour ne pas flancher.

En revenant à elle, la jeune femme constate que les premières lueurs du jour redonnent au monde qui l'entoure ses vraies couleurs, et elle est surprise de constater que tout, autour d'elle, n'est que désolation. Le paysage est comme revêtu d'un manteau jaune paille, et le ciel, d'un blanc laiteux, est d'une profondeur insondable. Les reliefs se noient dans une brume indéfinissable, et le silence est assourdissant. Il lui semble discerner, à travers le brouillard de ses pensées, des plants de maïs asséchés. Un vieillard en train de gémir sur la pente d'une colline. Des ruisseaux asséchés, emplis de déjections. Des enfants qui se disputent quelques grains de maïs.

---

39 Sorte de poix ramollie.

Où se trouve-t-elle ? Où la conduit-on ? Est-elle toujours à Teotitlan ?

— Où va-t-on ?

— Dans le lieu où la pierre saigne.

Ameyal voit bientôt se dessiner les abords de la cité. Le soleil de midi noie le monde sous une pluie de flèches d'or. Seuls lui résistent quelques arbres secs et décharnés, dépouillés de la moindre feuille ou touffe de verdure, qu'un air chaud et poussiéreux assèche et brûle sur son passage. Tonatiuh n'a laissé aucune ombre nulle part. Ameyal, frappée du contraste du paysage extérieur avec les luxuriants jardins du harem, prend conscience qu'elle ne s'était pas intéressée au temps qu'il faisait au-dehors. Le harem n'est pas qu'une prison. Il est aussi une bulle à travers laquelle rien ne passe.

Les jardins du harem sont humides et verts, alors que la sécheresse semble avoir ravagé le pays depuis le sacrifice de l'enfant à Tlaloc.

Depuis la nuit où Coatzin a tenté de la tuer, et où la mort l'a frappée.

Un enfant immobile, avec un anneau dans le nez, regarde Ameyal passer. Elle lui jette un regard triste. Un visage avec une cicatrice tourne les yeux vers elle et les baisse dans la foulée. Il lui rappelle Ahuizotl. Ahuizotl, celui qui lui a fait gravir la pente du pouvoir avant de la précipiter dans le vide. Une vieille femme pleurnicharde, édentée, à demi pliée sur elle-même, s'accroche à ses cuisses, la tire à elle, puis l'abandonne à son sort. Un homme tend vers Ameyal son bras amputé, déformé, et adresse une prière inaudible à un dieu aveugle et sourd.

Il veut mourir ou être sauvé par la déesse.

Ameyal lui souffle quelques mots. L'homme sourit, lui tourne le dos et s'en va, rassuré.

Xilonen lui a parlé.

Des habitations au toit de chaume apparaissent. Des femmes, assises sur des chaises de bois, sont occupées à plumer des poules. D'autres femmes agenouillées devant des métiers à tisser se lèvent pour regarder le cortège passer en silence. Des hommes broient le maïs dans de grands récipients sombres. Des chiens jappent, des enfants déambulent en criant parmi les habitants qui travaillent en ce jour du Grand Réveil, qui est pour eux un jour semblable aux autres.

Les maisons se resserrent autour d'eux, et les musiciens recommencent à taper sur leurs tambours de peau. Au détour d'une rue, des hommes désignent Ameyal du doigt et rient. Derrière eux, des portefaix ploient sous la charge des pierres et des branches entassées sur leur dos, retenue par des sangles frontales qui leur meurtrissent le front.

À mesure que le soleil continue sa course vers l'ouest, la foule se densifie, les habitations et la chaussée évoluent. Les plus démunis ont laissé place à des femmes maquillées, apprêtées, propres, habillées de toile brune qui la regardent passer en s'appuyant aux colonnes de leurs maisons de pierres. Certaines d'entre elles échangent des messes basses ou rient ostensiblement. D'autres tendent le bras pour effleurer ou caresser l'incarnation de Xilonen avec des plantes à l'odeur âcre et douceureuse qu'elles tiennent en main.

Un boucher lève les bras vers Ameyal, ce qui la fait frissonner. Tel un funeste présage, il porte un couteau d'obsidienne dans la main droite, et a le torse nu, enduit de sang. Derrière lui, des morceaux d'animaux découpés, environnés de mouches. Un pied d'animal tombé à terre, que des enfants s'arrachent.

De la poussière. Des piments accrochés à un filet. Un magasin d'idoles funestes et grimaçantes, tenu par une femme sinistre, chauve, qui tend à Ameyal l'une de ses statuettes. Des crânes de bestiaux, accrochés à des cordes, pendent du toit qui la surplombe et font cliqueter leurs os au vent.

L'un des gardes qui l'accompagnent sort une outre de cuir et boit. Ameyal lui demande de l'eau, mais il refuse.

— Tu auras tout ce que tu désires au paradis de Tlaloc.

Des rires accueillent la spiritualité de la réplique, et la jeune femme reprend sa marche, la gorge en feu. Une vague de puanteur l'assaille. Des soldats se pressent autour d'elle pour éloigner des importuns voulant lui arracher ses habits. Des peaux d'animaux tannées, suspendues à des constructions de bois, surplombent des bassins colorés. Des bassins jaunes. Des bassins emplis de pétales de violette prêts à être écrasés. Des bassins rouge sang, rappelant la couleur de la déesse. Des hommes trempent le cuir, le ressortent, touillent le liquide à l'aide de longues perches de bois.

Un feu, de la fumée, à travers laquelle passe le cortège. L'espace d'un instant, Ameyal se revoit à Huaxca, courant entre les huttes éventrées, poursuivie par une odeur de mort et de brûlé. Elle passe sous des échafaudages constitués de troncs attachés entre eux par des cordes. Des femmes s'approchent en pointant vers elle de longs doigts ensanglantés, monstrueux et crochus.

La jeune femme recule, mais un garde la bloque. Il faut qu'elle les bénisse.

Xilonen s'exécute.

Elle s'aperçoit alors que les doigts de ces femmes sont tout à fait normaux, et qu'elle a été victime d'une vision. Leur couleur s'explique par la matière rouge qui les recouvre. Elles portent dans leurs bras des récipients emplis de cochenilles écrasées, puis diluées dans l'eau.

Elles colorent son visage en priant et chantant, puis une femme masquée s'approche et dépose quelque chose sur son crâne. Une couronne faite de papier et d'épis de maïs tressés.

Le cortège reprend sa marche sous le ciel déjà rougeoyant.

Des jaguars tournent et grognent dans des cages de bois, affamés. Des femmes nobles aux visages enduits d'axin[40], coiffées de parures de plumes vertes, se prélassent à l'ombre de leur chaise à porteurs dorée et capitonnée en buvant du chocolat, tandis que des esclaves les éventent. Un homme fait l'aumône devant elles. Elles le chassent d'un mouvement de main agacé.

L'homme trébuche, s'éloigne.

Des magasins d'oiseaux, des cages suspendues, emplis de perroquets multicolores qui volettent sur son passage. Une foule bigarrée, apprêtée, vêtue d'amples et riches tuniques colorées. Un homme qui joue avec des caméléons perchés sur une branche à la forme étrange. Une femme grasse qui s'approche, saisit la bouche d'Ameyal et la force à ouvrir les lèvres pour inspecter ses dents. Après avoir sorti une gourde de cuir, elle lui glisse quelques gouttes d'eau dans la bouche, quand l'un des gardes la repousse. Trop tard. L'inconnue a déposé un grain de cacao sur la langue d'Ameyal. Elle lui adresse un regard encourageant.

Cinteotl !

La jeune femme, qui s'attendait à tout sauf à cela, savoure le goût doux et amer qui se diffuse en elle tandis que son ancienne esclave s'éloigne. Un sentiment de gratitude l'étreint et des larmes coulent de ses yeux.

Cintetol s'est sauvée. Elle est vivante.

Elle ne peut quitter les yeux de sa bienfaitrice, et s'aperçoit que cette dernière rejoint une jeune femme richement vêtue et d'une grande beauté.

Elle reconnaît son amie Nicté.

Ameyal se sent poussée en avant. Lorsque ses alliées disparaissent derrière les prêtres qui l'accompagnent, elle sent son cœur se briser.

---

40 Onguent jaune clair servant de maquillage.

Des murs de pierre. Des graffitis illisibles. Des jarres fumantes, débordantes de nourriture écœurante, vendues par des femmes qui annoncent en criant la nature et le prix de leurs produits.

Des tables surmontées de plats, des cuisines, des serviteurs, le tout étroitement surveillé par des gardes à la cuirasse blanche.

Du vin à profusion. Des tables, des assiettes qui attendent. Les banquets qui célébreront la fin du rituel, lorsque Xilonen ne sera plus.

Un immense crâne humain taillé dans la pierre surgit et recouvre Ameyal, la faisant pénétrer dans un souterrain dans lequel on la pousse.

Le noir.

Une odeur de sueur, de sang.

Des prières et autres lamentations viennent aux oreilles de la jeune femme, dont les yeux s'habituent peu à peu à l'obscurité.

Elle découvre un couloir aux murs ornés de fresques de dieux et d'animaux, et tressaille en apercevant des mains, des bras tendus vers elle. Des habitants la regardent passer depuis l'extérieur, à travers des ouvertures à claire-voie. Ils lui adressent des regards implorants, comme s'ils voyaient en elle une déesse pouvant, par sa mort, les arracher à leurs malheurs.

À leur misère.

La fresque la plus proche d'Ameyal représente une femme à la tête d'une procession, les cheveux attachés en arrière, le visage teint en rouge, une couronne d'épis de maïs sur le haut de la tête. Elle porte un vase dans la main droite, et au bras gauche une rondache sur laquelle est peinte une grande et belle fleur. Son corsage, sa jupe et ses sandales sont de couleur vermeille.

Ainsi parée et habillée, l'incarnation de Xilonen ressemble à un plant de maïs en fleurs.

La seconde fresque figure la même femme en train de gravir les marches d'une pyramide, derrière une cohorte de prisonniers dont les premiers sont décapités au sommet, leur visage exsangue brandi vers le ciel.

Une troisième fresque, plus loin, lui cause des convulsions. La même femme se trouve allongée sur le dos, les bras et les pieds écartés, solidement tenus par trois prêtres. Penché au-dessus d'elle, un homme masqué vient de planter son couteau dans sa poitrine ouverte en deux.

Le sang gicle de toutes parts.

Ameyal comprend alors qu'elle est en train de lire, dans les entrelacs et les volutes des murs, véritable labyrinthe de lignes et de courbes entrecoupées de symboles religieux, son avenir.

Elle va mourir.

« *En recevant la Mort Fleurie en tant qu'incarnation de Xilonen, tu renaîtras dans le luxueux paradis du Tlalocan, et tu serviras Tlaloc avec bonheur jusqu'à la fin des temps.* »

Elle va mourir, et comme personne ne lui mettra d'éclat de jade dans la bouche, jamais elle ne pourra atteindre Mictlan. Elle sera condamnée à errer indéfiniment dans l'Endroit Ténébreux des morts sans rémission. Les yeux exorbités de terreur, elle se débat, tente d'échapper aux deux gardes qui l'enserrent.

En vain.

Elle vacille, et tout devient noir à nouveau.

8.

— Montre-toi digne de la déesse !

Ameyal revient à elle en percevant des cris. On la secoue. On la brusque. On la gifle.

Elle ouvre les yeux. Les gardes la forcent à se redresser, à avancer vers une lueur floue qui s'élargit peu à peu. Des bruits de liesse lui parviennent, de plus en plus fort. Elle comprend qu'elle a traversé l'enceinte de la place sacrée en voyant les fidèles s'écarter pour laisser passer son cortège. Hommes et femmes, le visage déformé par l'enthousiasme, hurlent de joie et lèvent les bras en l'air tandis qu'elle examine les pyramides qui la surplombent, dont les sommets aplatis accueillent danseurs et prêtres autour de braseros enfumés.

On la pousse en avant.

Ameyal ne reconnaît pas la ville où elle se trouve. Teotitlan s'est mué en océan vibrant d'étoffes colorées, de bijoux, de parfums, de plumes, de chair, d'or, de folie, d'hystérie, de chaleur et de sueur. Le soleil déclinant allonge sur les hommes les ombres de ses dieux.

Emportée dans ce tourbillon frénétique, elle constate qu'elle n'a plus la force de marcher. On la porte. Elle peut à peine ouvrir les yeux et assister, comme spectatrice bien plus qu'actrice, à l'étrange spectacle qui l'entoure. Une allée bordée d'hommes coiffés de plumes jaunes et violettes mène aux marches ornées de fleurs, de banderoles et d'autres décorations de la grande pyramide à degrés qui l'attend. Au sommet de la pyramide se dresse un homme d'une taille colossale, arborant un masque terrifiant orné de panicules de maïs, le ventre peint en jaune, avec ses assistants au grand complet, qui s'affairent autour de l'autel de sacrifice et achèvent leurs derniers préparatifs.

Le grand prêtre de Centeotl, le dieu du maïs.

Au bas de la pyramide s'ouvre un bassin de pierre contenant un feu dominé par le tzompantli, monument pourvu de perches transperçant des têtes humaines empilées, de la plus récente, encore livide, à la plus ancienne, dont la peau arrachée et séchée laisse poindre par endroits la boîte crânienne, en passant par le visage à la chair parcheminée, tirant sur le vert. En apercevant les reliques de ceux qui l'ont précédée dans la Mort Fleurie, Ameyal grimace de dégoût et ne peut réfréner une nausée. Devant le ciel rouge et noir se découpent des silhouettes perchées au sommet de temples secondaires qui la regardent passer en priant. À leurs pieds, une monstrueuse cage s'ouvre, bourrée d'hommes, ou plutôt de spectres, aux vêtements de papier.

Des captifs destinés à être sacrifiés avant la déesse.

Ses compagnons, ses semblables dans la mort, qui devaient être les premiers à mourir, pour accueillir dans l'au-delà l'incarnation de Xilonen.

Le cortège s'arrête au moment où le roulement effrayant du tambour-tonnerre retentit. Les xochimiquis sont mis en rang devant le tzompantli, où se trouvent les têtes de leurs frères dans la mort, et plusieurs prêtres leur enlèvent les petites banderoles de papier qu'ils tenaient à la main pour indiquer leur condamnation. Ils retirent également les autres morceaux de papier dont ils sont habillés, ainsi que les fanes de maïs qui les coiffent. Tout cela est jeté au feu.

Les xochimiquis restent ainsi nus, perdus, dans l'attente de la mort.

Lorsque l'ordre est donné de gravir la pyramide, une rumeur plus forte encore que les précédentes s'élève de la foule.

Le premier captif pose le pied sur la première marche le dos courbé, malheureux et hagard, poussé en avant par les gardes.

Ameyal contemple avec horreur la silhouette qui se rétrécit peu à peu sur le ciel obscurci. Même si elle voulait repousser ce moment fatal, se convaincre qu'il ne va pas arriver, elle se sent glisser vers lui, et atteint le bas de la pyramide au moment où le premier prisonnier en a atteint le sommet.

Le voilà allongé sur l'autel de basalte.

Après quelques paroles qu'elle ne parvient pas à écouter, suivies de psalmodies, le silence se fait, suivi d'un choc sourd et d'un cri de triomphe.

Une tête coupée dévale la pente, rebondissant sur les marches, s'arrêtant aux pieds d'Ameyal.

La foule tend les bras au ciel, saluant cette offrande à Xilonen. Les prêtres juchés au sommet de la pyramide font de même. Ils sautillent et virevoltent dans une danse de joie. Les cris n'ont jamais été aussi assourdissants. Hommes et femmes sautent en rythme et dansent autour de la jeune femme, les yeux exorbités, comme s'ils étaient drogués au peyotl. Certains d'entre eux, les plus fanatiques sans doute, portent encore les pointes ou autres épines de maguey dans les oreilles et les jambes. Poussés par la frénésie, ils frappent la terre du pied, soulevant autour d'eux des vagues de poussière qui empêchent Ameyal de respirer et brouillent sa vision. Des cordons de gardes font la chaîne pour tenter de contenir la foule turbulente qui tend les bras vers elle, et permettre à la file de prisonniers de continuer de gravir les marches vers l'autel.

La jeune femme revient soudain à elle. Elle scrute de tous côtés. Elle cherche des yeux les hommes de Vent de la forêt, les marchands de maïs, les étendards censés indiquer les points de rassemblement. Mais elle ne voit rien, ne reconnaît personne. Ahuizotl lui a assuré que le chef des hors-la-loi n'est plus de ce monde. Une phrase de ce chef lui revient à l'esprit.

« Nous ne pourrons à la fois gravir la pyramide, attaquer les gradins où siègent les dirigeants, les troupes ennemies, et bloquer la sortie de l'enceinte sacrée. »

Qu'Ehecatl soit mort ou vivant ne changera rien. Si les hors-la-loi attaquent, ils ne pourront voler au secours de la sacrifiée, car ce serait perdre la bataille.

Un atroce sentiment de frustration l'envahit, avant de se muer en une immense détresse.

La voilà seule face au gouffre.

Un groupe de danseuses l'entoure, composé de femmes et d'enfants en grand nombre virevoltant entre les gardes. Devant elle, la pyramide, qui la domine et l'écrase. En son sommet, trois prêtres ébouriffés prêtent main-forte au grand prêtre de Centeotl. Des coupes en cuivre emplies de poix et de copeaux de pins ont été allumées à divers endroits et à diverses hauteurs. De toutes parts, des palanquins surmontés de dais qui dépassent des têtes. Le public qui trépigne et saute sur place, les bras tendus en l'air. Des hommes du peuple qui scrutent les nobles avec un mélange de respect et d'envie, puis tournent leurs yeux avides vers Ameyal.

Vers Xilonen.

La pyramide, devant elle, paraît immensément haute et abrupte, et une nouvelle tête roule sur les marches jusqu'au sol. Le corps ne tarde pas à suivre. Tandis que des hommes l'entassent au-dessus des autres corps, des femmes tenant des enfants dans leurs bras ramassent le visage et le placent dans une grande jarre de terre cuite.

Des êtres difformes. Des tambours sur lesquels frappent des hommes.

Au comble de l'horreur, Ameyal avise alors les invités de marque, groupés sur des gradins, sous des auvents, sur le côté de l'édifice : le tecuhtli de Teotitlan, qu'elle reconnaît à la silhouette graisseuse, est entouré de ses épouses et de ses conseillers, de Tepeyolotl, Maîtresse des auanimes, ainsi que de quantités de nobles et de représentants d'autres cités, provinces, pays et territoires lointains.

En l'apercevant, Tene cède à une excitation fiévreuse. Ameyal cherche Ahuizotl sans le voir. Où se trouve-t-il ?

La vision de Celle qui s'habille de sable, debout en compagnie de Quiahuitl – qui doit avoir remplacé Rivière noire – et de Macoa lui arrache un hoquet d'horreur. Elle se souvient du moment où son ancienne amante était venue la trouver pour qu'elle l'invite, en tant que favorite, à l'accompagner à cette cérémonie. Elle repense à l'attitude toujours ambiguë de son ancienne espionne, qui l'a désormais abandonnée.

« *Il n'y a qu'en brisant ses liens que l'on peut monter.* »

Poussée en avant, Ameyal croit alors apercevoir, parmi les nobles, un vieil homme appuyé sur sa canne qui la fixe avec intensité. S'agit-il de Collier d'étoiles ? Nicté lui avait dit que le devin se trouvait au palais de Sept serpents, mais elle n'a pu obtenir aucune information supplémentaire depuis.

Un coup la ramène à la funeste réalité. On la force à gravir les hautes marches de pierre. Elle tente une nouvelle fois de s'enfuir, en vain. Les gardes rient de son audace et de sa témérité. Des prêtres masqués, portant des bâtons ornés de panicules de maïs, lui remettent un vase qu'elle doit porter dans la main droite, ainsi qu'une rondache sur laquelle est peinte une grande fleur qu'ils fixent à son bras droit. Les soldats s'éloignent tandis que les prêtres l'accompagnent. Ameyal trébuche, monte une marche, puis deux, monte encore, monte toujours. Sous elle, les bâtiments rétrécissent à vue d'œil. Les hommes se réduisent peu à peu à de vulgaires insectes, et les clameurs, qui l'accompagnent comme une sinistre mélopée, ne sont bientôt plus qu'un bourdonnement lancinant. Elle ne veut plus monter, on la tire, on la pousse, elle enrage, elle s'essouffle, elle perd une nouvelle fois connaissance, et revient une nouvelle fois à elle, la réalité se dévoilant de la manière la plus affreuse qui soit.

Là voilà désormais pleinement réveillée. Elle ne sent plus la douleur. Elle s'arrête.

Elle a atteint le sommet de la pyramide.

Un vent chaud et sec secoue ses cheveux et froisse sa couronne de papier. Elle contemple les hommes qui se tiennent devant elle, pour la plupart des inconnus. Les deux derniers captifs qui la précèdent, les yeux tournés vers le sol, semblent avoir renoncé à tout espoir. Un homme masqué, habillé de noir, tient dans ses mains une hache d'obsidienne sanguinolente. Derrière lui est assis Ahuizotl, qui porte un masque affreux, mais qu'elle reconnaît aux muscles et à la stature.

Il est là. Il va me voir mourir.

Noyée sous une vague d'émotion, elle contemple le serpent à nez crochu et les somptueuses plumes de quetzal qui semblent ruisseler, luire comme une rivière de précieuses plumes vertes autour de son visage caché. Il n'a qu'une parole à prononcer pour la sauver.

Mais il ne la sauvera pas.

Le prêtre de Tlaloc, lui aussi orné de plumes de quetzal, mais moins nombreuses et moins chatoyantes que celles du Calpixque, porte un chapeau et une hache, représentant l'éclair, dans une main, et une fourche dans l'autre. Enfin, entre les prêtres hirsutes se dresse le grand prêtre de Centeotl, le dieu du maïs, au masque grimaçant pourvu de longs crocs et de grands yeux ronds entourés de serpents. Il est coiffé d'une couronne de panicule de maïs dorés qui lui donnent l'apparence d'un géant. Il tient dans sa main droite le couteau d'obsidienne qui va trancher sa vie. À ses côtés, un buste de pierre au visage grimaçant, celui de Xilonen, portant des boucles d'oreilles et une couronne d'épis de maïs.

Centeotl va mettre bientôt fin aux jours de sa mère.

De l'encens brûle, son parfum dérive jusqu'à Ameyal, qui s'y accroche un instant pour tenter d'oublier. Un prêtre marmonne une prière, les yeux révulsés, comme s'il se trouvait déjà à Mictlan pour l'accueillir. Xipetl et ses frères discutent en la détaillant du regard. Derrière eux, des sculptures anthropomorphes, des conques et des gongs. Les bruits qui ont rythmé ses escapades nocturnes, et qui ne résonneront bientôt plus pour elle. S'ensuivent les monstrueux tambours-tonnerre, à peau de serpent, devant lesquels se dressent des assistants armés de maillets.

Le regard d'Ameyal glisse sur l'entrée du temple de Tlaloc, décoré de conques bleues, d'où s'échappe une monstrueuse odeur de sang. Il lui semble apercevoir, dans la pénombre du sanctuaire, d'étranges statues armées de lances. Les montagnes environnantes, qu'elle admirait du haut des toits du harem le jour où elle a tenté de s'enfuir, semblent avoir été découpées dans du papier noir.

Le même papier que la funèbre couronne qui la coiffe.

La jeune femme lève les yeux au ciel et cherche sans la trouver l'étoile Quetzalcoatl. Elle adresse une ultime prière au Serpent précieux. Où se trouve-t-il, lui, le dieu le plus important de tous, le seul dieu honoré par toutes les nations du Monde Unique ? Comment celui qui mêle si harmonieusement la grandeur et l'amour, le serpent, créature effrayante et gracieuse, revêtu du plumage soyeux de l'oiseau quetzal, peut-il la laisser mourir ainsi ?!

Un prêtre s'approche, revêtu d'une longue tunique blanche en coton, aux cheveux enchevêtrés et pleins de sang. Il encense Ameyal et les derniers captifs à l'aide du copal et des braseros. Puis il récupère le vase et la couronne d'Ameyal, ne laissant que la rondache attachée à son bras.

Le prêtre de Centeotl lève les bras en l'air et harangue la foule.

— La terre a soif !

Tous lui répondent par de nouveaux cris.

— Il n'a pas plu depuis des mois ! Les récoltes de l'année dernière ont été mauvaises. La maladie a frappé au hasard, emportant nos proches ! Une étoile fumante[41] est apparue dans le ciel, symbole de funestes présages…

Ameyal balaie les alentours des yeux. Le palais d'Ahuizotl, ses jardins semblent avoir perdu toute importance. Le lac à la surface cuivrée, auréolé de chinampas, n'est plus qu'un lointain mirage. Les montagnes elles-mêmes semblent avoir rapetissé. Tout est si petit vu d'en haut. Si petit et si différent. Comment les voient les dieux, d'encore plus haut ?

Ont-ils vraiment le temps, l'envie de se pencher sur leur sort ?

Le prêtre de Centeotl se tourne vers Ameyal au moment où le tambour-tonnerre retentit, faisant vibrer la poitrine de la jeune femme.

— En ce premier jour du quatrième mois, uei tocoztli, la pierre doit saigner pour que la nature s'éveille à travers Xilonen !

— Xilonen ! Centeotl ! hurle la foule en retour.

---

41 Ainsi étaient appelées les comètes.

Les yeux d'Ameyal dévalent les degrés de la pyramide, s'arrêtant sur les piques du tzompantli, sur lesquels sont glissés les crânes des derniers captifs décapités.

— Nous avons fait provision de captifs, poursuit le prêtre. Nous leur donnerons la mort dans les jours à venir, jusqu'à ce que les pluies soient définitivement établies… Nous devons nourrir le dieu et la déesse…

La foule applaudit avec ferveur. Le prêtre de Centeotl lève une nouvelle fois les bras au ciel.

— Ô, puissant Centeotl, Ô, vénérée Xilonen, que ces dernières offrandes vous permettent de produire vos fruits !

Ameyal croise le regard de la prochaine victime, qui secoue la tête de terreur tandis que les prêtres balancent leurs encensoirs fumants et accomplissent les gestes rituels nécessaires avec leurs mains et leurs bâtons. Deux hommes le saisissent et le poussent en avant, le déposant sur le dos sur l'autel sacrificiel. Tous deux lui tiennent une main, tandis qu'un troisième homme vient lui tenir les pieds. Ses cris ne changent rien : penché au-dessus de lui, le grand prêtre, l'exécuteur, brandit un long couteau d'obsidienne.

Il déclame, et ses mots glissent sur Ameyal, qui n'est plus en mesure d'écouter. Son cœur bat si fort qu'elle n'entend plus que lui. Xipetl la contemple, sourit.

Il tient enfin sa vengeance.

Le moment venu, le prêtre ne montre ni hésitation ni embarras. D'une main experte et sûre, il abat le couteau du côté gauche de la poitrine de l'homme, juste sous le sein et entre deux côtes, puis écarte les bords de la blessure avec la lame, pour l'ouvrir encore davantage avec la main, tandis qu'il fouille, de l'autre, dans l'ouverture rouge, humide et chaude, avant de saisir le cœur qui bat encore et l'arracher de son réseau de vaisseaux. L'homme pousse un gémissement, une sorte de râle, avant que ses yeux ne se ferment. Le prêtre brandit alors l'organe luisant, ruisselant et sanguinolent, pour le présenter à la foule, puis l'écrase sur la bouche sculptée de la déesse du jeune maïs. Il malaxe et triture tant et si bien le cœur qu'il n'est bientôt plus qu'une infâme bouillie répandue sur la pierre. On ne voit presque plus le sang et la chair écrasée, car la face sculptée de la déesse est peinte d'une couleur semblable. Le xochimiqui est maintenant immobile, le corps tressaillant par moments comme une queue de lézard arrachée. L'homme au masque s'approche alors. Il lève une hache d'obsidienne et tranche la tête d'un coup sec. Les prêtres ébouriffés font rouler, sans cérémonie aucune, le cadavre qui dégringole de la plate-forme, tandis que le second captif prend sa place. Le prêtre de Centeotl saisit la tête et la balance par-dessus bord.

En bas, des hommes récupèrent le corps qu'ils entassent au pied de la pyramide, tandis que des femmes placent le crâne dans les grandes jarres.

Alors, le prêtre fait signe au dernier captif d'avancer. La nouvelle victime est poussée en avant, déposée sur l'autel maculé de sang. Elle est agitée de soubresauts, et son ventre se lève et s'abaisse à se déchirer de lui-même. Le couteau se lève une nouvelle fois, s'abat, creusant dans l'abdomen une plaie béante. Un jet de sang atteint la joue d'Ameyal, qui s'est mise à pleurer. Le cœur est arraché. Il bat encore. La tête est coupée, la victime balancée dans le vide.

Les prêtres lèvent les bras au ciel et crient.

— Xilonen ! Xilonen ! Xilonen !

La foule, agenouillée en contrebas, scande à tue-tête le nom de la déesse. La jeune femme se sent d'abord portée par cette vague d'énergie pure, puis s'aperçoit qu'elle est la dernière victime que le peuple demande, et se fige d'effroi. Elle revoit le visage de Vent de la forêt, le prince déchu, juché sur une plateforme suspendue dans les arbres, la regarde, et ses lèvres prononcent une phrase.

« *Nous nous reverrons. Je te le promets.* »

Elle se sent soudain poussée en avant, et l'image du prince s'efface. Elle se laisse faire, au grand étonnement de son bourreau. Son visage est d'une pâleur extrême. Dans ses yeux se lit l'acceptation.

Peut-être est-ce mieux ainsi. Peut-être n'aurais-je jamais dû quitter Huaxca.

On lui coupe ses liens, libérant ses mains de leur emprise.

On la pousse vers l'autel de basalte.

On l'allonge sur le dos. À l'instar des captifs, deux hommes lui tiennent les mains, un homme lui tient les pieds. La pierre, derrière elle, est à la fois chaude et poisseuse. Elle laisse retomber sa tête en arrière. Elle voit désormais Ahuizotl, le prêtre de Centeotl, celui de Tlaloc, l'homme masqué à l'envers.

Leurs masques immobiles se découpent sur la nuit noire.

Le temps semble s'être ralenti. Elle tente de ressentir l'essence de la divinité capturée par son corps, représentant humain, ou ixiptla, sans y parvenir. Elle ne décèle aucune présence, ne ressent aucune émotion et n'entend aucune voix au plus profond d'elle-même. Elle songe à Quetzalcoatl, dans l'espoir d'un signe de lui.

En vain.

Le prêtre de Centeotl se penche à son oreille.

— Macoa te remercie d'avoir pensé à elle pour incarner Xilonen. Elle te félicite d'avoir atteint un niveau plus élevé que celui de favorite, celui de déesse, et te retourne la politesse.

Ameyal se souvient du moment où elle avait suggéré cette possibilité au Maître. Ainsi, il lui a dit. Il l'a trahie. Celle qui a provoqué sa chute va-t-elle la hanter jusque dans la mort ?

— Parle et tu seras épargnée.

Ameyal contemple le prêtre sans comprendre. Il désigne l'entrée du temple qui coiffe la pyramide. En tournant les yeux, elle aperçoit une jeune femme habillée comme elle et comprend.

— Cette esclave attend que je la substitue à toi. Depuis en bas, personne ne verra rien. Dis-nous ce qu'a prévu Vent de la forêt, et tu vivras. Dis-nous tout ce que tu sais sur lui.

La jeune femme sent une vague glaciale la parcourir. Elle regarde Ahuizotl, qui lui répond par un subtil hochement de tête. Voici donc le choix qu'elle ne pouvait espérer. Elle est parvenue au point culminant de sa vie, celui qui précède la fin.

Elle contemple le visage innocent de la jeune femme qui pourrait mourir pour qu'elle vive, et lui sourit.

— Alors ?

— Alors ? murmure Ameyal sur le ton de la surprise.

Elle ne se rend plus compte de ce qu'elle dit. Elle se voit allongée sur le dos, le prêtre penché sur elle et la foule à ses pieds. Tout remue, tout ondule autour d'elle. Elle plonge vers les gradins où sont réunis nobles et dirigeants, et s'arrête devant le vieil homme au bâton, qui la contemple en écarquillant les yeux.

Il la voit. Une voix résonne dans la tête d'Ameyal sans que ses vieilles lèvres ne remuent.

— Tu es l'Aigle de Huaxca.

La jeune femme reste interdite. Elle voit, en effet, le monde remuer et les plumes battre autour d'elle.

— Un aigle ! lance une voix effrayée.

En voyant les lances des gardes se pointer vers elle, Ameyal comprend qu'on la voit comme un mauvais présage et remonte à grands coups d'ailes vers le ciel assombri. Le visage du devin s'efface peu à peu de son esprit. L'air de la nuit souffle à ses oreilles. Le monde est sien. Elle survole la grand-place, et se rend compte qu'elle peut tout distinguer avec précision, des étals de tamales de la place à la jeune femme aux yeux révulsés, immobile sur l'autel de basalte. Un sentiment de bienveillance et d'acceptation l'étreint. Elle voudrait embrasser cette foule, l'emporter avec elle vers le firmament, la liberté.

« *As-tu déjà vu à travers les yeux de l'aigle ?* »

Elle voudrait partir, se laisser dériver, mais une douleur la fait revenir à elle. Le prêtre de Centeotl s'est mis à pincer, à la secouer. En percevant le glapissement de l'aigle qui s'élève sans elle, Ameyal comprend que son familier se trouve juste au-dessus d'elle.

Elle est l'Aigle de Huaxca. Son tonalli est d'être chef. Elle peut emporter tout un peuple sur les ailes de la liberté et de la félicité.

S'accrochant à cette pensée, elle garde les yeux grands ouverts, le regard dardé sur le poignard qui va bientôt s'abattre, lui permettre de s'envoler au firmament d'une nuit sans lune.

— Voilà ma réponse, dit-elle en déversant tout le mépris qu'elle porte en elle.

Elle crache au visage du prêtre, dont les panicules semblent un instant s'affoler, avant qu'il ne se tourne vers Ahuizotl avec incompréhension. Une seconde passe. Deux secondes. Trois.

Ahuizotl hoche la tête. Le prêtre au masque grimaçant, aux longs crocs et aux yeux ronds entourés de serpents se dresse juste au-dessus d'Ameyal. Il brandit le couteau d'obsidienne, prêt à frapper. Le tambour-tonnerre retentit une nouvelle fois, si proche que les tympans de la jeune femme semblent se déchirer.

— Ô, Xilonen, de toi nous vient le soutien du corps, nécessaire à la conservation de toute vie humaine, car quiconque privé des subsistances chancelle et meurt. Tu es celle qui a créé toutes les variétés de maïs, de chia et de haricots, et toutes autres espèces de légumes propres à nourrir tes serviteurs. Nous t'offrons le flux vital de cette femme, Ô, Xilonen, pour que tu puisses enfanter à nouveau !

La jeune femme se sent partir.

Ça y est. C'est la fin.

Mais le prêtre de Centeotl, le couteau toujours relevé, fixe un point en contrebas. Les prêtres s'agitent sans raison apparente. La jeune femme, toujours immobile, perçoit une subtile variation dans l'atmosphère. Elle tourne le visage vers la foule amassée sur la grand-place, sans rien distinguer que les lueurs rougeoyantes des coupes qui émaillent l'enceinte sacrée.

Elle ne réagit pas en voyant un javelot fuser et se planter dans l'abdomen du prêtre qui la surplombe. Elle ne réagit pas lorsque le masque s'abat mollement sur son ventre.

Puis elle comprend en voyant des hommes gravir les marches en courant, des atlatl[42] dans la main.

Les hors-la-loi, avec, à leur tête, un fantôme.

Vent de la forêt.

---

42 Bâtons de lancement servant à prolonger le bras et envoyer les javelots plus fort et plus loin.

9.

Je suis vivante. Ce monstre est mort.

Ameyal se répète ces phrases auxquelles elle ne peut croire.

— Aux armes !

Un second javelot fuse à ses oreilles et se plante dans le masque d'Ahuizotl, le faisant basculer en arrière. Mais alors que les hors-la-loi prennent pied sur la plate-forme, une nuée de flèches les accueille, les contraignant à refluer. Une dizaine de gardes à pourpoints rouges émerge du temple de Tlaloc, Chimalli à leur tête.

Ameyal repense aux silhouettes sombres qu'elle croyait être des statues.

Ahuizotl savait que quelque chose allait arriver.

Quelqu'un saisit sa main, l'emporte. Vent de la forêt dévale les marches en zigzag, évitant les projectiles lancés dans leurs dos, et Ameyal fend la nuit derrière lui.

Elle ne sent plus sa fatigue, mais elle sait que le combat sera sans doute perdu.

Un hurlement de rage déchire la nuit, avant de laisser place aux sifflements des flèches, des lances, des maquauitls et des javelots. Le public cède à la surprise, puis à la panique. L'alarme a provoqué la cohue générale. Des groupes se dispersent à grands cris tandis qu'un petit nombre d'hommes et de femmes brandissent les armes qu'ils avaient dissimulées. De toutes parts, les lames d'obsidienne déchirent les chairs, les pointes se plantent et transpercent.

— Les gradins ! Vite ! lance Ehecatl tandis qu'ils posent pied sur les dalles de l'enceinte sacrée.

Se frayant un chemin dans la foule, ils atteignent le bas des gradins, où un combat sévit à la lueur des coupes enflammées, autour d'un étendard tombé à terre. Les gardes du tecuhtli semblent partout. En bas, équipés de larges massues à la crosse incrustée d'éclats d'obsidienne et de lances d'os à trois pointes barbelées aux extrémités. En direction de l'enceinte sacrée, en compagnie d'une partie des nobles et des dirigeants, munis d'énormes maquauitls avec lesquels ils se taillent un passage. En haut, brandissant frondes, arcs et flèches. Et les hors-la-loi, divisés en dépit de ce qu'avait prévu leur chef, paraissent dans le plus grand désarroi. Certains d'entre eux, malgré tout, se battent avec bravoure. Elle reconnaît Cihuacoatl qui, décrivant de grands moulinets avec son épée d'obsidienne, fait des ravages dans les rangs ennemis. Elle reconnaît Itlakayotl, en prise avec un garde dont il lacère le visage.

L'ennemi bascule sur le côté comme de l'herbe fauchée.

Elle contemple les hors-la-loi avec une reconnaissance infinie. Elle voudrait se joindre à eux, les aider, mais elle n'en a pas le temps. Deux hommes se jettent sur elle et la poussent sur le côté. Elle trébuche, tombe en arrière.

Ehecatl s'interpose entre elle et les deux adversaires.

— Fuis ! Gagne la forêt !

Ameyal recule sans savoir où aller. La porte de l'enceinte sacrée. La grand-place, et puis quoi ? Un garde à cuirasse blanche surgit, la menaçant de sa lance. Elle se pétrifie, ne sachant que faire face à un combattant, et constate avec horreur que personne ne peut l'aider. Le garde charge. Elle évite de justesse le coup d'estoc. Il renouvelle son attaque, la lame de la lance coupe une mèche de ses cheveux. Elle fuit la pointe noire qui menace de la transpercer. Sur le point de se faire entailler, elle se rappelle de la présence de la rondache. La pointe de la lance traverse le bois et entaille son avant-bras. Elle redresse les yeux vers son agresseur, se jurant que son sang coulera avant le sien. Il tire son arme en arrière, lui arrachant son bouclier du bras. Emportée par le mouvement, Ameyal le mord au visage. Il hurle, la repousse en arrière, s'apprête à la transpercer.

Mais sa tête vole avant qu'il en ait eu le temps.

Vent de la forêt, de son maquauitl, l'a décapité. À bout de souffle, des entailles sur le visage et les bras, il l'aide à se relever et tous deux se tournent vers les gradins pour voir où en sont les choses. Cihuacotl bande son arc en direction du tecuhtli, qui se réfugie derrière les nobles qui n'ont pas pu fuir. Mais ces derniers se jettent de côté pour esquiver le tir, que Sept serpents reçoit de plein fouet, avant de chanceler et de s'effondrer, touché au front. Une immense grêle de pierres s'abat sur les gradins.

Cette nuit marquera à jamais la fin des chemins, des jours et des lunes du tecuhtli de Teotitlan.

— Sept serpents est mort ! hurle un homme.

Des cris de liesse lui répondent. Une partie de la foule cesse de fuir, se saisissant de hampes d'étendards, morceaux de pierre arrachés à la place et à ses statues, armes tombées à terre ou abandonnées par leurs défunts propriétaires pour assaillir les gardes à cuirasse blanche tout en vociférant des imprécations. Bientôt, la majorité des présents s'est retournée contre l'oppresseur. Les gardes du tecuhtli abandonnent peu à peu les gradins, refluent en direction de l'enceinte sacrée qui n'est toujours pas bloquée.

Ameyal songe aux mercenaires mayas censés les accueillir de l'autre côté et l'un des préceptes d'Ilhuitl lui revient.

« *Si leurs commandants tombent, le reste de leur armée se dispersera ou se joindra à nous.* »

Il leur reste encore une chance… Mais où est Ahuizotl ?

— Regardez ! hurle Cihuacoatl.

Elle tourne les yeux vers la pyramide et constate qu'un triangle rouge sombre se répand sur les marches, telle une marée de feu menaçant de tout emporter sur son passage.

Ahuizotl n'avait pas prévu une dizaine de gardes, mais cinquante. Cent.

Des voix graves retentissent en rythme, appelant au massacre. Le bruit des armes et des poings résonne sur les boucliers.

Cette clameur, qui est comme une arme en soi, se mue en cris d'effroi. Une pluie de flèches et de javelots s'abat, clouant les hommes à terre. Les habitants, ébranlés par la surprise et la peur, terrorisés par cet ennemi imprévu, bousculent et piétinent les quelques hors-la-loi encore debout.

Ameyal, pétrifiée de terreur, regarde Ahuizotl descendre les marches avec une fureur qui lui glace le sang.

— Les coupes de cuivre ! lance Ehecatl. Renversez-les !

Les survivants bondissent sur les coupes pour les jeter à terre. Bientôt, la poix et les copeaux de pins dressent entre Ahuizotl et eux un rideau de flammes si haut qu'il masque la pyramide à leur vue.

Même s'ils parviennent à fuir, le combat est perdu.

FIN DU TOME 4

À PROPOS

Merci d'avoir rejoint Ameyal et toute l'équipe d'**Aztèques** !

Si vous avez aimé ce codex (et peut-être même si vous trouvez quelque chose à redire), n'oubliez pas de le clamer au monde en laissant un commentaire sur Amazon, sur votre blog, sur Facebook et/ou Twitter, dans un mail à votre meilleur ami(e), une lettre à votre grand-mère, sur les murs des toilettes d'un restaurant ou d'une station service (enfin, sans les dégrader quand même).

Faire entendre votre voix est toujours important, et c'est le meilleur moyen de faire vivre ce codex. Personnellement, j'apprends de chacune de vos remarques et je remercie d'avance celles et ceux qui prendront le temps de le faire.

La prochaine aventure d'Ameyal sera bientôt disponible.

Si vous souhaitez recevoir le premier chapitre du tome suivant, des histoires cadeaux, être parmi les premiers avertis de mes futures publications, suivre mon actualité d'auteur et être mis au courant des offres, envoyez-moi une invitation sur Facebook, suivez-moi sur Twitter ou inscrivez-vous à ma newsletter :

https://costaeric.fr/

(pas de spam et désinscription possible à tout moment).

CONTACT

En tant qu'auteur auto-édité, je n'ai malheureusement pas d'armée de correcteurs. Si malgré mes nombreuses relectures quelques fautes subsistent, n'hésitez pas à m'écrire pour me les signaler.

Pour me retrouver :
https://costaeric.fr
https://www.facebook.com/CostaEric2/
https://twitter.com/CostaEric2
https://www.instagram.com/ericcosta33/

Pour m'écrire :
Eric.costa.auteur@gmail.com

LEXIQUE

Acali : barque, canoë utilisé sur les lacs et rivières

Araucaria : arbre ornemental originaire d'Amérique du Sud, à écorce et feuilles écailleuses, ces dernières formant un manchon autour des branches, appelé aussi *désespoir des singes*

Atole (de atl, eau) : boisson chaude sucrée à base de farine de maïs

Auanime : courtisane qui offrait son corps aux guerriers pour les récompenser

Axin : les femmes s'enduisaient le visage d'une très fine couche de cet onguent jaune clair pour se maquiller

Cactli : sandale

Calmecac : instituts d'instruction supérieure formés d'un ordre spécial de prêtres. Les étudiants y apprenaient à devenir prêtres, officiers gouvernementaux, scribes, historiens, artistes, physiciens ou à pratiquer toute autre profession

Calpixque : représentant de l'Orateur vénéré dans les provinces du pays aztèque, en charge de collecter le tribut

Charge : unité de mesure monétaire représentant cinq-cent épis de maïs.
Le quachtli (pièce de coton) et son multiple, la charge de vingt unités, servent d'étalon. Une charge est considérée comme permettant à un homme de vivre pendant un an

Chevaliers-Aigle, Jaguar et Flèche : il existait trois ordres de chevalerie dans le pays aztèque. L'ordre du Jaguar et l'ordre de l'Aigle, auxquels les combattants pouvaient accéder en se distinguant à la bataille, et l'ordre de la Flèche, auquel appartenaient les tireurs d'élite qui avaient tué de nombreux ennemis avec ce projectile

Codex : ensemble de feuilles écrites, cousues ensemble et reliées

Copal : substance résineuse sécrétée par divers arbres tropicaux, utilisée comme encens

Cuilonyotl : acte de chair entre deux hommes

Eau précieuse : sang

Ehecatl : vent

Endroit Ténébreux des morts sans rémission : partie la plus profonde de Mictlan

Faisceau d'années : cycle de 52 années correspondant à un cycle entier dans le calendrier Aztèque

Longues courses : unité de mesure de distance, qui équivalaient environ à une lieue

Maatitl : fille de joie

Maguey (ou agave) : grande plante dont les feuilles en rosette, grises, pointues et charnues, peuvent atteindre 3 m de longueur et dont certaines espèces, vivant jusqu'à 100 ans, ne fleurissent que la dernière année de leur vie. On tire de leur feuilles des fibres textiles et des boissons alcoolisées de leur sève fermentée (octli)

Maquauitl : épée d'obsidienne

Metlal : plateau basaltique destiné à moudre le maïs

Mictlan : au-delà, séjour des morts

Mixpantzinco : formule de politesse signifiant « en votre auguste présence »

Octli : alcool de maguey

Omexochitl : étoile appelée l'étoile du soir, ou encore « Après la floraison »

Patlachuia : acte de chair entre deux femmes

Patolli : jeu composé d'un plateau comportant 52 cases numérotées. Il s'agit de faire progresser des pions sur l'échiquier conformément aux haricots numérotés que l'on lance sur le sol

Pilli : noble

Pochteca : commerçants avisés en même temps qu'aventuriers, combattants énergiques et habiles agents de renseignements, ils n'hésitaient pas à pénétrer dans les provinces insoumises, déguisés à la façon de leurs habitants et parlant leur langage. Ils exerçaient leurs métiers de père en fils, tout comme les artisans. Souvent, les agressions dont ils étaient l'objet servaient de casus belli pour justifier de nouvelles conquêtes.

Poquietl : pipe, tube mince en os ou en jade sculpté muni d'un embout que l'on place dans la bouche. De l'autre côté est inséré un roseau séché ou un morceau de papier roulé empli de feuilles de piacetl séchées et finement hachées, mélangées parfois à des herbes ou des épices pour y ajouter du parfum. Pour fumer un poquietl, on saisit le tube entre ses doigts, et l'on enflamme l'extrémité du roseau ou du papier qui se consume au rythme des bouffées de fumée que l'on aspire

Quachtli : pièce de coton

Quautemalan : actuel Guatemala

Quequezcuicatl : la « danse qui excite », dansée par les auanimes en l'honneur des soldats

Tamale (entourée) : papillote de maïs

Tecozauitl : terre jaune clair qui servait de fard pour le visage

Tecuhtli : seigneur local, dignitaire à la tête d'un village, d'une ville ou d'un quartier

Temazcalli : bain de vapeur

Techichi : chien comestible, sans poil, qui n'aboie pas

Tene : mère

Teponaztli : tambour horizontal de bois sur lequel on tapote avec des baguettes

Tepuli : sexe masculin

Tete : père

Ticitl : médecin Aztèque

Tipili : sexe féminin

Tlalocan : paradis de Tlaloc, merveilleux jardin tropical où ceux que le dieu a rappelés à lui connaissaient un bonheur tranquille et éternel.

Tonalli : destin

Uey tlatoani : « Celui qui possède la parole » : Orateur vénéré, dirigeant

Ximopanolti : formule de politesse signifiant « à votre service »

Ymaxtli : poils pubiens

GALERIE DE PERSONNAGES

Ahuizotl (mammifère aquatique) : le Maître, calpixque de l'Orateur Vénéré Moctezuma à Teotitlan

Ameyal (printemps) : fille du chef de Huaxca

Amocualli (mauvais) : chef de la garde du palais

Atzin (eau vénérable) : prêtresse de la Fleur Quetzal

Chicomecoatl (sept serpents) : Tecuhtli de Teotitlan

Chikautok (fort) : garde du corps de Tepeyolotl

Chiltik et Kostik (rouge et jaune) : concubines

Chimalli (bouclier) : garde, frère de Macoa

Cipactli (caiman) : homme qui apporte la nourriture au palais et harem

Cihuacoatl (femme serpent) : lieutenant de Vent de la forêt

Cinteotl (mère du maïs) : esclave de l'intérieure et cuisinière formée par Eau vénérable qui l'a recueillie

Cipetl (lèvre) : homme de confiance et conseiller du Maître

Citlalin (lune, étoile) : fille de Coatzin

Coatzin (serpent noble) : deuxième épouse du Maître, décédée

Collier d'Étoiles : devin de Huaxca

Cuauhtli le sage (aigle) : chef du village

Ilhuitl (ciel) : ancien Tecuhtli de Teotitlan, père de Kuautlan Ehécatl

Itlakayotl (générosité) : hors-la-loi

Izelka (être unique) : esclave personnelle de Xalaquia, élève de l'école du harem

Iztamiztli (puma blanc) : général de Moctezuma

Kuautlan Ehécatl (vent de la forêt) : chef des hors-la-loi et héritier du trône de Teotitlan

Konetl (fils) : fils de Pixcayan, premier fils, héritier du Maître

Subtile et Raffinée : esclaves personnelles dévouées aux soins de la favorite

Macoa (aider par intérêt) : concubine

Malinalli (herbe) : guérisseuse, sorcière qui habite dans la montagne et soigne les maladies graves des concubines

Miquiztil (la mort) : l'homme au crâne, chef d'une troupe de trafiquants Aztèques

Mireh, Selna : esclaves de l'extérieur vendues comme esclaves par leurs parents du fait de la famine

Moctezuma : Orateur vénéré des Aztèques

Nicté (fleur) : vendue comme auanime aux soldats de Teotitlan

Necahual (délaissée) : chef des esclaves du harem

Nezahualcoyotl : né en 1402, poète et philosophe, souverain de Texcoco, il en fera la « capitale intellectuelle » du monde nahuatl.

Nezahualpilli : né sans doute en 1460. Fils de Nezahualcoyotl, auquel il succéda en 1472 comme souverain de Texcoco.

Papalotl (papillon) : lieutenant du clan de Pixcayan

Perexil (persil) : voleur, contrebandier résidant dans le quartier des plaisirs de Teotitlan

Perle, Perle blanche : élève à l'école du harem, dernière fille de l'architecte Tezcatl

Pixcayan (automne) : première épouse du Maître

Quetzalli (quetzal) : esclave personnelle de Tene

Quiahuitl : (pluie) : concubine

Rivière noire : concubine responsable de l'école du harem après Pixcayan, lieutenant du clan de Xalaquia

Tlakuitlauia (soigner) : hors-la-loi

Tliacapan, Tlaco et Teicu (les trois sœurs : l'aînée, la deuxième, la troisième) : esclaves de l'intérieur et préceptrices de l'école du harem

Tene : mère du Maître

Tepeyolotl (Cœur des montagnes) : Maîtresse des auanimes de Teotitlan

Tezcatl (miroir) : architecte le plus célèbre de Teotitlan, qui a fait construire l'aqueduc qui descend de la montagne et alimente la ville en eau

Tolin (jonc) : ancienne esclave de l'intérieur et amie d'Izelka, élève de l'école du harem

Xalaquia (Celle qui s'habille de sable) : favorite, troisième épouse du Maître

PANTHÉON AZTÈQUE

Centeotl : dieu du maïs

Coatlicue (Celle qui porte une jupe de serpents) : déesse exterminée par son frère Huitzilopochtli à sa naissance à l'aide de son Xiuhcoatl, l'épée Serpent de turquoise

Fleur Quetzal : déesse des femmes, des fleurs et de l'amour

Huitzilopochtli (de huitzilin, colibri, et opochtli, de gauche) : dieu de la guerre, dieu tribal des Aztèques, qui les aurait guidés dans leurs migrations. Il représente le Soleil triomphant

Macuilxochitl (Cinq Fleurs) : dieu du patolli et d'autres jeux, également appelé Xochipilli

Mictlantecuhtli : dieu de la mort

Serpent Précieux (Quetzalcoatl) : dieu du village d'Ameyal. À l'origine, il était le dieu de la végétation. A la fin de l'époque aztèque, il devint le dieu de la sagesse, des prêtres, de la pensée religieuse. Peu à peu, son personnage divin s'est confondu avec celui d'un héros historique qui serait parti vers l'est sur un radeau, en promettant de revenir un jour

Tlaloc : dieu des tempêtes et de la pluie, il est la divinité principale de Teotitlan. Aidé par les Tlaloque, des esprits, il règne sur le Tlalocan, le domaine de ceux qui sont morts frappés par la foudre, noyés ou victimes d'hydropisie

Tlazolteotl (Mangeuse d'ordures) : déesse de la lune et de l'amour charnel. Les Aztèques lui confessaient leurs fautes avant de mourir pour qu'elle les avale

Toci (Notre Grand-mère) : mère de tous les dieux, déesse de la guérison

Tonatiuh : dieu soleil.
Il est dit qu'il faut continuellement verser le sang, ou eau précieuse pour nourrir les dieux afin qu'ils aient suffisamment d'énergie pour faire renaitre le dieu soleil chaque matin

Xilonen : déesse du jeune maïs et des subsistances, chargée de veiller aux moissons, sœur de Tlaloc, mère de Centeotl, le dieu du maïs

Yacatecuhtli (le Seigneur du nez) : dieu des pochtecas

PROVERBES AZTÈQUES

« Dans ce monde, les journées bonnes sont suivies des mauvaises. »

« Arbre renversé par le vent avait plus de branches que de racines. »

« Tu es venu là pour souffrir. Souffrir et endurer. »

« Du ciel l'être suprême envoie les douces fleurs qui chassent notre amertume. »

« Notre corps est une fleur qui s'épanouit quelque peu puis se flétrit. »

« Nulle parole n'est véridique ici-bas. »

« Rien n'est pour toujours sur cette terre. »

« Le chemin que nous devons suivre en ce monde est étroit et haut placé. Si nous nous en écartons, nous tombons dans un précipice sans fond. »

LES NEUF LOIS DU HAREM

1. Toute future concubine doit être vierge. Toute jeune femme de moins de vingt ans est en droit de passer le test de virginité qui lui permettra d'entrer à l'école du Harem. C'est à la réussite de l'épreuve finale qu'elle recevra son nouveau nom de manière définitive.

2. Une fois l'épreuve réussie et la cérémonie du nom passée, l'élève offrira sa fleur au Maître. C'est seulement suite à cela qu'elle changera de statut et deviendra concubine.

3. Toute concubine voue sa vie, son corps et son âme au service du Maître. Elle ne peut consommer d'alcool sans y être autorisée. Elle doit se montrer discrète, ne pas regarder ni s'adresser à un autre homme que le Maître. Elle ne peut se rendre dans la chambre d'une autre concubine sans y avoir été invitée.

4. Chaque épouse, choisie par le Maître parmi les concubines, ne peut avoir qu'un fils. Ensuite, le Maître ne peut plus la toucher. Il devra choisir d'autres concubines pour produire de nouveaux enfants mâles et ainsi protéger la dynastie.

5. Les princes héritiers vivent dans le harem. L'aîné des héritiers mâles est celui qui hérite de la fortune et de la fonction de Maître. Au décès du Maître, il devra faire périr, par strangulation, ses demi-frères avec des cordelettes de cuir.

6. La favorite porte la robe de plumes rouges et jaunes. Sa fenêtre est ornée de braseros et elle jouit d'un traitement de faveur. Elle déjeune et dîne à la droite de Tene. C'est elle qui décide de la nourriture du lendemain.

7. Il est interdit de faire commerce avec un homme autre que le Maître, sous peine de mort ou d'emprisonnement. Le patlachuia, acte de chair entre deux femmes, est interdit sans l'autorisation expresse du Maître.

8. Toute fautive sera punie par là où elle a fauté.

9. Toute tentative d'évasion, homicide ou tentative d'homicide est punie de lapidation par les gardes.

REMERCIEMENTS

D'après un scénario d'Eric Costa et Raquel Ureña.

Je remercie de tout cœur Raquel, qui a construit cette histoire avec moi lors d'une promenade sur l'île d'Arz, dans le Golfe du Morbihan, et l'a nourrie avec son imagination débordante.

Merci également à Jean Deruelle, Isabelle Cerelis, Claire Marquez, Nathalie Millet, Florence Jouniaux qui ont été les premiers lecteurs, correcteurs et même, pour certains d'entre eux, chroniqueurs de ce livre.

Merci à Guillaume Petit-Jean, mon coach, à Anaël Verdier, professeur de dramaturgie ainsi qu'à toute autre personne m'ayant aidé de près ou de loin pour faire vivre ce texte.

DU MÊME AUTEUR

THE PRISON EXPERIMENT (Trilogie) :

« Zone 51, désert du Nevada. Un dôme immense, à la peau cuivrée, se dresse tel un monstre sous les étoiles. Son nom : « L'Œuvre », prison expérimentale secrète dotée d'une intelligence artificielle. Nul ne sait ce que recèle l'édifice depuis que la CIA en a perdu le contrôle. Que sont devenus les 5300 détenus, livrés à eux-mêmes après sept ans d'abandon ?

Un commando de douze hommes et une femme pénètre en secret dans ce labyrinthe mortel. Leur mission : retrouver Dédale, son architecte, à n'importe quel prix.

Elena, hackeuse surdouée, compte bien percer les mystères de l'Œuvre. Elle ignore que cette mission l'emportera au-delà des illusions, face à ses peurs les plus folles, dans les tréfonds de l'âme humaine. Son génie peut les sauver... ou les tuer.

Jusqu'où l'homme peut-il aller pour survivre ? »

À L'OMBRE DU MONDE

Que feriez-vous si votre vie entière avait été effacée ?

« Une île grecque, un peu avant minuit
Ariane, sa fille et son mari se retrouvent enfin seuls sur la plage féerique de Myrtos. Lorsque la jeune historienne sort de l'eau, et qu'elle cherche les siens en vain, elle croit d'abord à une mauvaise plaisanterie. Mais quand toutes les preuves attestent qu'elle a voyagé seule et n'a jamais eu ni enfant ni mari, il ne reste que deux explications possibles.
Soit elle a rêvé sa vie, soit on la lui a effacée.

À moins de trois cents kilomètres de là, un homme accède à la plus haute fonction d'une Confrérie occulte. Il va enfin pouvoir se venger…
»

Si vous aimez les héroïnes qui s'ignorent, les thrillers internationaux, les mystères archéologiques et le parfum sulfureux des sociétés secrètes, ce livre est pour vous.

AZTÈQUES (T1, T2, T3) :
Roman lauréat du Salon du Livre Paris 2017 par le jury Amazon KDP

« Huaxca, 1516
Une attaque des Aztèques,
Une fille de chef vendue comme esclave dans un harem.

Sur sa route, intrigues, manipulations et meurtres. Une course effrénée vers le pouvoir. Des femmes qui se servent d'elle, qui jouent avec sa vie pour séduire un Maître mystérieux et sans pitié.

La mort peut frapper derrière chaque porte. Mais au-delà de ces épreuves, une question se pose : existe-t-il une cage assez grande pour la fille de l'aigle ?

Laissez-vous emporter dans un grand voyage, un ailleurs et un autrefois caché au sein d'une civilisation aussi fascinante qu'effrayante. »

RÉALITÉS INVISIBLES :
Recueil de nouvelles fantastiques et étranges

« Laissez-vous happer par l'étrange, l'occulte et l'insolite le temps de six nouvelles fantastiques :

Suivez Marion lorsqu'elle découvre une mystérieuse chenille bleue.
Explorez un manoir dont les murs semblent changer de place.
Accompagnez Alzius dans une forêt peuplée de voix étranges.
Voyagez toute une nuit dans les souvenirs d'Alex... »

À PROPOS DE L'AUTEUR

« Lauréat du concours Amazon au Salon Livres Paris 2017 pour son livre « Aztèques », **Éric Costa** propose au lecteur suspense et émotions fortes. Son crédo : ne jamais lui laisser une seconde de répit. »

Printed by Amazon Italia Logistica S.r.l.
Torrazza Piemonte (TO), Italy